Amanda Cox

Die Tochter des Leuchtturmwächters

Francke

Über die Autorin:
Amanda Cox ist Theologin und Seelsorgerin. In der langjährigen Beratung und Begleitung von Menschen hat sie Erfahrungen gesammelt, die sie zur Entwicklung der vielschichtigen, facettenreichen und emotional anrührenden Charaktere ihrer Romane inspirierten. Mit ihrem Mann und ihren drei Kindern lebt sie in Tennessee.

www.amandacoxwrites.com
 amandacoxwrites
 Amanda Cox Writes

Bibliografische Information der Deutschen Nationalbibliothek
Die Deutsche Nationalbibliothek verzeichnet diese Publikation in der Deutschen Nationalbibliografie; detaillierte bibliografische Daten sind im Internet über https://dnb.de abrufbar.

ISBN 978-3-96362-437-7
Alle Rechte vorbehalten
Copyright © 2024 by Amanda Cox
Originally published in English under the title
Between the Sound and Sea
by Revell, a division of Baker Publishing Group,
Grand Rapids, Michigan, 49516, U.S.A.
All rights reserved.
German edition © 2025 by Francke-Buch GmbH
35037 Marburg an der Lahn
Deutsch von Dorothee Dziewas
Umschlagbilder: © iStock.com / PPAMPicture
© pixabay / analogicus; summerstock
Umschlaggestaltung: Francke-Buch GmbH / Marion Schramm
Satz: Francke-Buch GmbH
Druck und Bindung: CPI books GmbH, Leck

www.francke-buch.de
info@francke-buch.de

*Für den einzigen Mann, der mich dazu überreden konnte,
in einem Hurrikan zum Strand zu fahren. Ich liebe dich, Slick.*

*Du zählst alle meine Klagen.
Sammle alle meine Tränen in deinem Gefäß.
Du hast doch jede einzelne in deinem Buch festgehalten.*

Psalm 56,8 (Neues Leben. Die Bibel)

Prolog

November 2005
Swan Quarter, North Carolina

Die alte Frau beobachtete, wie sich der Junge auf dem Fernsehsessel neben ihr zurücklehnte. Schon die ganze Zeit, seit er angekommen war, klebte sein Gesicht förmlich an dem winzigen Bildschirm. Sie konnte es ihm nicht verdenken. Welcher Fünfzehnjährige wollte schon den ganzen Samstag in einer Seniorenwohnanlage verbringen, mit zwei alten Damen?

»Hör mal, mein Junge, leg diesen Gameboy mal weg, dann erzähle ich dir etwas, das du nie wieder vergessen wirst.«

Der Teenager sah zu ihr auf und grinste. »Nee, das ist kein Gameboy. Das ist mein neues Nintendo DS und ich bin ganz dicht davor, den Besten in diesem Spiel zu schlagen.« Er reckte zwei Finger zum Victory-Zeichen in die Luft.

»Vielleicht sollte ich mir auch so ein Ding zulegen. Mit diesen alten Beinen komme ich nicht mehr so weit wie früher und das Herumsitzen ist mir zu langweilig.«

Der Junge lächelte und schüttelte den Kopf, während er sich wieder seinem Spiel widmete.

Sie blickte auf, als das Geräusch von Töpfen und Pfannen aus der Küche herüberdrang. »Was macht deine Oma denn da?«

»Abendessen für uns, glaube ich.«

»Gut. Das heißt, wir haben eine Menge Zeit, bevor sie kommt und ihre Nase in unsere Angelegenheiten steckt. Wie gesagt, leg das Ding weg und komm näher, damit ich dir was erzählen kann.« Sie senkte die Stimme. »Etwas, das keine Menschenseele außer mir weiß. Es wird Zeit dafür, bevor ich die Augen zumache. Und ich habe dich dafür ausgesucht.« Sie kramte in ihrem

Gedächtnis nach genau der richtigen Geschichte. Sie musste gut sein, um einen Jungen zu beeindrucken, der verrückt nach Videospielen war.

Wehmütig warf er einen letzten Blick auf das Gerät, bevor er es auf den Tisch neben sich legte. Dann rückte er seinen Sessel näher an ihren und zog die Decke zurecht, die ihr vom Fuß gerutscht war, bevor er sich wieder setzte. Ein lieber Junge.

»Es war eine dunkle und stürmische Nacht«, begann sie.

Der Junge stöhnte und sah wieder zu dem Spiel hinüber, das auf dem Beistelltisch lag. »Eine dunkle und stürmische Nacht? Im Ernst?«

Sie lachte. »Ich denke mir das nicht aus. Es war wirklich so. Damals. 1941. Und jetzt hör gut zu, Peter, dann erzähle ich dir, wie die Legende von Saint-Mae entstanden ist.«

Sie schloss die Augen und konzentrierte sich.

Die fünfzehnjährige Cathleen band ihr Ruderboot los. Das Adrenalin jagte durch ihren Körper wie die Tentakeln der Blitze, die den Himmel erhellten. Der Wind peitschte ihr ins Gesicht, ihr durchnässter Schal löste sich und flog durch die Luft, bis er irgendwo über dem tosenden Atlantik niederging.

Gegen den Regen ankämpfend, lief Cathleen an ihrem treuen Licht vorbei. Einem Licht, das sie zu dem trinkenden Dummkopf geführt hatte, der sich an ein Boot geklammert hatte, das selbst bei schönstem Wetter nicht seetauglich gewesen wäre. Zu einem Mann, der es wahrscheinlich nicht wert war, dass Cathleen für ihn ihr Leben aufs Spiel setzte. Aber die Pflicht hatte gerufen. Egal, wer den unberechenbaren Strömungen der Outer Banks ausgeliefert war. Auf Gnade und Ungnade.

Sie öffnete die Augen einen Spaltbreit. Der Junge hatte sich vorgebeugt und sah sie gebannt an. Er war ihr auf den Leim gegangen.

Cathleen betrat das kleine Steinhaus, in dem sie wohnte. Ihre Stiefel machten auf dem Steinfußboden schmatzende Geräusche, als sie an den Kamin trat und genügend Holz auflegte, um die Glut wieder zum Leben zu erwecken, dann zog sie ihre durchnässten Kleider aus und wickelte sich eine Wolldecke um die Schultern.

Sie zuckte zusammen. Ups. Das waren vermutlich mehr Einzelheiten, als ein fünfzehnjähriger Junge über ein fünfzehnjähriges Mädchen erfahren sollte. Als sie fortfuhr, nahm sie sich vor, beim Weitererzählen besser auf diese Dinge zu achten.

»Cathy?« Die Stimme ihres Vaters durchbrach die Stille. Dicht gefolgt vom Grollen eines Donners.

Cathleen zog eine Grimasse. »Ja, Dad?«

»Alles in Ordnung? Warum bist du denn auf, Mädchen?«

»Ich sehe nur nach dem Licht«, rief sie und zog dann die kratzige Wolle fester um sich, während sie ein wortloses Gebet gen Himmel schickte, dass ihr Vater die Antwort akzeptierte und weiterschlief. Cathy rutschte näher zum Feuer in der Hoffnung, dass die Hitze bis in ihre Knochen drang. Kurz darauf erfüllte wieder das Schnarchen ihres Vaters den Raum und ihre innere Anspannung löste sich ein wenig.

Er hatte eine gute Nacht.

Cathleen nahm einen Kessel, füllte ihn mit Wasser und hängte ihn übers Feuer. Während das Wasser heiß wurde, rieb sie sich die eiskalten Hände aneinander, damit sie durchblutet und wieder warm wurden. Nachdem sie ihren Tee getrunken hatte und ihre Finger allmählich auftauten, ging Cathleen zum Schreibtisch ihres Vaters und zog sein geheiligtes Buch heraus.

»Das ist unsere Existenzgrundlage«, hatte er ihr tausendmal erklärt. »Ein Leuchtturmwächter ist nur so gut wie die Bücher, die er führt.«

Sie hielt inne und sah den Jungen an. »Hör gut zu. Es klingt vielleicht nicht weltbewegend, aber das war der Augenblick, in dem Saint-Mae geboren wurde.«

Er nickte und sah sie mit großen Augen an.

Cathleen trug ihren Bericht in das Buch ein. Dass sie aufgewacht war und den inneren Drang verspürt hatte nachzusehen, ob an der Küste alles ruhig war; wie sie die endlose Wendeltreppe hinaufge-

stiegen war und sich Vorwürfe gemacht hatte, weil sie sich ohne Grund bei diesem unfreundlichen Wetter hinausbegeben hatte. Aber dann hatte der Lichtstrahl das gekenterte Boot erfasst, das im Unwetter hin und her geworfen wurde.

Sie schrieb von den Wellen, die über ihrem eigenen Boot zusammengeschlagen waren, während sie hinausgefahren war. Solche Wellen konnte nicht jeder bezwingen. Vor allem niemand, der so jung war wie sie, egal, ob männlich oder weiblich. Aber die fünfzehnjährige Cathleen übte ihre Fertigkeiten auf dem Wasser, seit ihr Vater sie als kleines Mädchen zu seinem Posten auf Bleakpoint Island mitgenommen hatte. Alles hatte sie auf diese Nacht vorbereitet. Ihre erste Rettungsaktion im Alleingang.

Immer weiter schüttete sie ihr Herz auf den Seiten aus und erzählte, wie der betrunkene Mann sie beinahe zum Kentern gebracht hätte, als er sich an den Riemendollen festgehalten hatte, um sich an Bord zu ziehen. Doch während das Ruderboot wild geschaukelt hatte, war Cathleen ruhig geblieben, obwohl sie wusste, dass das gnadenlose Meer sich nicht darum scherte, wen es mit sich in die Tiefe riss, einen Trinker oder ein junges Mädchen.

Sie hatte den fluchenden, um sich schlagenden Mann beruhigt und ihn zum Heck gelotst, wie sie es bei ihrem Vater schon so oft gesehen hatte. Und sie hatte ihn gerettet. Während das Unwetter ihre Identität verborgen hatte, war sie mit dem Fremden nach Ocracoke gefahren und anschließend zurück zu ihrer abgelegenen Insel.

Unten auf der Seite des Logbuchs unterschrieb sie spontan mit dem Namen, den sie so gerne getragen hätte. Den Namen einer Person, die sie kennen wollte, die für Cathleen aber kaum mehr als eine Legende war. Einer Person, die gewusst hätte, wie sie ihrem Vater helfen konnte, wenn sie jetzt hier gewesen wäre.

Aber hatten die Ereignisse dieser Nacht nicht gezeigt, dass sie den Aufgaben gewachsen war, die das Leben ihr stellte? Solange sie tat, was sie tun musste, um das Schicksal des echten Leuchtturmwächters von Bleakpoint geheim zu halten, konnte alles so bleiben, wie es immer gewesen war.

Das Mädchen starrte die Seite an, auf die sie die Geschehnisse dieses Abends ausgeschüttet hatte, ganz in ihrer eigenen unordentlichen Handschrift anstatt der nachgeahmten Schrift ihres Vaters, wie sie es sonst immer tat. Ganz vorsichtig trennte sie ihren Bericht aus dem kostbaren Buch heraus, um nichts von der herausgerissenen Seite zurückzulassen. Niemand wusste von dieser Rettungsaktion, es hatte sie nie gegeben. Und so musste es auch bleiben.

Cathleen ging mit dem Blatt Papier in der Hand zum Feuer. Es würde die Flammen besser anfachen als alles andere. Sie hielt das Papier übers Feuer. »Ich bin nichts anderes als das Hirngespinst eines Trinkers«, sagte sie in den leeren Raum hinein. Aber anstatt loszulassen, damit die Flammen sich darüber hermachen konnten, drückte sie sich den Bericht an die Brust und prägte ihn sich genau ein.

Die Frau öffnete die Augen und sah, dass der Junge sie ganz gebannt anstarrte. »Warum hatte sie Angst, ihr Vater könnte davon erfahren? Und warum musste sie verheimlichen, was sie getan hatte?«

»Das, mein Junge, ist eine andere Geschichte. Wenn du willst, erzähle ich sie dir.«

Kapitel 1

Oktober 2007
Copper Creek, Tennessee

Joey Harris erhob sich aus ihrem Liegestuhl und starrte aus dem Fenster ihres Büros im ersten Stock. Goldene Blätter fielen von den Bäumen und blieben auf dem nassen Gehweg am Rand des historischen Marktplatzes kleben. Zwei Frauen mittleren Alters unterhielten sich auf der Straße, gestützt auf ihre Regenschirme. Wenn sie doch nur Joeys Büro betreten würden und sich in die leeren Felder ihres Kalenders eintragen könnten.

Sie trat vom Fenster zurück und ließ die Gardine los.

Ein schrilles Geräusch ertönte und sie wich zurück. Was, wenn sie den Anruf einfach ignorierte und darauf bestand, den letzten vereinbarten Termin wahrzunehmen? Wenn sie sich weigerte zu akzeptieren, dass ihre Dienste von den Einwohnern von Copper Creek in Tennessee nicht länger benötigt wurden?

Sie straffte die Schultern und nahm das schnurlose Telefon aus der Station. »*Josephinas Eventschmiede.*«

»Hi, Liebling. Ich wollte nur Hallo sagen. Ich stelle dich laut.«

Mom. Joey stieß die Luft aus, die sie angehalten hatte. Straßenlärm und die Stimme eines Navigationssystems drangen an ihr Ohr.

Joey sank auf das kleine Sofa hinter ihr und streifte ihre Pumps ab.

»Sag deiner Tochter Hallo, Ronnie«, zischte ihre Mutter, als könnte Joey nicht jedes Wort hören.

»Ich versuche, dieser neumodischen Navi-Dame zuzuhören und die Spur zu wechseln, ohne dass ich mit meinem Transporter einen Minivan erledige. Bitte sag deiner Mutter, dass ich nur eine Sache gleichzeitig machen kann, Joey.«

Joey unterdrückte ein spöttisches Lachen. »Läuft eure Fahrt bislang gut?«

Früh an diesem Morgen waren ihre Eltern aufgebrochen. Sie waren aus dem Haus ausgezogen, das Joey mit ihrem Vater zusammen gebaut hatte, als sie gerade einmal acht Jahre alt gewesen war. Sie erinnerte sich noch gut daran, wie es gewesen war, ihm nicht von der Seite zu weichen und ihm jedes Werkzeug anzureichen, das nicht zu schwer für sie war.

Nachdem sie sich verabschiedet hatten, was ihnen nicht leichtgefallen war, hatte Joey sich gegen den albernen Drang gewehrt, in den mit den Habseligkeiten ihrer Eltern gefüllten Anhänger zu klettern und als blinder Passagier mit ihnen den Neuanfang zu wagen.

»Es sind noch etwa vier Stunden bis St. Petersburg.« Die freudige Erregung in Moms Stimme war ein gutes Zeichen. Dieser positive Ton hatte viel zu lange gefehlt.

»Sonne und Meer, wir kommen!« Dads Ton war munter, aber Joey wusste es besser. Ihre Eltern hatten schon seit Jahren vor, sich in Florida zur Ruhe zu setzen, aber nicht unter diesen Bedingungen.

Joey legte auf und nahm ihren Kalender vom Schreibtisch. All die durchgestrichenen Termine – Spuren von Plänen, die immer noch geschmiedet wurden, nur ohne sie. Geburtstagspartys. Hochzeiten. Jubiläen. Abschlussfeiern.

In einer Kleinstadt zu leben, in der jeder jeden kannte, hatte Vorteile ... und Nachteile. Sie klappte den Kalender zu und stand auf.

Sie nahm ihren Schlüsselbund und sah sich noch einmal in dem aufgeräumten Büro um, das jedem, der durch die Tür trat, signalisieren sollte, dass sie einen Blick für Schönheit und Details hatte. Der Standort war erstklassig zwischen einer Wellness-Oase und einer Boutique. Joey seufzte. Sie war noch nicht recht bereit, diesen Traum aufzugeben, aber allmählich fragte sie sich, ob es die Mühe lohnte.

Sie schloss die Tür hinter sich ab und verließ das Gebäude. Draußen schlug ihr der Geruch von nassem Herbstlaub entgegen. Margaret Pierce, die Inhaberin der Pension eine Straße weiter, kam auf sie zu und ihre niedrigen Absätze klapperten auf dem Pflaster. Plötzlich wurde Joey ganz schlecht.

Margaret blickte vom Bildschirm ihres Smartphones auf. Dann nickte sie Joey kurz zu und entschied sich dann für die andere Straßenseite, anstatt direkt an ihr vorbeizugehen.

Joey knurrte innerlich und schluckte die Worte hinunter, die ihr auf der Zunge lagen. Sie hatte vor sechs Monaten zu erklären versucht, dass ihre Familie unschuldig war, nachdem Margaret ihre Nichte dazu gebracht hat, Joey als Hochzeitsplanerin zu feuern. Aber wenn Margaret damals keinen vernünftigen Argumenten zugänglich gewesen war, dann würde sie es jetzt auch nicht sein.

Es fing an zu nieseln, und ohne dass ihre Schritte stockten, öffnete Margaret ihren Regenschirm und hielt ihn sich über den Kopf. Joey riss den Blick von der Frau los und ging zu ihrem Pickup – einem hellrosafarbenen Gefährt mit Joeys Firmennamen auf der Seite. Das Ding war unglaublich hässlich, aber ihre Eltern waren ganz stolz gewesen, als sie es Joey geschenkt hatten, nachdem sie den ersten Auftrag als Eventmanagerin ergattert hatte. Joey musste unwillkürlich lachen. Dad hatte gesagt, sie brauche etwas Praktisches und Hübsches, um Dinge zu ihren Events zu befördern. Aber um unauffällig durch die Stadt zu fahren, war es nicht das richtige Fahrzeug.

Joey stieg auf der Fahrerseite ein und wischte die Regentropfen von ihren nackten Armen, bevor sie die Locken zurückstrich, die sich aus ihrem Knoten gelöst hatten. Joey parkte aus und fuhr einmal um den Marktplatz.

Als Teenager hatte sie immer gerne mit ihrem Vater und ihrem Bruder zusammengearbeitet, während sie jedem dieser historischen Gebäude ein Facelifting verpasst hatten, bevor eine Reihe anrührender Filme dort gedreht werden sollten. Touristen und neu Zugezogene strömten jetzt nach Copper Creek, weil sie die

Märchenstadt sehen wollten, die sie im Fernsehen gesehen hatten.

Nur leider hatten die Leute vergessen, dass es Joeys Vater gewesen war, der mit seiner Arbeit die Produzenten der Serie überhaupt erst verzaubert hatte.

Als sie nach Hause fuhr, versuchte Joey, Ideen zu sammeln, wie sie den guten Namen der Harris-Familie wiederherstellen könnte, aber sie sah im Geiste immer nur ihr leeres Auftragsbuch vor sich und die finstere Miene von Margaret Pierce.

In ihrer Wohnung angekommen, holte sie ein Fertiggericht aus dem Gefrierschrank und schob es in die Mikrowelle. Während das Essen kochte, warf Joey sich auf die Couch und zog sich eine verschlissene Patchworkdecke auf den Schoß. Dann klappte sie ihren Laptop auf und tippte in die Suchleiste den Namen des neuen Viertels, in dem ihre Eltern demnächst wohnen würden. Vielleicht hätte sie doch als blinde Passagierin in dem Lieferwagen mitfahren sollen. Trotz des Drucks auf ihrer Brust lächelte sie bei der Vorstellung, mit ihren sechsundzwanzig Jahren in einer Seniorenwohnlage ihre Zelte aufzuschlagen und für den Rest ihres Lebens elegante hundertste Geburtstage und goldene Hochzeiten auszurichten.

Ihre Suche erstreckte sich bald auf Immobilienanzeigen, in denen Häuser an der Küste angepriesen wurden, weit jenseits ihres Budgets. Sie stellte sich vor, wie sie auf der Veranda eines dieser Häuser stand, einen Mann neben sich. Der adrette Holzfäller trug ein kariertes Hemd und hatte das Gesicht ihres Ex-Freundes Paul. Joey schüttelte den Kopf. Das war merkwürdig. Paul trug niemals Flanellhemden und sie hatte auch nie daran gedacht, ihn zu heiraten. Wie kam sie bloß auf diesen Gedanken?

Sie holte ihr Essen aus der Mikrowelle und zum Glück schmeckte es besser, als es aussah.

Ihr Handy klingelte. Sophies Name erschien auf dem Display.

Joey stellte den Karton auf den Beistelltisch und nahm das Gespräch an. Dann lehnte sie sich zurück und starrte zur Zimmerdecke hinauf. »Hi, Soph«, sagte sie seufzend.

»Du brauchst nicht so überschwänglich zu klingen, wenn du mit mir sprichst. Sonst bilde ich mir noch was darauf ein.«

Joey grinste über die trockene Bemerkung ihrer Freundin. »Nimm es nicht persönlich. Ich habe mich heute Morgen von meinem Elternhaus verabschiedet. Mom und Dad sind auf dem Weg in ihr neues Leben in Florida. Außerdem befindet sich meine Firma gerade in einer rasanten Abwärtsspirale und Rettung ist nicht in Sicht, weil der Name Harris hier am Ort verbrannt ist. Oh, und seit wir das letzte Mal miteinander gesprochen haben, hat Paul mit mir Schluss gemacht, weil er eine andere hat.«

Sophie sog scharf die Luft ein. »Autsch.«

»Ja, ich fühle mich großartig.« Joey löste ihr langes braunes Haar aus dem Knoten.

»Was ist passiert?«

»Ich dachte, ich hätte wenigstens zwei vielversprechende Aufträge an Land gezogen und könnte Copper Creek daran erinnern, dass ich keine Betrügerin bin und auch nicht die Tochter von Betrügern.« Joey verdrehte die Augen. »Da ist diese Frau, Cara, die gerade hergezogen ist und einen Geschenkeladen aufmacht. Sie hat mich gefragt, ob ich ihre Eröffnung planen kann.« Joey rieb sich den Nacken, um die beginnenden Kopfschmerzen zu mildern. »Aber gestern hat sie mich auf der Straße angesprochen und gesagt, Ada von der Boutique nebenan hätte gesagt, wenn sie mir den Auftrag gibt, wird niemand kommen. Ich weiß, dass Margaret dahintersteckt, denn ihre Pension wäre beinahe bankrottgegangen, als …«

»Halt mal kurz die Luft an, Jo-Jo. Ich meinte Paul – den Typen, mit dem du immerhin acht Monate zusammen warst. Warum hast du mich nicht angerufen?«

Joey schnaubte. »Irgendwie hat es sich nicht so wichtig angefühlt bei allem anderen, was war.«

»Was ist passiert?«

»Letzte Woche hat er in der Suppenküche, in der seine Männergruppe freiwillig hilft, ein Mädchen kennengelernt, und sie haben sich angeblich blendend verstanden. Er meinte, es sei nur anständig, mit mir Schluss zu machen, bevor er mit ihr über seine Gefühle spricht.«

»Ist das derselbe Paul, mit dem wir zur Schule gegangen sind? Der nicht mal ein T-Shirt gekauft hat, ohne einen Monat darüber nachzudenken?«

Joey massierte sich die Kopfhaut. »Er sagt, er hätte noch nie solche Gefühle für jemanden gehabt. Was soll ich dazu sagen?«

»Was du dazu sagen sollst? Ihr wart beinahe ein Jahr lang zusammen und er lässt dich fallen für irgendein Mädchen, das er gerade erst kennengelernt hat und das seine Gefühle vielleicht gar nicht erwidert? Wer macht denn so was?«

Joey musste lächeln. Schade, dass Sophie nicht in der Nähe wohnte. Sie würde Copper Creek ordentlich den Kopf waschen. »Aber das ist es ja, Soph. Die Tatsache, dass ich nicht geweint habe und nicht den Wunsch hatte, mit irgendetwas um mich zu werfen ... Ich ... ich weiß einfach nicht mehr, was ich mache.« Sie nahm ihr Essen vom Tisch und schob sich eine Gabel voll in den Mund.

»Du denkst doch nicht, dass es etwas mit dem Prozess und der Sache mit Margaret zu tun hat, oder?«

»Ich hoffe nicht. Aber du kennst ja Paul. Er mochte es immer gerne einfach. Und das ist mein Leben nun mal nicht. Nicht mehr.«

»Ich bin dafür, dass du deine Sachen packst und nach Nashville ziehst. In ein paar Wochen wird die Wohnung neben meiner frei. Hier gibt es viel mehr Gelegenheiten für Eventplanung als in dem Touristenort Copper Creek. Vielleicht schmeißt du bald schon Partys für irgendwelche Country-Stars.«

Joey stellte ihr Essen ab und sank tiefer in die Sofakissen. Sie wickelte eine Locke um ihren Finger und beobachtete, wie das Licht der Lampe sich darin spiegelte. »Ich weiß deine Zuversicht und deine chronische Spontaneität sehr zu schätzen, aber wir wissen beide, dass solche Chancen sich nicht ergeben. Ich wäre ein winziger Fisch in einem viel größeren Teich. Außerdem ist mir Anonymität im Moment lieber als großes öffentliches Interesse. Ich muss hier nur noch ein bisschen länger durchhalten. Einen Auftrag habe ich ja noch: die Willkommensparty für Evelyns Sohn, wenn er nach Hause zurückkommt. Wenn ich die mit Bravour bestehe, muss das Blatt sich doch wenden, oder nicht?«

»Warum willst du unbedingt in Copper Creek Erfolg haben?«

Joey richtete sich auf. »Ich … es ist meine Heimat.« Sie knibbelte an dem Nagellack, der abblätterte, seit sie die knarrenden Fußbodendielen in ihrem Büro festgenagelt hatte, nachdem sie den ganzen Tag über nichts anderes zu tun gehabt hatte.

»Nach allem, was passiert ist?«, schnaubte Sophie verächtlich. »Ist es das wirklich wert? Dass du dir so viel Mühe gibst, die Gunst von Menschen wiederzuerlangen, die deine Familie zum Sündenbock für all ihr Elend machen? Jeder Idiot kann doch sehen, dass die Vorkommnisse bei der Baufirma erst aufgetreten sind, nachdem dein Dad den Betrieb verkauft hatte. Die Welt ist größer als Copper Creek.«

Sophie hatte gut reden. Sie war nach der Schule nach Nashville aufs College gegangen und hatte seitdem keinen Gedanken mehr an Copper Creek verschwendet. In der Zwischenzeit hatte Joey sich in ihrer geliebten Heimatstadt selbstständig gemacht und abends BWL-Kurse belegt.

Ein Leben in Copper Creek war alles, was von Joeys Träumen noch übrig war. Hier aufzuwachsen, hatte viel Ähnlichkeit mit den Wohlfühlfilmen, die unmittelbar vor ihrem Bürofenster gedreht worden waren. Bei einigen Episoden hatte Joey sogar als Statistin mitgespielt. Aber ihre Wirklichkeit hatte nichts gemein mit den Filmen, die mit einem geretteten Familienunternehmen und einem Kuss auf dem Marktplatz endeten. »Mein Dad hat nicht verdient, was sie ihm angetan haben. So durch den Schmutz gezogen zu werden. Ich muss …«

»Es irgendwie wiedergutmachen? Komm schon, Joey …« Das Weinen eines Babys drang durch die Leitung. »Oh-oh, Liam ist aufgewacht. Sorry, Liebes, ich muss. Ich weiß, dass Nashville nicht dein Traum ist, aber denk mal daran, wie viel Spaß wir als Nachbarinnen hätten.«

Nach dem Telefonat legte Joey nachdenklich die Stirn in Falten. Noch mal ganz von vorne anfangen? War das wirklich die einzige Lösung? Das würde bedeuten, dass sie acht Jahre umsonst in ihre Firma investiert hätte. Hatte sie wirklich den Mut dazu? Wollte sie das überhaupt?

Wenige Stunden später kam eine Textnachricht von Sophie. »Wahrscheinlich wirst du das als Beweis für meine sogenannte chronische Spontaneität anführen, aber ich glaube, ich habe genau das Richtige für dich gefunden. Guck mal in deine E-Mails.«

Joey öffnete ihr E-Mail-Programm. Die Betreffzeile lautete: »Du hast doch gesagt, du wolltest anonym sein.« Joey überflog die angefügte Stellenanzeige und betrachtete das pixelige Foto eines Leuchtturms, der von wilder ursprünglicher Landschaft umgeben war. Sophies Plan, Joey nach Nashville zu locken, war schon abwegig. Aber das hier? Sie schüttelte den Kopf. *So* verzweifelt war sie nun auch wieder nicht. Oder?

Kapitel 2

Oktober 2007
Pamlico Sund, North Carolina

»Du wirst mich nicht finden, Wally. Niemals!« Cays helle Stimme wurde vom Wind herübergeweht und kitzelte ihn in den Ohren.

Walt bog auf dem gewundenen Trampelpfad zwischen riesigen Eichen hindurch nach rechts ab. Wenn er sie in ein Gespräch verwickelte, hatte er vielleicht eine Chance. »Letztes Mal hätte ich dich fast gefunden.«

»Gar nicht. Ich bin die uneingeschränkte Königin des Versteckspielens«, lachte sie. Diesmal klang es etwas weiter entfernt. Walt grinste. Cay schummelte. Sie sollte ihr Versteck nicht wechseln. Er beschleunigte seine Schritte.

»Wenn du die Königin bist, macht mich das dann zum König?«

»Eher zum Hofnarren!« Diesmal kam die Stimme von weiter links.

»Du hast dich bewegt! Kein Wunder, dass du immer gewinnst.«

Es folgte keine Antwort. Walt lief weiter auf dem schmalen, gewundenen Weg durch den Küstenwald aus dürren Pinien und Eichen. Er erstarrte, als die Dunkelheit hereinbrach, plötzlich und dicht, als hätte jemand die Sonne vom Himmel genommen. »Cay? Wo bist du?«

Die Stille pochte in seinen Ohren.

»Vergiss das Spiel. Komm raus. Lass uns nach Hause gehen.« Er versuchte, den jetzt rabenschwarzen Pfad weiterzugehen, aber seine Beine waren schwer wie Blei.

»Wally!« Der Klang ihres erstickten Aufschreis sog ihm die Luft aus der Lunge.

Er kämpfte sich weiter, kleine Äste schlugen ihm ins Gesicht, aber *seine Beine wollten ihm einfach nicht gehorchen. Er sank auf die Knie und kroch weiter. »Bitte lass uns einfach heil nach Hause kommen.« Er war sich nicht sicher, ob die Worte, die aus ihm herausplatzten, seiner Freundin galten oder Gott.*

Walt fuhr hoch und stieß sich den Kopf an der Decke der niedrigen Koje. Er hielt sich die Stirn und stöhnte. Er war schweißgebadet und es dauerte einige Augenblicke, bis sein Atem ruhiger ging. Dann wuchtete er seinen schmerzenden Körper aus dem Bett und ging an Deck, hinaus in die Nacht.

Das Segelboot schaukelte ein wenig auf seinem Ankerplatz in der Meerenge. Die kühle Brise ließ die Feuchtigkeit auf Walts Haut verdunsten, sodass er fröstelte. Er setzte sich auf die Bank im Bug des Bootes und sah nach oben, seine Arme um die Taille geschlungen, den Blick auf die Millionen winzigen Lichtpunkte am Nachthimmel gerichtet. Dann wanderte sein Blick zu der dunklen, kaum sichtbaren Silhouette des alten Leuchtturms.

Er war sich nicht sicher, warum seine sechzigjährige Ehe das Träumen von seiner Jugendfreundin verhindert hatte, aber jetzt, wo Martha nicht mehr da war, waren die Träume zurück und trieben ihn erbarmungslos zu den Orten seiner Kindheit.

Vielleicht würde sein Plan, die Fehler seiner Vergangenheit wiedergutzumachen, weder die Albträume beenden noch den Schmerz in seiner Brust verstummen lassen – aber er war es Cay schuldig, es wenigstens zu versuchen.

Kapitel 3

Gesucht wird eine Bauleitung für einen nicht mehr in Betrieb befindlichen Leuchtturm in Privatbesitz auf einer abgelegenen Insel in North Carolina. Dauer der Beschäftigung: 4 bis 6 Monate, je nachdem, wie viel Zeit für die Renovierung benötigt wird. Erfahrung in Projektleitung und Bauwesen zwingend erforderlich. Unterkunft vor Ort verfügbar. Beginn: 12. November. Bewerbungen sind einzureichen über den unten stehenden Link. Bewerbungsfrist: 16. Oktober.

Joey starrte auf das körnige Foto, das der Stellenanzeige beigefügt war, und betrachtete den Leuchtturm und das wuchernde Gestrüpp, das sich um das Haus daneben rankte, sodass nur noch der Dachfirst zu sehen war.

Als ihr Sophie gestern Abend diese Anzeige gemailt hatte, hatte Joey sie als verrückt abgetan, aber so lächerlich die Idee auch war, ließ sie ihr doch keine Ruhe. Sie wählte die Nummer ihrer Freundin.

Sophie meldete sich mit einem müden »Hallo?«.

»Was ist denn los, Soph?«

»Tut mir leid, aber ich hatte letzte Nacht nur dreieinhalb Stunden Schlaf. Erinnere mich daran, was für verrückte Dinge ich in den letzten vierundzwanzig Stunden gesagt oder gemacht habe.«

Joey warf einen Blick auf ihre Armbanduhr und sog scharf die Luft ein. Es war erst sieben Uhr morgens. *Ups.* »Projektleiterin auf einer Baustelle? Ich bin Eventmanagerin. Meine Werkzeuge sind Tüll und Torten, nicht Hammer und Nägel.«

Ein Gähnen war durch die Leitung zu hören. »Du hast dein Leben lang mit deinem Dad zusammengearbeitet«, sagte Sophie.

»Du weißt jede Menge darüber, was gemacht werden muss und in welcher Reihenfolge.«

»ICH. BIN. EVENTMANAGERIN.« Joey betonte jedes Wort und versetzte dabei dem Sofakissen neben ihr einen Fausthieb.

Sophie lachte. »Und genau deshalb ist es perfekt für dich. Du bist ein Genie darin, Dinge ans Laufen zu kriegen, egal, ob es eine Taufe oder eine Hochzeit mit sechshundert Personen ist. Und du könntest mal eine Pause von Copper Creek machen, um den Kopf freizukriegen.«

Sophies unerschütterliches Vertrauen tat Joey gut. Auch wenn ihre beste Freundin überhaupt nicht unparteiisch war, hatte Joey in letzter Zeit nicht viele Komplimente bekommen. »Vielleicht, aber ... ich weiß nicht ... wieder zu Renovierungen zurück? Was würde Dad davon halten?«

Ihr Vater hatte sie förmlich angefleht, seine Firma zu übernehmen, als Mom und er beschlossen hatten, dass es an der Zeit war, sich zur Ruhe zu setzen. Aber sich eine Rolle anzumaßen, die ihrem Bruder Trey zustand? Niemals.

Die Arbeit als Eventmanagerin war für sie eine nette Möglichkeit gewesen, flügge zu werden. Eine eigene Nische in ihrer aufstrebenden Kleinstadt zu finden. Und sie hatte ihren Job gerne gemacht ...

Sophies Stimme unterbrach ihre Gedanken. »Ich wette, dein Dad will nur, dass du glücklich bist, und im Moment bist du nicht glücklich. Wenn das Bauvorhaben erledigt ist, kannst du ja immer noch entscheiden, ob du nach Copper Creek zurückgehen willst.«

Joey musste zugeben, dass es einen gewissen Reiz hatte, eine Zeit lang zu verschwinden. Und ausgerechnet an einem Leuchtturm zu arbeiten? An einem Gebäude, das Wind und Wetter trotzte, um Menschen sicher nach Hause zu führen. Es wäre die perfekte Auszeit, wenn sie helfen könnte, einen solchen Ort in neuem Glanz erstrahlen zu lassen. Sie überflog noch einmal die etwas dürftige Beschreibung und das unscharfe Foto.

»Wo hast du die Anzeige überhaupt gefunden? Bist du sicher, dass die echt ist?«

»Die stand im Stadtanzeiger von Kitty Hawk. Du weißt doch noch, dass meine Tante Nora dort wohnt, oder? Nach meinem letzten Besuch bin ich irgendwie in dem Verteiler gelandet, der für die Einwohner des Ortes gedacht ist, also bekomme ich einmal im Vierteljahr deren Newsletter. Ich wollte ihn eigentlich schon abbestellen, aber manche Kontaktanzeigen sind einfach zu köstlich. Jedenfalls stand da auch was über die Leuchtturmrenovierung drin. Ich leite dir den Newsletter gern weiter, wenn es dich interessiert.«

Joey massierte ihre Stirn. »Okay, warum nicht.«

※

Später an diesem Morgen betrat Joey leise summend ihr Büro, einen heißen Chai Latte in der Hand. Es war einer dieser vollkommenen Herbsttage, an denen der Himmel leuchtend blau über dem ersten Herbstlaub erstrahlt.

Auch wenn es Spaß gemacht hatte, mit Sophies ausgefallenen Ideen für eine Kurskorrektur in ihrem Leben zu spielen, würde Evelyns Sohn Jason bald aus der Navy entlassen werden. Und welchen Eindruck würde es wohl hinterlassen, wenn sie einfach nach North Carolina ging und den einzigen fest vereinbarten Auftrag in ihrem Kalender absagte? Bei all den Extras, die sie eingeplant hatte, würde sie dabei zwar nicht viel verdienen, aber diese Feier sollte ihr Vorzeige-Event werden. Dann würden ihre Verleumder Vernunft annehmen und sich daran erinnern, dass sie immer noch dieselbe Joey war, die in Copper Creek aufgewachsen war und erfolgreich alle möglichen Veranstaltungen geplant hatte, ohne jemandem auch nur einen einzigen schwer verdienten Dollar ungerechtfertigt aus der Tasche zu ziehen.

Joey drehte sich langsam auf ihrem Bürostuhl hin und her, während sie an ihrem heißen Getränk nippte und alles an ihrem ordentlichen Arbeitsplatz genoss. Hell und luftig mit mintfarbenen und goldenen Akzenten.

Nichts tat sie lieber, als die vielen kleinen Details, die man für ein perfektes Event brauchte, gekonnt in Stellung zu bringen und sie dann tanzen zu lassen wie viktorianische Lords und Ladys auf einem Ball. Mit den unvermeidlichen Katastrophen fertigzuwerden, wenn jemand einen Kuchen fallen ließ oder die Musiker das falsche Datum in ihren Kalender eingetragen hatten, während die Gastgeber gar nichts davon mitbekamen und ihren feierlichen Augenblick genossen.

Ein *Ping* ertönte von Joeys Laptop. Eine E-Mail von Sophie, vermutete sie. Sekunden später scrollte sie durch den Newsletter von Kitty Hawk auf der Suche nach Informationen über den Leuchtturm.

Bleakpoint Light wird wieder zum Leben erweckt

Nachdem Finnegan W. O'Hare die Immobilie vor Kurzem erworben hat, soll das verlassene Anwesen jetzt restauriert werden. Auf einer abgelegenen Insel am südlichen Rand der Outer Banks liegt Bleakpoint Light, das immer mehr verfällt, seit es in den 1940er-Jahren nach dem ungeklärten Verschwinden des langjährigen Leuchtturmwächters Callum McCorvey und seiner Tochter Cathleen McCorvey außer Betrieb genommen wurde. Der Legende nach spukt es dort, weil die vermisste Tochter McCorveys durch das Gebäude geistert, aber O'Hare lässt sich von möglichen Gespenstern nicht abschrecken. Auf die Frage, was mit dem Leuchtturm geschehen soll, wenn er erst einmal in neuem Glanz erstrahlt, gab O'Hare keine Auskunft. Wir werden in den nächsten Monaten berichten, wie es weitergeht.

Joey lehnte sich zurück. Gespenstergeschichten? Legenden? Was hatte Sophie ihr denn da schmackhaft machen wollen?

Sie schüttelte den Kopf. Es spielte keine Rolle. Die Stadt hinter sich zu lassen und den Winter auf einer Insel in North Carolina zu verbringen, mochte zwar reizvoll klingen, aber es war keine Lösung für Joeys Probleme.

Zwei neue Familien waren vor Kurzem nach Copper Creek gezogen. Vielleicht hatten sie noch nichts von den üblen Gerüchten gehört, die über sie kursierten, und riefen bald einmal an, um eine Festlichkeit zu planen. Sie hatten Kinder. Geburtstagspartys für Kinder waren zwar nicht gerade ihre Lieblingsevents, aber sie konnte im Moment nicht wählerisch sein.

Das schrille Klingeln des Telefons durchbohrte die Stille. »*Josephinas Eventschmiede.*«

»Joey, Liebes, ich habe schlechte Nachrichten«, drang Evelyns Stimme an ihr Ohr.

Joey senkte den Kopf auf ihre gläserne Schreibtischplatte, sodass ihr Make-up einen beigefarbenen Fleck darauf hinterließ. »Nicht auch noch du.«

»Ich fürchte, ich kann es nicht ändern. Jason hat gerade angerufen. Die Navy hat beschlossen, ihn sechs Monate länger in Japan einzusetzen, also muss die Willkommensfeier warten. Aber du weißt, dass ich dich buchen werde, wenn es so weit ist.«

»Das weiß ich zu schätzen, Evelyn.« Joey beendete das Telefonat und kämpfte gegen die Verzweiflung an, die in ihr aufstieg. Die liebe Frau hatte sie ja gewarnt, dass das Datum für Jasons Rückkehr nicht hundertprozentig feststand.

Joey massierte sich die Schläfen, stand auf und ging im Büro auf und ab.

Dann setzte sie sich und überflog noch einmal den Artikel und die Stellenanzeige. Es war eine absurde Idee, daran bestand kein Zweifel, aber sie konnte immer noch rechtzeitig wieder nach Hause kommen, um die verschobene Willkommensfeier für Evelyn auszurichten und einen Neustart hinzulegen.

Joey ließ den Mauszeiger über der »Bewerben«-Schaltfläche schweben und hielt die Luft an. Bestimmt gab es da draußen jede Menge Leute, die besser qualifiziert und auf eine solche Gelegenheit scharf waren. Sie konnte es also ruhig versuchen. Es wäre eine lustige Geschichte, über die Sophie und sie in ein paar Jahren lachen würden. *Hey, weißt du noch, wie du mich überredet hast, mich für die Renovierung eines Leuchtturms zu bewerben, nur um für eine gewisse Zeit mein katastrophales Leben hinter mir zu lassen?*

Sie füllte das Formular aus, skizzierte die Projekte, die sie geplant hatte, und die Arbeiten, mit denen sie ihrem Vater bei diversen Renovierungen zur Hand gegangen war, angefangen von einem alten Theater, das jetzt wieder im Stil der 1920er-Jahre glänzte, bis hin zu den Fassaden aller Häuser am Marktplatz. Gemeinsam hatten sie jedes Gebäude modernisiert und waren zugleich immer darauf bedacht gewesen, den historischen Charme für die Dreharbeiten in der Stadt zu erhalten.

Joey betrachtete das Foto und die wenigen Angaben zu dem Bauprojekt. Wenn der Leuchtturm seit den Vierzigerjahren leer gestanden hatte, waren mit Sicherheit erhebliche Reparaturen notwendig, die kostspielig waren.

Sie griff nach ihrem Telefon und wählte die Nummer ihres Vaters. Er schwieg, während sie ihm erklärte, was es mit dem Job auf sich hatte. Joey spürte, wie sich ihr Magen zusammenzog. Je mehr sie sagte, desto absurder klang das ganze Unterfangen.

Als sie fertig war, kniff sie die Augen zusammen und wartete auf seine Antwort.

Seine Reaktion war sanft, aber ganz sachlich. »Du hast nicht viele Informationen. Es ist ein großer Unterschied, ob es um kosmetische Arbeiten geht oder Statiker zu Rate gezogen werden müssen. Und bist du dafür zuständig, die entsprechenden Firmen zu finden und dich zu vergewissern, dass sie die nötigen Genehmigungen und Versicherungen haben, um die anfallenden Arbeiten zu erledigen? Was ist mit der finanziellen Seite? Du musst wissen, was von dir erwartet wird.«

Joey schluckte. »Vielleicht ist es doch keine so gute …«

»Joey, wenn du es machen willst, dann weiß ich, dass du der

Sache gewachsen bist.« Ihr Dad räusperte sich. »Wegen der fehlenden Angaben gehe ich davon aus, dass es sich bei dem Auftraggeber um eine Privatperson handelt. Bauunternehmen und Behörden, die solche Arbeiten sonst ausführen, haben eigene Projektleiter. Wenn du in diese Richtung gehen willst, musst du gute Fragen stellen. Und hör genau auf die Antworten. Außerdem solltest du dir das Objekt vorher einmal anschauen, bevor du irgendeinen Vertrag unterschreibst. Sprich mit … äh … also, mit jemandem, der sich auf Verträge versteht.«

Joey presste die Lippen aufeinander. Mit jemandem? Mit wem? Vielleicht dem Sohn, mit dem er seit drei Jahren kein Wort mehr gewechselt hatte?

Sie bedankte sich bei ihrem Vater für die Tipps und beendete das Telefonat. Warum fühlte sie sich entgegen aller Vernunft immer noch zu diesem Leuchtturm hingezogen? Sie stützte den Kopf in die Hände und schloss die Augen. *Gott, das könnte ein riesiger Fehler sein, aber … Ich weiß nicht … irgendwas fühlt sich richtig an dabei. Hilf mir bitte und schlag diese Tür zu und schließ sie fest ab, wenn es wieder eine Katastrophe wird. Ich glaube nicht, dass ich noch eine verkrafte.*

Joey straffte die Schultern und beschloss zu glauben, dass Gott die Tür schließen würde, wenn dieser Job nichts für sie war. Mit dem Rat ihres Vaters im Hinterkopf vervollständigte sie ihre Bewerbung und klickte auf »Senden«.

Dann verstaute sie ihren Laptop und ging nach draußen, um frische Luft zu schnappen. Vielleicht sollte sie außerhalb von Copper Creek Werbung machen. Eigentlich wäre es ihr lieber, für ihre Aufträge keine lange Anfahrt zu haben, aber irgendwo musste Margarets Einfluss doch auch aufhören.

Während sie zu ihrem Wagen ging, wurde sie von dem kalten Wind erfasst, der ihr die Haare aus dem Gesicht wehte. Mit der Fingerspitze fuhr sie über die Fugen an der Außenfassade eines Ladens und blieb dann stehen, um in das Schaufenster der Boutique zu sehen. Ihr Vater, sie und Trey hatten vor einigen Jahren diese alten Holzrahmen liebevoll restauriert und neue Glasscheiben eingesetzt.

Ach, Trey. Sie hatte gedacht, wenn sie Dads Angebot, die Firma zu übernehmen, ausschlug, würde sie Zeit gewinnen. Trey würde zur Vernunft kommen und nach Copper Creek zurückkehren, um das Unternehmen weiterzuführen, wie sie es immer geplant hatten. Oder Dad würde sich mehr Mühe geben, mit seinem verlorenen Sohn wieder in Beziehung zu treten. Der Riss in ihrer Familie würde heilen. Und die Dinge würden wieder so werden wie früher.

Aber nichts von alledem war geschehen.

Joey überquerte den Platz und setzte sich auf eine Bank vor dem Rathaus. Sie beobachtete, wie die Ladenbesitzer nacheinander ihre Geschäfte schlossen und die »Geöffnet«-Schilder umdrehten. Vielleicht hatte Sophie recht. Vielleicht war es an der Zeit, Lebwohl zu sagen. Wenn diese dickköpfigen Leute sie nicht von dem Schuft unterscheiden konnten, der Dads Firma gekauft und sie über den Tisch gezogen hatte, warum in aller Welt hatte Joey dann das Gefühl, ihnen die Treue halten zu müssen?

Sie raffte sich auf und lief vor der Bank auf und ab, während sie in Gedanken die Gespräche durchging, die sie zuletzt mit ihrer besten Freundin geführt hatte. Sophie war wütend gewesen, weil Paul Joey abserviert hatte. Wütend darüber, wie die Stadt sie behandelte. Wütend. Und Joey spürte … nichts.

Obwohl, *nichts* stimmte nicht ganz. Sie empfand Enttäuschung. Resignation.

Sollte sie nicht in Tränen aufgelöst sein, weil Paul ein Mädchen kennengelernt und sofort mit ihr Schluss gemacht hatte? Oder ihre Sachen in eine Kiste packen und eine Stadt voller Menschen, die vergessen hatten, wie begabt, klug und großzügig sie immer gewesen war, keines Blickes mehr würdigen?

Aber stattdessen lief sie hier auf dem Marktplatz auf und ab und versuchte, einen Weg zu finden, wie sie das Vertrauen der Stadt zurückgewinnen konnte. Vertrauen, das sie ohne eigenes Verschulden verloren hatte.

Sie ging zu ihrem Wagen. Welches fehlende Puzzleteil glaubte sie hier zu finden? Mom und Dad waren längst weg. Trey würde nicht zurückkommen.

Ohne bewusst darauf zugegangen zu sein, stand sie plötzlich vor ihrem Elternhaus. Ein Umzugswagen war davor geparkt. Ein Mann und eine Frau mit ihren drei Kindern trugen Kisten hinein und machten Späße dabei. Die Freude auf einen Neuanfang leuchtete in ihren Augen trotz der Anstrengung eines Umzugstages.

Joeys Brust zog sich schmerzhaft zusammen. So sollte sich Familie … ein Zuhause … anfühlen.

Sie wählte Treys Nummer. Er ging beim dritten Läuten dran, wie immer.

»Hallo, Schwesterherz.« Im Hintergrund waren laute Geräusche von schwerem Gerät zu hören.

»Eine neue Familie zieht in unser Haus.«

»Warte mal kurz. Ich geh mal eben woanders hin.« Die Hintergrundgeräusche wurden leiser. »Bist du okay?«

Etwas an der Frage ließ bei ihr alle Dämme brechen und die Tränen liefen ihr über die Wange. Wie lange hatte Joey nicht mehr geweint? Sie wischte sich übers Gesicht. »Ich wusste immer, dass ich jederzeit hierher zurückkommen konnte, wenn ich einen Ort brauchte, um meine Wunden zu lecken. Und jetzt …«

»Sie reden seit Jahren davon, nach Florida zu ziehen, Roo«, sagte ihr Bruder leise.

Joey lächelte trotz ihrer Tränen, als sie den Spitznamen aus ihrer Kindheit hörte. Eine Folge ihres früher so sprunghaften Wesens und zugleich eine Anspielung darauf, dass sie den gleichen Vornamen trug wie ein kleines Känguru. »Wahrscheinlich habe ich immer gedacht, sie würden es sich anders überlegen.«

Zwei der Kinder kamen lachend aus dem Haus und schnappten sich weitere Kisten von der Ladefläche, mit denen sie um die Wette zur Haustür rannten. Hoffentlich enthielten die Kisten nicht das gute Porzellan. »Ich meine, es ist doch komisch, oder?«, sagte Joey. »Diese Leute ziehen in das Haus, das wir gebaut haben. Wir alle zusammen.«

Trey schwieg eine Weile und sagte dann nach einem langen Seufzer: »Stimmt schon. Aber für mich ist es nicht dasselbe. Ich habe mich abgenabelt. Mir ein neues Leben aufgebaut.«

Seine Worte waren wie Dolchstiche. Abgenabelt von Copper Creek? Oder von ihrer Familie? Joey versuchte vergeblich, das Zittern in ihrer Stimme zu verbergen. »Fragst du dich jemals, wie es sein könnte, wenn du …« Ihre Kehle war wie zugeschnürt und sie brachte kein weiteres Wort heraus.

»Nein.« Aber sie hörte den Zweifel in der kurzen Antwort, oder zumindest hoffte sie, Zweifel darin zu hören. »Hör zu, Schwesterherz. Ich weiß, dass es für dich nicht leicht gewesen ist, aber wir können nicht zurück, die Dinge haben sich verändert. Ich habe die Vergangenheit hinter mir gelassen. Mom und Dad haben es getan. Jetzt bist du an der Reihe.«

Er hatte ja recht. Joey verabschiedete sich von ihm. Die anderen blickten alle nach vorne. Und sie hielt die Überbleibsel eines Lebens in der Hand, das sie früher alle geliebt hatten.

Die Frau des Hauses bemerkte, dass Joey herüberstarrte, und blieb stehen und musterte den rosafarbenen Wagen mit dem Logo *Josephinas Eventsschmiede*. Nicht gerade das geeignete Fahrzeug für eine spontane Observation. Joey hob die Hand und winkte halbherzig, um dann mit brennenden Wangen weiterzufahren.

War es wirklich Copper Creek, von dem Joey sich nicht trennen konnte?

Kapitel 4

Drei Wochen später waren die wenigen Habseligkeiten von Joey in Kisten verstaut und in ihrem Büro geparkt und sie war unterwegs nach North Carolina. Offenbar hatte der Besitzer die Bewerbungen gesichtet und sich für zwei Kandidaten entschieden, die er persönlich kennenlernen wollte, bevor er sich endgültig auf einen festlegte.

Sophie hatte eine impulsive Idee gehabt und dann hatte Joey noch einen draufgelegt, weil der Mietvertrag für ihre Wohnung am selben Wochenende auslief und sie es sich nicht leisten konnte, zwei Mieten für Räumlichkeiten zu zahlen, die sie nicht nutzte, wenn sie diesen Job bekam. Entweder würde sie reumütig von dem Vorstellungsgespräch zurückkommen und kein Dach überm Kopf haben oder sie würde die nächsten vier bis sechs Monate in North Carolina verbringen.

Joey sah durch die Windschutzscheibe zu den Appalachian Mountains hinüber, die ihr schönstes Herbstkleid trugen. Je weiter sie fuhr, desto leichter schien die Last auf ihren Schultern zu werden. Vielleicht machte sie einen Riesenfehler, aber wenigstens hatte sie auf dem Weg eine herrliche Aussicht. Sie stieß einen zufriedenen Seufzer aus.

Als sie die Hauptstraßen hinter sich gelassen hatte, fuhr sie die gewundenen, steilen Bergstraßen hinauf und kam an urigen Städtchen vorbei, die an den Nantahala River grenzten. Gruppen auf Flößen jagten über die Stromschnellen und nutzten die letzten Tage zum Rafting, bevor die Saison zu Ende ging.

Joey fröstelte. Nie und nimmer. Sie wusste, wie kalt das Wasser selbst in der Sommerhitze noch war. Unter keinen Umständen würde sie sich diesem Gebirgswasser an einem kühlen Herbsttag nähern. Sie lachte über sich selbst. Außer vielleicht, wenn sie dafür einen vollen Terminkalender mit Hochzeiten erhielte, die sie planen sollte. Dafür würde sie sich wahrscheinlich auf alle möglichen Dummheiten einlassen.

Sie blickte auf die Uhr am Armaturenbrett und rechnete im Kopf. Eigentlich müsste sie einigermaßen früh in ihrem Hotel in Asheville ankommen, und wenn sie sich morgen vor Sonnenaufgang auf den Weg machte, würde sie rechtzeitig zu ihrem Termin am Nachmittag kommen.

✆

Am nächsten Nachmittag öffnete Joey die Tür ihres Toyotas und trat an die Reling der Fähre. Möwen schwebten über den sanften Wellen des Pamlico-Sunds und hofften darauf, dass jemand ihnen Leckereien zuwarf. Reiher staksten ein Stück weiter im Marschland durch das hohe Gras.

Der Wind zerzauste Joeys Locken und sie zog ihre dünne Jacke fester um sich. Bei dem Gespräch würde sie ziemlich wild aussehen, aber angesichts der Tatsache, dass die salzige Luft ihre Seele auf ungeahnte Weise erfrischte, fiel es ihr schwer, sich darüber Gedanken zu machen.

Je länger sie unterwegs war, desto gottverlassener war die Gegend. Sie war eine scheinbar endlose Nebenstraße entlanggefahren, die von riesigen Dünen gesäumt war und die vorgelagerten Inseln miteinander verband. Überall war schweres Gerät im Einsatz, das den Sand zurückschob, der auf die Straße geweht war. An einigen Stellen war die Landzunge so schmal gewesen, dass sie, wenn sie den Hals reckte, auf einer Seite der Dünen den Sund sehen konnte und, wenn sie den Kopf drehte, auf der anderen Seite das Meer. Zur nächsten Insel auf ihrem Weg gelangte sie jedoch nur mit der Fähre. Die Überfahrt würde eine Stunde dauern.

Danach musste sie noch mal dreißig Minuten fahren, bis sie endlich Finnegan O'Hare von Angesicht zu Angesicht gegenüberstehen und herausfinden würde, ob dieser verrückte Plan, auf eine einsame Insel zu fliehen, Wirklichkeit wurde.

Joey musterte die anderen Passagiere auf der Fähre. Die meisten von ihnen waren in ihren Autos geblieben. Die wenigen Personen, die ausgestiegen waren und aufs Wasser hinausblickten, machten Fotos.

Es war schön, an einen Ort zu kommen, wenn keine Saison mehr war. So hatte Joey das Gefühl, die Outer Banks in ihrer wahren Gestalt zu sehen; mit den Einheimischen, die schon lange mit der Insel verbunden waren, anstatt voller Touristen und junger Pärchen, die frisch verliebt waren. Jedenfalls vermutete Joey, dass es im Sommer hier ganz anders aussah.

Während die Fähre sich ihrem Ziel näherte, starrte Joey aufs Wasser hinaus. In der Ferne schlug die weiße Gischt der Wellen über den ruhigeren Wassern der Meeresenge zusammen.

Sie sah auf ihre Armbanduhr. Pünktlich würde sie jedenfalls sein. Vielleicht kam sie sogar ein paar Minuten früher an, sodass sie sich nach den vielen Stunden im Auto etwas frisch machen konnte, bevor sie ihrem potenziellen neuen Arbeitgeber gegenüberstand. Oder ihrem Kunden? Wie sollte man diese Geschäftsbeziehung bezeichnen?

Jetzt war der Fähranleger von Ocracoke zu sehen und Joey ging zu ihrem Fahrzeug zurück. Bald würde sie es wissen.

※

Eine halbe Stunde später fuhr Joey auf einen freien Parkplatz vor einem kleinen Imbiss, der ein wenig versteckt hinter einer Reihe von Läden lag, die allesamt in die Jahre gekommen waren.

Sie lehnte sich an die Kopfstütze und schloss die Augen ganz fest. Warum hatte sie sich nur von Sophie zu diesem Unsinn überreden lassen? Sie wusste genau, was nötig war, um den Ablauf eines Festbanketts zu planen, aber den Umfang und die Arbeitsgänge bei einem ausgemusterten Leuchtturm einzuschätzen? Dieser Finnegan O'Hare würde sie sofort durchschauen. Er würde wissen, dass sie keine Fachkraft war, sondern ihre Kenntnisse bei der gemeinsamen Arbeit mit ihrem Vater erworben hatte. Hinter ihrer Fassade würde er die Eventmanagerin sehen mit all dem Tüll und den Blumengestecken und den Dekoideen, die sie in Wirklichkeit ausmachten.

Joey wusste, wie man Dinge einen Abend lang schön aussehen lassen konnte. Aber etwas zu reparieren, was wirklich kaputt war? Da hatte sie ernsthafte Zweifel.

Sie stieg aus dem Wagen und straffte die Schultern. Sie hatte keine Wohnung und ihre Einkommensquelle war so gut wie versiegt – ihre sprichwörtlichen Brücken waren so was von abgebrochen, dass nichts mehr davon übrig war. Wenn sie selbst nicht glaubte, dass sie dieses Projekt managen konnte, wie sollte sie dann Finnegan O'Hare davon überzeugen, sich für sie zu entscheiden und nicht für ihren Rivalen? Sie musste selbstbewusst auftreten.

Joey warf einen letzten Blick auf das vorläufige Angebot, das sie geschrieben hatte, und ging im Geiste noch einmal durch, wie sie ihre wichtigsten Fähigkeiten präsentieren wollte.

Auf dem Weg in die Gaststätte kam sie an einem Anzugträger vorbei, der neben dem Eingang auf und ab lief und telefonierte. Neben dem schlichten Imbiss mit seiner abblätternden Farbe wirkte er irgendwie fehl am Platz. Es schien so, als führte er gerade ein unangenehmes Telefonat. Vermutlich ein ausgebrannter Chef, den die Arbeit auch im Urlaub nicht in Ruhe ließ.

Joey ging um ihn herum und betrat den Imbiss.

»Wenn man vom Teufel spricht. Da ist sie ja.« Die Stimmen der Gäste verstummten und Stühle kratzten über den Fußboden, als drei Männer sich zu ihr umdrehten.

Joey warf einen Blick hinter sich und hoffte, dass eine andere »sie« der Grund für die unwillkommene Aufmerksamkeit war. Aber der graubärtige Mann mit der wettergegerbten Haut sah Joey an. Hatte sich die Sache mit dem Vorstellungsgespräch etwa herumgesprochen? Waren diese Männer so schockiert, weil eine Frau sich für die Projektleitung beworben hatte? Du liebe Güte.

Einer der Männer lachte laut auf und schlug sich aufs Knie. »Du bist noch nervös von heute Morgen, Barlow. Das Mädchen sieht Saint-Mae doch gar nicht ähnlich. Die Augen stimmen nicht. Ihre sind braun, die von Saint-Mae haben die Farbe des Pamlico-Sunds.«

Joey sah sich im Raum um und suchte nach jemandem, der ihr Kunde sein könnte, während sie inbrünstig hoffte, dass Finnegan O'Hare nicht unter den Männern am Tisch war, die sie unverhohlen anstarrten.

Einer der Männer schüttelte den Kopf. »Barlow war auf dem Wasser und ist heute Morgen weiß wie eine Wand zurückgekommen. Jetzt sieht er überall Gespenster.« Der Mann hatte einen starken Südstaatenakzent, der nur schwer zu verstehen war.

Joey fingerte an dem Saum ihrer Bluse herum und sah sich weiter in dem mäßig besuchten Imbiss um. Der einzige andere Kunde im Raum saß an einem Tisch in einer Nische und war ein Herr, der noch älter wirkte als die anderen. Er hatte seinen Fischerhut tief in die Stirn gezogen, während er die Speisekarte studierte, so als wollte er eine Trennwand zwischen sich und der lauten Gruppe am vorderen Tisch errichten.

Joey sah auf ihre Uhr. Punkt drei. Sie war doch am vereinbarten Treffpunkt, oder?

Ein schlanker Mann mit Halbglatze schlug mit der Hand auf den Tisch. »Nee, Jungs, ihr irrt euch. Saint-Mae ist kein Gespenst. Sie ist eine Meerjungfrau. Wie soll sie denn sonst so viele aus Seenot retten?«

Joey straffte die Schultern und trat auf den Mann in der Nische zu. Sie räusperte sich und er hob den Kopf, wobei eine buschige Augenbraue höher wanderte als die andere.

»Ich suche Finnegan O'Hare. Wissen Sie zufällig, wo ich ihn finden kann?«

»Kommt drauf an.«

»Worauf denn?« Joey trat von einem Fuß auf den anderen und widerstand dem Drang, einfach wieder in ihren Pick-up zu steigen und auf direktem Weg nach Copper Creek zurückzufahren.

»Wer Sie sind und was Sie von ihm wollen.« Seine Mundwinkel zuckten und seine blauen Augen funkelten.

»Ich bin Josephina Harris. Ich bin hier, um mir sein Leuchtturmprojekt anzusehen.«

Der Kopf des Mannes zuckte ein kleines bisschen zurück und er blinzelte sie an. »Josephina Harris, auch bekannt als *Joey* Harris?«

Joeys Gesicht wurde warm. Den Bruchteil einer Sekunde lang stockte ihr professionelles Lächeln, als er ihren Spitznamen sagte. »Ja, Sir. Genau die.«

Der Mann stieß ein kurzes, heiseres Lachen aus. »Ich werd' nicht mehr.« Er streckte eine wettergegerbte Hand aus. »Ich bin Finnegan O'Hare. Es ist mir ein riesiges Vergnügen, *Sie* kennenzulernen. Mehr, als Sie ahnen.« Vielleicht hatte eine der Personen, die sie als Referenz angegeben hatte, ihren Spitznamen fallen gelassen? Aber warum hatte er so verblüfft gewirkt, als sie sich vorgestellt hatte?

Joey trat einen Schritt vor, um dem Mann die Hand zu geben. »Es freut mich sehr, Sie kennenzulernen, und ich kann es kaum erwarten, meine Sanierungsideen mit Ihnen durchzugehen und die Immobilie zu sehen, damit ich mir ein besseres Bild davon machen kann, welche Arbeiten durchgeführt werden müssen.« Sie griff in ihre Tasche und zog Notizbuch und Druckbleistift heraus, dazu einige Notizen, die sie sich nach einem Gespräch mit Trey gemacht hatte. Er hatte ihr Fragen genannt, die sie klären musste, bevor sie den Job offiziell annahm.

O'Hare lächelte. »Immer mit der Ruhe. Sie warten besser ...«

Die Eingangstür öffnete sich und der scheinbar überarbeitete Geschäftsführer, der vor dem Imbiss telefoniert hatte, kam auf sie zu. »Der andere Projektleiter hat gerade abgesagt«, sagte er, als er die Nische erreicht hatte. »Jetzt habe ich nur noch diesen Joey, der viel weniger Erfahrung hat. Und zu spät ist er auch.«

Joeys Herz hämmerte wie eine Basstrommel. Er hatte sie ebenfalls Joey genannt. »Em … entschuldigen Sie …« Sie hob die Hand und winkte verlegen. Hatte sie in der Bewerbung versehentlich ihren Spitznamen angegeben? Das konnte doch nicht sein.

Der ältere der beiden Männer hob eine Hand. »Finn. Finn, warte.« Er zeigte auf Joey. Darf ich dir Joey Harris vorstellen?«

Dem anderen Mann fiel die Kinnlade herunter. »Joey Harris? Der Joey Harris, der sich für die Sanierung von Bleakpoint Light beworben hat? Pops, ich bin nicht in der Stimmung für einen deiner Späße.«

Joey zwang sich zu lächeln. »Genau genommen heiße ich Josephina Harris, aber ich …« Ein nervöses Lachen begleitete ihre Worte. Sie warf einen Blick zu der Gruppe Seebären hinüber, die immer noch über Meerjungfrauen und Gespenstergeschichten palaverten, während sie gebratenen Fisch aßen. Vielleicht wäre es doch besser gewesen, wenn einer von ihnen Finnegan O'Hare gewesen wäre.

Die Blicke ihres Gegenübers huschten in einer Nanosekunde von Joeys Gesicht zu ihren Füßen und wieder zurück. »Auf Ihrer Bewerbung stand Joey Harris.«

Sie presste die Lippen aufeinander und richtete sich so weit auf, wie sie konnte, während sie die Hand ausstreckte. *Augen zu und durch.* »Ja, Sir. So nennen meine Freunde mich. Und Sie sind?« Joey hielt die Hand ausgestreckt, während sie darauf wartete, dass er sie ergriff.

»Finn O'Hare.«

Sie drückte seine Hand fest und widerstand der Versuchung, den Blickkontakt abzubrechen. Er hatte also einen kräftigen Kerl namens Joey erwartet. Keine zierliche weibliche Fassung. Es war nicht Joeys Schuld, dass er die falsche Schlussfolgerung gezogen hatte – sie zog innerlich eine Grimasse –, abgesehen von der Kleinigkeit, dass sie bei der Bewerbung nicht ihren offiziellen Vornamen angegeben hatte. Sie erwiderte seinen prüfenden Blick und tat so, als würde auch sie ihn mustern und abschätzen, ob er ein würdiger Auftraggeber war.

Einen Vorteil hatte sie allerdings – sie war die einzige Option für die beiden Männer. Sie unterdrückte einen Seufzer. Dann wandte sie sich wieder an den älteren Mann. »Ich dachte, *Sie* wären Finnegan O'Hare.«

Er tippte sich an den Kopf. »Ich *bin* Finnegan O'Hare … das Original.« Seine blauen Augen funkelten im Sonnenlicht, das durch das Fenster fiel. »Sie meinten wahrscheinlich Finnegan O'Hare III. Den Fehler kann man leicht machen. Das verstehen Sie sicher, *Miss* Harris.« Er rückte seine Kappe zurecht und grinste sie verschmitzt an. »Wenn Sie meinen Enkel hier meinen« – er deutete mit dem Daumen auf den jüngeren Mann –, »sollten Sie nach Finn fragen, damit es keine Verwirrung gibt. Mich nennen die Leute hier Walt.«

»Walt?« Joeys Blick huschte zwischen den beiden Männern hin und her. Finns Miene war immer noch mürrisch. Seinen Großvater, der lebhaft und voller Elan war, schien die Wendung der Ereignisse Vergnügen zu bereiten. Aber welcher von beiden war jetzt für sie der Ansprechpartner?

»Sie nennen mich Walt, weil ich mit zweitem Namen Walter heiße. Finnegan hat mir noch nie gefallen. Klingt mir zu hochnäsig.« Er warf einen Blick auf die elegante Erscheinung seines Enkels, als wäre der das perfekte Gegenbeispiel.

Joey lächelte höflich und sagte: »Walt, Finn, es freut mich, Sie kennenzulernen, und ich freue mich darauf, mehr über Ihre Erwartungen und Pläne für Bleakpoint Light zu hören und darüber, wie ich Sie als Projektleiterin am besten unterstützen kann. Und ich würde gerne Ihre Fragen beantworten, die Sie haben, was meine Erfahrungen mit der Sanierung und dem Erhalt historischer Gebäude betrifft.«

Walt nickte begeistert. »Ich mag sie, Finn. Sie ist die Richtige. Außerdem ist es ja mein Leuchtturm, oder? Ich weiß, dass wir eine Abmachung haben, aber ich sollte doch auch was zu sagen haben. Ich stimme für Joey.«

»Ich überlege es mir, Pops.« Finn sah zu den vier Männern hinüber, die verstummt waren und in ihre Richtung starrten, die Hälse gereckt wie hungrige Möwen, die auf Leckerbissen aus sind. Finn zeigte auf die Tür. »Hier drin ist es ein bisschen unruhig. Haben Sie etwas dagegen, mit mir nach draußen zu kommen, um über die Einzelheiten zu reden?«

Er sprach ohne jegliche Wärme in der Stimme. Joey kannte diesen Tonfall. Sobald sie durch die Tür getreten waren, würde Finnegan O'Hare III. sie mit leeren Händen nach Copper Creek zurückschicken. Sie zog eine Grimasse und widerstand dem Drang, die Schultern hängen zu lassen. »Natürlich, Sir.«

Sie warf Walt einen letzten Blick zu. Er fuhr mit den Fingerspitzen über eine knubbelige Narbe an seiner Hand, während er vor sich hin starrte, als würde er noch einmal die Ereignisse durchleben, die diese Narbe verursacht hatten. Aber es lag nicht nur Schmerz in seinen Augen. Seine Miene hatte auch etwas Wehmütiges an sich. Anstatt durch die Tür zu treten, wäre Joey viel lieber geblieben, um herauszufinden, an welchen Kummer Walt gerade dachte.

Kapitel 5

Die junge Frau folgte Finn nach draußen und ihre selbstbewusste Haltung war jetzt ein bisschen weniger aufrecht. Walt lehnte sich in seiner Ecke zurück und faltete die Speisekarte zusammen. Er war sich sicher, dass Joey viel Mumm hatte, aber etwas musste ihrem Selbstwertgefühl einen Dämpfer verpasst haben. Er würde Finns Entscheidung respektieren, wie er es versprochen hatte. Solange Finn sie ablehnte, weil sie nicht in der Lage war, die Restaurierung angemessen zu betreuen. Nicht weil er einen Mann erwartet hatte.

Walt fuhr mit dem Finger über die Narbe, die quer über seinen Handrücken lief, und dachte an die Narbe auf seiner Brust – die ihn beinahe das Leben gekostet hatte. Er würde jetzt nicht hier sitzen und von einem neuen Leben für Bleakpoint Light träumen, hätte es nicht eine Frau gegeben. Ein junges Mädchen, wenn er ehrlich war. In seinen Gedanken in all den Jahren eine Legende, aber ganz sicher kein Gespenst. Und auch keine Meerjungfrau. Oder irgendeine andere Gestalt der Dutzenden Märchen und Mythen, die sich um diese Inseln rankten.

Er behielt Finn und Joey genau im Blick.

Sie entfernte sich einen Schritt von ihm und Röte stieg ihr ins Gesicht. Würde sie gleich weinen? Vielleicht. Aber ausgehend von ihren geballten Fäusten würden es wohl eher Tränen der Wut als der Niedergeschlagenheit sein.

Finn gestikulierte entschuldigend, aber seine Miene war entschlossen. Walt schüttelte den Kopf. Er hatte diesen Jungen großgezogen, seit Finn fünf Jahre alt gewesen war, und obwohl er jetzt ein kantiges Kinn und Bartstoppeln hatte und keinen Babyspeck mehr, hatte diese eigensinnige Miene, wenn er einen Entschluss gefasst hatte, sich kein bisschen verändert.

Walt legte genug Bargeld für seinen Kaffee und ein großzügiges Trinkgeld auf den Tisch und machte sich auf den Weg nach draußen. Er trat näher und das Gespräch zwischen Finn und Joey erstarb. »Seid ihr bereit?«

Finn wandte sich zu ihm um. »Wofür?«

Joey drehte sich einen Moment lang weg, als wollte sie nach dem Meer suchen, von dem die salzige Brise herüberwehte, die ihr die Haare ins Gesicht schlug. Während sie Finn und Walt den Rücken zugekehrt hatte, nahm sie ein Taschentuch zur Hand und tat so, als würde sie sich die Nase putzen, bevor sie sich wieder umdrehte und die Gefühle aus ihrem Gesichtsausdruck verschwunden waren.

So ist's recht, Mädchen. Gib nicht auf. Noch ist die Sache nicht entschieden. »Um der jungen Frau hier meinen Leuchtturm zu zeigen, was denn sonst?«

»Pops, wir sollten Miss Harris' Zeit nicht vergeuden.«

Walt blickte weiterhin Joey an. »Miss Harris, würden Sie gerne meinen Leuchtturm sehen? Die alte Dame hat schon besser ausgesehen, aber ich glaube, sie ist noch zu retten. Sind Sie jemand, der sich vorstellen kann, was einmal sein könnte, wenn er sieht, was ist? Ich habe das Gefühl, Sie können das.«

Joey nickte und trat einen Schritt näher. »Ich …«

»Pops …« Finn funkelte ihn warnend an, aber Walt ignorierte ihn fröhlich.

»Gut, dachte ich mir.« Er unterdrückte das Grinsen, das sich einen Weg in sein Gesicht bahnen wollte, als er den zunehmenden Frust seines Enkels sah. Er verstand Finns Sorgen ja durchaus. Walt hatte Marthas gesamte Lebensversicherung in das alte Segelboot investiert und in eine verlassene Insel mit einem verfallenen Leuchtturm. Und er war kein junger Hüpfer mehr. Und damit sein Enkel ihn nicht für unzurechnungsfähig erklären ließ, hatte er zu Finn gesagt, er könne die Ausschreibung für die Sanierungsarbeiten übernehmen. Aber egal, was Finn glaubte – Walt war alles andere als senil. Er tat nur zum ersten Mal in seinen einundachtzig Lebensjahren etwas für sich selbst.

Finn schnaubte. »Wir haben gerade darüber gesprochen, dass diese Arbeit vielleicht nicht ...«

Walt machte eine wegwerfende Handbewegung und schnitt Finn damit das Wort ab. »Ich dachte, du wolltest nicht Miss Harris' Zeit verschwenden. Dann hören wir besser auf zu palavern und legen los.« Er deutete mit dem Daumen über seine Schulter auf Finns Audi. »Sie können uns einfach zum Hafen folgen. Um zu Bleakpoint zu kommen, müssen wir natürlich das Boot nehmen.« Er sah sich auf dem Parkplatz um und grinste. »Der da gehört bestimmt Ihnen. Ich glaube, ich habe noch nie einen Toyota in der Farbe gesehen.«

Joey errötete und zog ein bisschen den Kopf ein. »Tja, das ist meiner.«

Walt schlug sich mit der flachen Hand auf den Oberschenkel. »Na, fantastisch. Da müssen wir uns keine Sorgen machen, dass wir Sie in der Menge verlieren.«

Joey wirkte verunsichert. Vermutlich fragte sie sich, ob er ein bisschen verrückt war, wenn man die leeren Straßen bedachte.

Das war in Ordnung. Sollten die beiden ruhig denken, er hätte nicht mehr alle Tassen im Schrank. Dann konnte er sich eher einmischen.

Während Joey zu ihrem Pick-up ging, schlenderte Walt zum schwarzen Audi seines Enkels. Hinter ihm murmelte Finn etwas Unverständliches. Als sie im Wagen saßen, wandte Walt sich ihm zu. »Du musst schon ein bisschen lauter sprechen, mein Junge. Mit meinen alten Ohren kann ich nicht verstehen, was du da vor dich hin brummelst«, sagte er, obwohl er natürlich genau wusste, dass Finns Worte nicht für ihn gedacht waren. Etwas vor sich hin zu murmeln war offenbar eine Eigenart, die genetisch bedingt war. Walts Segelboot hatte ein gerüttelt Maß an Klagen über seinen besserwisserischen Enkel gehört. Finn sollte sich lieber darauf konzentrieren, seine Flugzeuge zu steuern, nicht Walts Leben.

»Ist dein Boot überhaupt schon seetüchtig, Pops? Was machen wir denn, wenn wir ablegen und Miss Harris im Sund versenken?«

Walt wurde wütend. »Natürlich ist es seetüchtig. Wie kannst du mein Boot so beleidigen?« Obwohl Walt gerade ein größeres Leck geflickt hatte, als Finn das letzte Mal zu Besuch gewesen war. Und ein Loch im Segel. Aber ein junger Bursche, der im Winter auf der Suche nach Arbeit gewesen war, hatte es geschafft, das Boot wieder flottzumachen.

Walt sah Finn mit seinem besten elterlichen Blick an. »Und warum bist du so gegen Miss Harris? Bevor sie erschienen ist, warst du doch ganz Feuer und Flamme.«

Finn fuhr die menschenleere Straße entlang und sein ungläubiger Blick war starr nach vorne gerichtet. »Ich dachte, das müsste ich nicht erklären. Aber ich verstehe nicht, warum du ihr falsche Hoffnungen machst.«

»Ich mache ihr keine falschen Hoffnungen. Das nennt man *Manieren*, mein Junge.« Walt schüttelte den Kopf. »Ich kann nicht fassen, dass du sie einfach so abservierst, nachdem sie die lange Fahrt hierher gemacht hat. So habe ich dich wirklich nicht erzogen.« Er verschränkte die Arme vor der Brust und zog eine Grimasse, weil er ein Ziehen in der Schulter spürte. »Außerdem glaube ich, dass sie genau die Richtige ist, um den Leuchtturm zu restaurieren.« Walt spürte bis in seine alten Knochen, dass Joey Harris für diesen Auftrag wie geschaffen war.

Auf der Insel geschahen seltsame Dinge, aber wenn wieder eine Frau am Steuer stand, würde das etwas Undefinierbares ins Gleichgewicht bringen.

Finn schnaubte verächtlich. »Wir haben doch vereinbart, dass ich den Projektleiter aussuche, und sie wird es definitiv nicht werden.«

Walt runzelte die Stirn. »Sexismus und Altersdiskriminierung in einem Atemzug. Du solltest dich besser zurückhalten, bevor du einen Fehler machst.«

Der Junge sah ihn an, als hätte ihm jemand aus heiterem Himmel einen Schlag versetzt. »Wie bitte?«

»Du hast mein Leuchtturmprojekt an dich gerissen, weil du

denkst, ich wäre zu alt und trottelig, um damit fertigzuwerden. Und du tust Joey ab, weil sie eine Frau ist.«

Finn konzentrierte sich wieder auf die Straße und schüttelte den Kopf. »Es ist zu gefährlich für sie, allein da draußen auf der Insel zu sein. Grottiger Handyempfang. Kein Internet. Du bezeichnest es vielleicht als sexistisch, aber ich sage, es ist nur offen und ehrlich. Die Bautrupps werden höchstwahrscheinlich nur aus Männern bestehen und du weißt, was das bedeuten kann.«

»Sollte es nicht ihre eigene Entscheidung sein, ob sie sich das zumuten will? Außerdem bin ich mir sicher, dass sie auf sich selbst aufpassen kann, nachdem ich ihren Lebenslauf gelesen habe.«

Wieder schnaubte Finn spöttisch. »Die Frau fährt einen rosafarbenen Pick-up mit der Aufschrift *Josephinas Eventschmiede*. Sie hat bei der Bewerbung nicht mal ihren richtigen Namen genannt. Sie ist Eventmanagerin, keine Projektleiterin. *Das* hat in ihrem kurz gehaltenen Lebenslauf nicht gestanden.«

Walt wiegte den Kopf hin und her. »Ich würde sagen, das war ihr einziger Fehltritt.«

Finn nickte heftig und sah erleichtert aus, weil sie endlich einer Meinung waren.

Walt unterdrückte ein Grinsen. »Mich wundert es, dass sie das Eventmanagement nicht als relevante Berufserfahrung betrachtet. Ich würde sagen, es qualifiziert sie mindestens genauso für diesen Job wie ihre Erfahrung mit Häuserrenovierungen. Vielleicht sogar noch mehr.«

»Was?« Das Auto geriet kurz auf die Gegenspur, als Finn sich ruckartig zu Walt umwandte.

»Wenn du wählen müsstest, ob du Ingenieure, Architekten und Bauarbeiter organisieren willst, damit die Arbeiten effizient laufen, oder eine hysterische Braut, eine gefühlsduselige Brautmutter, die eine Traumhochzeit für ihre Tochter will – ganz zu schweigen von fünfzehn Brautjungfern, Cateringdiensten, Musikern, Floristinnen und einer Sitzordnung für fünfhundert Personen und tausend andere Details, die ich mir nicht einmal vorstellen kann –, was, meinst du, wäre einfacher? Und überleg dir gut, was du antwortest. Deine Grandma Martha, Gott hab sie selig, hat Veranstaltungen organisiert, bevor du geboren wurdest. Ich weiß, was für logistische Albträume diese Frau gemeistert hat.«

Finns angespannte Schultern lockerten sich etwas und der Anflug eines Lächelns machte seine Züge weicher. Er war ein guter Junge, wenn er nicht so verkrampft war vor lauter Sorgen. »*Dich* hat Gandma jedenfalls gut im Griff gehabt.« Finn warf Walt einen Blick zu. »Diese Rolle finde ich deutlich anstrengender, als ich ursprünglich dachte.«

Walt grunzte. »Ach was, ich brauche kein Kindermädchen. Jedenfalls jetzt noch nicht. Wenn ich den Schmerz verkraften musste, deine Grandma zu verlieren, kann ich mich doch wohl ein bisschen daran erfreuen, Dinge zu tun, die mir in den Sinn kommen, solange mein alter Körper es noch kann. Zum ersten Mal im Leben gibt es niemanden, um den ich mich kümmern muss.«

»Und deshalb hast du beschlossen, ein heruntergekommenes Segelboot und einen baufälligen Leuchtturm zu adoptieren?« Finn grinste. »Wenn du etwas Mitleiderregendes zum Kümmern gesucht hast, hätte ich mich freiwillig gemeldet.«

Walt lachte über Finns humorvolle Bemerkung.

Finn bog auf den Parkplatz am Yachthafen ein und stellte den Wagen ab. Dann wandte er sich seinem Großvater zu und jetzt war seine Miene wieder besorgt. »Aber im Ernst, Pops, warum bedeutet dir dieses Leuchtturmprojekt eigentlich so viel? Es ist doch mehr als ein Hobby für dich. Da ist irgendwas, wovon du mir nichts erzählt hast.«

Walt gab seinem Enkel einen Klaps auf die Schulter und löste dann seinen Sicherheitsgurt. »Das, mein Junge, ist eine ziemlich lange Geschichte, und Miss Harris wartet auf uns.«

Kapitel 6

»Ich sage dir, Soph, er hasst mich.« Joey drehte noch eine Runde auf dem Parkplatz, als suchte sie den perfekten Standort auf dem fast leeren Platz, während sie noch einige Sekunden herauszuschinden versuchte.

»Er hat dich noch nicht abserviert. Gib nicht auf. Guck dir den Leuchtturm an. Der alte Typ mag dich und setzt sich für dich ein, das ist doch schon mal was.« Die Stimme ihrer Freundin drang durch die Freisprechanlage und gab ihr ein gutes Gefühl. »Jetzt stell deinen schicken Wagen ab, beweg deinen Hintern zu diesen Männern und tu so, als wäre Finn O'Hare eine deiner zickigen Bräute. Du schaffst das, Jo-Jo.«

Joey seufzte und schob den Schaltknüppel in die Parkstellung. »Ich bin nicht so weit gefahren, um jetzt aufzugeben, nur weil er von meinem ersten Eindruck nicht völlig hin und weg ist.«

»Stimmt genau«, bestätigte Sophie. »Also, Kopf hoch und Schultern zurück. Du bist jetzt bereit. Das höre ich an deiner Stimme. Ruf mich an, sobald du gute Neuigkeiten hast.«

Joey war kurz davor gewesen, die Flucht zu ergreifen und nach Hause zu fahren, anstatt die Zurückweisung hinauszuschieben, die unweigerlich am Ende stehen würde. Stattdessen hatte sie sich gezwungen, Sophie anzurufen. Sie riefen sich immer an, wenn eine von ihnen etwas vorhatte, was sie besser sein lassen sollte – sei es die Versuchung, klein beizugeben und vor einem mürrischen potenziellen Auftraggeber zu kneifen, oder der Drang, sich selbst den Pony zu schneiden, nur weil man unzufrieden war.

Joey stieg aus ihrem Wagen. Ein Luftzug, der für Anfang November erstaunlich mild war, fuhr ihr durchs Haar. Im Wasser schaukelten vertäute Segelboote. Das leise Klirren der Leinen an den Masten klang wie freundliche Musik.

Walt nahm seinen Fischerhut vom Kopf und winkte Joey zu, damit sie näher kam. »Kommen Sie, Miss Harris. Ich will Ihnen meinen ganzen Stolz vorstellen.«

Finn stand noch auf der Fahrerseite seines Wagens. Er knöpfte sich die Manschetten auf, krempelte sich die Ärmel hoch und öffnete anschließend den obersten Knopf seines Hemdes. Jetzt sah er wenigstens einen Hauch weniger abweisend aus, aber bessere Laune hatte er trotzdem nicht.

Egal. Sie würde die professionelle Joey herauskehren trotz ihrer schlotternden Knie und diesen Auftrag bekommen, auch wenn Finnegan O'Hare ihr schon mit seinen Blicken das Gefühl gegeben hatte, zehn Zentimeter kleiner zu sein. Sie ging zu den Männern und stellte sich an die Seite von Walt, als sie den Steg zu den Booten hinuntergingen. »Haben Sie schon immer hier gelebt?«

Er lächelte sanft. »Ich bin hier aufgewachsen. In meinen Adern fließen Salz und Sand aus Carolina. Aber die letzten sechzig Jahre habe ich in den Bergen von Kentucky gewohnt. Es tut gut, wieder hier zu sein.«

»Kentucky?« Joey schüttelte den Kopf. »Wenn in Ihren Adern Salz und Sand fließen, wie haben Sie dann Kentucky überlebt? Das muss ein ziemlicher Kontrast gewesen sein.«

Walt lachte leise. »Aus Liebe macht ein Junge alles Mögliche. Gegen Ende des Zweiten Weltkriegs habe ich bei einer Wohltätigkeitsveranstaltung die Tochter eines Farmers kennengelernt. Eigentlich hatte ich nach dem Krieg hierher zurückkommen wollen, aber irgendwie hatten sich die Dinge …« Er blickte aufs Wasser hinaus und schluckte. »Die Dinge hatten sich verändert. Und ich hatte mich verändert. Also bin ich gegangen, um das liebenswerte Mädchen aus Kentucky zu suchen, das mich immer zum Lachen bringen konnte, selbst wenn ich dachte, ich hätte vergessen, wie das überhaupt geht. Obwohl ich nie gedacht hätte, dass ich mich dort einmal niederlassen würde, war es genau das, was ich brauchte.«

Sie gingen weiter, bis sie den letzten Anleger erreicht hatten.

Walt blieb vor einem alten Boot stehen, das dringend etwas Zuwendung brauchte. »Da ist sie. *Cays Song*.«

»Oh. Wow.« Joey überlegte, was sie Schmeichelhaftes über das Boot sagen konnte, auf das Walt anscheinend so stolz war. »Cay? Wie die Koralleninsel?«

Ein Anflug von Zärtlichkeit erschien in seinen Augen. »Das könnte man so sagen. Ja, das könnte man wirklich sagen.«

Joey musterte ihn, unsicher, wie sie diese merkwürdige Antwort einschätzen sollte.

Er griff nach einem Ankertau des Segelbootes. »Ich weiß, dass sie von außen nicht viel hermacht, aber das liegt daran, dass ich mich erst mal um mein Schlafquartier drinnen gekümmert habe.«

Joey blinzelte. »Sie leben auf diesem Boot?«

Sie spürte, wie Finn erstarrte. Das war dem Enkel offenbar auch nicht recht. Sophies Rat, sich Finn als hysterische Braut vorzustellen, ging ihr durch den Kopf, und sie musste ein Kichern mit einem vorgetäuschten Niesen vertuschen.

»Gesundheit!« Walt zeigte auf das Boot. »Es ist wirklich gemütlich. Kommen Sie, ich zeige Ihnen alles.« Er sah seinen Enkel an. »Hör auf, so grimmig zu gucken.« Als er an Bord war, reichte er Joey eine Hand. »Halten Sie sich an dem Ankertau da fest. Stehendes Gut nennt man das. Und treten Sie dann vorsichtig auf die Kante oder das Schandeck, wenn Sie den offiziellen Begriff benutzen wollen. Sie können sich gerne an meiner Hand festhalten, wenn Sie sich abstützen müssen.«

Joey folgte seinen Anweisungen, wenn auch ein bisschen ungelenk.

»Finn wäre es lieber, wenn ich fett und zufrieden in einer Seniorenwohnanlage sitzen würde«, erklärte Walt. »Er hält nichts von meinen wilden Ideen.«

Finn schüttelte den Kopf und lächelte schief. »Ich würde gern wissen, was du machen willst, wenn ein Hurrikan kommt.«

»Das, was alle anderen hier auch tun. Dem Unwetter trotzen, so gut es geht. Ich bin keine Landratte, mein Junge.« Er sah Joey an. »Er ist nur schlecht gelaunt, weil irgend so ein Tropensturm auf dem Weg nach Texas seine Dienstpläne durcheinanderbringen könnte. Finn mag keine Ungewissheit. Obwohl man meinen sollte, dann hätte er sich einen bodenständigeren Beruf ausgesucht, zum Beispiel Buchhalter, und nicht Pilot bei einer Fluggesellschaft.«

»Sie sind Pilot?«, fragte Joey. »Das muss ein interessanter Job sein. Ich wette, Sie können eine Menge erzählen.«

Finn nickte mit zusammengepressten Lippen.

So viel zu dem Plan, ihn durch Reden weichzuklopfen.

»Versuchen Sie, seine schlechte Laune zu ignorieren. Normalerweise ist er einen Hauch weniger etepetete, wenn die Dinge nach *seinem* Gusto laufen.« Walt plauderte weiter, während er die Leinen losmachte, wobei Finn als stiller Assistent fungierte und die Sticheleien seines Großvaters nicht beachtete. Joey sah zu, fasziniert von den vielen Tauen und Knoten in dem kleinen Gefährt.

Joeys Vater, ihr Bruder und sie hatten auch so zusammengearbeitet. Und es hatte ihr immer das Gefühl gegeben, etwas zu können. Aber was, wenn sie keine Führungsqualitäten hatte? Wenn der Respekt, den die Männer auf den Baustellen von *Harris Constructions* ihr entgegengebracht hatten, nur ihrem Vater geschuldet war und nicht ihren Fähigkeiten?

Sie blickte zu ihrem Wagen zurück.

»Miss Harris?« Walt stand am Steuer bereit. »Sind Sie bereit, meine Insel kennenzulernen?«

༄

Eine halbe Stunde später blieb Walt noch an Bord, während seine Passagiere wieder festen Boden unter den Füßen hatten, und sah zu, wie Finn und Joey auf Bleakpoint Light zuliefen.

Wenn er die Augen ein bisschen zusammenkniff, konnte er sich mithilfe des grauen Stars auf seiner Netzhaut ganz leicht vorstellen, dass ein anderer Junge und ein anderes Mädchen da am Strand entlangliefen. Zwei Kinder aus einer anderen Zeit.

Er konnte so tun, als würde der Leuchtturm noch in vollem Glanz erstrahlen, bevor der Krieg zu den Ufern der Outer Banks gekommen war und das Licht verloschen war. Bevor er das Mädchen verloren hatte, das er so geliebt hatte.

Walt betrachtete seine Hand, die mit der Narbe zwischen Zeigefinger und Daumen. Er hatte gedacht, er hätte mit den Geheimnissen, die sie ihm hinterlassen hatte, seinen Frieden gemacht, aber als er den Leuchtturm wiedersah, so einsam und verlassen, waren die Jahrzehnte von ihm abgefallen und ein Gefühl der Dringlichkeit hatte ihn mitgerissen. Er musste einfach das geliebte Zuhause wieder aufbauen.

Er blinzelte, um wieder klar zu sehen. Kein Wunder, dass Finn fürchtete, er könnte senil werden. Er stieg vom Boot auf den einfachen Steg.

Walt ging so schnell, wie seine steifen Beine es zuließen, und ein Lächeln zog über sein Gesicht. Die beiden waren ein hübsches Paar. Vielleicht konnte er ein bisschen nachhelfen ...

»Pops?«, rief Finn über seine Schulter.

Walt schüttelte die Filmszene ab, die in seinen Gedanken ablief und in der Finn und Joey am Strand entlangschlenderten, ein Kleinkind auf dem Arm von Joey und Bleakpoint Light im Hintergrund, restauriert und herrlich. »Ja. Ich komme.« Er verfiel in etwas, das fast einem Laufschritt ähnelte, um die beiden einzuholen.

Finn sah ihn näher kommen. »Joey hat nach der Geschichte des Leuchtturms gefragt. Wann er gebaut wurde. Aus welchem Material. Ob es schon mal Reparaturen gegeben hat.«

»Oh ... also ... na ja, viel weiß ich nicht aus dem Kopf. Ich muss ein bisschen graben und gucken, was es noch gibt, was Bauunterlagen betrifft.« Wenn doch nur die Fragen, die Walt zu all dem hatte, was hier geschehen war, in öffentlichen Registern zu finden wären!

Joey trat näher, und ihre Hand berührte leicht seinen Ärmel. »Keine Angst, ich kann gut mit einer Schaufel umgehen.« Sie zwinkerte.

Walt schluckte den Kloß hinunter, der sich in seiner Kehle gebildet hatte. »Offiziell wurde der Leuchtturm 1945 außer Betrieb genommen, zum Kriegsende. Aber er war auch zuvor schon vernachlässigt worden. Es gibt eine Menge Gerüchte über die Gründe dafür. Ich könnte Ihnen Geschichten erzählen, aber es wäre nichts als Spekulation und Legenden.«

»Sie mögen also geheimnisvolle und rätselhafte Dinge?«, fragte Joey. »Haben Sie das Gebäude deshalb gekauft?«

Walt schüttelte den Kopf. »Ich kannte die Familie, die den Leuchtturm zuletzt betrieben hat, und es tut mir weh, ihr Lebenswerk in diesem Zustand zu sehen. Jedes Gebäude auf diesen Inseln wurde auf einem Streifen Flugsand zwischen Sund und Meer gebaut. Nicht gerade ein festes Fundament. Da ist viel im Fluss …« Er schüttelte den Kopf. »Selbst nach all der Zeit kann ich diesen Ort nicht loslassen.«

Kapitel 7

Unausgesprochene Geschichten standen Walt ins Gesicht geschrieben. Joey warf Finn einen Blick zu. Er runzelte die Stirn, während er seinen Großvater beobachtete. Aber sie hatte das Gefühl, dass ihn eher die Sorge antrieb und nicht die Neugier auf das, was im Herzen des alten Herrn eingeschlossen war.

Obwohl, streng genommen, Finn derjenige war, der den Auftrag vergab, war es offensichtlich Walt, dem das Projekt am Herzen lag. »Erzählen Sie mir, wie es damals hier war«, sagte sie. »Wie stellen Sie sich die Sanierung von Bleakpoint Light vor?«

Joey ergriff die Hand, die Walt ihr entgegenstreckte. Statt auf dem Weg weiterzugehen, der direkt zum Leuchtturm führte, bog er auf einen schmaleren Pfad ab. Sie schlenderten durch Pinienwälder mit dünnen Stämmen und kleinen Bäumchen, die fast als Büsche durchgingen, wie Joey sie während der gesamten Fahrt entlang dem Highway 12 gesehen hatte.

»Wie heißen diese Bäume?« Sie zeigte auf ein großes Exemplar mit langen Ästen, die tief herunterhingen.

Walt lächelte. »Das da ist eine Lebenseiche.«

Joey zog die Augenbrauen hoch. »Eiche? Sieht gar nicht aus wie die Eichen, die ich kenne.«

Walt nickte nachdenklich. »Ich nehme an, die großen Eichen aus Ihrer Region würden hier bei diesem sandigen Boden und dem Wind nicht allzu gut gedeihen. Aber diese immergrünen Bäume hat Gott extra so geschaffen, damit diese Inseln ein paar Schattenspender haben, die auch einen Hurrikan überleben.«

Walt ging weiter und wies auf Sträucher und Pflanzen hin, die für Bleakpoint Island typisch waren. Es war kein großes Stück Land, aber es gab alles, was so typisch war für die vorgelagerten Inseln von North Carolina.

Finn ging hinter ihnen, sozusagen als Nachhut. Joey war sich nicht sicher, was er davon hielt, ans Ende ihres kleinen Trupps verbannt worden zu sein. Ihre Priorität war Walt; sie machte sich ohnehin keine großen Hoffnungen darauf, mit Finn warm werden zu können. Er hatte ihr ja mehr oder weniger deutlich nahegelegt, nach Hause zu fahren, damit er seine Zeit in einen Projektleiter investieren konnte, dem er den Auftrag auch tatsächlich zutraute.

Finn war nicht der Einzige, der Zweifel hatte. Joey hatte gewusst, dass die Arbeitsstelle an einem sehr abgelegenen Ort sein würde. Aber nach der langen Fahrt auf dem Highway, der quer durch den Dünensand des Hatteras Nationalparks führte, fragte sie sich allmählich, worauf sie sich hier eigentlich eingelassen hatte. Dazu kam noch die einstündige Fahrt mit der Fähre nach Ocracoke, eine halbe Stunde mit dem Auto und noch eine lange Strecke in Walts Segelboot bis zu diesem Streifen Land ohne elektrischen Strom oder geteerte Straßen, dafür aber mit Brunnenwasser, von dem Walt behauptete, es sei »so frisch wie damals, als Gott es erschaffen hatte« ... Sie war wirklich am Ende der Welt angekommen.

In der Stellenanzeige hatte es geheißen, dass eine Unterkunft zur Verfügung gestellt würde, und sie traute sich kaum zu fragen, was das auf einer Insel wie Bleakpoint Island bedeutete. Da sie ja aber nun keine Wohnung mehr hatte, würde sie natürlich bleiben, bis Finn sie persönlich der Insel verwies, selbst wenn sie in einem Zelt schlafen müsste.

Sie kamen auf eine Lichtung, während Walt ihr von den Generatoren beim Leuchtturm erzählte, mit denen die Maschinen betrieben werden konnten, die man für die Sanierung brauchen würde.

Und dort stand, wie eine Wache auf einem Streifen Sand mitten zwischen Sund und See, das Gemäuer von Bleakpoint Light. Obwohl auf den ersten Blick durchaus beeindruckend, offenbarte genaueres Hinsehen, wie viel Arbeit an dem lange vernachlässigten Gebäude nötig sein würde, das jahrzehntelang dem Wind und dem Meer getrotzt hatte.

Joey zog einen Block aus ihrem Rucksack und machte sich einige Notizen, während sie sich dem Leuchtturm näherten. Als Erstes würde sie Statiker finden und anheuern müssen, um zu prüfen, ob das Fundament noch in Ordnung war. In den letzten Wochen hatte sie recherchiert, wie man bei der Restaurierung bekannter Leuchttürme in der Gegend vorgegangen war, zum Beispiel auf Hatteras und Bodie. Die Sicherung des Fundaments war auf diesen sandigen Böden die größte Herausforderung.

Sie wandte sich Walt und Finn zu. »Der Leuchtturm ist umwerfend. Ich verstehe, warum Sie ihn retten wollen. Aber ...« Sie zögerte. »Es wird teuer. Die nötigen Materialien plus Ausrüstung müssen hierhergeschafft werden. Man muss Arbeiter finden, die bereit sind herzukommen und unter diesen Bedingungen zu arbeiten. Garantiert wird es Zuschläge dafür geben zusätzlich zu den üblichen Tarifen in der Region.«

Finn verschränkte die Arme vor der Brust und seine Schultern entspannten sich. »Wollen Sie damit sagen, dass Sie kein Interesse mehr an dem Job haben, jetzt, wo Sie die Bedingungen gesehen haben?«

Joey stemmte eine Hand in die Hüfte. »Ich will das Motiv hinter der Investition besser verstehen und auch Ihre Ziele und Erwartungen. Tourismus? Denn die Insel ist so abgelegen, dass Sie vermutlich weitere Gebäude brauchen würden, um Gäste unterzubringen. Oder Wohnhäuser? Ich kann mir nicht vorstellen, dass Sie ganz allein hier draußen wohnen wollen, Walt.« Sie verkniff sich gerade noch rechtzeitig den Zusatz »vor allem in Ihrem Alter«.

Finn ließ die Arme sinken. »Siehst du? Das sage ich dir ja auch schon die ganze Zeit, Pops.«

Ach, jetzt *schlägt er sich auf meine Seite?* Um gegen seinen Grandpa gemeinsame Sache zu machen ... was für ein Typ war das denn?

»Pah«, machte Walt verächtlich.

»Du musst wirklich Vernunft annehmen. Das Geld aus Grandmas Lebensversicherung ist schon fast aufgebraucht. Die Sache hier wird all deine Ersparnisse verschlingen. Ich verstehe, dass der Ort dir etwas bedeutet, aber du musst auch an deine Zukunft denken. Vielleicht brauchst du das Geld irgendwann. Wenn es nicht mehr machbar ist, allein auf einem Segelboot zu wohnen. Du bist immerhin einundachtzig Jahre alt.«

»Das hatten wir schon«, knurrte Walt. »Ich habe zugestimmt, dass du die Person anheuern kannst, die den Job machen kann, und im Gegenzug kann ich mit meinem Geld machen, was ich will. Ich will nur diese eine Sache für mich selbst tun. Ich verlange ja nicht von dir, dass du sie finanzierst.«

Finn ging auf und ab. »Und was glaubst du, wer dafür sorgen wird, dass es dir gut geht, wenn all dein Geld weg ist und du einen hübschen Leuchtturm hast, aber keine Rücklagen für deine letzten Jahre?« Finns Gesicht war gerötet und er wandte sich ab. Vermutlich hatte er nicht vorgehabt, so offen über den Grund für seine Skepsis zu sprechen, schon gar nicht vor Joey.

Sie trat zwischen die beiden Männer in der Hoffnung, den Puffer zu bilden, den sie brauchten. »Bitte denken Sie nicht, dass ich die Entscheidung, den Leuchtturm zu restaurieren, kritisiere. Ich will nur Ihre Vision für diesen Ort verstehen. Die Leidenschaft dahinter.« Joey faltete die Hände. »Und ich möchte, dass Sie sich über die Kosten im Klaren sind, damit Sie am Ende auch mit dem Ergebnis meiner Arbeit zufrieden sind.«

Eins würde Joey auf jeden Fall sicherstellen: Keiner dieser beiden Männer sollte ihr vorwerfen können, sie hätte ihre Situation ausgenutzt. Der schlechte Ruf, den sie von *Harris Constructions* geerbt hatte, würde ihr nicht bis hierher folgen. »Wie wäre es, wenn Sie mir das Wächterhaus zeigen und ich mich ein bisschen umsehe, während Sie beide Ihre Unterhaltung ungestört fortsetzen?«

Walt ließ die Schultern hängen, während er auf ein kleines Steinhaus zuging, das von Lebenseichen umstellt war. Zumindest von außen schien es in ganz gutem Zustand zu sein. Das niedrige gemauerte Gebäude mit seinem Schieferdach war so gebaut worden, dass es dem Zahn der Zeit hatte trotzen können.

Mit einiger Mühe schloss Walt das rostige Vorhängeschloss auf, bevor er zurücktrat. Dann zuckte er mit den Schultern. »Die Küstenwache hat es abgeschlossen, nachdem der Leuchtturm 1945 offiziell außer Betrieb genommen wurde. Drinnen ist alles noch so, wie sie es damals vorgefunden haben.«

»Wie meinen Sie das?«

»Wir waren im Krieg, und nachdem viel zu viele Schiffe auf dem Wasser torpediert worden waren, kam der Befehl, dass der Leuchtturm dunkel bleiben sollte. Aber eines nachts hat Bleakpoint geleuchtet …« Walt schluckte. »Jedenfalls kam die Küstenwache, um nachzusehen, und der Leuchtturmwächter und seine Tochter waren verschwunden. Die Leiche des Mannes wurde irgendwann mit den Überresten ihrer beiden Boote ans Ufer gespült. Aber sie … sie hat man nie gefunden.«

Eine Mischung aus Traurigkeit, Wut und Verwirrung huschte über Walts Züge. Joey legte ihm eine Hand auf den Arm. »Sie haben nie erfahren, was geschehen ist?«

Walt schüttelte den Kopf und zeigte dann auf das Haus. »Sie hatten keine Angehörigen, deshalb wurde das Haus verschlossen, nachdem die Beamten nach Hinweisen gesucht hatten, was in der Nacht passiert war. Ich habe gehört, dass jemand eine Zeit lang die Instandhaltung übernommen hat. Die Leute hier behaupten, Gespenster hätten die neuen Besitzer verjagt, aber das ist Unsinn. Die Schiffsrouten haben sich geändert, sodass dieser Ort überflüssig wurde. Das Land war vor langer Zeit von der Regierung gepachtet worden. Inzwischen ist es an die ursprünglichen Besitzer zurückgefallen, aber zu dem Zeitpunkt war die Familie bereits ins Landesinnere gezogen, weil sie die rauen Bedingungen hier leid war. Und so hat es hier gestanden. Bis jetzt.«

Nach dieser ausführlichen Erklärung ging Joey davon aus, dass er ihr ins Haus folgen würde, als sie die schwere Tür aufstieß.

Aber Walt blieb wie angewurzelt auf der Schwelle stehen, einen ruhelosen Ausdruck in seinen Augen. »Ich werde mit Finn reden, während Sie sich hier ein bisschen umsehen.« Er winkte ihr zu und überließ es Joey, die Zeitkapsel aus den 1940er-Jahren, in der sie sich plötzlich wiederfand, allein zu erkunden.

Joey betrat den Steinfußboden, während ihre Augen sich an das Dämmerlicht gewöhnten. An der Wand neben der Tür hing ein wollener Regenmantel, den Zeit und Staub ausgeblichen hatten und der von Motten zerfressen war.

Ein Kessel hing über einer längst verwaisten Feuerstelle. Auf einem Schreibtisch in der Ecke lagen Papiere verstreut. Eine Tasse mit Untertasse stand auf dem Tisch, als hätte jemand Tee kochen wollen, der dann aber vorzeitig gegangen war.

Joey ging um den schlichten Küchentisch herum, an dem zwei Stühle standen. Es gab noch einen angrenzenden Raum, der durch einen halb zerfallenen Vorhang in zwei Teile geteilt war, mit einem schmalen Bett auf jeder Seite des Vorhangs.

Auf dem Boden waren kleine Kotknüddel und Stofffetzen, Hinweise darauf, dass hier seit Langem Nagetiere das Sagen hatten. Joey fröstelte.

Es war ein trostloser, rein funktionaler Raum. Würden ein Feuer im Kamin und ein Besen etwas Behagliches in diesen Raum zaubern? Joey ertappte sich bei dem Wunschgedanken, das Mädchen, von dem Walt mit zugeschnürter Kehle erzählt hatte, hätte ein einladendes Zuhause gehabt. Es war Walt nicht gelungen, den Kloß im Hals loszuwerden.

»Ich muss die Wahrheit wissen.«

Joey unterdrückte einen Aufschrei, der ihr beinahe entwischt wäre, als die Stimme von Finn sie aus der imaginären Szene zwischen Vater und Tochter herausholte. Langsam drehte sie sich zu ihm um. »Es ist meine Gewohnheit, ehrlich zu sein, Mr O'Hare. Ich werde aufrichtig zu Ihnen sein, ob Sie es wollen oder nicht.« Sie milderte ihre Antwort mit einem professionellen Lächeln ab.

»Sind Sie diesem Auftrag gewachsen?«

»Ich …«

»Aus irgendeinem Grund ist mein Großvater wild entschlossen, Sie zu engagieren. Er mag Sie und …« Er runzelte die Stirn und massierte sich die Schläfen. »Und ich brauche jemanden, der bereit ist, nach ihm zu sehen. Seit er wieder hier ist, hat er sich verändert. Ich würde ja sagen, dass es die Trauer ist nach dem Tod meiner Großmutter. Aber anscheinend ist es irgendwie anders. Etwas an dieser Insel berührt ihn auf besondere Weise.«

»Wie meinen Sie das?« Joey hatte bei dem Mann nichts gesehen, das sie beunruhigt hätte. Obwohl Walts Wunsch, so viel Geld in diesen Leuchtturm zu investieren, ihr nicht gerade klug erschien.

Finn schob die Hände in die Hosentaschen. »Ich ertappe ihn dabei, wie er aufs Wasser hinausstarrt, als würde er etwas suchen, das nur er sehen kann. Und dann ist da dieser verzweifelte Wunsch, diesen Ort wiederherzustellen.« Finn schüttelte den Kopf. »Ein paar Monate nach dem Tod meiner Großmutter hat er mich gebeten, eine Reise zu unternehmen. Er hat irgendjemanden dafür bezahlt, dass er uns hierherbringt. Nachdem er gesehen hat, in welchem Zustand der Leuchtturm ist, hat er zwei Tage lang kaum etwas gesagt. Und dann hat er die Familie gefunden, die im Besitz des Grundstücks war, und viel zu viel dafür bezahlt.« Finn strich sich eine hellbraune Haarsträhne seiner perfekten Seitenscheitelfrisur aus der Stirn. »Ich fliege im Moment Langstrecke und versuche gerade, einen regelmäßigeren Dienstplan zu bekommen, aber könnten Sie bis dahin … würden Sie es als Teil des Auftrags betrachten, auf ihn achtzugeben? Und mich zu informieren, wenn Ihnen irgendwas Merkwürdiges auffällt?«

Joey zuckte mit einer Schulter. »Er scheint geistig ziemlich fit zu sein.«

Finn runzelte die Stirn. »Irgendwas stimmt mit ihm nicht.«

Joeys Hochgefühl, weil sie den Auftrag erhielt, bekam nur einen kleinen Dämpfer, als ihr der Grund für Finns Einlenken bewusst wurde. Wahrscheinlich glaubte er, sie würde den inoffiziellen Job als Betreuerin für seinen Großvater eher annehmen als den als Bauleiterin. Aber sie war interessiert an dem Job. Und auch die Vorstellung, mehr Zeit mit Walt zu verbringen und seine Geschichten zu hören, gefiel ihr. Sie streckte die Hand aus. »Ja, ich bin dieser Arbeit gewachsen, und ja, ich bin mit den Bedingungen einverstanden.«

Finn sah ihre ausgestreckte Hand einen Moment lang an und schlug dann ein.

Bevor sie losließ, hob Joey zwei Finger. »Es gibt noch zwei kleinere Details, die ich gerne besprechen würde. Erstens: Wann soll ich anfangen? Und zweitens: In der Stellenanzeige war von einer Unterkunft vor Ort die Rede.« Sie deutete mit dem Daumen über ihre Schulter. »Bitte sagen Sie nicht, dass damit das hier gemeint war.«

Kapitel 8

Joey stand auf und streckte sich, nachdem sie auf dem Boden neben dem Couchtisch gesessen und ihren morgendlichen Kaffee getrunken hatte, während sie an einem Puzzle arbeitete, das den Leuchtturm von Hatteras zeigte. Sie trat ans Fenster, das auf den Pamlico-Sund hinausging. Zum Glück hatten Finn und Walt ihre ursprünglichen Bedingungen noch einmal überdacht und beschlossen, ihr eine Unterkunft abseits der Baustelle zu organisieren.

So war es am sinnvollsten. In Ocracoke hatte sie Zugang zu Telefon, elektrischem Strom und Internet. Da gerade keine Saison war, hatte der Vermieter ihnen einen guten Preis gemacht, weil er froh war, seine Ferienwohnung für die nächsten vier Monate vermietet zu haben.

Joey konnte es ihm nachfühlen. Es würde schön sein, mal wieder regelmäßig Gehalt zu bekommen. Wenn sie es klug anstellte, konnte sie vielleicht sogar etwas zurücklegen, bis der Auftrag erledigt war, sodass sie nach Copper Creek zurückkehren und ihrer Firma, in der sie gerade nicht aktiv war, noch eine letzte Chance geben konnte. Es hieß ja, dass die Liebe mit der Entfernung wuchs. Joey hoffte jedenfalls, dass dies auch auf ihre Situation zutraf. Im Moment reichte es, dass sie wieder einen Plan hatte.

Die letzte Woche hatte sie damit zugebracht, sich in der Wohnung einzuleben und ihr Homeoffice einzurichten. Sie hatte schon jemanden gefunden, der bereit war, Arbeiter und Baumaterial gegen ein angemessenes Entgelt zur Insel zu befördern. Das Schiff wurde normalerweise dafür benutzt, achtzig Personen gleichzeitig zum Fischen aufs Meer hinauszufahren, aber in den späten Herbst- und Wintermonaten war die Nachfrage dafür nicht besonders hoch.

Außerdem hatte sie Jerry und Renee Alexander, ein Ehepaar mit guten Geschichtskenntnissen, das seinen Ruhestand in Ocracoke verbrachte, dafür angeheuert, das Leuchtturmwächterhaus sauber zu machen und alle beweglichen Gegenstände zu katalogisieren.

Eigentlich sollte sie ja erst nächste Woche mit der Arbeit beginnen, aber sie konnte sich einfach nicht beherrschen.

Joey ging zu ihrem Schreibtisch und sah zum dritten Mal an diesem Tag in ihr E-Mail-Postfach, weil sie ungeduldig auf eine Antwort von der zweiten Statikfirma wartete, die sie angefragt hatte. Sie brauchte noch mindestens ein weiteres Angebot für dieses Projekt. Das erste überstieg deutlich ihr Budget.

Auf jeden Fall mussten sich die Leute, die sie anheuerte, gut auskennen. Der Erfolg des Projekts hing letzten Endes davon ab, ob das Fundament des Leuchtturms solide war oder nicht. Walt konnte es sich auf keinen Fall leisten, das ganze Gebäude abreißen und ein neues Fundament legen zu lassen.

Nachdem sie zwei weitere Unternehmen angeschrieben hatte, schlüpfte Joey in ihre Sandalen und ging die lange Treppe des auf Zedernholzpfählen gebauten Hauses hinunter, um dem Gemischtwarenladen ein Stück die Straße hinunter einen Besuch abzustatten. Der Laden machte auf sie den Eindruck, als hätte er das Büromaterial und die Lebensmittel im Sortiment, die sie brauchte.

Eine Stunde später war Joey wieder zu Hause, die Einkaufstasche gefüllt mit Druckerpapier, Ordnern, Lebensmitteln und einem Wahoo-Filet, das sie spontan auf einem Fischmarkt gekauft hatte, an dem sie vorbeigekommen war.

Während sie den Fisch in Kräutern und Butter anbriet, wählte sie Sophies Nummer, um ihr das versprochene Update zu geben.

»Und, was macht deine verlassene Insel?«

»Also, sie ist dünn besiedelt und ich brate gerade einen Fisch, der heute Morgen frisch gefangen wurde.«

»Cool.« Im Hintergrund war ein quengelndes Baby zu hören. »Kann ich kommen?«

Joey lachte. »Das fragt die Frau, die mich davon überzeugen wollte, nach Nashville zu ziehen? Willst du dich jetzt auch absetzen?«

Sophie stöhnte theatralisch. »Nicht direkt, aber ein bisschen Stille und frische Meeresluft würden mir gerade guttun.«

»Friedlich ist es hier wirklich. Und wärmer, als ich erwartet hatte.« Joey erzählte ihrer Freundin von den Arbeiten, die sie begonnen hatte, und von ihren Plänen für das Projekt.

»Du bist also nicht sauer auf mich, weil ich dir diese verrückte Idee in den Kopf gesetzt habe?«

Joey kratzte sich am Fußgelenk. Sie hatte Insektenstiche, weil sie bei ihrer letzten Fahrt nach Bleakpoint das Mückenspray vergessen hatte. Diesen Fehler würde sie nicht noch einmal machen. »Noch nicht. Gib mir Zeit, bis ich meinen ersten Monat rum habe. Wenn die Mücken und Stechfliegen mich bis dahin nicht umgebracht haben, werde ich genügend zu meckern haben.«

Das Telefon ans Ohr geklemmt, brachte Joey ihren dampfenden Fisch auf die Terrasse, die auf den Sund hinausging. Die untergehende Sonne färbte die fedrigen Wolken in Rot-, Rosa- und Goldtönen. »Ich weiß, dass die nächste Zeit anstrengend wird und ich mit einer Menge Problemen und Komplikationen rechnen muss, die bei der Sanierung alter Gebäude immer auftauchen. Aber ich bin nicht hier, um eine ruhige Kugel zu schieben, immerhin ist es eine Auszeit von den Problemen zu Hause.«

»Ich hoffe, du kriegst etwas Abstand zu alledem, während du dort bist. Die Welt ist viel größer als Copper Creek.«

Joey lachte. »Witzig. Das sagst du immer, dabei hast du mich an einen Ort geschickt, der viel kleiner ist als Copper Creek und der ringsum von Wasser umgeben ist. Deshalb bin ich nicht sicher, wer von uns beiden zuletzt lacht. Du oder ich?«

»Ertappt«, erwiderte Sophie. »Aber ich glaube, du weißt, was ich meine. Wenn du weg bist, kannst du in Ruhe über die Dinge zu Hause nachdenken, ohne mittendrin zu stecken. So wie die Sache mit Paul. Hast du das eigentlich schon verarbeitet?«

Joey zuckte zusammen, überrumpelt von dem Namen ihres Ex. »Was gibt's da zu verarbeiten?« Sie strich sich eine dunkle Locke aus dem Gesicht. »Er hat eine Neue. Wir haben nicht zusammengepasst. Fertig.«

Sophie schnaubte verächtlich. »Ich hab dich lieb, aber manchmal frage ich mich, ob du absichtlich so schwierig bist.«

Joey spießte ein Stück Fisch auf. »Vielleicht stehe ich auf der Leitung. Was meinst du?«

»Du wusstest doch ganz genau, dass er nicht der Richtige für dich war, noch bevor er mit dir Schluss gemacht hat. Er war nur ein Lückenbüßer.«

Joey dehnte ihren verspannten Rücken. »Kann schon sein. Aber das war ich für ihn auch. Deshalb bin ich ja auch nicht sauer, dass er eine andere hat. Das macht die Trennung leichter.«

»Aber das ist doch nicht normal«, gab Sophie zurück. »Wie viele Dinge in deinem Leben sind Lückenbüßer für etwas, das du dir wirklich erträumst?«

»Ich habe keine Ahnung, wovon du redest.« Hatte sie wirklich Eventmanagerin werden wollen oder war das nur Plan B gewesen, weil ihr der Mut zu Plan A gefehlt hatte?

»Du richtest diese riesigen Feiern für andere Leute aus und verwirklichst ihre Träume. Du stehst am Rand und wehrst im Hintergrund Katastrophen ab, von denen deine Kunden nie erfahren. Immer am Rand bei einem Fest dabei, ohne wirklich der Mittelpunkt zu sein. Wird es jetzt klarer?«

Ein Reiher schwebte tief über dem Sund und spiegelte sich in dem Wasser darunter. Joey seufzte. War es so verwerflich, wenn sie gerne anderen Menschen half, schöne Erinnerungen zu schaffen? »Ich weiß nicht ...«

»Du kannst ruhig Feste organisieren, um davon zu leben, wenn du willst«, fuhr Sophie fort, »aber irgendwann bist du hoffentlich auch mal selbst mittendrin in einer Feier, anstatt immer nur von den Träumen zu leben, die du dir für andere ausdenkst.«

Joey zuckte mit den Schultern und setzte einen leichten Tonfall auf. »Wenn du mich fragst, macht es viel mehr Spaß, im Hintergrund all die kleinen Einzelteile in der Hand zu halten und sie genau im richtigen Moment zu etwas Großem zusammenzubauen.«

Früher war sie auch mit ihren eigenen Träumen so umgegangen, aber dann hatte ihr das Leben diese Teile unsanft aus der Hand geschlagen.

Walt ging am Strand von Bleakpoint Island entlang. Hin und wieder sah er kleine sandfarbene Reiterkrabben um seine Füße huschen. Würde er jemals das Gefühl abschütteln können, dass er nicht hierhergehörte?

»Es tut mir leid, Cay«, sagte er in den Wind.

Es tat ihm leid, dass ihr Leuchtturm so verfallen war. Dass er nicht geblieben war, als sie ihn zurückgewiesen hatte, sondern das getan hatte, was er als Sechzehnjähriger für eine gute Sache gehalten hatte. Dass er so lange gebraucht hatte, um zurückzukommen und mit seiner Vergangenheit Frieden zu schließen.

Er hob eine Herzmuschel auf und versuchte, sie über eine Brandungswelle hüpfen zu lassen, aber sein Handgelenk versagte ihm die flüssige Bewegung, die er früher hatte ausführen können. Er lachte über sich selbst. Schade, dass Schmierfett bei alt gewordenen Gelenken nicht so funktionierte wie bei Scharnieren aus Metall.

Walt verschränkte die Hände auf dem Rücken und schlenderte weiter. »Das Mädchen, mit dem ich an dem Leuchtturm arbeite, würde dir gefallen. Sie hat Mumm so wie du.« Er lachte leise, als er an den rosafarbenen Pick-up dachte, der Joey so peinlich gewesen war. Sie war weicher als die raubeinige Cay.

Barfuß. Rauflustig. Lieber in abgewetzten Jungshosen anstatt in einem Kleid. Ihre Haut war golden gewesen wie der Sand und ihre Augen graugrün wie der Pamlico-Sund. Und diese aufmüpfigen Locken. Wild und schön.

Walt folgte dem Pfad durch die Dünen, der am Leuchtturm und ihrem Haus vorbeiführte, zurück zu seinem Segelboot.

Er war froh, dass Finn eingelenkt und Joey engagiert hatte. Sie hatte bewiesen, dass sie etwas von Sanierungen verstand, und aus irgendeinem Grund war sie erpicht darauf, Walts verrückte Idee in die Tat umzusetzen. Er war sich nicht ganz sicher, was am Ende aus diesem Ort werden sollte. Hoffentlich würde der Herr es ihm rechtzeitig zeigen. Jedenfalls glaubte er zu verstehen, wie Noah sich gefühlt haben musste, als er die Arche gebaut hatte, ohne dass ein einziger Tropfen Regen vom Himmel gefallen war.

Als er wieder an Bord des Bootes war, kroch er in seine Koje unter Deck und streckte sich auf seinem Bett aus, um zu sehen, wie die Sterne in dem runden, salzverkrusteten Fenster erschienen. Aber was war, wenn es gar nicht der Herr war, der ihn zu all dem drängte? War der Versuch, etwas wiedergutzumachen, das er bitter bereute und das ihn seit Jahrzehnten nicht losließ, Grund genug für ein solches Unterfangen?

Walt freute sich auf den Beginn der Arbeiten. Darauf, von Lärm, Aktivitäten und Zielstrebigkeit umgeben zu sein. Wenn er so weitermachte und allein auf der Insel herumlief und mit Cay sprach, als könnte sie ihm antworten, würde er am Ende noch all die albernen Geschichten, es gäbe hier Gespenster, glauben.

Kapitel 9

Joey hatte Finn versprochen, dass sie ein Auge auf seinen Großvater haben würde, aber in den letzten paar Wochen war es gar nicht so einfach gewesen, ihn im Blick zu behalten. Manchmal sah sie, dass sein Boot im Jachthafen lag. Dann wiederum war sein Liegeplatz leer. Sie vermutete, dass er auf der Insel vor Anker gegangen war. Oder er war angeln. Oder segelte auf dem ruhigen Wasser des Sunds auf der Suche nach dem, was ihm anscheinend keine Ruhe ließ.

Jetzt, wo endlich die offiziellen Gutachten vorlagen und die nötigen Anträge für den Baubeginn gestellt und genehmigt worden waren, hoffte sie, dass die Walt-Überwachung ein bisschen einfacher sein würde. Bestimmt wollte er doch alles hautnah mitbekommen. Joey konnte es kaum erwarten, ihm die frohe Botschaft zu überbringen.

Sie sah auf ihre Uhr, stopfte den Bericht des Statikers in den Rucksack und lief dann die fünfhundert Meter zum Hafen, wo sie sich mit Walt, Jerry und Renee Alexander treffen wollte, um die Arbeiten am Leuchtturmwächterhaus in Angriff zu nehmen.

Gegen Abend, wenn sie wieder zu Hause war, würde sie Finn das Gutachten des Ingenieurs schicken. Auch die Notizen, die sie sich heute gemacht hatte, um Walts Leuchtturm in neuem Glanz erstrahlen zu lassen. Dann würde er über das Ausmaß der Arbeiten und den Ablauf informiert sein. Hoffentlich konnte sie ihn dann endlich von ihren Fähigkeiten als Bauleiterin überzeugen.

Als sie Walt neben den Alexanders auf dem Bootssteg stehen sah, zusammen mit dem Besitzer des Schiffes, das sie angeheuert hatten, um sie mit dem Werkzeug und all dem Material hinüberzufahren, beschleunigte Joey ihre Schritte.

Das Wasser war ruhig und das Wetter schön, sodass es eine sanfte Fahrt über den Sund werden dürfte.

Renee, die sich neben Joey setzte, beugte sich ein wenig näher. »Jerry und ich wollten uns dafür bedanken, dass Sie uns den Auftrag gegeben haben. Als Sie sagten, das Haus sei seit Anfang der 1940-Jahre nicht mehr angerührt worden, konnte ich einfach nicht widerstehen.«

Jerry lehnte sich vor. »Das war für diese Region eine faszinierende Zeit. Viele Amerikaner hatten keine Ahnung, wie nah die Kriegsfront sich Amerika damals genähert hatte.«

»Natürlich wussten alle von Pearl Harbor«, fügte Renee hinzu, »aber nur ganz wenige kannten die wahren Risiken für unsere Ostküste. Und gerade diese Insel ist Gegenstand aller möglichen Legenden.«

Joey sah zu Walt hinüber, der vorn stand und mit dem Steuermann sprach, einen grimmigen Ausdruck im wettergegerbten Gesicht.

»Ich bin mir sicher, dass bei den Ermittlungen vor vielen Jahren schon alles gründlich durchsucht wurde«, sagte Jerry. »Aber diese Fotos anzusehen, die Sie uns geschickt haben, war wie eine Zeitreise in eine andere Epoche.«

»Wir sind schon lange daran interessiert, die Geschichte einer Region zu erforschen«, ergänzte Renee. »Über diese Gegend weiß ich nicht so viel. Meine Verwandten stammen aus Kitty Hawk und nördlich davon, und Jerrys Familie kommt aus Oregon, deshalb sind wir keine Experten, was die Ereignisse auf Bleakpoint betrifft. Aber seit wir hierhergezogen sind, haben wir einige wilde Geschichten gehört. Stellen Sie sich mal vor, wir würden über etwas stolpern, das uns einen Hinweis auf das Verschwinden von Callum und Cathleen gibt!«

Joey beugte sich näher und senkte die Stimme. »Wie Sie schon sagten, gibt es wahrscheinlich nichts Wichtiges, was man noch finden könnte. Aber falls Sie auf irgendwelche sensiblen Hinweise oder auf persönliche Dinge der Familie stoßen sollten, zeigen Sie

sie bitte zuerst mir, bevor Walt sie in die Finger bekommt. Sein Enkel macht sich Sorgen, dass dieses Projekt zu viel für ihn ist, und obwohl ich denke, dass Walt durchaus in der Lage ist, auf sich selbst aufzupassen, habe ich seinem Enkel versprochen, ein Auge auf ihn zu haben.«

Die beiden nickten und die restliche Überfahrt verbrachten sie mit Small-Talk.

Walt sprach jetzt nicht mehr mit dem Steuermann, sondern starrte aufs Wasser hinaus. Mit den Händen knetete er seinen Hut, die Miene war mürrisch. Es war ein Gesichtsausdruck, der dem seines Enkels erstaunlich ähnlich war. Joey hatte gedacht, wenn Finn wieder arbeiten war, würde die Stimmung sich verbessern, aber das Gegenteil war der Fall.

Als sie schließlich auf der Insel waren, trugen sie zu viert die Ausrüstung zum Haus. Nachdem Joey die Einzelheiten mit den Alexanders besprochen hatte, überließ sie das Ehepaar seiner Aufgabe und ging zu Walt, der zum Atlantikufer hinuntergegangen war, anstatt das alte Haus zu betreten.

Walt stand am Wasser, die Hände in die Taschen seiner zu weiten Cargohose gesteckt. Er beobachtete die Gischt, die gegen entfernte Sandbänke schlug. Als Joey neben ihn trat, erschrak er, weil ihre Schritte vom tiefen Klang der Wellen und dem seidigen Sand unter ihren Füßen gedämpft worden waren.

»Wie geht es Ihnen?«, fragte sie. »Sind Sie bereit, ganz offiziell den ersten Tag der Arbeiten an Ihrem Leuchtturm zu eröffnen?«

Walt nickte. »Es ist ein guter Tag. Einer, auf den ich lange warten musste.«

Joey spielte mit dem Reißverschluss ihrer Jacke, während sie überlegte, ob sie die Frage stellen sollte, die ihr auf der Zunge lag. Selbst wenn es nicht professionell war, als Projektleiterin die Nase in seine privaten Angelegenheiten zu stecken, passte ihr Vorgehen doch sicher zu der »inoffiziellen« Stellenbeschreibung als Babysitterin. »Sie wirken ein bisschen niedergeschlagen. Ist etwas geschehen?«

Er blinzelte und atmete tief ein. »Nicht heute, meine Liebe. Nicht heute.« Er verschränkte die Arme vor der Brust. »Sie wollten mir doch erzählen, was der Statiker gesagt hat, oder? Dann zeigen Sie mal her.«

»Wollen Sie zuerst die gute Nachricht oder die schlechte?«, fragte Joey.

Walt trat von einem Fuß auf den anderen und starrte auf die Wellen hinaus. Dann wandte er sich zu ihr um, ein schiefes Lächeln in seinem wettergegerbten Gesicht. »Zuerst die gute Nachricht. Immer.«

»Das Fundament ist tatsächlich in einem ziemlich guten Zustand, wenn man das Alter, die jahrelang ausgebliebenen Instandhaltungsmaßnahmen und den Sand bedenkt, auf dem es gebaut wurde. Ich habe ein paar Ratschläge bekommen, wie man die Situation verbessern könnte, aber das sind nur Präventivmaßnahmen, damit das Ganze länger hält. Bleakpoint Light kann stolz und aufrecht stehen bleiben, wo er steht.« Joey hatte Gott für seine Barmherzigkeit gedankt, was das betraf. Wenn die Ingenieure gesagt hätten, dass der Leuchtturm woanders hin müsse, wäre es das Ende von Walts Traum und ihrer Arbeit gewesen.

Sein halbherziges Lächeln verwandelte sich in ein breites Grinsen. »Das ist ja fantastisch, meine Liebe. Eine richtig gute Nachricht, oder?«

Joey nickte. »Die Statiker waren überrascht. Es gibt viele Leuchttürme auf vorgelagerten Inseln, die weniger Glück haben.«

Walt kratzte sich an seinem stoppeligen Kinn und sah Joey an. »Und die schlechte Nachricht?«

»Das Eisen im Treppenhaus ist beschädigt, weil durch die kaputten Fenster Feuchtigkeit eingedrungen ist. Der Zustand der Treppe selbst ist so gut, dass man sie benutzen und restaurieren kann, aber wir müssen sofort etwas gegen den Rost unternehmen, bevor die Korrosion schlimmer wird. Das bedeutet leider, dass der Rost abgeklopft und das Eisen neu gestrichen werden muss. Und bei dem Alter des Gebäudes wird es sich vermutlich um bleihaltige Farbe handeln. Also müssen wir eine Fachfirma kommen lassen, die die Farbe untersucht und den Rost entfernt. Wenn wir Türen und Fenster erneuern oder irgendwas anderes machen, das die Farbe beschädigt, gilt dasselbe. Das macht die Arbeit schwieriger. Und auch teurer.«

Walt schob die Hände in die Hosentaschen und wandte sich dem Leuchtturm zu. »Insgesamt ist es also nicht schlimmer, als wir erwartet haben, richtig?«

Joey schüttelte den Kopf. »Jedenfalls nicht viel.«

»Gut.«

Sie notierte sich etwas auf den Unterlagen. »Ich hole ein paar Angebote für die Prüfung und Rostentfernung ein und frage Sie dann, wie wir weiter vorgehen sollen.« Joey versuchte noch einmal, an die Informationen zu kommen, die Walt nicht herausrücken wollte. »Sie waren also mit dem Leuchtturmwächter befreundet?«

Er schnaubte verächtlich. »Das habe ich nicht gesagt. Ich bin ziemlich sicher, dass er mich gehasst hat. Aber seine Tochter und ich waren Freunde und wir sind zusammen zur Schule gegangen.« Walt setzte sich in Bewegung und Joey ging neben ihm am Strand entlang.

»Mögen Sie mir von ihr erzählen?«

Er senkte den Kopf. »Den Tag, an dem ich Cathleen McCorvey kennengelernt habe, werde ich niemals vergessen. Ich war gerade mal neun Jahre alt, aber ich bin ziemlich sicher, dass ich mich Hals über Kopf in sie verliebt habe, als ich sie zum ersten Mal sah. Sie war so dünn. Ihre Großmutter hielt ihren Oberarm wie in einer Schraubzwinge fest und zog sie hinter sich her, während Cay an dem Kragen ihres rosafarbenen Kleids zerrte. Es erinnerte mich daran, wie eine meiner Schwestern mal versucht hatte, eine unserer Scheunenkatzen zu verkleiden. Sie war fuchsteufelswild.«

Joey lachte. »Und das war Liebe auf den ersten Blick, hm?«

Walt fuhr sich mit der Hand über den Nacken und in seinen Zügen lag ein weicher, liebevoller Ausdruck. »Sie war anders als die Mädchen, die ich kannte. Ich versuchte den ganzen Tag, mit ihr zu sprechen, aber die Lehrerin war sehr streng, und ich konnte mich nur einmal über den Gang lehnen und sagen: ›Hallo, ich bin Wally. Und wie heißt du?‹, bevor die Lehrerin mit ihrem Lineal gedroht hat. Nach der Schule bin ich dann hinter ihr hergelaufen. Hab gesehen, wie sie sich die Spitze vom Ärmel gerissen hat. Ich habe sie gefragt: ›Warum machst du das? Ist doch ein hübsches Kleid.‹«

Walt lachte. »Sie hat mich angeguckt, als hätte ich drei Köpfe, und gesagt: ›Hat dich schon mal jemand gezwungen, Spitze zu tragen? Wenn ich schon ein Kleid anziehen muss, soll es wenigstens nicht kratzen.‹ Als sie damit fertig war, zog sie sich einen Fischerpullover über, der ihrem Vater gehört haben muss, denn er reichte ihr fast bis an die Knöchel. Und dann ließ sie mich stehen und lief weiter.«

Walt schüttelte den Kopf. »Sie war so winzig und zart. Aber zäh. Ein paar der älteren Mädchen haben irgendwann versucht, sie zu ärgern, weil sie ihnen wie leichte Beute erschien.« Er lachte. »Das haben sie aber nur einmal gemacht.«

Joey wurde es ganz warm ums Herz, als sie die Zärtlichkeit in seiner Stimme hörte.

»Cay war die Beste. Ich habe eine Zeit lang ziemlich schlimm gestottert und die gemeine alte Mrs Smithers dachte, sie könnte es mir austreiben, indem ich jeden Tag vor der ganzen Klasse Fragen beantworten musste. Da war ein älterer Junge, der mich immer aufgezogen hat, wenn die Lehrerin es nicht gesehen hat. Das erste Mal, als Cay dabei war, hat sie dem Typen ein blaues Auge verpasst. Es war ziemlich peinlich, dass das kleinste Mädchen in der Schule mein rettender Engel war, aber ich dachte, wenn das bedeutete, dass wir Freunde waren und ich nicht nur der Junge war, der sie auf dem Heimweg von der Schule zutextete, dann war es das wert.«

Joey berührte seinen Arm. »Ich hätte sie wahnsinnig gerne kennengelernt. Sie klingt nach einer tollen Persönlichkeit.«

»Oh, das war sie. Und sie war richtig wütend, weil ihre Großmutter versuchte, sie zu ›zähmen‹. Ihre Mutter war ein paar Jahre zuvor gestorben. Ich glaube, an der Grippe. Und ihr Vater hat sie großgezogen, aber dann wurde er nach Bleakpoint versetzt und das war zu abgelegen, als dass sie von dort aus jeden Tag die Dorfschule auf Ocracoke hätte besuchen können, also hat ihre Großmutter sich angeboten, sie während der Woche bei sich aufzunehmen. Öde alte Krähe, so hat Cay sie genannt. Es war ziemlich gemein, so etwas über die eigene Großmutter zu sagen, aber ich glaube, sie hat einfach ihren Dad vermisst.«

»Das kann ich mir vorstellen.« Ein Schmerz stieg in Joeys Herz auf und sie sehnte sich nach der Zeit zurück, als ihre Eltern, ihr Bruder und sie zusammen als Familie unten einem Dach gewohnt hatten. Aber inzwischen war sie eine erwachsene Frau, die auf eigenen Füßen stand. Kein Kind mehr.

»Freitags hat er sie in seinem Boot abgeholt und mitgenommen. Dann hat sie zwei herrliche Tage in der Wildnis verbracht, bevor sie wieder zu ihrer Großmutter musste, die sie in Spitzenkleidchen gesteckt hat.«

Walt erzählte so lebendig von ihr, dass Joey halb erwartete, die kleine Cathleen McCorvey würde jeden Augenblick vor ihnen auftauchen und wissen wollen, was sie auf ihrer Insel zu suchen hatten.

»Ich wette, Sie beide hatten jede Menge Spaß, als Sie diese Insel erkundet haben.«

Der spielerische Ausdruck in seinen Augen verschwand. »Ich durfte nie herkommen.« Walt presste die Lippen aufeinander. Dann ging er weiter und Joey hielt mit ihm Schritt, aber offenbar war sie in ein Fettnäpfchen getreten, und sie war sich nicht sicher, wie sie das wieder ausbügeln sollte.

Kapitel 10

An diesem Abend lag Walt in seiner Koje auf dem Boot und las *20.000 Meilen unter dem Meer*. Weder die Wellen noch sein Buch hatten ihn erfolgreich in den Schlaf gelullt. Er klappte es zu und löschte seine Lampe. Vielleicht war er ja eine ebenso gequälte Seele wie dieser Captain Nemo, obwohl Walts Mission nicht auf Rache beruhte, sondern auf Reue.

Seine Gedanken wanderten zum Strandspaziergang zurück, zu den Geschichten über Cay, seine Cay, die er Joey erzählt hatte. Geschichten, die er jahrzehntelang in seinem Innern verschlossen hatte. Selbst Martha hatte kaum die Hälfte davon gekannt, Gott hab sie selig.

Es hatte zu sehr geschmerzt, die Erinnerungen hervorzuholen, die er so tief vergraben hatte, aber Joey war so ernsthaft darum bemüht, seine Träume für die Insel Wirklichkeit werden zu lassen, dass er nicht widerstehen konnte, ihr sein Herz auszuschütten.

Walt erhob sich von seinem Bett und ging an Deck, hinauf in die wolkenlose Nacht. Der Mond hing tief und hell am Himmel. In der Ferne stieß ein Uhu sein einsames *Hu-huuh* aus. Walt ließ den Blick über die Insel wandern in der Hoffnung, den Vogel zu entdecken, aber sein Sehvermögen ließ nachts inzwischen viel zu wünschen übrig. Er zuckte mit den Schultern und setzte sich, während seine Gedanken zu den Ereignissen des Tages zurückwanderten.

Als Finn von seinen Plänen erfahren hatte, hatte er Walt gedrängt, sich mit einer Denkmalschutzgesellschaft in Verbindung zu setzen und zu sehen, ob es vielleicht Zuschüsse gab, um die Kosten der Sanierung von Bleakpoint etwas zu drücken. Aber Walt hatte sich geweigert. So sehr er sich auch Antworten wünschte, hatte er sich doch geschworen, Cays Geheimnisse zu hüten, wie auch immer die aussahen. Das Letzte, was er brauchte, waren Fremde, die ihre Nase in Dinge steckten, die sie nichts angingen.

Und dann war die liebe Joey so begeistert gewesen, als würde sie ihm etwas Wunderbares schenken, als sie ihm erzählt hatte, dass sie zwei Amateurhistoriker angeheuert hatte. Er hatte nicht das Herz gehabt, ihr zu sagen, sie solle jemand anderen suchen. Jemanden, der nicht so genau hinschaute. Was, wenn sie etwas fanden und daraus unsinnige Geschichten spannen, die das Andenken von Callum und Cathleen noch weiter beschädigten?

Walt blinzelte. War das eine Bewegung dahinten? Ein Licht? Er erhob sich wieder und wünschte, er könnte noch so gut sehen wie in seiner Jugend. Gleich darauf war das, was er zu sehen geglaubt hatte, wieder verschwunden.

Wahrscheinlich hatte er nur zu wenig geschlafen und sich zu viel mit den seltsamen Geschichten über die gequälten Seelen von Bleakpoint beschäftigt, die unter den Einheimischen kursierten. Die einzige Seele, die unruhig war, war seine eigene.

※

Joey saß auf ihrem Schreibtischstuhl und stieß einen zufriedenen Seufzer aus. Es war ein guter Tag gewesen. Die Alexanders hatten im Wächterhaus gute Fortschritte gemacht. Obwohl sie nichts von besonderem Interesse gefunden hatten, waren sie mit dem Säubern und Sortieren weitergekommen. Joey war rechtzeitig wieder auf dem Festland gewesen, um eine Sanierungsfirma zu kontaktieren, die eingewilligt hatte, noch in dieser Woche zu kommen und die Farbe an der Leuchtturmtreppe und auf anderen Oberflächen zu untersuchen. Außerdem hatte sie drei Angebote von Zimmerleuten, die sich um die neuen Fenster und Türrahmen kümmern konnten, sobald die Treppe repariert war.

Sie tippte eine Nachricht an Finn, in der sie die Angebote detailliert erläuterte und eine Abfolge der Sanierungsarbeiten vorschlug. Dann klickte sie auf »Senden« und lehnte sich auf ihrem Stuhl zurück, stolz auf sich selbst. Das müsste ein gutes Stück dazu beitragen, ihre Fähigkeiten unter Beweis zu stellen.

Eine halbe Stunde später kam Finns Antwort.

> Klingt gut. Wie geht es meinem Großvater? Haben Sie den Eindruck, dass er in Ordnung ist? Hat er irgendetwas gesagt oder getan, das Ihnen Sorgen macht? Bitte berichten Sie.

Kein Wort über die Unterlagen, die sie geschickt hatte.

Joey schüttelte den Kopf. Aber auch wenn es ärgerlich war, konnte sie einem Mann, der sich solche Gedanken um das Wohlergehen seines Großvaters machte, nicht ernsthaft böse sein. Sie schrieb eine ebenso kurze Nachricht zurück und erklärte ihm, dass es seinem Großvater gut ging.

Am nächsten Morgen hielt Joey bei *Murphy's*, einem Laden, der rund um die Uhr geöffnet hatte, und kaufte sich ein belegtes Brötchen mit Schinken, Ei und Käse. Walt hatte davon so geschwärmt. Sie war skeptisch gewesen, was die Qualität in einem solchen Geschäft betraf, aber Walt und die Alexanders hatten ihr versichert, dass alles jeden Morgen frisch zubereitet wurde.

Die Frau hinter dem Tresen begrüßte sie, als sie den Laden betrat. Joey schenkte sich einen Becher Kaffee aus der großen Kanne ein und suchte sich ein Brötchen von der Heißen Theke aus. Sie lächelte der älteren Frau zu, die sie an die Lebenseichen erinnerte, die überall auf der Insel wuchsen – ein wenig gebeugt von Wind und Wetter. Vermutlich hatte die Frau genauso tiefe Wurzeln wie die Eichen, die sich an den unsteten Sand ihrer Heimat klammerten. »Ihre Brötchen wurden mir sehr empfohlen.«

Die Frau grinste, sodass ein fehlender Schneidezahn offensichtlich wurde. »Ach ja?«

»Ja, Ma'am. Von Walt O'Hare.«

Ihr Grinsen verschwand eine Sekunde lang, bevor sie es wieder aufsetzte. »Oh ... ich habe von Ihnen gehört.«

Joey schluckte. »Entschuldigung?« Wie denn das? Wie hatten es die Gerüchte von Copper Creek den langen Weg hierhergeschafft?

»Haben Sie denn keine Angst vor den Geistern?«

Ach so. Joey grinste. »Ich glaube nicht an Gespenster.«

Die Frau zog ruckartig den Kopf zurück und schüttelte ihn dann, so als täte Joey ihr leid. »Das werden Sie schon noch. Die Seelen von Callum und Cathleen spuken auf der Insel, seit das Meer sie verschlungen hat. Ob es freundliche Geister sind oder nicht, weiß ich nicht. Niemand bleibt lange genug da, um es herauszufinden.« Dann lehnte die Frau sich über den Tresen und senkte die Stimme. »Jedes Jahr am Todestag der beiden kann man zwei Wolken überm Wasser sehen vor der Küste von Bleakpoint Island. Eine kleine und eine große. Die Leute haben sie auch sonst schon mal gesehen, aber im Juli sind sie immer da.«

»Oh, wow«, antwortete Joey. Offensichtlich nahm diese Frau die Geschichte sehr ernst. Joey bezahlte Kaffee und Essen und trat vom Tresen zurück. Dann winkte sie. »Na, ich hoffe, sie freuen sich darüber, dass ihr Zuhause renoviert wird«, sagte sie in einem Versuch, die abergläubische Verkäuferin zu beschwichtigen.

Die ältere Frau kniff die Augen ein wenig zusammen. »Passen Sie auf sich auf. Hier draußen auf den Inseln laufen die Dinge anders. Das werden Sie noch sehen.«

Joey wurde ernst. »Ja, Ma'am. Bis bald.«

Die Frau nickte weise. »Hoffentlich.«

Gegen ihren Willen fröstelte Joey angesichts des unheimlichen Tonfalls, während sie zum Ausgang ging. Als sie die Türklinke schon in der Hand hatte, rief ihr die Frau hinterher: »Sind natürlich nur Gerüchte. Könnte auch andersrum gewesen sein. Vielleicht haben ja auch die Deutschen sie erwischt. Sie umgebracht und dann den Leuchtturm erobert. Und dann sind sie abgehauen, bevor man sie gefasst hat.«

Joey blieb mit der Hand an der Türklinke stehen. »Ich dachte, Callum und Cathleen wären auf dem Meer verschollen.«

Die Frau kratzte sich am Kinn. »Na ja, Callums Leiche haben sie ein paar Tage später gefunden, die wurde ans Ufer angespült, aber wer weiß, was dazu geführt hat, dass er zu tief in die Flasche geguckt hat.« Sie zuckte mit den Schultern. »Wie auch immer, ich war damals noch ein Baby. Aber meine Eltern und Großeltern kannten alle möglichen Geschichten. Vor der Küste wurden Schiffe torpediert, da hat jeder jeden verdächtigt. Vor allem Außenseiter oder Leute wie die McCorveys, die nichts mit anderen zu tun haben wollten.«

Joey durchquerte den Raum und gab der Frau ihre Visitenkarte. »Ich muss los, aber wenn Sie mir irgendwann noch mehr erzählen möchten oder wenn Sie jemanden kennen, der nähere Informationen hat, würde ich das gerne hören.«

Nachdem sie einen Blick auf die Karte geworfen hatte, stutzte die Frau. »Eventmanagerin? Ich dachte, Sie arbeiten am Leuchtturm.«

Joey zuckte entschuldigend mit den Achseln. »Ich bin eine Frau mit vielen Talenten.«

Die Frau hinter dem Tresen nickte. »Dann haben Sie ja Glück. Ich heiße übrigens Ida. Wenn ich was rausfinde, rufe ich an. Aber halten Sie lieber nicht die Luft an. Sonst ersticken Sie noch beim Warten.«

»In Ordnung, Ma'am. Einen schönen Tag noch, Miss Ida.« Als Joey den Laden verließ, klingelten die Glöckchen über der Tür, während sich in ihrem Kopf die Fragen überschlugen. Waren Idas wilde Behauptungen nur ein Beispiel für die unbegründeten Spekulationen und Gerüchte, die Walt so hasste? Oder waren sie mehr als das?

Walt war guter Laune, als er sie mit dem Boot über den Sund

brachte. Er hatte vor, sich mit einem Kumpel zu treffen, mit dem er angeln ging. Das bedeutete, dass Joey jede Menge Zeit haben würde, um die Alexanders über die Geschichten auszufragen, die sich um die Insel rankten, ohne dabei Walt zu nahe zu treten.

Joey zog den Reißverschluss ihrer Jacke zu und nippte an ihrem Kaffee, der dank der Styroporhülle immer noch warm war. Sie genoss den Anblick der Möwen und Pelikane, die am kristallklaren Firmament schwebten. So sehr sie auch die Ausläufer der Appalachen vermisste, war dies ein ganz eigenes Stück Himmel. Sie packte ihr Brötchen aus und biss hinein. Einfach himmlisch. Sie war sich nicht sicher, wie glaubwürdig Idas Geschichten waren, aber die Sandwiches dieser Frau waren jedenfalls erstklassig.

Walt setzte sie am Anleger ab und fuhr dann weiter, um sich mit seinem Freund zu treffen.

Joey folgte den Alexanders zum Haus hinauf. Es sah schon jetzt fast aus wie neu. Nach und nach hatten die beiden Staub und Abfall entfernt und dabei die Dinge sortiert, die zu erhalten sich lohnte.

Joey kramte in den bescheidenen Artefakten. Dann wandte sie sich an Renee und Jerry. »Ich habe heute eine Frau kennengelernt, die ein paar interessante Dinge erzählt hat.« Sie zögerte. »Sie sagte, die McCorveys seien deutsche Spione gewesen?«

Jerry nickte. »Es gibt einige Leute, die behaupten, sie hätten Geister über dem Wasser schweben sehen. Aber das darf man nicht ernst nehmen. Es gab vor einiger Zeit mal einige Teenager, die sich hierhergewagt haben, höchstwahrscheinlich, um Dummheiten zu machen. Ich weiß nicht, ob sie ein bisschen angetrunken waren, weil sie die Bar ihrer Eltern geplündert hatten, oder ob sie sich am Lagerfeuer Horrorgeschichten erzählt haben, aber sie kamen zurück und erzählten jedem, der es hören wollte, dass sie hier draußen jemanden gesehen hatten. Die einen behaupteten, es sei ein Gespenst gewesen. Andere sprachen von einer alten Frau am Strand. Natürlich wurden aus dem ursprünglichen Bericht weitere Geschichten gesponnen. Irgendwann sagten die

Leute, es gäbe zwei Personen hier. Dann fingen natürlich alle an zu behaupten, es seien die Geister von Callum und seiner Tochter Cathleen.«

»Und was hat es mit dem Verdacht der Spionage auf sich?«

Renee blinzelte nachdenklich. »Ich wüsste nicht, dass man irgendwas gefunden hat, das die Gerüchte bestätigt hätte, aber in der Zeit damals ergab die Vermutung schon Sinn. Im Krieg sind die Emotionen hochgekocht, nachdem all die Handelsschiffe vor der Küste torpediert wurden. Ich kann mich mal umhören, wenn es Sie interessiert. Man weiß ja nie, was für Verbindungen dabei auftauchen.«

Kapitel 11

Die Alexanders gingen zum Strand hinunter, um ihre Mittagspause zu machen. Sie hatten Joey eingeladen mitzukommen, aber sie wollte stattdessen den Leuchtturm erkunden. Seit der Ingenieur ihr versichert hatte, dass es ungefährlich war, die einhundertfünfzig Treppenstufen hinaufzuklettern, war sie noch nicht oben gewesen.

Mit der Schulter lehnte sie sich gegen die vom Salzwasser aufgequollene Tür und es gelang ihr, sie einen Spaltbreit zu öffnen, sodass sie sich durch die schmale Öffnung schieben konnte. Drinnen holte sie die kleine Taschenlampe aus ihrem Rucksack und leuchtete damit in die dunklen Ecken unter der Wendeltreppe, um sich zu vergewissern, dass sie den relativ engen Raum nicht mit irgendwelchen Nagetieren teilte.

Der Lichtstrahl erhellte die weiß verputzten Wände, die mit der Zeit und durch Korrosion schmuddelig geworden waren. Joey ließ die Lampe an der Wendeltreppe entlangwandern. Wie beeindruckend sie gewesen sein musste, als die Wände noch hell waren, das Schmiedeeisen frisch gestrichen und das Sonnenlicht durch blitzblanke Fenster gefallen war, die noch von keinem Salzfilm getrübt waren.

Später würde sie eine Schaufel holen und das verrottete Laub, die Äste und den anderen Schutt entfernen, der auf dem Boden und in den Ecken lag, aber jetzt wollte sie erst einmal den Ausblick von oben genießen und den Ort sehen, dem Cathleen McCorvey und ihr Vater ihr Leben gewidmet hatten.

Immer weiter stieg Joey hinauf. Sie blieb einen Augenblick stehen, um über die Brüstung nach unten zu schauen. Doch ihr wurde schwindelig und es fühlte sich so an, als würde sich ihr der Magen umdrehen.

Ihre Schritte hallten in dem leeren Raum wider, während Joey weiterkletterte. Hatte dieser Ort sich schon immer so andächtig angefühlt? An den Wänden dieses Turms hatte doch sicher auch Gelächter widergehallt, wenn ein Vater und seine junge Tochter hier das Sagen gehabt hatten.

Dinge wieder schön zu machen, würde nicht genügen. Aber gab es irgendeinen Weg, diesem vergessenen Ort wieder Leben einzuhauchen?

Als sie oben ankam, spürte sie ein Brennen in den Oberschenkeln und sie rang nach Luft. Sie konnte sich nicht vorstellen, Tag und Nacht diese Treppe hinauf- und hinunterzulaufen.

Joey schritt einmal den Raum ab, in dem einst das Leuchtfeuer seine Arbeit getan hatte. Wo sich früher die Fresnellinse befunden hatte, war jetzt nichts mehr. Walt hatte gesagt, dass die Küstenwache die Vorrichtung entfernt hatte, als der Leuchtturm offiziell außer Betrieb genommen worden war. Obwohl das Gebäude nicht mehr der Navigation diente, könnte ein schwaches Licht in seinem Innern doch einen schönen Brennpunkt für Gäste der Insel bilden. Joey zog das Notizbuch aus ihrem Rucksack und schrieb ein paar Ideen auf.

Dann versuchte sie, die kleine Tür zu öffnen, die zur Galerie führte, aber sie war eingerostet. Sie musste ersetzt werden, ebenso wie die Plattform selbst. Das Metall an der Außenseite war nicht so glimpflich davongekommen wie das Innere des Turms. Die nötigen Werkzeuge hierherzubringen, um einen neuen Außengang mit Brüstung zu installieren, würde teuer und kompliziert werden. Eine Ausgabe, auf die Walt vielleicht verzichten wollte, sofern nicht sein Herz daran hing, den Blick über das Meer auch von draußen zu genießen. Aber bisher hatte er nicht einmal Anstalten gemacht, den Leuchtturm zu betreten, geschweige denn die Galerie zu erkunden, die mehr als dreißig Meter über dem Erdboden schwebte. Joey spähte durch eines der zerbrochenen Fenster und sah den Ausblick jenseits der salzverkrusteten Glasscheibe.

Wenn die neuen Fensterscheiben erst einmal eingebaut waren, würde das Panorama spektakulär sein. Von dieser Höhe aus hatte man in die eine Richtung einen ungehinderten Blick auf das rauschende Meer und in die andere auf die sanften Feuchtwiesen mit dem ruhigen Pamlico-Sund. Ein Fest natürlicher Schönheit; einen Augenblick lang war es ihr so, als sei sie ganz allein auf der Welt.

Während sie die Treppe wieder hinunterstieg, achtete Joey genauer auf den Zustand der verputzten Wände. An vielen Stellen hatte der Putz Rost- und Schimmelflecken – eine Menge Arbeit würde nötig sein, um ihn zu reinigen, oder vielleicht wäre es auch besser, den Putz ganz zu ersetzen. Joey notierte sich, die verschiedenen Optionen zu recherchieren. Auf halbem Weg nach unten traf der Lichtschein ihrer Taschenlampe auf eine kleine Stelle, an der der Putz abbröckelte.

Sie fuhr mit dem Finger über die unebene Stelle und bemerkte, dass die Struktur sich anders anfühlte als bei der restlichen Wand. Als sie den Finger wegzog, löste sich ein münzgroßes Stück Putz. Wer auch immer hier etwas ausgebessert hatte, hatte es eilig gehabt und war weniger fachmännisch vorgegangen als der ursprüngliche Verputzer.

Doch Joey war sich gar nicht sicher, ob es überhaupt Putz war, der über den Spalt zwischen zwei Steinen geschmiert worden war. War es doch ein anderes Material? Jedenfalls war es körniger, so als hätte jemand Sand mit Kitt vermischt.

Als sie das brüchige Material entfernt hatte, leuchtete Joey mit ihrer Lampe in den Spalt. Da war etwas drin.

Vorsichtig zog sie den Gegenstand mit der Pinzette ihres Schweizer Taschenmessers heraus – ein Zettel. Joey setzte sich auf die Treppe. Während sie das Blatt Papier behutsam auseinanderfaltete, riss die wachsartige Beschichtung an den Faltkanten auf.

»Leuchtturm-Logbuch von« war in dicken Lettern gedruckt. Die nächste Zeile bestand aus einer Linie, auf der in einer kantigen Handschrift »Bleakpoint Island« geschrieben war.

Weil sie ihren Fund Jerry und Renee zeigen wollte, eilte Joey den Rest der Treppe hinunter und lief zum Haus des Leuchtturmwächters. Eine Bewegung, die sie aus dem Augenwinkel wahrnahm, ließ sie wie angewurzelt stehen bleiben. Jemand oder etwas war gerade zwischen den Lebenseichen verschwunden. Ein Schauer lief Joey über den Rücken. »Hallo? Ist da jemand?« Ein einzelner Ast winkte, als wollte er sagen: »Hier entlang. Sie sind hier entlang.«

Das war nur ein Reh. Oder vielleicht eines der wilden Ponys, von denen Walt erzählt hatte, dass sie zu bestimmten Zeiten bei Ebbe hier grasten. Aber sie wurde das Gefühl nicht los, dass sie beobachtet wurde. Sie verdrehte die Augen gen Himmel. Diese Ida und ihre Schauermärchen hatten sie nervös gemacht.

Obwohl es auch nicht schaden konnte nachzusehen.

Während sie sich gerade dem Waldweg näherte, drangen lautes Rufen und ein Krachen vom Wächterhaus zu ihr herüber. Joey drehte um und rannte auf das Cottage zu. »Jerry? Renee? Alles in Ordnung?«

Die einzige Antwort war das Geräusch ihrer eigenen Füße auf dem sandigen, mit Piniennadeln bedeckten Weg.

Als sie um die Ecke bog, sah sie Jerry auf dem Boden liegen und Renee neben ihm knien. Joey rannte zu ihnen und kletterte über die umgestürzte Leiter.

Sie sank neben den beiden auf die Knie. »Was ist passiert?« Renee antwortete nicht, während sie leichenblass und mit großen Augen ihren Mann anstarrte. »Renee, ist er okay? Und was ist mit Ihnen?«

Plötzlich stützte Jerry sich auf einen Ellbogen und rieb sich den Hinterkopf. »Mir geht es gut. Ich bin bei der Landung nur ein bisschen durchgeschüttelt worden.«

Renee wachte aus ihrer Trance auf »Es geht dir nicht gut. Du warst ein paar Sekunden ohnmächtig.«

Jerry legte sich wieder auf den Boden und schloss die Augen. »Das stimmt nicht.« Sein Gesicht verzog sich, denn offensichtlich fühlte er sich nicht wirklich gut.

»Doch, warst du«, beharrte Renee.

»Du scheuchst mich die ganze Zeit herum wie einen Hund, da habe ich nur ein kleines Nickerchen gehalten, bevor du mich wieder zur Arbeit antreibst.« Die Worte klangen atemlos.

»Jerry ...« Renne sah ihn prüfend an.

Joey stand auf. »Renee hat recht. Sie müssen sich untersuchen lassen.« Sie ging ein paar Schritte zur Seite und funkte Walt an, der ihr versicherte, dass er so schnell wie möglich zurückkommen würde.

Joey trat wieder zu dem Ehepaar und kniete sich neben Jerry, bevor sie ihm eine Hand auf die Schulter legte. »Wo tut es weh? Noch irgendwo anders als am Kopf?«

Jerry grummelte: »Nur ein bisschen Kopfweh.« Aber sein angespannter Gesichtsausdruck verriet, dass das gelogen war.

Joey erhob sich wieder und schob die Hände in die Taschen. »Sieht nach mehr als nur ein bisschen Kopfweh aus, Jerry.«

Er zog eine Grimasse. »Na ja, die Rippen sind auch ein bisschen geprellt, wenn ich ehrlich bin.«

»Was haben Sie denn eigentlich auf dem Dach gemacht?« Joey hatte den Alexanders erklärt, dass sich eine Firma um die baulichen Veränderungen kümmern würde. Und jetzt hatte es einen Arbeitsunfall gegeben. Finn würde die Krise kriegen.

Renee blickte zu ihr auf. »Wir haben den Kamin sauber gemacht und bemerkt, dass irgendwas in der Nähe der Öffnung den Schornstein verstopft, und Jerry hat darauf bestanden, aufs Dach zu steigen und nachzusehen.«

Mit einem finsteren Blick wandte sie sich wieder ihrem Mann zu. »Mann, ich bin so sauer auf dich.« Aber dann ergriff sie zärtlich und entschlossen zugleich seine Hand. »Er hat sogar Gurte, wenn er zu Hause unseren Schornstein kehrt.« Sie funkelte Jerry an. »Eigentlich müsstest du es besser wissen.«

»Es tut mir leid, Liebling. Alles lief gut, aber beim Runterklettern wurde ich abgelenkt. Ich habe irgendeine Bewegung am Waldrand bemerkt, und als ich mich in die Richtung drehen wollte, habe ich das Gleichgewicht verloren.« Er tätschelte Renee die Hand.

Joey warf einen Blick zu den Bäumen hinüber und sah dann wieder Jerry an. »Ihnen ist das auch aufgefallen? Ich dachte, es wäre vielleicht ein Reh oder so was.«

Er massierte sich die Schläfen. »Ich habe es nur kurz gesehen, aber das war ein zweibeiniges Geschöpf. Kein Reh.« Er machte erneut Anstalten aufzustehen, aber Renee drückte eine Hand auf seine Schulter. »Jetzt bleib bitte liegen, zumindest bis Walt kommt.«

Joey zog ihre Fleecejacke aus und schob sie Jerry unter den Kopf. »Irgendeine Ahnung, wer hier auf der Insel herumspionieren könnte?«

»Keine Ahnung. Könnte ein neugieriger Tourist sein. Oder ein Einheimischer, der mitgekriegt hat, was Sie hier machen«, keuchte Jerry.

Zwei kurze Signale eines Drucklufthorns ertönten.

Joey richtete sich auf. »Das ist bestimmt Walt. Zum Glück war er in der Nähe. Schaffen Sie es bis zum Boot?«

»Klar doch.« Jerry stand langsam auf, wankte aber wie ein schlecht beladenes Schiff mit Schlagseite. Joey und Renee beeilten sich, ihn zu stützen.

Jerry blinzelte. »Es geht mir gut, meine Lieben. Mir ist nur ein bisschen schwindelig.« Joey ließ ihn los, ging aber dicht neben ihm und achtete auf jeden seiner Schritte, den er auf dem unebenen Boden machte. Schließlich erreichten sie Walt, der Jerry fachmännisch beim Einsteigen half.

Als sie von Bleakpoint Island ablegten, ließ Joey den Blick über das Ufer schweifen auf der Suche nach dem Gefährt, mit dem der geheimnisvolle Eindringling Walts Land erreicht haben könnte.

Aber nirgends war ein Boot zu sehen.

Kapitel 12

Am nächsten Morgen machte Joey es sich mit einem Becher Tee und einer Wolldecke auf dem Sofa gemütlich, um sich gegen die Kälte der Morgenluft zu wappnen. Sie trank ihren Earl Grey, während der Sonnenaufgang das Wasser des Sunds küsste und es glitzern ließ.

Renee hatte gestern spätabends noch angerufen und ihr berichtet, dass Jerry sich nicht schwerer verletzt hatte, aber wegen seiner leichten Gehirnerschütterung und der zwei angeknacksten Rippen durfte er in den nächsten Wochen keine körperlich anstrengenden Arbeiten verrichten. Das bedeutete, die Hausreinigung musste bis nach Weihnachten warten, was für das Projekt kein größeres Problem darstellte. Aber da die Arbeit am Haus jetzt stillstand und die Sanierungsfirma wegen der Farbe erst nächste Woche kommen würde, war Joey nicht ganz sicher, was sie mit sich selbst anfangen sollte.

Sie stöhnte. Sollte sie Finn mailen und ihm von Jerrys Unfall erzählen? Sie hatte dafür gesorgt, dass die Alexanders und alle Subunternehmer die betreffenden Verzichtserklärungen unterschrieben hatten, um Walt vor Ansprüchen zu schützen. Auch wenn Jerry und Renee nicht den Anschein machten, als würden sie jemanden verklagen. Und außerdem hatte es eigentlich keine Auswirkungen auf den Zeitplan. Warum also sollte sie dem besorgten Enkel unnötig Angst machen?

Joey beugte sich über ihr Puzzle und fügte die letzten Teile ein. Zufrieden mit dem Ergebnis nahm sie das Bild wieder auseinander und verstaute es in dem zugehörigen Karton. Dann ging sie zum Regal, um es gegen ein Puzzle einzutauschen, das eine schmale Bucht und Feuchtwiesen mit Wasservögeln zeigte.

Sie holte ihren Projektordner aus dem Rucksack, der auf dem

Boden stand, und ging die farbig markierten Arbeitsschritte durch. Schade, dass die Dinge im echten Leben nie so glattliefen wie auf dem Papier. Joey blätterte zur letzten Seite zu den Dingen, die sie noch genauer planen wollte, wenn sie genau wusste, was Walt wirklich mit Bleakpoint Island vorhatte.

Aus der transparenten Dokumentenhülle starrte sie das Blatt Papier aus der Wand des Leuchtturms an, das sie in der Aufregung gestern ganz vergessen hatte.

Die Tinte war mit der Zeit ein wenig verblasst, aber die krakelige Schrift war im hellen Licht ihrer Tischlampe immer noch recht gut zu lesen.

14. Dezember

Stürmische See heute Nacht. Dichter Nebel. Ein Boot entdeckt in der Bleakpoint-Mündung kurz nach Mitternacht. Ein Fischerboot, das bei einer Sandbank auf Grund gelaufen ist. Die Rettung war kein Problem. Inzwischen ist es mir in Fleisch und Blut übergegangen, durch diese Wellen zu steuern. Als ich an Bord war, erklärte der Fischer, sein Motor habe den Geist aufgegeben und sie seien von der Strömung erfasst worden. Stundenlang waren sie schon auf dem Wasser getrieben, bevor sie auf der Sandbank gestrandet waren.

Als wir in Ocracoke ankamen, habe ich sie auf der Insel abgesetzt. Sie fragten, wer ich sei und wie ich sie gefunden hätte. Ich glaube, zuerst hielten sie mich für den Sohn eines Fischers, aber dann haben die Locken, die unter meiner Mütze herausgerutscht sind, mich verraten. Sie wollten unbedingt den Namen der Frau wissen, die Kälte und Nebel und Wellen die Stirn geboten hatte, um ihnen zu helfen. Ich zog meinen Schal höher, um sicherzugehen, dass mein Gesicht nicht zu sehen war. Als sie nicht nachgaben, habe ich ihnen den Namen genannt, den ich mit meinen nächtlichen Einsätzen in Verbindung bringe. Und dann bin ich in der Dunkelheit verschwunden, wo der Nebel mich und mein Boot verschluckt hat, als hätte es uns nie gegeben. Als ich ins Haus zurückgeschlichen bin, war ich froh, dass mein Vater noch schlief – frei von den Dämonen, die ihn und auch mich quälen.

Im Dienst von Gott und Vaterland
Mae

Joey legte den Ordner zur Seite und setzte sich wieder auf die Couch. Warum kam ihr der Name nur so bekannt vor.
Mae.
Sie war sich sicher, dass sie gehört hatte, wie jemand über eine Person namens Mae gesprochen hatte, als sie hier angekommen war. Sie betrachtete den Zettel noch einmal genauer. Es war merkwürdig, dass keine Jahreszahl dabeistand. Nur Tag und Monat. Joey suchte im Internet nach Informationen über den Leuchtturm und versuchte, diesen Bericht historisch einzuordnen, aber sie fand nichts über eine Leuchtturmwächterin oder Angehörige eines Leuchtturmwächters mit diesem Namen.

Und wenn dieser Eintrag Teil eines Logbuchs sein sollte, warum hatte er dann in der Wand gesteckt? Konnte es sein, dass es noch mehr solcher Berichte gab?

Joey trank ihren Tee aus und stellte den Becher dann in die Spüle, während eine gewisse Vorfreude sie erfasste. Jetzt würde es doch noch ein interessanter Tag werden. Sie rief Walt an, aber er ging nicht ans Telefon. Wahrscheinlich arbeitete er an seinem Boot, eine schier endlose Aufgabe.

Auf dem Weg zum Hafen hielt sie bei *Murphy's*, um wieder eines von Idas Brötchen zu kaufen. Vielleicht wusste die Frau etwas über die geheimnisvolle Mae aus dem versteckten Logbucheintrag. Auch wenn sie nicht die Wahrheit kannte, würde sie sicher irgendwelche Geschichten über sie parat haben.

Ida war mit einem anderen Kunden weiter hinten im Laden beschäftigt, als Joey ankam. Eine junge Frau kassierte sie dieses Mal ab. Dann setzte sich Joey an einen der Picknicktische draußen und atmete die salzig-würzige Luft ein. Es war an diesem Morgen kühler, aber nicht so kalt, dass sie in ihrer leichten Jacke gefroren hätte. Durchs Fenster sah sie, dass Ida zur Kasse ging.

Das Erste, was Ida sagte, als Joey die Ladentür öffnete, war: »Hab ich doch gleich gesagt, dass es Ärger bringt, wenn man beim Leuchtturm herumschnüffelt.«

Joey ging zum Tresen und ihr Magen zog sich zusammen. »Wovon reden Sie? Was ist denn passiert?« Ihre Gedanken überschlugen sich angesichts der verschiedenen Möglichkeiten.

»Ich habe gehört, was mit Jerry ist.«

Joey verschränkte die Arme vor der Brust. »Er ist von der Leiter gefallen. Ein ganz normaler Unfall. Und er wird wieder.«

Ida schüttelte so energisch den Kopf, dass sich ein paar Strähnen ihrer weißen Haare aus den Krallen ihrer Haarspange lösten. »Nein, Ma'am. Das war der Geist von dem Mädchen und seinem Daddy. Ein Spuk.«

»Ida«, tadelte Joey sie, »da war kein Geist.« Irgendjemand mochte da gewesen sein, aber sicher kein Geist.

Sie spitzte die faltigen Lippen. »Nur weil Sie es nicht glauben, heißt das nicht, dass ich nicht recht habe.«

Wenn sie Ida schon nicht davon überzeugen konnte, dass es den Geist von Cathleen McCorvey nicht gab, konnte sie sich aber vielleicht ihres Aberglaubens bedienen. »Mitten am Tag? Was für ein Geist spukt denn am helllichten Tag. Gibt es so was überhaupt?«

Ida hob warnend den knochigen Finger. »Sie werden schon noch sehen. Miss Ida kennt sich mit diesen Dingen aus. Ich bin schon lange genug hier, um die Wahrheit von einem Märchen zu unterscheiden.«

»Ja, Ma'am.« Joey nickte respektvoll und vergewisserte sich, dass ihre Miene auch nicht den geringsten Anflug von Heiterkeit zeigte.

Ida, die offenbar besänftigt war, sagte: »Ich versuche nur, auf

Sie aufzupassen. Vielleicht sollten Sie lieber aufhören, bevor noch was Schlimmeres passiert.«

Wenn Joey von Natur aus misstrauisch gewesen wäre, hätte sie sich vielleicht gefragt, ob Idas Warnungen einem tiefer liegenden Motiv entsprangen als nur ihrem Aberglauben.

Joey stemmte die Hände in die Hüften. »Das kann ich nicht. Walt und sein Enkel haben mich angeheuert, um einen Auftrag zu erledigen, und ich habe vor, genau das zu tun, und ich will meine Sache gut machen. Bleakpoint Light ist für Walt sehr wichtig.«

Ida grinste spöttisch. »Nach dem, was ich gehört habe, ist Walt im Krieg von hier weggezogen. Zur Handelsmarine, weil er zum Kämpfen noch zu jung war. Jedenfalls, bis sein Boot in die Luft gejagt wurde. Das war in derselben Nacht, in der das Mädchen und sein Daddy verschwunden sind. Als er wieder gesund war, ist er abgehauen. Er hat nicht gehört und gesehen, was die Leute in all den Jahren gehört und gesehen haben. Und er hat keine Ahnung, wie viel Unruhe er stiftet.«

Joey sog die Luft durch ihre Zähne. Auf keinen Fall würde sie die Seite aus dem Logbuch ansprechen, die sie in der Mauer des Leuchtturms gefunden hatte. Ida hätte es mit Sicherheit als Sünde gegen die Geister von Bleakpoint Light empfunden, den Zettel aus dem Mauerwerk zu kratzen.

»Ich werde vorsichtig sein, aber ich muss trotzdem meine Arbeit machen. Schönen Tag noch, Miss Ida.« Joey trat durch die Tür und ging zum Hafen, auf der Suche nach Walt. Unterwegs schickte sie eine Textnachricht an Sophie ab. »*Ich habe das Gefühl, als wäre ich in einer verwunschenen Märchenwelt gelandet. Hilfe!*«

Als sie am Jachthafen ankam, lag Walts Segelboot nicht auf seinem Liegeplatz. Die Suche nach potenziellen Geheimnissen in den alten Mauern würde also warten müssen.

Kapitel 13

Das schrille Läuten des Telefons neben ihrem Bett riss Joey aus ihren gruseligen Träumen über gespenstische Gestalten, die übers Meer liefen. Im Dunkeln tastete sie nach ihrem Handy und krächzte ein heiseres Hallo ins Mikrofon.

»Du liebe Güte. Ich habe Sie geweckt, oder?« Renees entschuldigende Stimme drang an Joeys Ohr.

Joey blinzelte und setzte dann ihre Brille auf, um die Zahlen auf ihrem Wecker zu lesen. Mitternacht. »Ist irgendwas? Geht es Jerry gut?«

»Er ist in Ordnung, meine Liebe. Er schnarcht neben mir, dass sich die Balken biegen.«

»Äh … okay. Was gibt es denn …?«

»Tut mir leid, ich hätte warten und morgen früh anrufen sollen, aber ich war so aufgeregt. Ich habe nämlich hier gelegen und trotz des Lärms, den mein Mann macht, versucht einzuschlafen, als es mir plötzlich wieder eingefallen ist.«

Joey rieb sich die Augen. »Okay«, sagte sie, als offensichtlich wurde, dass Renee ihre dramatische Pause nicht beenden würde, bevor sie sicher war, dass Joey am anderen Ende der Leitung auch richtig wach war.

»Oh, Joey, ich war ganz aufgeregt und konnte es kaum erwarten, es Ihnen zu erzählen, aber dann habe ich es glatt vergessen, als Jerry gestürzt ist. Es tut mir wirklich leid.«

Joey rutschte im Bett ein Stück höher und schob sich ein paar Kissen in den Rücken. Sie hoffte, dass es nicht um eine alte Teekanne oder was in der Art ging. »Was haben Sie denn vergessen, mir zu erzählen, Renee?«

»Ich glaube, unter Callum McCorveys Bett ist etwas versteckt.«

Joey setzte sich mit einem Ruck auf. »Wie meinen Sie das?«

»Bevor Jerry aufs Dach gestiegen ist, hat er mir geholfen, das Bett zu verrücken, damit ich mich um den Fußboden darunter kümmern konnte. Jedenfalls waren unter dem Bett ein paar Steinplatten lose. Sie haben ein Geräusch gemacht, als ich draufgetreten bin. Und natürlich wollte ich wissen, was das unter den Steinen war, also habe ich versucht, einen davon rauszunehmen. Es sah so aus, als wäre etwas aus Metall darunter. Also habe ich meine Taschenlampe geholt, um es mir genauer anzusehen. Und dann habe ich gehört, wie Jerry vom Dach gefallen ist. Ich weiß nicht, ob es etwas ist, das die Aufregung rechtfertigt, aber ich habe hier gelegen und nachgedacht. Was ist, wenn Callum McCorvey dort Dinge versteckt hat, die keiner finden sollte? Was, wenn er wirklich ein deutscher Spion war? Was ist, wenn die Regierungsbeamten, die vielleicht hier ermittelt haben, das Bett gar nicht verschoben, sondern nur darunter und drum herum geguckt haben? Dann hätten sie nicht gemerkt, dass die Steine lose waren.«

Joeys Herz schlug schneller. Solche Dinge wollte Walt garantiert nicht über seine Familie erfahren.

»Wahrscheinlich hat es gar nichts zu bedeuten«, fuhr Renee fort. »Aber Jerrys Bruder kommt morgen zu Besuch und da könnte ich mich eine Zeit lang verdrücken, um nachzusehen. Mein Schwager wird schon dafür sorgen, dass Jerry keine Dummheiten macht und anfängt, auf irgendwelche Dächer zu klettern.«

Joey holte tief Luft. »Ich werde Walt morgen früh anrufen und fragen, ob er Zeit hat. Dann sage ich Ihnen Bescheid.«

Sie wünschten sich eine gute Nacht und verabschiedeten sich voneinander. Joey starrte zur Decke hinauf, während ihre Fantasie mit ihr durchging. All ihre Selbstbeherrschung war nötig, damit sie nicht Walt anrief und ihn anflehte, eine mitternächtliche Fahrt nach Bleakpoint Island zu unternehmen.

Am nächsten Morgen traf Joey sich am Anleger mit Renee. Nachdem er gestern den ganzen Tag über nicht zu erreichen gewesen war, hatte Walt heute zum Glück gleich abgenommen, als Joey ihn früh morgens angerufen hatte.

Er hieß sie an Bord des Versorgungsschiffes willkommen und sah rüstig und frisch rasiert aus. »Morgen, Joey. Renee. Wie geht es Jerry?«

Renee nahm ihren Platz ein. »Ach, dem geht es gut. Er wird schon ein bisschen unruhig, aber sein Bruder ist zu Besuch gekommen und jetzt gucken sie eine Doku über Fischer im Atlantik.«

Walt nickte, während er ein Tau aufrollte. »Das ist gut. Wenn ich nicht den Chauffeur für zwei reizende Damen spielen würde, hätte ich mich ihnen vielleicht angeschlossen«, sagte er mit einem Augenzwinkern.

Joey grinste und setzte sich auf die Bank gegenüber von Renee. »Wir wissen Ihr selbstloses Opfer zu schätzen, Walt.«

Er schluckte und wurde ernst. »Habt ihr was Interessantes im Haus des Leuchtturmwächters gefunden?«

Joey antwortete schnell, bevor Renee etwas sagen konnte. »Wir sind uns nicht sicher. Renee hat ein paar lose Steinplatten gefunden, die ich mir ansehen will.« Es gab keinen Grund, Walt zu beunruhigen wegen einer Sache, die sich als falsche Fährte erweisen könnte.

Er schien mit ihrer Antwort zufrieden und starrte nachdenklich aufs Wasser hinaus, während er mit dem Boot auf ihr Ziel zusteuerte.

Joey war vielleicht nicht wie Finn der Meinung, dass sein Großvater unfähig war, das Projekt zu beaufsichtigen, aber etwas in der Vergangenheit hatte den Mann erschüttert. Und wenn Finn herausfand, dass ihre Nachforschungen Walt aus dem Gleichgewicht brachten, würde er die ganze Sanierung vermutlich sofort beenden.

Als sie an Land gegangen waren, folgte sie Renee in das schummrige Cottage, in der Hand eine batteriebetriebene Laterne. Sie betraten den mit Vorhängen abgetrennten Bereich, der Callum als Schlafzimmer gedient hatte.

Der Besen lehnte noch an der Wand, wo Renee ihn mitten in der Arbeit abgestellt hatte. Ein Stein lag etwas schief, da, wo zuvor Callums Bett gestanden hatte. »Hier drüben«, sagte Renee. »Helfen Sie mir mal, diesen größeren Stein hochzuheben.«

Gemeinsam machten sie sich daran, die große flache Steinplatte anzuheben und aus dem Weg zu räumen. Und tatsächlich befand sich darunter ein metallener Behälter.

Renee nahm noch einen kleineren Stein weg, um die Kassette ganz freizulegen. »Sieht fast so aus wie eine alte Armeeschatulle.«

Zu zweit hoben sie diesen Teil von Callum McCorveys Leben aus dem Versteck.

Renee wischte sich die staubigen Hände an ihren Hosenbeinen ab. »Bringen wir es nach draußen, da können wir besser sehen.«

Jede nahm einen Griff und gemeinsam hoben Renee und Joey die kleine Truhe hoch.

Draußen setzten sie den Behälter behutsam im Gras ab. Renee öffnete die Metallklammern und nahm den Deckel ab. In der Kiste befand sich eine chaotische Mischung aus einzelnen Zetteln und gebundenen Kladden. Joeys Blick fiel auf eine lederne Mappe. Vorsichtig zog sie das Teil aus dem Durcheinander. In dem Ordner waren Fotos, die von Klebe-Ecken an Ort und Stelle gehalten wurden. Eines der verblichenen Fotos zeigte einen Mann und einen schlaksigen Teenager vor einem anderen Leuchtturm, der hoch oben auf einer Felsklippe stand. Auf einem anderen Bild waren eine junge Frau und ein Mann zu sehen. Daneben klebte ein Foto derselben Personen, aber auf diesem Bild hielt die Frau ein Baby auf dem Arm. Das letzte Bild zeigte ein Mädchen, das vor Bleakpoint Light stand.

Renee griff nach dem Album. »Darf ich? Es könnte sein, dass auf der Rückseite der Bilder Namen und Daten stehen.« Joey reichte die Mappe rüber und Renee löste das Foto von dem Mann und dem Jungen heraus und drehte es um. »Magnus und Callum

McCorvey, Neist Point Leuchtturm, Schottland 1910«, las sie. »Callum und sein Vater vielleicht?«

Joey rutschte näher, während Renee das Foto ins Album zurücktat und das nächste herausnahm – das von dem Mann und der Frau, die sich tief in die Augen blickten. »Mai 1922, Callum und Mae McCorvey«, war in einer eleganten Frauenhandschrift auf die Rückseite geschrieben.

Mae? Joey holte ihren Rucksack, zog das Ringbuch heraus und blätterte zu der Seite, die sie gefunden und in eine Plastikhülle gesteckt hatte. »An dem Tag, als Jerry den Unfall hatte, habe ich das hier in einer Mauerritze gefunden.« Sie zeigte Renee den Zettel. »Könnte Cathleens Mutter das geschrieben haben?«

Renee hielt den Zettel neben das Foto und verglich die Schrift mit der auf der Rückseite des Bildes. »Wenn das auf dem Foto Maes Handschrift ist, dann ist sie ganz anders als die auf dem Logbucheintrag.«

Joey spitzte die Lippen. »Sie haben recht. Außerdem hat Walt gesagt, dass Cathleens Mutter gestorben ist, bevor ihr Vater die Stelle auf Bleakpoint Island angenommen hat.«

Sie schob das verwaiste Blatt des Logbuchs wieder in die schützende Hülle.

Renee drehte die letzten beiden Fotos um. Das mit der kleinen Cathleen zierte die gleiche geschwungene Handschrift wie das letzte Bild. Auf dem Foto, das Cathleen allein zeigte, stand »Cathleen, 8 Jahre alt« in kantigen Buchstaben. Vielleicht Callums Schrift?

»Wenn es nicht Mae McCorvey war, was glauben Sie, wer den Logbucheintrag geschrieben hat, den ich in der Mauer im Leuchtturm gefunden habe?«

Renee zuckte mit den Schultern. »Es gibt nicht viele Hinweise, wenn kein Nachname dabeisteht. Kein Jahr, um es näher einzugrenzen. Sicher ist nur, dass der Eintrag in der Zeit zwischen der Inbetriebnahme 1915 und dem Ende des Leuchtturms 1945 verfasst wurde.« Sie wiegte den Kopf hin und her und überlegte.

»Natürlich könnte es eine Anspielung auf die Legenden über die geheimnisvolle Retterin Saint-Mae sein, die all jene retten konnte, denen niemand sonst helfen konnte. Das sind nur Geschichten, aber die besten von ihnen haben einen gewissen wahren Kern.«

Renee deutete mit der Hand auf die noch immer offene Schatulle. »Es kann sein, dass noch mehr Informationen in dieser Kassette stecken, die uns verraten, ob diese verborgenen Logbucheinträge irgendwie mit den McCorveys zusammenhängen. Obwohl Sie vermutlich eher Informationen finden werden, die etwas über die Zeit vor ihrem Verschwinden verraten.«

Joey nahm eine Kladde zur Hand und schlug sie vorsichtig auf. Der Name Callum McCorvey stand darin mit den gleichen kantigen Buchstaben, die sie auf der Rückseite des Fotos von Cathleen gefunden hatten. Joey überflog ein paar Seiten, dann klappte sie das Heft zu, legte es wieder obenauf und nahm ein anderes. »Ich werde mit Walt sprechen und ihn fragen, was ich mit den Sachen machen soll, bevor ich weitere Nachforschungen anstelle.«

Vielleicht konnte etwas in der Kiste dazu beitragen herauszufinden, was mit seiner verschollenen Freundin geschehen war.

※

Später an diesem Abend half Walt Joey, die Metalltruhe die Treppe zu Joeys Pfahlhaus hinaufzutragen. Dort stellten sie ihren Fund vorsichtig mitten im Wohnzimmer ab.

»Und Sie sind sich sicher, dass es Ihnen nichts ausmacht, wenn ich mir all diese Dinge ansehe?« Joey betrachtete Walt, der von der Anstrengung ein wenig rot im Gesicht war.

»Nee, ich interessiere mich eigentlich nicht für Callums alte Sachen – es sei denn, es geht um Cay und ich weiß, dass Sie es mir erzählen, wenn Sie hier drin etwas über sie finden sollten.« Er schob die Hände in seine Hosentaschen. »Cay hat immer gesagt, Callum wolle nicht, dass ich oder sonst jemand sich auf Bleakpoint herumtreibt. Ich vermute, mit ihm auszukommen war nicht leicht, aber Cay hat in all den Jahren, die wir uns kannten, nie etwas Böses über ihn gesagt.«

Walt presste die Lippen aufeinander, die Stirn gerunzelt. »Wenn Sie irgendetwas finden sollten, das ihren Ruf beschädigt, kann ich mich doch darauf verlassen, dass Sie diskret sind, oder?«

Joey nickte. »Natürlich. Haben Sie einen Verdacht, was ich finden könnte?«

Walt verschränkte die Arme vor der Brust. »Die beiden sind schon oft genug Opfer irgendwelcher seltsamer Geschichten geworden. Die Leute sind wie besessen von den dramatischen Ereignissen und verherrlichen ihr tragisches Schicksal. Dabei hätten die zwei Würde und Privatsphäre verdient. Schließlich haben sie immer alles für die Menschen hier getan.«

Joey konnte das verstehen. Walt wollte nicht, dass das, was sie herausfand, die Gerüchteküche anheizte. »Wollen Sie hierbleiben, Walt? Wir könnten uns die Sachen zusammen ansehen.«

Walt ging zur Tür. »Es ist noch eine Weile hell und ich muss zum Baumarkt und einen Lack holen, den ich extra bestellt habe.« Er blieb vor dem Bücherregal stehen, in dem Puzzle, Spiele und Bücher für die Feriengäste lagen. Walt zog *Schiffbruch mit Tiger* heraus und hielt es hoch. »Was dagegen, wenn ich mir das hier ausleihe?«

»Kein Problem.« Joey zeigte auf die Metallkiste. »Ich glaube, ich habe hier mehr als genug Lesestoff. Lesen Sie gern?«

Walt zuckte mit den Schultern. »Ich habe mir immer gewünscht, dass ich länger zur Schule hätte gehen können. Deshalb lese ich jetzt so ziemlich alles, was ich in die Finger kriege.«

Sie begleitete ihn hinaus zu seinem Pick-up und sah zu, wie er davonfuhr.

Als sie wieder im Haus war, wärmte Joey sich etwas Suppe auf, die sie am Abend zuvor gekocht hatte, und setzte sich in einen Sessel, die Kiste neben sich. Sie hoffte, dass sie in der alten Kassette etwas entdecken würde, das die Traurigkeit in Walts Augen, wenn er von seiner alten Freundin sprach, vertreiben konnte.

Als sie gerade anfangen wollte, in der Kiste zu kramen, klingelte ihr Handy. Joey lächelte, als sie den Namen ihres Bruders auf dem Display sah. »Hi, Trey.«

»Du hast es also wirklich getan. Schon eingelebt?«

»Es war spannend, aber im Großen und Ganzen ist es gut.«

Einige Augenblicke lang herrschte Schweigen in der Leitung. »Das heißt, du bist jetzt doch wieder in der Baubranche? Das war … unerwartet.«

Joey schluckte. »Wirklich?« Warum fühlten sich seine leise ausgesprochenen Worte immer noch wie eine Anschuldigung an?

»Wahrscheinlich war mir nicht klar, dass du dich für so was interessierst.«

»Es hat eigentlich unser ganzes Leben geprägt, als wir Kinder waren. Ich habe es immer geliebt.«

»Aber …« Ihr Bruder hustete. »Warum hast du dann Nein gesagt, als Dad dich gefragt hat, ob du die Firma übernehmen willst?«

Joey biss sich auf die Unterlippe. Sie hatten nie über Dads Angebot gesprochen. Mom musste etwas gesagt haben. »Ich denke, du weißt, warum.«

Trey stöhnte. »Jetzt sag nicht, dass du meinetwegen Nein gesagt hast, Roo.«

Sie grinste schief. »Na gut, ich werde es nicht sagen. Aber das war nicht der einzige Grund. Ich hatte schon damit begonnen, mir meine eigene Eventagentur aufzubauen, und ich wollte auf keinen Fall Dads ganzen Betrieb allein führen. Es waren mehrere Faktoren.«

»Okay.« Es klang skeptisch. »Jedenfalls rufe ich nur an, um dir zu sagen, dass ich stolz auf dich bin, weil du das Chaos in Copper Creek hinter dir gelassen hast. Mom hat gesagt, es sei schwierig gewesen.«

Sie zog die Schultern hoch. »Na ja, die Bausache ist nur vorübergehend. Sobald ich hier fertig bin, gehe ich wieder zurück und gebe dem Eventmanagement noch eine Chance. Ich spare, so viel ich kann, damit ich ein kleines Polster habe, um die Sache wieder ans Laufen zu bringen.«

Trey seufzte. »Wenn du sicher bist, dass dich das glücklich macht, hast du meinen Segen. Aber ich kann nicht behaupten, dass ich es verstehe.«

Sie verabschiedeten sich und Joey rang noch immer mit sich. War es absurd zu glauben, dass sie nach einer kleinen Auszeit wieder neu durchstarten konnte? Sie fuhr sich mit den Händen übers Gesicht. Vielleicht. Sie hatte noch jede Menge Zeit, sich die Einzelheiten zu überlegen. Heute würde sie sich erst einmal darauf konzentrieren, den Geheimnissen anderer Menschen auf die Spur zu kommen, anstatt sich über ihre eigene Geschichte Gedanken zu machen.

Den restlichen Abend verbrachte sie damit, die Logbücher zu sichten und nach dem Datum zu ordnen. Das erste Buch begann im Jahr 1936 und das letzte 1939, zwei Jahre, bevor Callum und Cathleen umgekommen waren. Nachdem sie alles in die richtige Reihenfolge gebracht hatte, blätterte Joey seitenweise durch ordentlich geschriebene Einträge. Es schien nicht mehr als eine Chronik des einfachen, geordneten Lebens, das Callum auf einer abgelegenen Insel geführt hatte. Nichts, was man unbedingt verstecken würde. Obwohl die letzten Logbücher anders wirkten als die ersten. Das fiel Joey auf, als sie darin blätterte. Die Handschrift hatte sich verändert und die Einträge schienen immer weniger zusammenhängend. Aber als Joey das letzte Exemplar öffnete und die erste Hälfte überflog, fand sie etwas, das ihr Herz stocken ließ.

Einige Blätter waren zerknittert, andere eilig herausgerissen. Es gab lange Passagen, die durchgestrichen waren. Wenn Tintenstriche die Emotionen des Verfassers wiedergeben konnten, dann sprach aus diesen hier ein tiefes Gefühl von Wut. Oder vielleicht von Angst. Es gab andere Stellen, wo die Wörter falsch buchstabiert und zu große Lücken zwischen ihnen waren. Die Tinte schien zittrig vor Verzweiflung von der Seite zu fließen.

Was hatten diese merkwürdigen Schreiben zu bedeuten? Wie konnten sie von derselben Hand verfasst sein, die Callums sorgfältig dokumentierte Lebensgeschichte aufgeschrieben hatte?

Kapitel 14

Nach einer langen Nacht, in der Joey in Callum McCorveys Habseligkeiten gekramt hatte, saß sie jetzt wieder auf der Wendeltreppe in Bleakpoint Light und suchte nach weiteren Zeitzeugnissen zwischen den Steinen. Sie hatte mindestens zwölf Stellen gefunden, die mit der gleichen abblätternden Masse zugeschmiert worden waren und die nur darauf warteten, dass Joey die Schätze dahinter barg.

Aber warum waren diese alten Logbucheinträge überhaupt hier versteckt worden?

Der zweite Zettel, den sie gerade gefunden hatte, ähnelte dem ersten, herausgerissen aus einer Kladde. Darauf waren Daten wie Temperatur, Tide und Wind notiert. Aber dann wurde der Text anschaulicher und erzählte von einer aufregenden Rettung eines Bootes, das auf einer Sandbank aufgelaufen war und unterzugehen drohte, wo das Wasser des Sunds ins offene Meer floss, während ein Nordostwind blies. Jede Sandbewegung wurde zu einer Falle für ein neues Opfer.

Der dritte Bericht, den Joey entdeckte, handelte von der Rettung einiger Kinder, die in eine Rippströmung geraten waren.

Joey schüttelte den Kopf, während sie den Staub wegwischte, den ihre Ausgrabungsarbeiten hinterließen. Diese Frau hatte im Alleingang Menschen aus den Klauen eines wütenden Ozeans gerettet. Und doch war auf Bleakpoint unter diesem Namen keine Leuchtturmwächterin verzeichnet. Joey überlegte. Waren diese Texte vielleicht fiktiv? Das Hobby eines Leuchtturmwächters, der die Legenden von Saint-Mae aufgeschrieben hatte, um sich die Zeit zu vertreiben?

Gerade hatte sie wieder die ausgehärtete Schicht aus provisorischem Putz durchbrochen. Mit der bewährten Pinzette zog sie ein viertes Blatt Papier aus der Wand. Dieses war auf Februar datiert, wie sie im Dämmerlicht blinzelnd feststellte. Einen Monat nach dem letzten. Das Blatt war in ähnlicher Verfassung wie die vorigen drei. Ohne sich die Zeit zu nehmen, den Eintrag zu lesen, arbeitete sie weiter, bis sie vier weitere Zettel freigelegt hatte.

Als sie für eine kleine Pause bereit war, legte Joey ein Fundstück zur Seite und schob die restlichen vorsichtig in Sichthüllen. Dann ging sie die Treppe hinunter und schlüpfte zur Tür hinaus, während ihr Herz voller Vorfreude pochte, als sie daran dachte, was der nächste Bericht über die geheimnisvolle Mae offenbaren würde.

Draußen setzte Joey sich neben ihrem Rucksack auf die Treppe, den zuletzt gefundenen Zettel in der Hand. Sie atmete die frische, salzige Luft ein, aber diesmal stieg ihr ein ungewohnt beißender Geruch in die Nase.

Feuer.

Joey stand auf und drehte sich langsam im Kreis, während sie den leichten Dunst in der Luft wahrnahm. Sie schob das vergilbte Papier in ihr Notizbuch und legte es auf ihren Rucksack. Dann nahm sie das Funkgerät und lief dem Brandgeruch nach.

Dabei sprach sie ins Funkgerät: »Walt? Walt, können Sie mich hören? Ich bin's, Joey.«

Sie wartete einen Augenblick auf eine Antwort, während sie weitereilte. Je näher sie dem Haus des Leuchtturmwächters kam, desto düsterer wurde ihre Vorahnung.

Als sie die Lichtung erreichte, sah sie, dass das Haus von einem Ring aus Flammen umgeben war, die das tote, trockene Gras verzehrten und dem Cottage immer näher kamen. Die Mauern waren aus Stein und würden nicht so schnell Feuer fangen. Aber was war mit der Tür? Und den Balken im Inneren?

Joey hustete von dem Qualm, während sie zum Brunnen lief und den Eimer der Pumpe vom Haken nahm. Sie zog ihre Bluse aus und tränkte sie mit Wasser, bevor sie das Kleidungsstück wieder anzog. Die eisige Kälte auf ihrer Haut ließ sie frösteln. Mit dem Kragen ihres T-Shirts über der Nase kippte sie eimerweise Wasser auf die Flammen, bis sie Seitenstechen hatte und ihre Lunge brannte. Irgendein Brandbeschleuniger musste im Spiel gewesen sein, denn das Feuer brannte trotz ihrer Löschversuche weiter. Kaum hatte sie einen Teil des Flammenkreises im Griff, flackerte das Feuer in anderen Bereichen wieder auf und brannte noch heißer.

Sie musste Cathleens Haus retten.

Wo war Walt? Warum hatte er nicht auf ihre Notrufe reagiert? Joey konzentrierte sich auf den Kampf gegen die Flammen und verdrängte die nagenden Gedanken, die nach Antworten verlangten. Zum Beispiel, wer den Brand gelegt hatte und warum. Und wo diese Person jetzt war.

Nach einer Zeit, die sich wie eine Ewigkeit anfühlte, hatte Joey die Schlacht gewonnen. Sie schleppte ihren erschöpften Körper zu dem steinernen Treppenabsatz vor dem Cottage und sank darauf nieder.

Mit dem Kragen ihrer Bluse betupfte sie ihre brennenden Augen und versuchte zu schlucken. Obwohl ihr Körper sich am liebsten geweigert hätte, auch nur einen weiteren Schritt zu tun, brauchte sie Wasser, um ihren Durst zu löschen und ihre vom Feuer aufgeheizte Haut zu kühlen.

Sie ballte die zitternden Hände und stand auf, den Blick auf das verkohlte Gras gerichtet. Auch wenn alles in ihr sich dagegen sträubte, war es offensichtlich, dass das Brandmuster in einem perfekten Kreis um das Haus herum von Menschenhänden stammte. Aber warum hatte der Brandstifter das Feuer so gelegt, dass es das Haus nur von außen bedrohte? Warum nicht im Haus selbst? Oder besser noch, warum nicht erst, nachdem Joey die Insel wieder verlassen hatte?

Idas Geistergeschichten und ihr Aberglaube kamen Joey in den Sinn. Sie schob sie beiseite und kehrte zum Brunnen zurück, wo sie die Pumpe betätigte und sich Wasser über die Arme laufen ließ, um sich abzukühlen. Vielleicht hätte sie sich mehr Gedanken über mögliche Gefahren machen sollen, aber wenn der Feuerteufel nicht erschienen war, während sie damit beschäftigt gewesen war, die Flammen zu bekämpfen, würde er jetzt auch nicht mehr kommen.

Als Joey ihren Durst gelöscht hatte, funkte sie erneut Walt an. Immer noch keine Antwort. Selbst wenn ihr Funksignal ihn nicht erreichte, musste er doch den Rauch gesehen haben, der über der flachen Insel aufstieg.

Angst kroch ihr plötzlich über den Rücken. Was, wenn der Brandstifter ihre Aufmerksamkeit auf das Haus lenken wollte anstatt auf sein wahres Opfer – den Mann, der auf Bleakpoint Island Staub aufwirbelte und Geheimnisse aufzudecken drohte?

Joey ging zum Ufer des Sunds, alle Sinne in Alarmbereitschaft. Sie suchte das Wasser nach *Cays Song* ab. Stattdessen entdeckte sie an der Südspitze ein kleines Motorboot, das sich von Bleakpoint entfernte. Joey lief zum Sandstrand hinunter und versuchte, die Person am Steuer zu erkennen, aber die Gestalt hatte eine Kapuze auf. Dann verschwand das Boot aus ihrem Blickfeld.

Joey sah auf ihre Armbanduhr. Walt würde erst in zwei Stunden zurückkommen, also ging sie zum Haus zurück, um das Innere zu begutachten. Es herrschte dasselbe geordnete Chaos wie am Tag davor. Sie ging hinaus und schloss die Tür ab.

Vielleicht sollte sie zum Leuchtturm zurückgehen und noch weitere Notizen von Mae suchen, während sie wartete. Dann hatte sie etwas zu tun, anstatt über düstere und gefährliche Szenarien nachzugrübeln.

Als sie sich dem Gebäude näherte, wurde ihr das Herz schwer. Der Wind hatte ihr Notizbuch aufgeklappt und der Eintrag, den sie gerade hatte lesen wollen, war verschwunden. Trotz der Gefahr für das Haus hätte sie nicht so unachtsam sein dürfen.

Joey ging in konzentrischen Kreisen um den Turm herum, aber von dem Zettel fehlte jede Spur. Was sie stattdessen fand, waren ungleichmäßige Fußspuren auf dem sandigen Erdboden, die vom Leuchtturm wegführten. Die linke Spur stammte offensichtlich von einer Sneakersohle, aber die Abdrücke rechts sahen aus, als hätte der Besitzer das Bein etwas nachgezogen.

Egal, wie überzeugt Ida davon war, dass Geister auf der Insel spukten – selbst sie würde zugeben müssen, dass Geister keine Fußspuren hinterließen.

Joey versuchte noch ein paarmal, Walt per Funk zu erreichen, aber ohne Erfolg. Sie lehnte sich mit dem Rücken an die Mauer des stummen Küstenwächters und hielt Ausschau.

Als Walt schließlich ankam, bat sie ihn über Funk, an Land zu kommen.

Sie zeigte ihm, welchen Schaden die Flammen rund um das Haus des Leuchtturmwächters angerichtet hatten, und erzählte ihm, was passiert war. Die ganze Zeit über, während sie sprach, wich er ihrem Blick aus.

Als sie geendet hatte, sagte er nur: »Davon dürfen wir Finn nichts sagen.«

Joey nickte. Vielleicht war es ein Fehler, aber sie hatte auch nicht vor, Finn zu erzählen, dass Walt während eines Notfalls nicht erreichbar gewesen war.

Auf dem Weg zurück nach Ocracoke wirkte Walt immer noch nachdenklich und hielt den Blick starr auf den Horizont gerichtet. Joey hatte versucht, ihm Informationen zu entlocken, wer ein Motiv haben könnte, seine Insel anzuzünden, aber er hatte nur mit einem Achselzucken geantwortet und etwas vor sich hin gemurmelt.

Im Jachthafen angekommen, sah Joey sich um, obwohl sie wusste, dass der Eindringling sein Boot nicht an einem so öffentlichen Platz zurücklassen würde. Sie wünschte Walt eine gute Nacht und lief im schwindenden Tageslicht nach Hause, froh, nicht mehr auf Bleakpoint Island zu sein.

Walt lag in seiner schmalen Koje auf *Cays Song*. Das Herz hämmerte laut in seiner Brust und erinnerte ihn an das entsetzliche verborgene Herz unter den Bodendielen in Edgar Allan Poes schrecklicher Geschichte. Ein Atem entwich seiner schweren Brust. Er hatte das Mädchen angelogen. Und auch Finn.

Er fuhr sich mit einer Hand übers Gesicht. Im Grunde genommen hatte er sich selbst belogen. Sich eingeredet, er könnte sein Versagen aus der Vergangenheit wiedergutmachen, indem er sich um Cays Leuchtturm kümmerte.

Er war ganz und gar von der Vergangenheit besessen gewesen, anstatt das Versprechen zu halten, das er Finn gegeben hatte, nämlich auf Joey aufzupassen. Stattdessen hatte er Geschichten erfunden über einen Freund, mit dem er angeln ging, wenn ihn in Wirklichkeit Schuldgefühle von der Insel vertrieben.

Walt stöhnte. Er hatte das Funkgerät an Bord seines Bootes gelassen, fortgelockt von Bleakpoint durch das Lied einer Sirene aus längst vergangenen Zeiten, hin zu der seichten Stelle im Marschland, wo er und Cay früher gespielt hatten. Sorglose Kinder auf Abenteuertour, bis die Gezeiten des Krieges alles hinweggespült hatten, was hell und schön in ihrem Leben gewesen war.

Seit dem Frühjahr 1943 hatte ein Netz aus Verlusten sich über sein Leben gespannt und er hatte es noch immer nicht abschütteln können.

Zuerst war da Cay.

Dann das Baby, das Martha und er verloren hatten.

Und dann sein Sohn und seine wundervolle Schwiegertochter, die ein Autounfall viel zu früh aus dem Leben gerissen hatte, sodass Martha und Walt versuchen mussten, eine riesige Lücke im Leben des jungen Finn zu füllen.

Martha.

Und jetzt trieb Walts dummer Plan, Buße zu tun, einen Keil zwischen ihn und Finn. Den einzigen Menschen, den er auf der Erde noch hatte.

Obwohl er wusste, wie sehr dieses Unternehmen ihre Beziehung belastete, konnte er sich nicht dazu überwinden, Cays Leuchtturm sich selbst zu überlassen. Denn bis er die Fehler der Vergangenheit wiedergutgemacht hatte, würde ihm die Dunkelheit, die wie eine Klette an ihm hing, weitere kostbare Dinge entreißen. Er konnte sie nur aufhalten, wenn er zu dem ersten Fehler zurückkehrte und alles tat, um ihn in Ordnung zu bringen.

Er setzte sich auf und fuhr sich mit den Händen übers Gesicht, um seine kreisenden Gedanken zur Ruhe zu bringen. Wenn er zugab, welche Überlegungen ihn in den dunklen Nachtstunden plagten, würde Finn ihn mit Sicherheit in eine Anstalt einweisen lassen.

Walt seufzte. Während er versuchte, mit seiner Vergangenheit ins Reine zu kommen, füllte er die Gegenwart mit Lügen. Und Lügen würden niemals den inneren Frieden bringen, nach dem er sich so sehnte. Das Feuer heute hatte das mehr als deutlich gemacht.

Von jetzt an würde er dafür sorgen, dass Joey nichts passierte. Und der erste Schritt in die richtige Richtung war, ihr zu beichten, warum er ihr heute nicht zu Hilfe gekommen war.

Kapitel 15

Joey wurde von dem Klingeln ihres Handys geweckt. »Hallo?« Das Wort war so kratzig wie ihre Kehle, die sich nach dem gestrigen Feuer wie Schleifpapier anfühlte. Joey nahm ihre Brille vom Nachttisch. Das frühe Morgenlicht lugte durch die Ritzen der Jalousie. Rief denn hier niemand zu normalen Uhrzeiten an?

»Joey, Walt hier. Es gibt etwas, das ich Ihnen erzählen muss.«

»Okay.« Vor ihrem geistigen Auge erschienen Bilder von einem eingestürzten Leuchtturm oder dem Wächterhaus, das nur noch aus rauchenden Trümmern bestand. »Walt?«

»Nicht ... nicht jetzt. Können wir uns treffen? Es gibt einen Ort, den ich Ihnen zeigen muss.«

Nachdem sie wieder aufgelegt hatte, setzte Joey ihre Kontaktlinsen ein und ging duschen. Auf dem Weg zur Tür griff sie sich noch eine Banane aus dem Obstkorb. Auf der Fahrt nach Ocracoke gestern war Walt so stoisch gewesen, dass sie sich regelrecht Sorgen gemacht hatte. Und jetzt war er so erpicht darauf zu reden, dass er bei Tagesanbruch zum Telefon griff.

Sie sollte Finn anrufen. Sie hatte sowieso schon viel zu lange gewartet, um ihm von dem Brand zu erzählen. Aber wenn sie ihm nichts von ihrer Sorge um Walts Gemütszustand sagte? Das würde aus Finns Perspektive vermutlich in die Kategorie »unverzeihlich« fallen.

Joey kam bei *Murphy's* vorbei. So verlockend es auch war, sich ein frisches belegtes Brötchen zu kaufen, war sie nicht in der Stimmung für Idas Warnungen.

Plötzlich kam ihr ein Gedanke, der sie langsamer gehen ließ. Was hatte Ida noch mal über Walt gesagt?

»*Jedenfalls, bis sein Boot in die Luft gejagt wurde. Das war in der-*

selben Nacht, in der das Mädchen und sein Daddy verschwunden sind. Als er wieder gesund war, ist er abgehauen.«

Bei Ida hatte es so geklungen, als hätte Walt irgendetwas mit dem Verschwinden der beiden zu tun.

Walt hatte Joey gebeten, diskret zu sein, wenn sie etwas über die McCorveys herausfand, aber vielleicht waren die alten Logbucheinträge aus dem Leuchtturm und Callums Bücher mehr, als er erwartet hatte. Hatte Walt etwa auch Geheimnisse auf Bleakpoint?

Joey schüttelte den Kopf. Es ergab keinen Sinn, dass er sein eigenes Projekt sabotieren würde.

Und außerdem war er mit einem Freund angeln gewesen.

Wobei sie diesem Freund noch nie begegnet war.

Wieder versuchte ihre Fantasie, das unvollständige Bild mit unwahrscheinlichen Dingen zu ergänzen. Trotzdem stimmte etwas mit Walt nicht. Das war eindeutig. Sie hätte zu gern gewusst, warum er nicht auf ihre Notrufe reagiert hatte.

Sie ging zum Hafen und dann den Anleger hinunter zu Walts Liegeplatz. Mit dem Rücken zu ihr stand er auf dem Boot und polierte das Holz, sodass er nicht merkte, wie Joey näher kam.

Sie griff nach einer der Leinen. »Darf ich an Bord kommen?«

Walt fuhr zusammen und drehte sich um, ein trauriges Lächeln im Gesicht. »Natürlich, Ma'am.«

Joey trat auf das Schandeck und machte dann einen Schritt über die Rettungsleine. Das Boot schaukelte sanft unter ihrer Bewegung.

»Sieh mal einer an. Sie bewegen sich schon wie ein erfahrener Seemann.«

Sie lachte.

»Das Wetter ist schön und das Wasser so glatt wie ein Spiegel. Haben Sie etwas dagegen, wenn wir zum Reden irgendwo hinfahren?«

»Überhaupt nicht.« Wie konnte sie eine Segeltour auf ruhigem Gewässer ausschlagen? Sie würde die unberührte Schönheit genießen.

Walt setzte die Segel, während Joey versuchte, den Zusammenhang zwischen all den Leinen und Rollen zu begreifen. Die kleinsten Veränderungen führten auf einen neuen Kurs.

Sie fuhren nicht nach Bleakpoint Island, sondern in die entgegengesetzte Richtung, tiefer in den Sund hinein, und entfernten sich vom Atlantik. Joey drehte sich um und sah zu dem kleiner werdenden Leuchtturm hinüber. Welche Geschichten verbarg er, die noch nicht erzählt waren? Welche heldenhaften Rettungsaktionen? Tragödien? Joey konnte es kaum erwarten, auf die Insel zurückzukehren und mehr von den Geheimnissen dort aufzudecken. Aber heute hatte Walt etwas, das er beichten wollte.

Es vergingen weitere zwanzig Minuten, bis Walt das Boot vorsichtig an einem improvisierten Kai festmachte. Sand, Seehafer und Lebenseichen waren hier ihre einzige Gesellschaft. Walt band das Boot fest und reichte Joey die Hand, als sie auf den Holzsteg trat.

Sie folgte ihm. »Wo sind wir hier?« Und warum hatte er das Bedürfnis gehabt, den ganzen Weg hierher zurückzulegen, um ihr zu erzählen, was ihm auf dem Herzen lag?

Walt rieb sich mit einer Hand den Nacken und drehte sich dann zu Joey um, als er den Steg verließ. »Ich habe Ihnen doch erzählt, dass ich gestern einen Freund treffen wollte, um mit ihm zu angeln. Aber das stimmte nicht. Ich war hier, obwohl ich dort hätte sein sollen. Bei Ihnen. Auf der Insel.«

Joey presste die Lippen aufeinander und überlegte, wie sie angemessen auf Walts offensichtliches Bedauern reagieren konnte. »Es geht mich nichts an, was Sie mit Ihrer Zeit anfangen. Also warum etwas erfinden, was nicht der Wahrheit entspricht?« Sie gesellte sich im Sand zu ihm.

Er lächelte und zuckte mit den Schultern, sodass er wie ein kleiner Junge wirkte, der die Schule geschwänzt hatte. »Mit einem Wort: Finn.«

»Finn?«

»Ich weiß, dass Sie ihm Bericht darüber erstatten sollen, wie es mir geht. Ich konnte doch nicht zulassen, dass Sie ihm erzählen, wie ich allein losziehe und mich in Zeit und Nostalgie verliere. Nicht nachdem ich ihm versprochen habe, immer in Ihrer Nähe zu bleiben. Und jetzt das Feuer und alles.« Walt blickte übers Wasser in die Richtung, in der Bleakpoint Light stand, obwohl der Leuchtturm von hier aus nicht zu sehen war. »Ich bin ein alter Mann, der nicht besonders gut darin ist, den Superhelden zu spielen. Aber wenn ich in Ihrer Nähe gewesen wäre, hätte das die Leute davon abhalten können, Dinge zu tun, die sie nicht tun sollten. Verstehen Sie. Ich hätte bei Ihnen bleiben müssen.« Er verzog das Gesicht. »Wie lange muss ich denn meine Fehler noch wiederholen? Sie hätten sich verletzen können. Oder noch schlimmer.«

Joey legte Walt eine Hand auf die Schulter. »Aber es ist nichts Schlimmes passiert. Alles ist in Ordnung. Von jetzt an können wir die Dinge gemeinsam angehen und es besser machen.« Joey lächelte in der Hoffnung, Walts Stimmung zu heben. »Finn hat mir also den Auftrag gegeben, auf Sie aufzupassen, und Ihnen hat er den Auftrag gegeben, auf mich aufzupassen. Er denkt, wir wären beide inkompetente Narren.«

Jetzt funkelten Walts Augen wieder. »Nein. Inkompetent sind nur Sie. Ich bin einfach senil.«

»Ach so. Das ist natürlich *viel* besser.« Joey wurde ernst, denn sie hatte das Gefühl, dass noch mehr hinter der Fahrt hierher steckte als das, was Walt ihr gerade erzählt hatte. »Warum sind Sie dann hierhergefahren, anstatt beim Leuchtturm zu bleiben?«

Walt setzte sich in Bewegung und nahm einen schmalen Pfad, der zwischen den knorrigen Lebenseichen hindurchführte. »Es kommt mir so vor, als würde ich die Insel unerlaubt betreten.«

Sie folgte Walt und wünschte, sie könnte seine unausgesprochenen Gedanken lesen. »Aber sie gehört Ihnen doch, Walt. Sie sind der Besitzer einer ganzen Insel.«

Er blieb stehen und sah Joey an. »Egal, wessen Name auf der Urkunde steht – die Insel wird niemals mein Eigentum sein. Ich kümmere mich nur darum, weil sie es nicht kann.«

Sie gingen weiter, bis sie das Ende des Weges erreicht hatten. Walt trat vor und ging dann zur Seite, wobei er den Blick auf eine atemberaubende Aussicht freigab. Hügelige Dünen auf der einen Seite und auf der anderen endlose Feuchtwiesen, die von kleinen, sich windenden Bächen durchzogen waren. »Das hier gehörte uns. Mir und Cay.«

»Cay?«

»Die meisten kannten sie als Cathleen, aber ich nannte sie meist Cay.«

Joey blickte zum Anleger zurück, obwohl der Weg ihn vor ihren Blicken verbarg. »Ihr Boot?«

Walt nickte. »Benannt nach ihr und nach den Liedern, die ich mit meiner Maultrommel gespielt habe, um ihr ein Lächeln zu entlocken. Sie haben doch gefragt, ob Cay in dem Bootsnamen sich auf eine Insel bezieht, und es ist seltsam, aber bis dahin war mir gar nicht aufgefallen, wie gut meine abgekürzte Version ihres Namens zu ihr passte.« Er schwieg einen Moment. »Aber sie war anders, wenn sie hier bei mir war.«

Walt ging weiter, nachdem der Weg zu Ende war, und Joey folgte ihm, den lehmigen Boden unter ihren Füßen. In der Ferne staksten Reiher durch das Marschland und ihre Federn hoben sich leuchtend weiß von den goldenen Gräsern ab.

»Diesen Ort haben wir in dem Sommer entdeckt, in dem wir zehn wurden. Cays Dad hatte ihr eine Jolle mit einem kleinen Außenbordmotor geschenkt. Ich hatte einen Aushilfsjob im Hafen angenommen und da war ein alter Herr, der mir eins seiner in die Jahre gekommenen Boote für Ausflüge geliehen hat, solange ich für die Kosten selbst aufkam. Alles Geld, was ich nicht zu Hause abgegeben habe, um die Familienfinanzen aufzubessern, ist in den Tank gewandert.«

Joey riss die Augen auf. »Sie haben schon mit zehn Jahren dazu beigetragen, dass die Familie finanziell über die Runden kam? Und Sie sind ganz allein hierhergefahren?«

Walt nickte. »Damals waren die Zeiten anders. Wir haben diesen sumpfigen Flecken zu unserem Eigentum gemacht und haben uns ständig hier aufgehalten. Manchmal haben wir gegen Blackbeard gekämpft. An anderen Tagen waren wir selbst die Piraten. Wir haben in selbst gebauten Hütten gehockt und Karten von unserem neuen Land gezeichnet.«

Joey betrachtete die Schönheit, die sie umgab, und es fiel ihr nicht schwer, sich Walt und Cay als Kinder vorzustellen, die auf diesen Wasserläufen herumgurkten. »Warum haben Sie nicht diesen Ort hier gekauft?«

Seine Miene war so wehmütig, dass es Joey in der Seele wehtat. »Das hätte ich, wenn es möglich gewesen wäre. Er ist in Staatsbesitz.«

Die Stille dehnte sich zwischen ihnen aus und wurde nur von dem klagenden Ton der Trauertauben unterbrochen.

»Was ist zwischen Ihnen vorgefallen, Walt?«

Er stieß hörbar die Luft aus und kratzte sich am Kinn. »Cay war etwa vierzehn, denke ich, als sie ganz auf die Insel zog. Ihre Großmutter war gestorben und Cay hat die Schule abgebrochen. Sie sagte, ihr Vater brauche sie beim Leuchtturm.

Ich habe versucht, ihr die Sache auszureden. Habe vorgeschlagen, dass sie bei uns wohnt, aber sie wollte nicht. Bleakpoint hat sie ganz verschlungen. Sie wurde das wilde Mädchen, genau das Gegenteil von dem, was ihre Großmutter sich für sie vorgestellt hatte. Nicht auf schlimme Weise, das nicht. Ein Teil von ihr wurde lebendig, wie ich es noch nie zuvor erlebt hatte. Aber sie wurde einsamer. Und wir fingen an, uns auseinanderzuentwickeln.« Er neigte den Kopf. »Nein, das stimmt so nicht. Sie hat sich von mir wegentwickelt. Ich habe mich nicht verändert. Jedenfalls nicht zu Anfang.«

Joey legte ihm eine Hand auf den Unterarm und drückte ihn sanft.

»Als ich älter wurde, fing ich an, für einen Fischer zu arbeiten, und hatte nicht mehr so viel Zeit wie sonst. Cay und ich waren wie Schiffe, die nachts aneinander vorbeifahren. Wir hinterließen Nachrichten für den jeweils anderen in einem hohlen Baumstamm. Und wann immer es ging, trafen wir uns. Dann kam der Krieg und das änderte natürlich wieder alles.

Ich war erst sechzehn, also haben sie mich als Soldat nicht genommen. Ich überlegte, ob ich ein falsches Alter angeben und mich freiwillig melden sollte. Einige meiner Freunde haben das getan. Aber meine Grandma hatte mir von klein auf eingebläut, dass man nicht lügen darf. Ich hatte Angst, meine unsterbliche Seele würde Schaden nehmen, wenn ich im Kampf getötet wurde, nachdem ich gelogen hatte, um kämpfen zu dürfen. Schon bald fand ich einen anderen Weg, meinem Land zu dienen. Die Handelsschiffe nahmen Sechzehnjährige, ohne mit der Wimper zu zucken.«

War Walt jetzt bereit zu erzählen, was damals geschehen war, als sein Schiff in die Luft gejagt worden war? In der Nacht, in der Cathleen verschwand? Joey presste die Lippen aufeinander, um die vielen Fragen zurückzuhalten. Damit würde sie nur Walts Beichte unterbrechen.

»Cay und ich haben uns deswegen ziemlich gestritten. Sie war wütend auf mich, weil ich mein Leben in Gefahr brachte, obwohl ich zu Hause sicher gewesen war. Ich kann es ihr wohl nicht übel nehmen. Wir hatten Dutzende Schiffe in der Nacht brennen sehen, nachdem die deutschen U-Boote sie erwischt hatten.«

Joey konnte sich nicht vorstellen, dass jemand freiwillig an Bord eines unbewaffneten Schiffes ging in dem Wissen, dass es leicht in die Luft gejagt werden könnte. Kein Wunder, dass Cathleen sauer gewesen war.

»Ich hatte sie seit Wochen nicht mehr gesehen und auch schon lange keine Zettel mehr in unserem Baum versteckt. Meine Abreise stand kurz bevor, also habe ich mich auf den Weg zu Bleakpoint gemacht, um mich von ihr zu verabschieden, weil ich nicht wollte, dass unsere letzten Worte im Zorn gesprochen waren. Aber eigentlich hätte ich es wissen können: Sie durfte niemanden auf Bleakpoint lassen.«

Joey und Walt blieben auf der Kuppe eines kleinen Hügels stehen.

»Als ich dort ankam«, fuhr Walt fort, »sah ich, dass sie und ihr Vater sich vor dem Leuchtturm stritten. Cay zog ihn zum Haus und Callum wehrte sich. Von dem kräftigen Mann, den ich gelegentlich auf Ocracoke gesehen hatte, wenn er Cay bei ihrer Großmutter abgeholt hatte, war nichts mehr übrig. Er sah wütend aus und … ich weiß nicht … irgendwie verloren. Ein dünnes, krankhaft wildes Wesen. Ich kam näher, um zu helfen, aber Cay brüllte mich an, ich sollte wegbleiben, ich würde alles nur noch schlimmer machen.« Walt schlang die Arme um seinen Oberkörper und starrte ins Gras, das aus dem sandigen Boden zu seinen Füßen spross.

»Nachdem sie ihren Vater ins Haus gebracht hatte, kam sie wieder raus. Am liebsten hätte sie mir den Kopf abgerissen, weil ich gekommen war, obwohl sie es mir verboten hatte. Ich fragte, ob ihr Dad betrunken sei oder so was, denn das war das Einzige, was vielleicht eine Erklärung für die Szene sein konnte, die ich gerade miterlebt hatte. Sie stieß mich weg und sagte, ich solle mich um meine eigenen Angelegenheiten kümmern.« Walt schüttelte den Kopf. »Du liebe Güte, für ein so kleines Persönchen war sie wirklich stark. Sie hätte mich beinahe umgeworfen.« Er schluckte und der Anflug eines Lächelns in seinen Zügen erstarb. »Hat mir gesagt, ich hätte doch sowieso beschlossen, mich umbringen zu lassen, also könnte ich auch gehen und sie in Ruhe lassen, damit sie sich um ihre eigenen Probleme kümmern konnte.

Ich war mir nie sicher, ob sie so wütend war, weil ich ihren Vater in diesem Zustand gesehen hatte, oder ob es daran lag, dass ich im Krieg mein Leben riskieren wollte, obwohl ich das gar nicht musste.« Walt räusperte sich einige Male und starrte in die Weite hinaus. Schließlich sagte er: »Das war das letzte Mal, dass ich sie gesehen habe.« Er runzelte die Stirn und fuhr mit dem Daumen über die Narbe auf seiner Hand. So, nun kennen Sie die Geschichte. Darf ich Sie – darf ich dich – Joey nennen? Du bist die Erste, der ich sie erzähle.«

»Nichts lieber als das. Ich fühle mich geehrt, dich Walt zu nennen.« In diesem Augenblick fühlte sie sich diesem Mann unendlich verbunden, denn es waren nicht Cathleen und Walt, die Joey im Geiste vor sich sah, sondern sie hörte die Stimmen ihres Vaters und ihres Bruders, die sich anschrien, und dann das Quietschen der Reifen, als Trey davonfuhr. Joey ballte die Hände zu Fäusten. Wenn sie den Schmerz und die Reue in Walts Stimme hören könnten, würden sie dann ihr Verhalten ändern?

Walt fuhr sich verstohlen über die Wange, bevor er sich wieder zu Joey umdrehte. »Ich weiß nicht, ob ich mir selbst jemals vergeben kann. Was auch immer mit ihrem Vater los war, ich hätte sie nicht damit alleinlassen dürfen. Auch wenn sie mich weggestoßen hat, hätte ich bleiben sollen.«

Kapitel 16

Als Walt und Joey zum Hafen zurückkamen, sahen sie, dass eine Gestalt vor Walts Liegeplatz auf und ab schritt.

Walt stieß ein unverständliches Wort aus, bevor er sich an Joey wandte. »Finn sollte doch erst nächste Woche wiederkommen. Hast du ihm was gesagt?«

Joey schüttelte den Kopf. »Kein Wort.« Aber sie wünschte, sie hätte. Denn jetzt würde ihre kurze Zeit als Projektleiterin auf Bleakpoint vorzeitig zu Ende gehen.

Ein Schweigen, so schwer wie eine Betonplatte, legte sich auf die drei, während Walt das Boot festmachte.

Als sie alle wieder festen Boden unter den Füßen hatten, fuhr Finn sie an: »Und wann wolltet ihr mir das erzählen?« Sein Blick ging zwischen Walt und Joey hin und her.

Joey war sich nicht ganz sicher, worauf er sich bezog, aber sie würde ihm auf keinen Fall mehr Futter liefern, als er jetzt schon hatte. Sie lächelte lieblich. »Wie ich in meiner letzten E-Mail berichtet habe, sind weniger Sanierungsarbeiten nötig, als ich zuerst angenommen habe. Ich dachte, das würde Sie freuen.«

Finns Augen verengten sich. »Mein Zeitplan hat sich geändert und ich dachte, ich komme mal her und sehe, wie es so läuft. Als ich ankam, wart ihr beide nicht da, deshalb habe ich herumgefragt, um zu erfahren, wann ihr zurückkommt. Ich habe eine faszinierende Frau namens Ida kennengelernt, die mir einen Haufen Dinge erzählt hat, die Joey hier zufällig in ihren E-Mails verschwiegen hat.«

Joey schloss die Augen. Die blöde Ida. Sie trat zwischen Walt und Finn. »Sie wollen doch wohl nicht sagen, dass Sie Ida und ihren Gespenstergeschichten glauben.«

Finn schien sie gar nicht zu beachten, denn sein Blick ruhte auf seinem Großvater, der sich ein wenig von seinem Enkel weggedreht hatte und auf die sanften Wellen des Sunds hinausblickte. Wer es nicht besser wusste, der sah in ihm einen alten Mann, der dem Streit mit seinem Enkel ausweichen wollte. Aber Joey sah einen Kämpfer, der sich für die Schlacht wappnete.

Finn schnaubte und richtete den Blick auf Joey. »Eindringlinge? Feuer? Unfälle?« Er zählte jeden Punkt an einem seiner Finger auf. »Habe ich etwas falsch verstanden? Oder was ausgelassen?«

Joey wollte schon antworten, überlegte es sich dann aber anders. Entweder hatte Ida sich mehr als sonst an die Wahrheit gehalten, oder Finn war gut darin, Fakten von Fiktion zu unterscheiden. »Es gab ein paar unerwartete Ereignisse. Aber Sie können das, was Ida sagt, nicht für bare Münze nehmen. Sie übertreibt immer und schmückt es dann auch noch mit ihren ausgedachten Geschichten und Spekulationen aus.«

Ein winziger Funke Humor blitzte in Finns Augen auf, bevor sein Zorn diesen Funken wieder löschte. »Keiner von euch beiden hat auch nur ein Wort über irgendwelche Komplikationen verloren. Ein Arbeitsunfall? Man könnte uns verklagen. Und habt ihr die Polizei über den Eindringling informiert?« Er räusperte sich und verschränkte die Arme vor der Brust. »Tut mir leid, ich werde das anders formulieren, die Situation *akkurat und ohne Übertreibung* beschreiben. Hast du die Polizei über den Brandstifter auf deinem Grund und Boden informiert, Pops?«

Walt schnaubte verächtlich. »Würde doch nichts nützen. Keinen interessiert, was auf dem kleinen Streifen Land passiert, das zwischen zwei Gerichtsbarkeiten liegt. Abgesehen davon ist ja nichts passiert.«

Joey machte einen Schritt auf Finn zu. »Jerry und Renee werden uns nicht verklagen. Sie habe ihre eigene Versicherung und ich habe alle nötigen Papiere unterschreiben lassen und abgeheftet, falls Sie die sehen wollen. Jerry gibt zu, dass er aus eigenem Antrieb auf diese Leiter gestiegen ist.« Unabhängig davon gehörten die Alexanders zu den nettesten Menschen auf diesem Planeten.

Finn lief auf und ab. »Ich habe gesagt, dass ich mich nicht einmischen würde, solange alles glattläuft, aber je mehr ich höre, desto überzeugter bin ich davon, dass das ein Fehler war.«

Joey hämmerte das Herz in der Brust. Er durfte das Projekt jetzt nicht beenden. Das würde er doch nicht tun. Nicht wenn es Walt so viel bedeutete. Nicht wenn noch so viele Fragen ungeklärt waren. Finn hatte ja keine Ahnung, auf welch herzzerreißende Weise sein Großvater Cathleen McCorvey verloren hatte. Wusste nichts von den Dingen, die Walt nach all den Jahren immer noch wiedergutmachen wollte.

Joey stemmte die Hände in die Hüften. »Sie haben Ihrem Großvater Ihr Wort gegeben, dass Sie dieses Projekt unterstützen würden, wenn Sie eine Projektleitung anheuern können.«

Finn wollte etwas sagen, überlegte es sich dann aber anders.

Walt trat neben Joey. »Und wir bezahlen die ganze Sache mit meinem Geld, mein Junge, nicht mit deinem.«

Finn fuhr sich mit einer Hand übers Gesicht und entspannte sich ein wenig. »Ich will ja gar nicht mit dir streiten, Pops. Ich mache mir nur Sorgen um dich.« Er sah Joey an. »Und ich will nicht, dass irgendjemand unsertwegen unnötig in Gefahr gerät.« Er steckte die Hände in die Hosentaschen und biss sich auf die Unterlippe. »Nächste Woche habe ich frei. Ich schlage vor, wir gehen der Sache auf den Grund und finden heraus, wer sich hier herumtreibt und warum. Wenn wir dieses Problem lösen können, lasse ich euch beide in Ruhe, damit ihr das Projekt ohne mich abschließen könnt. In Ordnung?«

Walt war einverstanden und Joey blieb nichts anderes übrig, als sich dem Plan anzuschließen, obwohl sie alles andere als begeistert war von der Vorstellung, dass der misstrauische Finnegan O'Hare ihr bei der Arbeit ständig auf die Finger sah.

Nachdem sie in einem kleinen Imbiss etwas zu Mittag gegessen hatten, fuhren sie zu dritt zur Insel, um Finn die Spuren des Feuers zu zeigen und damit er sich ein wenig umsehen konnte. Als sie auf Bleakpoint anlegten, hatte Joey ein merkwürdig flaues Gefühl im Magen, das nichts damit zu tun hatte, was sie gegessen hatte.

Es war, als würde sie ein Zimmer betreten, in dem man spürte, dass jemand da gewesen war, auch wenn er keine sichtbaren Spuren hinterlassen hatte. Jemand, der ungebeten gekommen war. Sie sah zu Finn und Walt hinüber, aber wenn sie die gleiche düstere Vorahnung verspürten, ließen sie es sich jedenfalls nicht anmerken.

Joey ließ die Schultern kreisen, um die Anspannung zu lockern. Die Sorgen, die Finn sich machte, hatten sich jetzt scheinbar auch bei ihr eingenistet. Mehr war es nicht. Wer auch immer auf der Insel herumgeschlichen war, hatte jede Menge Gelegenheit gehabt, ihr etwas anzutun und etwas zu beschädigen. Aber das hatte diese Person nicht getan. Wie es schien, suchte dieser Jemand nur nach etwas. Joey biss sich auf die Lippe und versuchte vergeblich, die einzelnen Puzzleteile zu einem sinnvollen Bild zusammenzufügen. Das Feuer war ein Ablenkungsmanöver gewesen, mehr nicht. Es war kein Akt der Zerstörung. Aber wovon genau sollte es ablenken?

Finn und Walt machten gemeinsam das Boot fest und dann liefen sie alle drei hintereinander den Pfad entlang, wobei Joey das Schlusslicht bildete, während sie immer noch überlegte, was für ein Interesse jemand an der verlassenen Insel haben könnte.

Vor ihrem geistigen Auge sah sie das Innere des Leuchtturms mit all den versteckten Logbucheinträgen vor sich. Und das eine Blatt, das nach dem Brand weggeweht worden war. Jedenfalls hoffte Joey, dass es einfach verloren gegangen war …

Sie schob sich an Walt und Finn vorbei und verfiel in einen Laufschritt. »Der Leuchtturm«, sagte sie als Erklärung, während sie weiterrannte. Warum sie plötzlich eine solche Dringlichkeit verspürte, konnte sie nicht sagen. Wenn ihr Verdacht sich bewahrheitete, war sie sowieso zu spät.

Es war wie ein Schlag in die Magengrube, als Joey sich durch den Türspalt quetschte und den Lichtstrahl ihrer Taschenlampe über den ungleichmäßigen Putz wandern ließ, unter dem, davon war sie überzeugt, einmal Dokumente versteckt gewesen waren. Jemand war in ihrer Abwesenheit fleißig gewesen.

Walt und Finn betraten hinter ihr den Turm.

»Wer auch immer das Feuer gelegt hat – offenbar hat es dieser Person nicht gefallen, dass ich Maes Leuchtturmnotizen gefunden habe.«

»Notizen?«

Joey drehte sich zu Walt um, der verwirrt die Stirn runzelte. Joey seufzte. »Während der Arbeit habe ich Logbucheinträge gefunden, die zwischen den Steinen versteckt waren und die jemand namens Mae unterschrieben hat. Unfassbare Berichte über Heldentaten. Ich wollte herausfinden, wer sie war und was sie mit der Insel zu tun hatte, bevor ich es Ihnen erzähle. Ich weiß, dass Sie nicht noch mehr Spekulationen über diesen Ort hören wollen.«

Walt nickte langsam. »Ich verstehe.«

»Und jetzt sind sie verschwunden. Ich hätte an dem Abend, als das eine Blatt plötzlich weg war, hierbleiben sollen. Ich habe mir eingeredet, der Wind hätte es weggeweht.«

Walt klopfte ihr sanft auf den Rücken. »Ich weiß, dass du aufgebracht bist. Aber diese alten Notizen sind mir egal. Jemand hat da etwas aufgeschrieben und es ist schade, dass diese Schriftstücke jetzt nicht mehr da sind. Vielleicht waren sie einfach nur für die Person wichtig, die sie gefunden hat. Und dass sie nun zufrieden ist und Cays Leuchtturm in Zukunft in Ruhe lässt.«

Finn nahm sein Smartphone zur Hand und fing an, Fotos von der Wand zu machen.

Joey drehte sich zu ihm um. »Was machen Sie denn da?«

Er zog die Augenbrauen hoch. »Den Schaden dokumentieren. Natürlich können wir nicht beweisen, dass etwas gestohlen wurde, falls es so war. Aber die Sache muss festgehalten werden.« Er starrte Walt und Joey an und schüttelte dann den Kopf. »Wie sollen wir es denn sonst melden, wenn wir nichts vorzeigen können?«

Walt murmelte etwas Unverständliches und stapfte hinaus.

Joey zuckte mit den Schultern. »Vielleicht war ja auch gar nichts da, was hätte gestohlen werden können. Und diesen alten Putz müssen wir sowieso erneuern. Also ist eigentlich auch kein Schaden entstanden, abgesehen von dem verbrannten Gras vor dem Haus. Wie Walt schon sagte: Ich kann mir nicht vorstellen, dass die Polizei sich hier auf die Lauer legt.«

»Das können wir erst wissen, wenn wir es versuchen. Die anderen Logbucheinträge haben Sie noch, oder? Kann ich sie mir ansehen?«

»Sie sind bei mir zu Hause.«

»Ich würde auch davon gerne Fotos machen.«

Joey wollte erneut protestieren, aber sie wusste, dass es Zeitverschwendung war.

Walt und sie gingen mit Finn zum Cottage, wo er das verbrannte Gras fotografierte. Joey betrat das Haus, und wie erwartet, war alles so, wie es sein sollte. Sie mussten eine neue Tür für den Leuchtturm beschaffen, damit man ihn auch abschließen konnte.

»Seht mal, was ich gefunden habe!«, ertönte Finns Stimme in die Stille hinein. Joey eilte hinaus. Finn hielt einen kleinen rechteckigen Behälter vorsichtig mit zwei Fingern hoch. »Feuerzeugbenzin. Da könnten die Fingerabdrücke unseres Brandstifters drauf sein.«

Er klang so ernst, dass Joey sich ein Lachen verkneifen musste. Finn verhielt sich wie jemand, der zu viele Krimis sah.

Andererseits machte es Joey immer noch nervös zu wissen, dass jemand sie aus dem Wald heraus beobachten könnte, um zu sehen, was sie vorhatten. Und auch wenn sie das Gefühl nicht loswurde, dass die Person, die all diese Dinge tat, keine bösen Absichten hegte, ärgerte sie sich immer weniger darüber, dass sie mit Finn noch ein zusätzliches Paar Augen hatten, das auf sie aufpasste.

Kapitel 17

An diesem Abend folgte Finn Joey zu ihrem Ferienhaus, nachdem er Bleakpoint nach Hinweisen abgesucht hatte. Sie führte ihn ins Wohnzimmer, wo sie den Ordner mit den Logbucheinträgen und Callums Metallkiste aufbewahrte. »Soweit wir wissen, wurde aus dem Haus nichts entwendet. Es gibt auch keine Anzeichen dafür, dass jemand sich an dem Schloss zu schaffen gemacht hätte.«

Sie reichte ihm das Notizbuch, in dem sich Maes Notizen befanden. »Der Leuchtturm war all die Jahre nicht abgeschlossen gewesen und anscheinend hat es niemanden interessiert. Aber dann kommen wir und ich entdecke diese Zettel und danach geschehen Dinge.«

Finn schlug die Mappe auf und überflog die wenigen Blätter in ihren Sichthüllen. »Vielleicht haben die Artikel in der Lokalzeitung, die über Pops und den Kauf der Insel erschienen sind, die unerwünschte Aufmerksamkeit auf den Leuchtturm gelenkt. Und ich bin sicher, er hat mit seinen alten Kumpels darüber gesprochen, was er mit dem Gebäude vorhat.«

Beinahe wäre Joey mit der Vermutung herausgeplatzt, dass Walt vermutlich kaum noch Freunde hier hatte, aber Finn machte sich schon genügend Sorgen um den Mann.

»Irgendwelche Informationen über jemanden, der selbst nach so langer Zeit noch ein besonderes Interesse an dem Leuchtturm haben könnte?«, fragte Finn. »Irgendjemand, dem es schaden könnte, wenn Dinge aus der Vergangenheit ans Tageslicht kämen?«

Joey schüttelte den Kopf.

Finn machte ein paar Fotos von den beschriebenen Seiten. »Mein Großvater hat nicht viel über seine plötzliche Leidenschaft für den alten Leuchtturm gesagt. Bis meine Großmutter gestorben ist, hatte ich keine Ahnung, dass er hier aufgewachsen ist.«

Hatte Finn jemals echtes Interesse an Walts Projekt gezeigt, oder hatte er seinem Großvater immer das Gefühl vermittelt, ein verantwortungsloses Kind zu sein? Fragen, die Joey gerne gestellt hätte, aber sie vermutete, dass es nicht gerade der beste Augenblick war, ihren Quasi-Chef zur Rede zu stellen. Stattdessen verlegte Joey sich auf ihre Fähigkeiten als Gastgeberin, die ihre Mutter ihr eingetrichtert hatte. »Kann ich Ihnen etwas zu trinken anbieten?«

»Ein Glas Wasser wäre gut, danke. Und dann lasse ich Sie auch in Ruhe, versprochen.«

Aus Höflichkeit sagte sie, er könne sich Zeit lassen, bevor sie in die Küche ging, um ein Glas Wasser zu holen. Als sie wiederkam, durchquerte er den Raum und nahm ihr das Glas ab.

Finns Blick fiel auf das neue Puzzle, an dem Joey gerade arbeitete und das die Küstenlinie der Outer Banks zeigte. Er blieb neben dem Haufen Teile stehen und entdeckte eine Ecke, die Joey an diesem Morgen gesucht und irgendwie übersehen hatte. Er fügte das Teil an der entsprechenden Stelle ein. Joey unterdrückte einen Anflug von Verärgerung. Sollte der Mann doch sein eigenes Puzzle machen und die Finger von ihrem lassen.

Finn richtete sich auf und trank einen ausgiebigen Schluck Wasser. »Gibt es sonst noch etwas, das fehlt?«

»Da ist der Zettel, der am Tag des Feuers abhandengekommen ist. Ich hatte gerade angefangen, ihn zu lesen, habe ihn dann aber hingelegt.« Sie zuckte mit den Schultern. »Zuerst dachte ich, der Wind hätte ihn weggeweht, aber jetzt frage ich mich, ob der Eindringling den Brand gelegt hat, um nachzusehen, was ich am Leuchtturm mache. Die Putzreste waren dann für die Person sicher Hinweis genug, sich selbst auf die Suche nach den übrigen Notizen zu machen.«

Finn stellte das Glas auf einen Untersetzer und ging zur Tür. »Ich mache mich besser auf den Weg zur Polizei, um ihnen zu zeigen, was wir bis jetzt haben. Vermutlich haben Sie und Pops recht, dass niemand sich dafür interessieren wird, was ich zu sagen habe, aber vielleicht ist ja doch jemand neugierig wegen all der Gerüchte, die kursieren.«

Joey lachte freudlos. »Walt wird begeistert sein, wenn noch mehr Zuschauer kommen.«

Finn senkte den Blick. »Ich muss dafür sorgen, dass ihm nichts passiert. Und dass Ihnen nichts zustößt. Das ist mir jedenfalls wichtiger als das Aufdecken alter Geheimnisse.« Er streckte die Hand nach der Türklinke aus. »Jetzt lasse ich Sie aber wirklich in Ruhe.« Dann zögerte er noch eine Sekunde. Den gleichen Blick hatte sie bei ihm gesehen, als er die Fotos von den Logbucheinträgen gemacht hatte. Auch wenn er es nicht zugab – die Sache hatte seine Neugier geweckt. Wenn sie sich mit Finn anfreunden oder zumindest verbünden könnte, würde das ihrem und Walts Projekt vielleicht langfristig helfen. Sie durfte nicht zulassen, dass sie nach Copper Creek zurückgeschickt wurde. Jedenfalls noch nicht jetzt.

Sie zeigte auf die metallene Kiste. »Bleiben Sie ruhig. Dann können Sie sich die Logbucheinträge genauer ansehen. Ich habe auch in den Tagebüchern in Callums Truhe geblättert, um herauszufinden, ob noch jemand am Leben sein könnte, der ein persönliches Interesse an den Geheimnissen von Bleakpoint Island hat. Vielleicht irgendjemand, der eine Verbindung zur Familie hat.«

Er ließ die Türklinke los und machte einen Schritt auf Joey zu. »Ich habe Ihnen schon genug von Ihrer Freizeit geraubt.«

Sie schüttelte den Kopf. »Ich habe heute Morgen auf dem Markt Fisch gekauft. Und im Kühlschrank ist noch Gemüse. Reicht locker für zwei.«

Finn trat von einem Fuß auf den anderen. »Ich weiß nicht ...«

»Die Polizei ist morgen auch noch da.«

Er zog einen kleinen Gegenstand aus seiner Hosentasche, nahm ihn kurz von einer Hand in die andere und schob ihn dann aber wieder in die Tasche, bevor Joey sehen konnte, was es war. »Ein bisschen könnte ich noch bleiben. Frischer Fisch klingt ziemlich gut im Vergleich zu den Kräckern mit Erdnussbutter, die noch in meinem Koffer sind.« Seine Mundwinkel zuckten. »Ich war ein bisschen zu wütend, um einzukaufen, nachdem Ida mir ihre Version von dem, was hier los ist, aufgetischt hat. Zu ihrer Fassung gehörte natürlich auch, dass die von Seepocken überzogenen Geister von Callum und Cathleen McCorvey die ganze Insel in Brand gesteckt haben.«

Joey fröstelte bei der Vorstellung. »Übel. Ich frage mich, was sie damit bezweckt.«

Finn grinste. »Sie ist schon speziell.«

Joey wandte sich der Küche zu. »Sie können gerne mitkommen, oder Sie können sich schon mal die Tagebücher und die anderen Sachen angucken.«

Finn folgte ihr. »Meine Kochkünste halten sich sehr in Grenzen, aber ich könnte das Gemüse schnippeln.«

Joey holte grüne und gelbe Zucchini und Paprikaschoten aus dem Kühlschrank und legte sie neben die Spüle. Dann gab sie ihm ein Messer und ein Schneidebrett.

Während er das Gemüse wusch und in Stücke schnitt, würzte sie den Fisch. Eigentlich war es ganz angenehm, mit diesem Mann zusammenzuarbeiten, der zuerst so dagegen gewesen war, dass sie eine Rolle in Walts Leben spielte. Nachdem er die Gewürze, die sie für ihn bereitgestellt hatte, über das Gemüse gestreut hatte, baute er die Gewürzdosen in einer Reihe auf, sodass alle Etiketten in dieselbe Richtung zeigten.

Er bemerkte, dass sie ihn beobachtete, während er das Gemüse in einer großen Schüssel mit Olivenöl und den Gewürzen vermischte. »Habe ich was falsch gemacht?« Er zog eine Grimasse und deutete auf die Schüssel. »Zu stark gewürzt?«

»Überhaupt nicht. Ich dachte nur gerade, wie nett es ist, Sie ein bisschen näher kennenzulernen. Von Angesicht zu Angesicht.«

»Ach ja?«

»Ich meine, Walt hat mir viel von Ihnen erzählt.«

Finn sog hörbar die Luft ein.

»Gutes.« *Überwiegend.* »Ich meine, mir ist klar, dass Sie unterschiedlicher Ansicht sind, was sein neuestes Projekt betrifft und ...«

»Seine fixe Idee.«

Joey wischte die Bemerkung mit einer Handbewegung beiseite. »Egal, wie man es nennt. Ich habe den Eindruck, dass der Mann für Sie durchs Feuer gehen würde. Und jetzt, wo ich Walt ein bisschen besser kennengelernt habe, muss ich zugeben, dass mich die Person, für die er alles tun würde und die er so liebt, doch ziemlich fasziniert.«

Finn grinste spöttisch. »Ich bin also auch eines Ihrer Puzzles?«

»Eher ein Fall von ›Behalte deine Freunde nah bei dir … und deine Feinde …‹.«

Finn schob ihr die Schüssel zu und verschränkte dann die Arme. »Ich bin nicht der Feind.«

Joey zuckte humorvoll mit den Schultern. »Nach dem ersten Eindruck werden Sie mir den Fehler doch wohl nicht übel nehmen.« Sie erstarrte. Diese ganze Unterhaltung fühlte sich allmählich fast wie ein Flirt an. Freundlich zu sein, um sich bei ihm beliebt zu machen, war eine Sache, aber es kam ihr so vor, als würde sie hier eine Grenze überschreiten.

Er legte das Messer und das Kochbesteck aus der Hand, stützte sich auf die Arbeitsplatte und sah Joey an. »In diesem Sinne – wollen wir nicht Du sagen? Ich wollte mal was … äh, Persönliches fragen?«

Joey nahm die Schüssel mit dem Gemüse und ging an den Herd, wo die Pfanne schon bereitstand. Dabei drehte sie Finn den Rücken zu. *Mist.* Das mit dem »ein bisschen kennenlernen« war vielleicht ein Fehler gewesen. »Klar.«

»Warum der Berufswechsel? Hat das mit dem Eventmanagement nicht geklappt?«

Sie leerte den Inhalt der Schüssel in die Pfanne, sodass das Zischen einige Momente lang die Stille füllte. »Es ist eigentlich kein Wechsel, sondern eher eine Chance, mein Leben neu auszurichten.« Sie dünstete das Gemüse an. »Die Firma lief etwas schleppend.« *Die Untertreibung des Jahres.* »Und das hier war ein guter Tapetenwechsel, um ein paar Dinge neu zu bewerten. Zu überlegen, ob ich das, was ich bisher gemacht habe, so weiterverfolgen will.« Hoffentlich reichten ihm diese Informationen und er bohrte nicht weiter nach. Wahrscheinlich wäre er nicht begeistert, wenn er erfuhr, dass die Baufirma ihres Vaters in einen Kleinstadtskandal verwickelt worden war. Sie drehte sich zu Finn um und zuckte lächelnd mit den Achseln.

Er nickte nachdenklich. »Ich bewundere das – zu erkennen, dass ein Wechsel nötig ist, und dann eine Pause zu machen. Das Leben kann schon seltsam sein. Wie eine Entscheidung zur anderen führt, sodass man sich fragt, wie man an diesen Punkt gekommen ist.«

»Stimmt.« Joey war sich nicht sicher, ob sie dieses Lob auch nur halbwegs verdient hatte, wenn man bedachte, dass dieses Abenteuer eher eine Art Fünf-vor-zwölf-Spontansprung ins Ungewisse gewesen war und nicht der wohlüberlegte Prozess, den Finn gerade beschrieben hatte.

Später, als sie gegessen und die Küche aufgeräumt hatten, gingen sie ins Wohnzimmer, um sich Callums Tagebücher anzuschauen. Obwohl auf dem Sofa neben Finn jede Menge Platz gewesen wäre, wählte Joey einen Sessel ihm gegenüber.

Sie gab nur ungern zu, dass sie die Gesellschaft des Mannes, den sie beim Essen kennengelernt hatte, genoss – eine Version von ihm, die sich keinen Kopf über die Entscheidungen seines Großvaters machte oder Joey ansah, als zweifle er an ihrer Kompetenz. Sie hatten sich während des Gesprächs locker die Bälle zugespielt, aber es beunruhigte Joey, wie leicht es ihr fiel, mit jemandem schon fast zu flirten, den sie eigentlich nicht besonders mochte.

Weil sie ein Ventil für ihre nervöse Energie brauchte, stand sie auf und ging zu ihrem Puzzle, wo sie das letzte Randstück fand und an der richtigen Stelle einfügte. »Halte deine *Feinde* noch näher«, murmelte sie vor sich hin, bevor sie sich wieder setzte.

»Entschuldigung?« Finn schaute sie an und der fragende Blick sah richtig süß aus. *Süß? Geht's noch? Konzentrier dich, Jo-Jo. Der*

Typ ist eine Gefahr für dein Projekt und hat kein Verständnis für seinen Großvater. Daran ist überhaupt nichts süß.

Sie zeigte auf die Metallkiste. »Ich habe nach irgendwelchen Verbindungen zu eurer Familie und zur Insel gesucht, abgesehen von Callum und Cathleen. Nach jemand anderem, dem der Leuchtturm und seine Sanierung irgendwas bedeuten könnten. Noch habe ich nichts gefunden, aber ich will dir etwas Merkwürdiges zeigen, das mir aufgefallen ist. Vielleicht ergibt es ja für dich einen Sinn.«

Sie zog die erste Kladde heraus und schlug sie auf. »Die meisten Bücher sehen so aus wie das hier.« Anschließend legte sie das Buch wieder an seinen Platz und zog ein Exemplar heraus, das eher ins letzte Viertel der Chronologie gehörte. »Bei dem hier kann man immer noch erkennen, dass es Callums Handschrift ist, aber die Schrift wird ab der Mitte irgendwie ungleichmäßig, so als hätte seine Hand gezittert.« Sie blätterte die Seiten vorsichtig um. Dann schlug sie die Kladde weiter hinten auf. »Und jetzt guck dir das hier an. Das Zittern scheint immer schlimmer zu werden. Ein Großteil der Einträge geht so weiter und am Schluss kann man kaum noch erkennen, dass es seine Handschrift ist.«

»Es ist nicht ungewöhnlich, wenn man älter wird«, wandte Finn ein, »dass man nicht mehr so sicher schreibt.«

Joey schüttelte den Kopf. »Nicht wenn man erst Mitte vierzig ist. Dein Großvater hat gesagt, er hätte Callum einmal gesehen, kurz vor seinem Tod, und da sah er krank aus. Vielleicht war er betrunken? Aber ich weiß nicht, ob das zu den Symptomen hier passt.«

»Wie sehen denn die nächsten Bücher aus?« Finn rutschte ein Stück nach vorn und musterte den Bücherstapel.

Joey zog die letzten drei Exemplare heraus. »Die sind echt seltsam. Ungleichmäßige Zwischenräume zwischen den Buchstaben. Die Rechtschreibung lässt auch nach. In den ersten Büchern hat er nie etwas falsch geschrieben.« Sie zeigte Finn ein paar Beispiele. Dann nahm sie das nächste Buch zur Hand. »Die meisten Einträge sind unleserlich, und wenn nicht, ergeben sie kaum einen Sinn. Die Satzstruktur stimmt nicht und viele Berichte hören abrupt in der Mitte auf. Manche Seiten wurden rausgerissen. Es ist offensichtlich, dass Callum Probleme hatte, aber er hat trotzdem weitergeschrieben. Das letzte Exemplar ist am schlimmsten. Ganz viele Tintenflecken und Gekrakel. Merkwürdige Zeichnungen.«

Finn betrachtete die Bücher, die Stirn konzentriert in Falten gelegt, und kratzte sich am Kinn.

Einen ähnlichen Blick hatte sie bei Walt gesehen, wenn er nachdachte. Wenn Walt als junger Mann so ausgesehen hatte wie sein Enkel, war er ein regelrechter Herzensbrecher gewesen. Joey schluckte. *Nein, nein, nein. Auf keinen Fall.* Klar, Finn war objektiv betrachtet ein attraktiver Mann. Aber was für eine Rolle spielte das? Sie war hier, um einen Auftrag zu erledigen. Sie wollte sich doch nicht von irgendeinem Typen ablenken lassen, der überhaupt nicht zu ihr passte.

Sie ging zu ihrem Puzzle zurück und machte sich daran, die Teile nach Farben zu sortieren, während Finn in Callums Memoiren las.

Joey hörte, wie er die Kladde auf den Couchtisch legte, und drehte sich zu ihm um.

»Wenn das die Tagebücher von Callum McCorvey sind«, sagte er, »ist es erstaunlich, dass er nicht entlassen wurde.« Er blätterte von der ersten zur letzten Seite und verglich die Handschriften. »Ich frage mich, ob wir irgendwo die Logbücher aus dieser Zeit einsehen können, um die Schrift zu vergleichen. Wenn er nicht in der Lage war, das Logbuch zu führen, dann hätten sie ihn doch nicht als Leuchtturmwächter weiterarbeiten lassen, oder?«

»Sollte man meinen. Das war ja kein unwichtiger Job. Das Leben von Menschen lag in Callums Händen.«

Finns Blick war kummervoll. »Wenn man in diesen Tagebüchern liest, kann man geradezu dabei zusehen, wie er sich selbst Stück für Stück verliert. Und seine Tochter Cathleen. Wie schrecklich muss das für sie gewesen sein?« Angesichts der Emotionen in Finns Stimme fragte Joey sich, ob er über etwas sprach, das mehr mit ihm selbst zu tun hatte. Er fuhr fort: »Und Callum war noch ziemlich jung. Mitte vierzig, sagtest du?«

»Würde ich jedenfalls sagen, ausgehend von einem Kinderfoto, das wir in einem Album in der Kiste gefunden haben.«

Finn starrte den Metallbehälter an.

»Ich bin mir nicht sicher, was das alles zu bedeuten hat«, sagte Joey, »aber ich wette, es hat etwas damit zu tun, warum Cathleen niemanden an Bleakpoint Island rangelassen hat.«

Kapitel 18

Am nächsten Morgen wachte Joey mit dem Wunsch auf, weiter nach der Wahrheit über Callum und Cathleen zu forschen, nachdem sie zusammen mit Finn erste Fortschritte gemacht hatte, aber zuerst hatte sie einen Termin mit einer auf Schadstoffe spezialisierten Firma, die sich die Farbe im Leuchtturm angucken wollte.

Joey zog sich an und setzte Kaffee auf, dann ging sie ins Schlafzimmer zurück, wo ihr Handy auf dem Nachttisch klingelte. Sophies Name erschien auf dem Display. Joey nahm den Anruf an und schaltete den Lautsprecher ein, damit sie sich weiter fertig machen konnte.

»Hi, Soph.« Sie setzte sich an ihren Frisiertisch, um ihre Locken zu bändigen.

»Du lebst also noch. Ich wollte schon eine Vermisstenmeldung aufgeben.«

»Tut mir leid, es war … ein bisschen verrückt.« Joey berichtete von den Logbucheinträgen, die sie gefunden hatte, von dem Brand und von dem, was Walt ihr erzählt hatte. »Und dann ist Walts Enkel unangekündigt aufgetaucht und ich hatte ihm von alledem nichts erzählt. Die Version, die er gehört hatte, stammte von unserer lieben Ida. Du erinnerst dich an sie, oder?«

»Oh, oh.«

»Genau. Aber Gott sei Dank habe ich noch immer einen Job … im Moment jedenfalls. Denn Finn hat vor hierzubleiben und mir und Walt auf die Finger zu gucken.« Joey verdrehte die Augen. »Ich versuche, mich mit ihm gutzustellen. Gestern Abend habe ich ihm was zu essen gekocht und ihm einiges gezeigt, was wir gefunden haben. Ich glaube tatsächlich, dass er dabei helfen will herauszufinden, was wirklich mit Callum und Cathleen geschehen ist.« Joey nippte an ihrem Kaffee. »Wir haben uns viel besser verstanden, als ich erwartet hatte.« So viel besser, dass sie unwillkürlich lächeln musste und sich gut vorstellen konnte, den gestrigen Abend zu wiederholen.

»Er ist ein heißer Typ, oder?«

Joey verschluckte sich. »Wie kommst du denn darauf?«

Sophie lachte. »Na ja, wenn man bedenkt, *wie* du gerade von ihm erzählt hast.«

»Du spinnst.«

»Er ist also hässlich wie die Nacht? Überhaupt nicht attraktiv?«

»Das ist völlig unerheblich. Er ist mein Quasi-Chef-Schrägstrich-Kunde. Und hast du schon vergessen, dass derselbe Typ mich nicht anheuern wollte, weil ich eine Frau bin? Es gibt also überhaupt nichts zu feixen.«

»Aber *gesagt* hat er nicht, dass er dich nicht anheuern wollte, nur weil du eine Frau bist.«

»Das brauchte er auch nicht.«

»Egal, was er gesagt hat oder nicht, wir zwei sind seit der ersten Klasse befreundet. Ich erkenne sofort, wenn du jemanden süß findest, nämlich daran, wie du seinen Namen aussprichst. Abgesehen davon ist es sehr verdächtig, wie du protestierst.«

»Ich bin hier, um eine Arbeit zu erledigen. Als Profi. Um mich zu beweisen. Nicht um mir einen Mann zu suchen. Aber ja, ich gebe zu, dass ich ihn etwas weniger ruppig finde, nachdem ich ihn ein bisschen kennengelernt habe.«

Sophie kicherte. »Außerdem ist Walt dein Quasi-Chef-Strich-Kunde, nicht der gut aussehende Enkel. Schick mir ein Bild. Ich will den Typen sehen.«

»Wieso glaubst du, dass ich ein Bild von ihm habe?«

»Mach heute eins und schick es mir, du Dummerchen.«

»Das ist nicht dein Ernst. Was soll ich denn zu ihm sagen? ›Bitte einmal lächeln für die Kamera. Meine beste Freundin will sehen, wie du aussiehst‹?«

»Dir wird schon was einfallen. Glaubst du, dass er dich auch mag?« Sophie seufzte wie ein verliebter Teenie. »Natürlich mag er dich. Wieso denn nicht?«

Joey brach in schallendes Gelächter aus. »Du bist verrückt. Organisier einen Babysitter und geh mit deinem Mann aus. Oder guck dir einen schönen Film mit Happy End an. Aber halt dich aus meinem nicht vorhandenen Liebesleben raus.« Joey beugte sich vor und betrachtete kritisch ihr Spiegelbild. »Vergiss nicht, dass ich gerade eine längere Beziehung hinter mir habe.«

»Paul?« Sophie schnaubte verächtlich. »Das ist die mieseste Ausrede, die ich je gehört habe.«

»Also gut.« Joey lehnte sich auf ihrem Stuhl zurück. »Finn ist hässlich und ein Chauvi und ich habe kein Interesse an ihm. Zufrieden?«

»Nee. Schick mir ein Foto.«

Joey tupfte Concealer unter ihre Augen. »Dir geht es nur ums Aussehen, oder?«

»Klar, warum auch nicht? Hab ein bisschen Spaß. Geh mit ihm aus, wenn sich die Gelegenheit bietet. Erleb mal was.«

»Weil es kein Erlebnis ist, mein Leben auf den Kopf zu stellen und vier Monate auf einer Insel zu leben?«

»Das ist ein Anfang«, gab Sophie zurück. »Dieses Abenteuer ist bestens dazu geeignet, das Leben beim Schopf zu packen. Im Hier und Jetzt zu leben. Dich treiben zu lassen.«

Joey sah auf die Uhr. »Sorry – ich muss los. Sonst komme ich zu spät zu meinem Termin heute Morgen. Und du, meine liebe Freundin, musst unbedingt mal wieder unter Leute. Ruf deinen Mann an und lass mich in Ruhe.«

»Grüß Finn von mir.«

»Tschüs, Sophia.« Joey trug etwas Mascara auf und schnappte sich dann ihren Schlüsselbund. Zu Fuß würde sie es nicht rechtzeitig zum Jachthafen schaffen.

Sie traf Walt, Finn und die beiden Männer von der Baufirma am Anleger. Von dort aus setzten sie mit dem gemieteten Versorgungsboot über.

Als sie unterwegs waren, beugte Joey sich zu Finn hinüber in der Hoffnung, dass ihre Mitreisenden sie nicht hörten. Ohne es zu wollen, atmete sie den frischen Duft seines Rasierwassers ein. *Verschwinde aus meinem Kopf, Sophie.* »Warst du bei der Polizei?«

Er zuckte mit den Schultern. »Ja.«

»Und ihre Reaktion?«

Finn zog einen Mundwinkel hoch. »Sah ziemlich genau so aus, wie du und Pops es vorhergesagt habt. Aber« – das schiefe Lächeln verschwand – »es war wichtig, alles zu Protokoll zu geben. So haben wir wenigstens eine Akte, falls noch was passiert.«

Da hatte er natürlich recht.

Da es nicht lange dauerte, bis die Sachverständigen ihre Proben genommen hatten, bot Walt sich an, sie zurückzubringen, damit Joey und Finn bleiben und ihre Arbeit fortsetzen konnten.«

Joey ging zum Leuchtturm zurück. Finn sah sich in der Umgebung um auf der Suche nach Anzeichen dafür, dass eventuell jemand hier war. Joey suchte die Wände des Leuchtturms mit der Taschenlampe ab, weil sie hoffte, dass der Dieb vielleicht etwas übersehen hatte. Aber es stellte sich heraus, dass er gründliche Arbeit geleistet hatte.

Anschließend kehrte sie zum Haus des Leuchtturmwächters zurück, um mit Renees Arbeit weiterzumachen, und packte die gesäuberten Dinge in beschriftete wasserfeste Beutel. Sie war sich nicht ganz sicher, was Walt mit den Sachen von Callum und Cathleen anfangen wollte. Abgesehen von der metallenen Schatulle handelte es sich ausschließlich um Haushaltsgegenstände.

Joey betrat den Teil des Zimmers, den Cathleen bewohnt haben musste. Nichts wies darauf hin, dass das Mädchen hier gelebt hatte. Keine Haarbürste. Keine Kleider. Ein schlichtes metallenes Bettgestellt und ein kleiner quadratischer Tisch waren die einzigen Gegenstände in Cathleens Teil.

Bei Callum war es nicht viel besser gewesen, aber auf seiner Seite des Zimmers hatten sie Rasierzeug und einen Kamm gefunden. Kleidung. Die Kassette.

Es hatte sie merkwürdig berührt, dass das Zimmer von Cathleen so völlig frei war von persönlichen Gegenständen. Und jetzt ging es ihr wieder so.

»Joey!« Finns Stimme durchbrach die Stille. Sie eilte zur offenen Haustür. »Joey!« Der zweite Ruf klang näher und ein bisschen atemlos.

Sie lief in die Richtung, aus der die Stimme kam. »Finn?«

Er kam aus dem kleinen Hain mit Lebenseichen und er wirkte irgendwie erleichtert. »Bist du okay?«

»Ja. Und du?«

»Ich habe jemanden gesehen. Viel kann ich dir nicht über den Eindringling sagen. Ich war zu weit weg, aber die Person hatte einen komischen Gang. Als würde sie einen Fuß leicht nachziehen.«

»Und du hast sie nicht eingeholt?«

»Das war ja das Komische. Es war, als wäre die Gestalt plötzlich einfach verschwunden.«

Joey verschränkte die Arme und zog die Augenbrauen hoch. »Glaubst du jetzt etwa auch an Gespenster?«

Er schnaubte verächtlich. »Nein. Aber derjenige, der sich hier herumtreibt, ist gut darin, sich zu verstecken und unbemerkt durch die Gegend zu schleichen. Deshalb bin ich schnell hergekommen. Ich … ich hatte Angst, der Eindringling könnte hierhergelaufen sein.«

»Ich habe nichts gesehen oder gehört.« Joey ließ den Blick über die gewundenen Pfade wandern, die zwischen den Lebenseichen und den hügeligen Dünen verliefen. Es gab jede Menge Orte, an denen man sich verstecken konnte. Vor allem, wenn man sich besser auskannte als die Leute, die versuchten, einen zu fangen. »Also, nach dem, was du beschrieben hast, klingt es nicht so, als ginge von dieser Person eine große Gefahr aus.«

Jetzt zog Finn die Augenbrauen hoch. »Klar. Gar keine Gefahr. Der Eindringling schleicht nur hier rum, legt Feuer und stiehlt Gegenstände.«

Joey hob resigniert die Hand. »Okay, okay. Du hast ja recht. Und was machen wir jetzt? Walt anrufen? Oder die Polizei?«

»Sehen wir uns ein bisschen um. Vielleicht können wir ihn ja aus seinem Versteck locken.«

Joey zeigte auf die Küste mit ihren Feuchtwiesen. »Es gibt nur einen Weg zur Insel. Ein Boot zu entdecken ist jedenfalls einfacher, als einen Menschen zu finden.« Sie beschrieb das kleine Motorboot, das sie vor ein paar Tagen von der Insel hatte wegfahren sehen.

Wer auch immer ihr Eindringling war, offenbar kannte er die Geheimnisse von Bleakpoint. Mitsamt den Verstecken.

Kapitel 19

Am nächsten Tag war es dunkel und regnerisch und auf Bleakpoint waren keine Arbeiten geplant, also rief Joey bei einem privaten Geschichtsverein in Frisco an, der sich auf Leuchttürme spezialisiert hatte.

Ihr zweiter Anruf galt Finn. »Bist du gerade beschäftigt?«

»Nein.« Die Antwort klang knapp und mürrisch, obwohl sie nur aus vier Buchstaben bestand. Vielleicht war es doch keine gute Idee gewesen, ihn anzurufen.

»Ich habe ein Museum gefunden, das Logbücher aus Callums Zeit im Archiv hat. Hast du Lust, sie mit mir zusammen anzusehen?« Joey zog eine Grimasse, während sie sich für eine weitere schroffe Antwort wappnete.

»Das wäre super. Soll ich dich in zehn Minuten abholen?« Diesmal erinnerte seine Stimme sie an warme Sonnenstrahlen, die sich einen Weg durch schwere Gewitterwolken gebahnt hatten.

Sie hatte also *doch* einen zweiten Puzzler gefunden. »Gerne.«

Genau zehn Minuten später klopfte Finn an ihre Tür. Er hielt seinen Schlüssel hoch. »Ich fahre.«

Joey grinste und zog ihren Regenmantel über in der Hoffnung, so die Auswirkungen der Luftfeuchtigkeit auf ihre Locken zu minimieren. »Ich habe kein Problem damit, mein Auto zu nehmen.«

Ein Muskel zuckte in Finns Wange und seine Augen funkelten belustigt. »Wie gesagt, wir nehmen meinen Wagen.«

»Ich kann nicht fassen, dass du nicht in meinem rosa Pick-up herumgefahren werden willst.« Sie schnappte sich ihre Tasche.

»Er fällt auf jeden Fall auf«, sagte Finn, als er das Haus verließ.

Während sie aus der Auffahrt zurücksetzten, fragte Joey: »Ist alles in Ordnung bei dir?«

»Klar. Warum?«

»Du hast vorhin nicht gerade glücklich geklungen, als ich angerufen habe.«

Finn presste die Lippen zusammen, während er durch die Windschutzscheibe sah. »Pops und ich ... wir haben ... wir sind uns in mancher Hinsicht im Moment nicht einig, das ist alles. Also, wie hast du das Museum gefunden?«

»Das Ehepaar, das mir beim Aufräumen im Haus des Leuchtturmwächters hilft, hat es mir empfohlen. Als ich der Kuratorin erzählt habe, dass ich an der Sanierung von Bleakpoint Light beteiligt bin, konnte ich hören, wie begeistert sie war, vor allem, als ich ihr erzählt habe, dass ich einige von Callums Tagebüchern habe.«

»Und sie lässt uns tatsächlich in den Logbüchern blättern?«

Joey klopfte auf ihre Tasche. »Das habe ich gegen einen Blick in zwei der Kladden eingetauscht.«

Finn runzelte die Stirn. »Welche zwei denn?«

»Zwei von den früheren Exemplaren.«

Die Falten auf seiner Stirn glätteten sich wieder.

»Es schien mir falsch, die späten Aufzeichnungen mitzunehmen. So, als würde ich ihn irgendwie bloßstellen wollen«, sagte Joey. »Etwas an diesen Worten, an den Zeichnungen fühlt sich aufgewühlt an. Ängstlich.«

»So, als würde der Verfasser verzweifelt versuchen, einen Teil von sich festzuhalten, der ihm aus den Fingern zu gleiten droht?«

»Genau.«

Finn umfasste das Lenkrad fester. »Als ich gestern wieder in meinem Zimmer war, habe ich mal recherchiert, welche Krankheiten sich auf die Handschrift auswirken können ... es war ziemlich übel. Demenz, Hirntumor, Schizophrenie. Ich weiß, dass man das nicht per Internet beurteilen soll, aber egal, was er hatte, es muss was Ernstes gewesen sein.«

Die restliche Fahrt über hingen sie beide ihren Gedanken nach.

Joey ging das Schicksal von Callum und Cathleen allein auf ihrer Insel nicht aus dem Kopf. Callum in einem nicht diagnostizierten zunehmenden Verfall. Cathleen unfähig, diesen Verfall aufzuhalten. All das mitten in einem Krieg, der die vorgelagerten Inseln von Amerikas Ostküste bedrohte.

Eine Stunde später parkte Finn vor einem unscheinbaren Gebäude, an dem der Schriftzug »Leuchttürme in Carolina« prangte. Wenn man dort im Besitz der Logbücher von Bleakpoint Light war, dann hatte sich die lange Fahrt gelohnt. Finn hielt Joey die Eingangstür auf.

Im Innern des Gebäudes befanden sich reihenweise Exponate in Glasvitrinen. Das Museum war wirklich ein verborgenes Juwel.

»Hallo. Willkommen bei den Leuchttürmen von Carolina.« Eine ältere, zierliche Frau kam auf sie zugeschlurft. »Ich bin Maude Jenkins, leitende Kuratorin.«

Das winzige Museum sah aus, als bräuchte es nicht mehr als eine Angestellte, aber Joey hatte nicht vor, ihr Gegenüber zu brüskieren. »Hi, ich bin Joey. Wir haben miteinander telefoniert.«

Maudes braune intelligente Augen leuchteten auf. »Sie sind die Frau mit den Tagebüchern von Callum McCorvey?«

»Ja, Ma'am. Sie gehören mir nicht, deshalb kann ich sie nicht weggeben, aber ich habe die Erlaubnis, sie Ihnen zu zeigen.« *Streng* genommen stimmte das nicht. Aber Walt hatte gesagt, sie könne damit Nachforschungen über Cathleens Tod anstellen, also beschloss sie, dass der Informationsaustausch, den sie mit der Frau vereinbart hatte, in Walts Sinne war.

»Wie wäre es, wenn ich Ihnen« – Maude warf einen taxierenden Blick auf Finn, der ein wenig hinter Joey stand – »und Ihrem gut aussehenden jungen Mann erst einmal alles zeige?« Joeys Gesicht wurde warm. Sie war sich nicht sicher, wie sie Maudes Annahme korrigieren sollte. Ganz sicher war Finn nicht »ihr« junger Mann. Ihr Boss – eigentlich nicht. Ihr Auftraggeber? Eine Art ... Feind? Nicht mehr. Freund? Möglich.

Finn und Joey folgten Maude gehorsam, während die Kuratorin sie durch die drei Räume führte, ihnen alte Fotografien und Artefakte aus dem Leben eines Leuchtturmwächters auf den vorgelagerten Inseln von North Carolina zeigte. Es gab Ausstellungsstücke über die bekannteren und zentraleren Leuchttürme mit einer längeren Geschichte als Bleakpoint, zum Beispiel Hatteras, Currituck, Bodie und Ocracoke. Andere Vitrinen enthielten Exponate von Lebensrettungsstationen und Flussleuchttürmen, die dazwischen angesiedelt waren.

Überall sah Joey Geschichten von mutigen Menschen, die gewissenhaft über den wandernden Untiefen wachten. Nirgends sah sie etwas von einer Frau namens Mae.

Maude redete, während sie durch die Räume wackelte. »Mein Ur-Urgroßonkel war fast sein ganzes Leben lang Leuchtturmwächter. Im Sommer habe ich ihn und seine Familie immer besucht. Es schien mir ein so aufregendes und abenteuerliches Leben. Und als alles automatisiert wurde, war es ein Lebensstil, der plötzlich aus der Mode gekommen war. Ich wollte nicht, dass dieses Leben vergessen wird. Die Menschen sollten sich an die tapferen Männer erinnern, die unsere Küste beschützt haben.« Sie führte sie zu einer anderen Ecke des Raumes. »Und dann kam der Zweite Weltkrieg bis vor unsere Hintertür. Nicht viele Menschen wissen, wie nah der Krieg der amerikanischen Küste kam.«

»Können Sie uns mehr darüber erzählen?«, fragte Joey. Genau in diesem Zeitraum hatte sich nach Walts Schilderung etwas in Cathleens Leben verändert.

Joey trat an eine der Vitrinen und betrachtete eine grobkörnige Schwarz-Weiß-Fotografie von Männern zu Pferde. Neben dem Foto war die Darstellung eines gekenterten Tankers zu sehen, von dem schwarzer Rauch über dem Wasser aufstieg.

»Es war eine entsetzliche Zeit. Leuchttürme – auf die wir uns zum Schutz verlassen haben – erleuchteten die Silhouette der Handelsschiffe, die Vorräte nach Europa brachten. Als das Militär die Situation endlich verbessert hatte, war die Schlacht um den Atlantik nicht mehr dieselbe.«

Finn studierte das unscharfe Foto. »Mein Großvater war auf einem dieser Schiffe. Er war zu jung, um Soldat zu werden, aber bei der Handelsmarine haben sie ihn genommen. Das Schiff wurde von einem Torpedo getroffen.«

Joey legte ihm eine Hand auf den Arm. »Es ist ein Wunder, dass er überlebt hat.«

Finn drehte sich mit nachdenklicher Miene zu Joey um. »Er redet nicht darüber, aber als ich klein war, habe ich einmal alte Zeitungsartikel gefunden, die entweder er oder meine Großmutter aufgehoben hatten. Ich habe ihn so lange mit meinen Fragen genervt, bis er mir eine vermutlich abgeschwächte Version der Geschichte erzählt hat. Er war der einzige Überlebende, aber mehrere Tage lang dachten alle, niemand hätte überlebt, weil ein Lokaljournalist wohl etwas falsch verstanden hatte.«

Im letzten Raum zog Maude sie eilig an den meisten anderen Gegenständen in den Vitrinen vorbei. »Aber bevor wir zu diesen Logbüchern des Leuchtturmwächters kommen, möchte ich Ihnen das Schmuckstück dieses Museums zeigen. Leider ist es so sehr beschädigt, dass man es nicht lesen oder auch nur anfassen kann. Auf den ersten Blick sieht es nicht besonders wertvoll aus. Die meisten anderen Museen wollen es nicht. Es ist schließlich nur ein altes Tagebuch.« Sie lächelte verschmitzt. »Bis man genauer hinsieht.«

Joey ging zu der Vitrine. Darin lag ein kleines Buch, vom Wasser aufgequollen und verzogen. Sie blinzelte, um die verblassten Buchstaben zu lesen, die in dunkler Tinte auf dem in Leinen gebundenen Buch standen. »Die erschütternden Abenteuer der Saint-Mae.« Sie drehte sich zu Maude um, weil der Name »Mae« ihr etwas sagte. »Was ist das?« Konnte dieser Bericht über Saint-Maes Heldentaten irgendwie mit den verlorenen Logbüchern zu tun haben?

»Haben Sie noch nichts von Saint-Mae gehört, seit Sie hier sind? Sie ist Ocracokes Engel des Wassers. Sie kommt zu den Gestrandeten. Den Vergessenen. Den Verlorenen. Zu all denen, denen selbst die Küstenwache nicht mehr helfen kann. Saint-Mae erscheint und rettet diejenigen, die niemand sonst retten kann.« Maude blickte zu Joey auf. »Das sind natürlich nur die Geschichten, die wir erzählen. Wann immer es morgens auf dem Wasser neblig ist, kommt irgendein Fischer zurück und schwört, dass er Saint-Mae in einem Ruderboot gesehen hat. Ich vermute, dieses kleine Buch war der Auslöser. Irgendein Autor hat Märchen aufgeschrieben und weitergegeben, sodass daraus eine Legende entstand.«

꽃

Joey und Finn waren in einem Imbiss ein Stück die Straße entlang und saßen sich gegenüber.

Er malte mit einer Pommes eine Spirale in seinen Ketchup. »Hast du auch bemerkt, was ich bemerkt habe, als wir Callums Logbücher angesehen haben?«

Joey nickte. Zum Glück war ein älteres Ehepaar ins Museum gekommen, sodass Finn und Joey genügend Zeit gehabt hatten, die Bücher zu durchkämmen, ohne dass Maude etwas davon mitbekam. Sie hatten die Daten nachgeschlagen, die mit den Veränderungen in Callums Handschrift in den Tagebüchern übereinstimmten.

»Eine Zeit lang wurde seine Schrift zittriger«, antwortete Joey. »Aber dann wurde sie allmählich besser anstatt schlechter.«

Finn reihte die Flaschen mit Soßen auf dem Tisch der Größe nach auf. »Genau. Und die Berichte wurden immer genauer und waren dann zusammenhängend und gut geschrieben und vor allem ohne Fehler.«

»Ich bin keine Handschriftenexpertin. Die Schrift sah seiner ziemlich ähnlich, aber es war nicht seine Schrift, oder?« Joey tat noch etwas Ketchup auf ihren Teller und stellte es dann absichtlich nicht in Finns ordentliche Reihe zurück.

Finn schüttelte den Kopf. »Die Neigung war in den späteren Eintragungen etwas anders, und die Buchstaben waren kleiner und rundlicher. Ganz anders als die Einträge im Tagebuch aus derselben Zeit.« Er schob die Ketchupflasche wieder an ihren

Platz, ohne zu merken, dass Joey ihn hatte ärgern wollen. Sie verbarg ihr Grinsen und nahm einen Schluck aus ihrem Wasserglas.

»Cathleen?«

Finn nahm wieder etwas von seinen Pommes. »Ich vermute, er hat seine Tochter gebeten, seine Schreiberin zu sein.«

»Das heißt, sie hat seinen Verfall geheim gehalten.«

»Am Anfang vielleicht noch nicht. Wahrscheinlich wussten sie beide nicht, wie Callums Zukunft aussehen würde. Cathleen war einfach eine gute Tochter, die versuchte, ihrem erschöpften Vater zu helfen. Und dann wurde sie von seiner Krankheit wie von einer gefährlichen Strömung mitgerissen und wusste nicht, ob sie sich dagegen wehren oder sich in unbekannte Gewässer treiben lassen sollte.« Er sagte es mit einer solchen Überzeugung, dass Joey sich fragte, von welchen Strömungen im Leben er wohl mitgerissen worden war.

Es tat Joey in der Seele weh. »Stell dir die Stimmungsschwankungen und das veränderte Verhalten vor, mit dem Cathleen fertigwerden musste. Ganz allein. Damals hat man Dinge wie Demenz oder was immer er hatte nicht so verstanden, wie wir es heute tun.«

Finn nahm einen großen Schluck von seinem Eistee. »Ich wette, deshalb wollte Cathleen nicht, dass Pops nach Bleakpoint kam. Niemand sonst durfte es erfahren. Nicht wenn sie das einzige Zuhause, das sie jemals gehabt hatte, behalten wollte.«

Aber war Bleakpoint ihre Zuflucht gewesen oder ihr Gefängnis?

Joey biss in ihr Hähnchen-Sandwich. »Bei dem alten aufgequollenen Buch musste ich an ein anderes Teil des Bleakpoint-Puzzles denken.«

»Ja?«

»Maude hat es Märchenbuch genannt. Eine Sammlung von Legenden über Saint-Mae, die ein anonymer Autor verfasst hat. Was, wenn die Texte, die wir in den Leuchtturmwänden gefunden haben, nur neue Geschichten waren? Ein zweiter Band. Oder Originale des ersten?«

»Aber warum sie verstecken?« Finn wischte sich mit seiner Serviette etwas Senf aus seinem Mundwinkel.

Joey zuckte mit den Schultern. »Ich weiß nicht. Ich spekuliere nur, während wir hier sitzen. Suche nach Verbindungen, die es höchstwahrscheinlich gar nicht gibt.«

»So interessant das auch ist, ich glaube, dass wir uns aufs Hier und Jetzt konzentrieren müssen«, antwortete Finn. »Wir müssen herausfinden, wer dich davon abhalten will, diese Geschichten zu finden.«

Joey lehnte sich zurück. »Wenn es nur Geschichten sind, warum sollte irgendjemand dann verhindern wollen, dass sie gelesen werden?«

»Wenn entweder Cathleen oder Callum etwas mit deutschen Spionen zu tun hatten, wie die Gerüchte nahelegen, dann könnte ich mir vorstellen, dass ein Verwandter nicht will, dass diese Vergangenheit ans Tageslicht kommt.«

»Selbst nach all den Jahren noch?«, fragte Joey.

Finn zuckte mit den Achseln. »Alles, was es bislang gibt, sind Legenden, die keiner wirklich glaubt. Aber Tatsachen sind etwas ganz anderes. Würdest du wollen, dass die Leute es erfahren, wenn dein Urgroßonkel den Deutschen geholfen hätte, Amerikaner zu töten?«

Als Joey daran dachte, wie man sie in Copper Creek für die Schuld anderer mitverantwortlich gemacht hatte, fand sie Finns Theorie auf einmal gar nicht mehr so abwegig.

Kapitel 20

Walt fuhr mit Joey und Finn noch einmal zur Insel, bevor Finn wieder zu seiner Arbeit nach Charlotte aufbrechen musste. Walt hatte ein Buch und einen Liegestuhl mitgenommen und machte es sich am Strand bequem, während die anderen beiden den Nachmittag damit verbrachten, die Wände des Leuchtturms noch ein letztes Mal ganz genau abzusuchen, bevor die Sanierungsfirma kam, um die bleihaltige Farbe von der Treppe zu entfernen.

Finn saß auf der Treppe, während Joey den letzten Abschnitt der Wand mit ihrer Taschenlampe inspizierte. »Ich wünschte, wir hätten herausgefunden, wer sich hier herumtreibt, bevor ich zurückmuss«, sagte er.

Joey seufzte, weil »Helikopter-Finn« zurück war, und schaltete die Lampe aus. »Seit dem Zwischenfall mit dem Feuer bleibt Walt immer in der Nähe. Er hatte ein richtig schlechtes Gewissen, weil er an dem Tag nicht bei mir war.« Sie setzte sich neben Finn. »Außerdem werden bald Arbeiter hier sein. Wer auch immer um den Turm herumschleicht, wird nicht so dreist sein, genau dann etwas zu unternehmen.«

»Ich würde mich wohler fühlen, wenn ich hier wäre …«

Im Laufe der letzten Tage hatte Joey fast vergessen, dass er Walt und sie heimlich dazu angestiftet hatte, aufeinander aufzupassen, so als wären sie Jugendliche, die zum ersten Mal allein zu Hause blieben und das Haus abfackeln könnten. »Ich weiß, dass du deinen Großvater liebst und dass dein Beschützerinstinkt gut gemeint ist, aber …«

»Seid ihr beiden so weit, dass wir zurückkönnen?«, rief Walt in diesem Augenblick von unten hoch. »Der Stand der Sonne am Himmel und mein knurrender Magen sagen mir, dass wir bald aufbrechen sollten.«

Finn und Joey gingen die Treppe hinunter. Die letzten Stunden waren eine kolossale Zeitverschwendung gewesen.

Walt sah sie an und zog an der Krempe seines Fischerhuts. »Wenn es noch was gibt, was ihr hier erledigen wollt, dann los, damit wir abhauen können.«

Joey verschränkte die Arme. »Nein, ich denke, wir sind fertig. Außerdem muss sich Finn morgen früh frisch und ausgeruht auf den Weg nach Charlotte machen.« Sie warf ihm ein offensichtlich aufgesetztes Lächeln zu, das ihm signalisieren sollte, dass ihr unterbrochenes Gespräch beendet war.

Wortlos ließ Finn sie stehen und holte Walts Liegestuhl vom Strand. Dann gingen sie langsam über die Insel zurück, vorbei am Leuchtturm und Wächterhaus und dann durch den Hain aus Lebenseichen.

Als sie wieder am Jachthafen angekommen waren, half Finn Walt, die Leinen des Versorgungsbootes neben seinem Segelboot festzumachen. »Wenn ich das nächste Mal komme, könnten wir doch vielleicht nach einem Haus für dich gucken, Pops. Wenn es dir mit deinem Entschluss, dauerhaft hierherzuziehen, wirklich ernst ist.«

Walt zeigte auf *Cays Song*. »Du machst dir ständig Sorgen um meine Finanzen und hast gesagt, ich soll pragmatisch sein, als ich dieses Boot für 'nen Appel und 'n Ei gekauft habe. Damit habe ich ein Dach überm Kopf und gleichzeitig ein Transportmittel. Und jetzt willst du, dass ich Geld für ein Haus verschwende?« Walt schnaubte. »Ich gehe jetzt was essen. Komm vorbei, bevor du die Stadt verlässt … wenn du willst.« Er stapfte davon, während Joey und Finn noch im Boot standen.

»Puh.« Finn trat von einem Fuß auf den anderen. »Tut mir leid. Ich dachte nur, es wäre schön, wenn ich bei ihm wohnen könnte, während ich hier bin, anstatt mir jedes Mal ein Hotelzimmer suchen zu müssen. Ich versuche, es so einzurichten, dass ich öfter mal hier bei ihm sein kann.«

Joey grinste spöttisch. »Weil du denkst, als Mensch über achtzig allein auf einem heruntergekommenen Segelboot zu leben, ist eine grandios schlechte Entscheidung.«

Finn wollte protestieren, überlegte es sich dann aber anders und ging hinter Joey her von Bord. »Das habe ich diesmal absichtlich nicht gesagt.«

Sie warf ihm einen Blick über die Schulter zu. »Du hast aber auch nicht gesagt, dass du es schön fändest, bei ihm zu wohnen, wenn du hier bist. Das hätte ihm die Sache vielleicht etwas schmackhafter gemacht.«

Als der Steg breiter wurde, lief Finn neben ihr. »Und was ist, wenn er das Gleichgewicht verliert? Hinfällt? Sich den Kopf dabei stößt und im Wasser landet? Ich weiß, dass er jetzt noch fit ist. Aber was ist, wenn sich das ändert? Was, wenn er Pflege braucht und alles, was er hat, in einen alten, verlassenen Leuchtturm gesteckt hat, der keinen Gewinn abwirft?«

Der flehende Ton in seiner Stimme berührte Joey. »Du hast dir viele Gedanken darüber gemacht.«

»Ich bin nicht immer so.« Finn warf ihr einen Blick von der Seite zu, während sie über den Holzsteg schlenderten.

Joey kannte ihn kaum. Sie hatte keine Ahnung, was für ein Mensch er war und wie er den letzten Satz gerade gemeint hatte. Deshalb zog sie fragend die Augenbrauen hoch.

»So auf Profit bedacht. Der Gedanke, dass Pops nur so viel Geld in den Leuchtturm investieren sollte, wie er auch Einnahmen damit generieren kann.«

»Das sind ja keine schlechten Überlegungen.« Sie waren vielmehr solide, praktisch. »Und du hast recht, das Segelboot als Unterkunft wird als langfristige Lösung nicht funktionieren.«

Finns Schultern entspannten sich bei ihren Worten ein wenig und seine Züge wurden weicher.

»Aber ...« Sie machte eine wirkungsvolle Pause. »Auch wenn er uns an Jahren einiges voraushat, ist er immer noch stark und gesund. Er ist dein Großvater, kein unartiges Kleinkind. Es ist nicht fair, ihn so zu behandeln.«

Finn setzte sich auf eine Bank, von der aus man über den Sund blicken konnte. Joey nahm am anderen Ende der Bank Platz. Sie sah, wie er einen schmalen goldenen Ring in der Hand hin und her bewegte, bevor er die Finger zur Faust ballte und der Ring nicht mehr sichtbar war. *Ein Ehering?* Sie hatte noch nie bemerkt, dass Finn einen Ring trug.

»Als Pops sagte, er wollte einfach etwas für sich selbst machen, dachte ich, er wollte sich ein Boot kaufen und öfter auf dem Cannon Creek Lake angeln. Oder sich ein neues Hobby zulegen. Nicht dass er es nicht verdient hätte, zur Abwechslung mal das zu tun, was er will.« Ein Ausdruck des Kummers huschte über sein Gesicht. »Als er gerade in Rente gehen wollte, sind meine Eltern gestorben, also hat er weitergearbeitet, damit meine Großmutter zu Hause bleiben und sich um mich kümmern konnte. Und kurz nachdem ich dann aus dem Haus war, ging es mit der Gesundheit meiner Großmutter bergab.« Finn rieb sich mit einer Hand den Nacken. »Der Mann hat eine Menge geopfert, um dafür zu sorgen, dass es mir an nichts fehlt. Ihn so zu sehen, so besessen von einem Teil seiner Vergangenheit, von dem ich gar nichts weiß; dass er sein Geld ausgibt, ohne an die Zukunft zu denken – das passt gar nicht zu dem Mann, den ich kenne. Und das macht mir Angst.«

Er öffnete die Faust und starrte auf seine Handfläche, auf der der Ring lag. »Er hat sein ganzes Leben lang auf mich aufgepasst. Bei den guten Entscheidungen.« Er schloss die Faust wieder. »Und bei den Fehlern.« Er seufzte. »Und jetzt ist es meine Aufgabe, dasselbe für ihn zu tun.«

Joey wollte ihn nach dem Ring fragen, aber stattdessen sagte sie: »Glaubst du wirklich, dass seine geistigen Fähigkeiten nachlassen?«

Finn starrte mehrere Augenblicke lang aufs Wasser. Ein Chor aus hungrigen Möwen erklang in der Stille. Etwas hatte sich an dem Mann, der da neben ihr saß, verändert. Der Enkel mit dem übermäßigen Beschützerinstinkt war verblasst. Auch der neugie-

rige Schatzsucher. Er war jetzt einfach nur ein Mann, der überlegte, was das Beste war für den Menschen, den er am meisten liebte.
»Er wirkt frisch. Aber irgendetwas ist ganz eindeutig anders. Es fühlt sich so an, als wäre er ganz weit weg, selbst wenn er direkt neben mir steht.«

Joey schabte mit der Schuhsohle über das verwitterte Holz des Bootsstegs. »Er trauert um deine Großmutter, das ist sicher auch ein Faktor.«

Finn blickte hoffnungsvoll zu ihr auf. »Vielleicht ist es für ihn einfacher, sich auf dieses Projekt zu konzentrieren, als sich damit zu befassen, wie sehr er sie vermisst.«

Sie nickte. Auch in seiner Vergangenheit mit Cathleen hatte Walt viel Schmerz erlebt, aber das war wenigstens lange her. »Hast du ihn mal nach seiner Kindheit gefragt? Nach Bleakpoint? Und Cathleen?«

»Ich habe ihn gefragt, warum ihm der Leuchtturm so viel bedeutet«, erwiderte Finn. »Aber er hat mir keine richtige Antwort gegeben, sondern nur gesagt, dass die Geschichte wichtig ist. Dass es einen Wert hat, die Vergangenheit zu bewahren, und ich das offensichtlich nicht verstünde.«

»In welchem Ton hast du ihn denn nach dem Leuchtturm gefragt? Hast du ihm unterstellt, er sei nicht ganz bei Trost?« Joey lächelte, um die Kritik abzuschwächen. Konnte dieser Mann auch subtil sein? Hatte er wenigstens ein bisschen Einfühlungsvermögen, wenn er mit seinem Großvater sprach? Oder benutzten die beiden Männer ihre Worte immer als Waffen? »Vielleicht solltest du ihn noch mal fragen. Interesse zeigen und dabei nicht so sorgenvoll klingen. Es könnte dich überraschen, was er alles zu sagen hat.«

Finn blickte auf und Joey sah in seinen Augen, dass er gekränkt war. »Hat er etwa mit dir darüber gesprochen, warum ihm dieses Projekt so viel bedeutet?«

Sie zuckte mit den Schultern. »Ich weiß, dass mehr dahintersteckt als das, was er mir erzählt hat. Aber es gibt viel, was er bereut, und jetzt will er die letzte Chance ergreifen, es wiedergutzumachen.«

Finn schluckte. »Das verstehe ich.«

»Zeig ihm, dass es dir nicht nur ums Geld geht.« Joey stieß ihn mit der Schulter an und tippte sich dann an die Schläfe. »Und auch nicht darum, immer nur vernünftige Entscheidungen zu treffen. Aus irgendeinem Grund bringt dieser Leuchtturm, diese Insel, den Großvater, den du kennst, dazu, sich mal nicht ausschließlich auf den gesunden Menschenverstand zu verlassen und alle pragmatischen Überlegungen in den Wind zu schlagen. Lass nicht zu, dass diese Sache euch auseinandertreibt. Mach, dass sie euch zusammenschweißt. Begleite ihn auf seiner Reise.«

Kapitel 21

Walt starrte aufs Wasser hinaus, das aufgeschlagene Buch auf dem Schoß. *Der alte Mann und das Meer.* Der Titel seiner neuesten Lektüre brachte mehr in ihm zum Klingen, als ihm lieb war. Das verzweifelte Streben nach etwas, das nicht gelingen konnte. Aber im Ernst: Wie lange konnte er ganz auf sich allein gestellt auf einem Segelboot leben? Finn hatte ja recht. Auch wenn er das vor dem Jungen niemals zugeben würde.

Er wandte den Blick vom Wasser ab, als er Schritte auf dem Steg hörte. Finn kam auf ihn zu, die Hände hinterm Rücken verschränkt. »Hi, Pops.« Sein Gesichtsausdruck erinnerte Walt an einen Tag vor langer Zeit, als der junge Finn ihm gebeichtet hatte, dass der rote Pick-up seines Großvaters eine Beule bekommen hatte.

»Hallo.«

Finn kam näher und zeigte auf den freien Platz auf der Bank. »Ist da schon besetzt?«

»Nee.«

Finn setzte sich. »Mir hat *Der alte Mann und das Meer* immer gefallen.«

»Es ist eine traurige Geschichte.«

»Stimmt schon. Aber ich habe Santiagos Entschlossenheit und Leidenschaft immer gemocht«, erwiderte Finn.

Walt drehte sich ein wenig auf der Bank, um seinen Enkel anzusehen. Die Entrüstung, die ihm seit gestern Bauchschmerzen bereitete, beruhigte sich. »Obwohl der alte Mann ans Ufer zurückkommt, ohne irgendein Ergebnis seiner Mühen vorzeigen zu können?«

Finn nickte. »Trotzdem.«

Einige Augenblicke lang saßen sie schweigend da. Walt versuchte, Finns Verhalten zu verstehen, das plötzlich so anders war. Es war schon länger her, dass er diese Seite an seinem Enkel gesehen hatte. Als die Ehe des Jungen in die Brüche gegangen war, hatte er eine Mauer um sich herum hochgezogen. Eine Mauer, die anderen den Blick auf seine besseren Eigenschaften versperrte.

Finn hatte die Hände auf dem Schoß gefaltet und bewegte sie hin und her. »Ich weiß, warum der alte Mann diesen Fisch unbedingt fangen wollte. Das steht da schwarz auf weiß. Aber es gibt so viel in deinem Leben, was ich nicht verstehe, Pops, und das ist meine eigene Schuld. Ich habe mir gar keine Mühe gegeben herauszufinden, warum dir dieses Projekt so viel bedeutet, und das tut mir leid.«

Walt versuchte, seinen Enkel anzulächeln, obwohl sein Kinn unangenehm zitterte. »Musst du nicht los, mein Junge? Du hast noch eine ziemlich lange Fahrt vor dir und ich will nicht, dass du rast.«

Finn machte Anstalten aufzustehen, aber dann lehnte er sich doch wieder auf der Bank zurück. »Bevor ich gehe, erzähl mir doch bitte eine Geschichte aus der Zeit, als du hier aufgewachsen bist.«

Finn hatte ihn nie nach seiner Kindheit gefragt. Walt war sich sicher, dass Joey ihn dazu gebracht hatte. Ihm wurde ganz warm ums Herz. Das Mädchen war wirklich ein besonderer Mensch. »Meine Familie kam 1935 nach Ocracoke. Es waren schwere Zeiten und mein Vater hatte durch Roosevelts Arbeitsförderungsprogramm eine Stelle ergattert. Er baute Dünen und pflanzte Seegräser, um den instabilen Boden zu befestigen. Bis dahin hatten wir in Raleigh gelebt und dieser Ort hier fühlte sich verglichen dazu wie eine einsame Insel an. Damals gab es die ganzen Brücken noch nicht. Wir hatten ein paar private hölzerne Mautbrücken, aber das war nichts im Vergleich zu jetzt. Selbst die Post kam mit dem Boot.« Walt bemerkte Finns geduldige Miene und wusste, dass er wahrscheinlich ein wenig zu weit ausholte. Schließlich hatte sein Enkel nicht viel Zeit.

»Das muss eine ziemliche Umstellung für dich gewesen sein«, sagte Finn.

Walt lehnte sich zurück und streckte die Beine aus, sodass der Schmerz in seinen Gelenken nachließ. »Ich war wie ein Fisch auf dem Trockenen. Vom Meer und den Gezeiten oder davon, wie man Krabben fängt oder neue Freundschaften schließt, hatte ich nicht die geringste Ahnung. In Raleigh kannte ich fast alle meine Freunde schon von Geburt an. Aber dann lernte ich Cathleen McCorvey kennen. Bevor ich mich versah, waren mir das Salz und der Sand und die Marschwiesen ebenso vertraut wie ihr.« Er wandte sich Finn zu. »Mir war es damals nicht bewusst, aber sie war meine erste wirkliche Freundin. All die anderen Freunde hatte ich nur gehabt, weil sie einfach da waren. Weil meine Eltern ihre Eltern kannten. Aber Cay war mit mir befreundet, weil sie es so wollte.«

Finn legte Walt eine Hand auf die Schulter. »Cathleen hat dir viel bedeutet, oder?«

Walt nickte und starrte auf seine müden, von Altersflecken übersäten Hände. Hände, deren altes Aussehen ihn manchmal immer noch schockierte. So viele Jahre waren ohne seine Erlaubnis vergangen. »Ich habe sie wirklich im Stich gelassen, als sie mich am meisten gebraucht hätte. Und ich bin vielleicht ebenso dumm wie Santiago, der in *Der alte Mann und das Meer* stur seinen Merlin bekämpft. Aber was Cathleen betrifft, gibt es noch eine Schuld zu begleichen. Und wenn ich ihren Leuchtturm restauriere, ist das die einzige Möglichkeit, wie ich das in gewisser Weise tun kann. Vielleicht kannst du nicht alle meine Beweggründe nachvollziehen, Finn. Aber du verstehst doch sicher, wie es sich anfühlt, mit einer Sache nicht abgeschlossen zu haben.«

Der Junge nickte. »Das verstehe ich.« Er schluckte. »Ich muss jetzt los, Pops, aber lass uns weiterreden, wenn ich das nächste Mal komme.«

Walt klopfte Finn fest auf die Schulter. »Fahr vorsichtig, mein Junge.«

»Mach ich.« Er stand auf und ging ein paar Schritte, bevor er sich noch einmal umsah. »Ich werde dich vermissen.« Er schob die Hände in die Hosentaschen und blickte auf den Holzboden zu seinen Füßen. »Ich … ich würde dir gerne erklären, was ich gestern eigentlich sagen wollte. Als ich von einem Haus gesprochen habe, wollte ich nicht, dass du das Boot verkaufst. Und ich meinte auch nicht, dass ich es dir nicht gönne. Ich dachte an die Zukunft und daran, dass ich gerne mehr Zeit hier bei dir verbringen würde. Aber du bist mit der Situation zufrieden, also muss *ich* etwas investieren, wenn ich hier sein will.« Er nickte noch einmal zum Abschied und ging dann den Steg entlang zu seinem Auto.

Später an diesem Abend machte Walt sich auf den Weg zu Joeys Ferienwohnung, im Gepäck eine Limettentarte aus dem Café an der Ecke und eine Flasche Cola Light, die Joey gelegentlich trank. Er hatte eigentlich Blumen mitbringen wollen, aber die mickrige Auswahl im Supermarkt würde in nur wenigen Stunden im Müll landen. Hoffentlich hatte das Mädchen ebenso ein Faible für Süßes wie er selbst.

Er ging die Stufen zu dem Pfahlbau hinauf und klopfte an die Tür.

Als Joey aufmachte, zeigte Walt auf ihr Gesicht. »Ich wusste gar nicht, dass du eine Brille trägst.«

Sie lächelte. »Nur als Ersatz für die Kontaktlinsen, wenn ich es mir abends gemütlich mache.«

»Oh«, sagte Walt und machte einen Schritt zurück. »Tut mir leid, dass ich dich gestört habe.«

Joey schüttelte den Kopf. »Nein, nein, überhaupt nicht.«

Eine halbe Sekunde lang erinnerte sie ihn an Cay, weil ihre dunklen Locken bei jeder Bewegung hüpften.

»Ich sitze gerade im Wohnzimmer und arbeite ein bisschen. Komm doch rein.«

Walt trat ein, obwohl er merkte, wie ihm die Röte in die Wangen stieg. Das war eine dumme Idee gewesen. Sie würde ihn für einen Narren halten, weil er aus einer Mücke einen Elefanten machte, aber jetzt stand er hier mit einem Kuchen und einer großen Flasche Cola; und verstecken konnte er sie nicht. »Das hier habe ich dir mitgebracht.« Nach einer Pause fügte er hinzu: »Als Dankeschön.« Er streckte ihr seine Gaben entgegen.

Sie nahm sie entgegen, den Kopf ein wenig zur Seite geneigt. »Ein Dank ist aber gar nicht nötig. Ich mache meine Arbeit sehr gerne.«

»Nein, das meine ich nicht. Obwohl ich auch dafür dankbar bin. Ich meinte das, was du zu Finn gesagt hast, egal, was es war. Du bist dafür verantwortlich, dass er heute Morgen gekommen ist, um mit mir zu reden. Das weiß ich.«

Ein Lächeln ließ Joeys Gesicht aufleuchten. »Das hat er getan? Da bin ich aber froh.«

Sie blieben im Wohnzimmer stehen, in dem überall Papiere verteilt waren. Joey wurde rot. »Ich habe hier alles ausgebreitet. Gehen wir besser in die Küche. Ich glaube, ich brauche ein bisschen Hilfe beim Kuchenessen.«

Walt folgte ihr, aber sein Blick blieb an den verschiedenen Stapeln in der Wohnung hängen. »Sind das alles Sachen, die du auf Bleakpoint gefunden hast?« Ein Teil von ihm hätte gerne gewusst, ob sie etwas Interessantes, Bemerkenswertes gefunden hatte. Aber ein größerer Teil hatte schreckliche Angst vor dem, was Joey über das Mädchen, das er geliebt hatte, herausgefunden haben könnte.

»Teilweise. Manches ist aber einfach nur Recherche.« In der Küche stellte Joey den Kuchen auf die Arbeitsplatte und holte ein Messer aus der Schublade. »Was für einer ist es denn?«

»Limette.«

»Mmm. Eine meiner Lieblingssorten.«

Walt schluckte. »Und was recherchierst du da?«

Joey schnitt mit dem Messer durch die Baiserhaube, mit der das Gebäck verziert war. »Die Tagebucheinträge oder Logbuchaufzeichnungen oder was auch immer die einzelnen Seiten sind, die ich im Leuchtturm gefunden habe, sind nicht datiert, deshalb dachte ich, wenn ich mehr über die Geschichte dieser Inseln weiß, kann ich sie besser einordnen.« Sie gab Walt ein Stück Kuchen und leckte sich den Zeigefinger ab, an dem etwas von der Füllung klebte. »Diese Tarte ist super.«

Walt freute sich, dass ihr das Geschenk gefiel. Er nahm einen Bissen von seinem Stück Kuchen und spitzte die Lippen. »Oh, das ist aber sauer!«

Joey lachte. »Daran erkennt man, dass es eine gute Limettentarte ist, wenn einem der erste Bissen einen kleinen Schock versetzt.« Sie öffnete die Cola-Flasche, schenkte zwei Gläser ein und gab ihm eines davon.

»Ich habe das alles doch für dich gekauft, nicht für mich selbst.«

Sie zuckte mit der Schulter und schenkte ihm ein gewinnendes Lächeln. »Die besten Geschenke sind die, die man mit jemandem teilen kann, oder?«

»Dagegen kann ich nun wirklich nichts sagen.« Joey und Finn wären so ein wunderbares Paar. Ihre natürliche Lebensfreude würde ihm so guttun nach allem, was der Junge durchgemacht hatte. Und Finn war wirklich ein guter Mensch – wenn er sich nicht von seiner Angst lenken ließ.

Walt sah über die Schulter in Richtung Wohnzimmer und dann wieder zu Joey, während er innerlich gespannt war wie ein Flitzebogen. »Ich weiß eine ganze Menge über die Geschichte in dieser Gegend. Zumindest über den Teil, in dem ich gelebt habe. Wenn du willst, dass ich mir ein paar von den Unterlagen ansehe, kann ich vielleicht etwas entdecken.«

Joey kaute auf ihrer Unterlippe. »Bist du dir sicher? Ich meine, es hat vielleicht gar nichts mit Cathleen und Callum zu tun. Kann auch sein, dass es nur Geschichten sind, die jemand vor langer Zeit zwischen die Steine gesteckt hat. Weitere Legenden und Mythen. Und ich weiß, dass all das mit Cathleen für dich nicht leicht ist. Deshalb habe ich dich nicht gebeten, dir die Sachen anzusehen. Ich wollte nicht, dass du dir falsche Hoffnungen machst. Oder Sorgen. Wenn es sich als nicht relevant erweist.«

»Meine Liebe, ich bin zäher, als ich aussehe.«

Sie musterte ihn skeptisch. »Also gut. Aber wir essen besser erst unseren Kuchen auf. Wenn ich Limettentarte auf den alten Dokumenten verteile, zieht Renee mir das Fell über die Ohren.«

»Einverstanden.« Walt lachte und faltete die Hände, um zu verbergen, dass sie zu zittern angefangen hatten. Er wollte Cays Leuchtturm nicht halbherzig restaurieren, also durfte er sich auch dem potenziellen Kummer nicht halbherzig stellen. Das war einfach nicht gut. Wenn Cay ihm jetzt gegenübersäße, würde sie ihn einen alten Feigling nennen. Und sie hätte recht damit.

Als sie jeder ihr Kuchenstück verzehrt hatten, gingen sie ins Wohnzimmer und setzten sich auf die beiden Plätze, die nicht von Büchern und Papieren belegt waren. Joey reichte ihm ein vergilbtes Blatt in einer Klarsichthülle. »Das ist der erste Zettel, den ich gefunden habe.«

Walt zog seine Brille aus der Hemdtasche und setzte sie auf. Dann starrte er die Worte an und versuchte zu begreifen, was er da sah. Er hob den Blick und blinzelte die Tränen zurück, die ihm in die Augen traten. »Das hat Cay geschrieben.«

Joey legte die Hände auf ihre Wangen. »Bist du dir sicher?«

»Ich würde mein unbedeutendes Leben darauf verwetten.« Ein Schmerz zog durch seine Brust. »Erinnerst du dich noch an all die Briefe, die sie damals für mich in dem Baum versteckt hat?«

Joey sank gegen die Rückenlehne der Couch. »Wir müssen unbedingt die gestohlenen Logbucheinträge wiederbekommen.«

Kapitel 22

Zwei Wochen später betrat Joey den Strand von Bleakpoint, um mit der Sanierungsfirma einen letzten Rundgang zu machen, bevor die Männer zwei Tage vor Weihnachten die Arbeiten am Treppenhaus beendeten.

Nach einem kurzen Besuch über die Feiertage im neuen Haus ihrer Eltern würde Joey nächste Woche wiederkommen, denn dann sollte eine andere Firma damit beginnen, die speziell angefertigten Fenster einzubauen. Wenn alle kaputten Scheiben ersetzt waren, wollte Joey sich daranmachen, das Innere des Leuchtturms zu renovieren.

Walt trat neben sie. »Es wird, oder?«

»Auf jeden Fall.« Gemeinsam gingen sie die Pläne für die nächste Zeit durch. Wenn zu diesen Plänen doch nur die Möglichkeit gehören würde, Cathleens gestohlene Berichte wiederzubekommen ... Aber was das betraf, waren sie in einer Sackgasse gelandet. Und Joey wusste noch immer nicht, warum Cathleen die Blätter mit Mae unterschrieben hatte, anstatt ihren eigenen Namen zu benutzen.

Joey hatte eine Vermutung, aber sie war fest entschlossen, sich nur an Tatsachen zu halten. Cathleen und ihr Vater waren schon genug Spekulationen ausgesetzt.

Walt zeigte zu der Aussichtsplattform hinauf. »Was ist denn eigentlich damit? Wann wird die Galerie erneuert?«

Joey biss sich auf die Lippe und vor ihrem geistigen Auge erschien Finns missbilligende Miene. »Das wird nicht billig. Das Schmiedeeisen muss extra angefertigt und zusammen mit den Gerätschaften für die Installation auf die Insel gebracht werden.«

Walt verschränkte die Arme vor der Brust, während sie sprach, und seine Miene verfinsterte sich. »Lass dich nicht von Finn beeinflussen. Ich habe genug Geld, um Cays Leuchtturm ganz zu restaurieren. Bitte keine halben Sachen.«

»Es ist eine sehr teure Reparatur für etwas, das nicht unbedingt nötig ist.« Joey zog eine Grimasse. Das klang doch sehr nach Finn.

Sie erwartete schon, dass er ihr widersprach, aber stattdessen lächelte Walt plötzlich. »Ist irgendwas von all dem nötig? Diese kleine Insel mit ihrem alten Leuchtturm befindet sich an einem Knotenpunkt am Rand der Zivilisation. Niemand würde bemerken, wenn ich nichts damit täte, genauso wie niemand mitkriegen würde, wenn ich daraus ein Paradies mit jedem nur erdenklichen Luxus machen wollte. Wenn man das große Bild betrachtet, ist es eigentlich gar nicht wichtig.« Walt fuhr sich mit einer Hand übers Gesicht und sah zum Meer hinaus. »Aber *mir* ist es wichtig.« Seine Augen wurden feucht. »Ich sehe es noch vor mir, als wäre es erst gestern gewesen. Ich war auf dem Wasser und half meinem Boss, unseren Fang einzuholen. Immer, wenn Cays Leuchtturm zu sehen war, habe ich mein Fernglas genommen, und dann stand sie da, auf der Aussichtsplattform, eine Hand an der Brüstung, mit der anderen winkte sie. Manchmal habe ich auch gesehen, wie sie in die Ferne gestarrt hat, als würde das Meer sie rufen. Obwohl ich zu weit weg war, um ihren Gesichtsausdruck zu erkennen, konnte ich es in meiner Seele spüren. Wie das Meer dieses wilde, freie Mädchen lockte. Es hätte mich nicht überrascht, wenn ihr Flügel gewachsen wären und sie von diesem Turm herunter über die Wellen geschwebt wäre.«

Joey trat näher zu ihm und legte ihm eine Hand auf den Arm. »Weißt du denn inzwischen, was du mit diesem Ort machen willst? Irgendwelche Ideen?«

Walt wandte sich ihr zu und sein Blick war traurig. »Ich will einfach nur alles wiedergutmachen.« Wieder fuhr er sich mit der Hand übers Gesicht. »Aber das kann ich nicht. Ich kann sie nicht zurückholen. Ich kann die Zeit nicht zurückholen. Und auch meine Entscheidung, sie zu verlassen, lässt sich nicht rückgängig machen. Ich kann sie einfach nicht noch einmal zum Lachen bringen.« Er sah Joey an. »Eigentlich hat das, was ich hier tue, gar keinen Sinn.« Das leichte Beben seines Kinns brach Joey das Herz.

Sie legte ihm einen Arm um die Schultern und drückte ihn sanft. Was für Worte hatte sie in seinem tiefen Schmerz anzubieten? Sie, die immer noch mit dem beständigen Refrain ihres eigenen Was-wäre-wenn lebte? Reue hatte eine Macht, die Joey noch nicht zu überwinden gelernt hatte.

Aber vielleicht konnte sie auf besondere Weise seine verlorene Freundin ehren. Wenn Walt irgendwie seinen Frieden mit der Vergangenheit machen konnte, würde Finn doch sicher auch der Meinung sein, dass man das mit keinem Geld der Welt bezahlen konnte.

Später an diesem Abend war Walt wieder bei Joey und sie saßen sich im Wohnzimmer gegenüber. Renee hatte ein kleines Geheimfach in dem Schreibtisch gefunden, den sie aus dem Haus des Leuchtturmwächters mitgenommen hatte, um ihn zu restaurieren. In dem kleinen Fach befand sich ein Logbucheintrag. Wie die, die Joey im Leuchtturm gefunden hatte, und dazu das Foto einer Frau. Auf die Rückseite des Bildes hatte jemand den Namen »Mae McCorvey« geschrieben.

Walt hielt das gefaltete Blatt Papier mit derselben Ehrfurcht in den Händen wie das Foto. »Das sind vielleicht die letzten Sätze, die ich von ihr lesen werde.« Er faltete den Zettel auseinander und tastete nach seiner Hemdtasche. Dann sah er Joey verlegen an. »Ich habe meine Lesebrille vergessen.«

Joey rutschte auf ihrem Stuhl nach vorn. »Ich könnte es dir vorlesen, wenn du willst.«

Walt zögerte, doch dann gab er ihr das Blatt Papier.

Vermutlich wäre er lieber allein gewesen, um es zu lesen, sodass er die Worte in Cathleens Stimme hören konnte anstatt in ihrer.

»Diese alten Augen sind auch nicht mehr das, was sie mal waren.«

Joey nickte und begann, laut vorzulesen.

April 1941

Ich stehe auf der Aussichtsplattform und blicke aufs Meer hinaus, während ich so tue, als wäre ich allein. Bleakpoints Seefeuer, mein einziger Gefährte. Nur wenn der Wächter schläft, kann ich frei atmen. Wenn er wach ist, weiß ich nicht, wie ich ihm erklären soll, dass die Welt, in der er zu leben glaubt, nicht seine Wirklichkeit ist. Manchmal spiele ich mit und lasse ihn in dem Glauben, ich wäre meine Mutter, Mae, obwohl ich ein unglaublich schlechter Ersatz für sie bin. Mein Vater hat immer gesagt, sie sei der mutigste Mensch gewesen, den er kannte. Aber ich bin nur ein einsames und ängstliches Mädchen mit viel zu vielen verstreuten Teilen meines Vaters in der Hand, die ich gar nicht alle festhalten kann. Wenn die wahre Mae hier wäre, wüsste sie bestimmt, was zu tun ist.

Welche Krankheit führt wohl dazu, dass man jemanden nicht mehr als den erkennt, der er ist, sondern in ihm die Person sieht, die man sehen will? Er ist wie ein Zeitreisender, dessen Körper in der Gegenwart festsitzt, während sein Geist an verschiedene Orte reist, zu denen ich ihm nicht folgen kann. Warum ist seine Vergangenheit so viel klarer als seine Gegenwart? Mit jedem Tag gleitet seine Erinnerung an mich davon wie der Sand in den Untiefen des Atlantiks. Irgendwohin getragen und durcheinandergeworfen, bis er sie nicht mehr auseinanderhalten kann, um mich zu finden. Stück für Stück werde ich vergessen, obwohl ich doch hier bin.

Ich frage mich, ob ich jemals erleben werde, wie es ist, einen Menschen so zu lieben, wie er seine Mae geliebt hat. Was ich für diesen Leuchtturm, für diese Insel fühle, kommt dieser Art von

Liebe noch am nächsten. Aber das ist nicht die Liebe zwischen Mann und Frau.
Manchmal sehe ich, wie Wally mich anschaut, und dann frage ich mich, was sein könnte. Mein Freund, der mutig und gütig und treu ist. Aber ich werde es nie erfahren. Denn sobald er anfängt, mich mit einem liebevollen Blick anzusehen, werde ich ...

»Es tut mir leid. Den Rest kann ich nicht entziffern.« Wasser hatte die Tinte zu dunklen Flecken zerlaufen lassen.

Walt wischte sich die Augen. »Ist schon gut, Mädchen. Ich weiß, wie es ausgeht.« Er lachte leise. »Ich weiß genau, was sie immer getan hat, wenn sie mich dabei ertappt hat, dass ich von einer Zukunft mit ihr träumte. Sie hat mir eingeredet, dass sie einen riesigen Fisch an der Angel hatte, sodass meine Aufmerksamkeit von ihr abgelenkt wurde, aber jedes Mal ist ihr der Fang entwischt. Oder sie fing an, durch den Hain aus Lebenseichen zu rennen und sich zu verstecken. Ein Spiel, das ich niemals gewinnen konnte. Trotzdem wusste ich, dass sie etwas für mich empfand«, fuhr Walt fort. »Es war ihr Vater, der sie auf Distanz hielt, nicht wahr? Sie spricht von ihm, als hätte er den Verstand verloren.«

Joey warf einen Blick auf Callums Metallkassette, die sie unter den Beistelltisch geschoben hatte. Sollte sie Walt von ihren Vermutungen erzählen? »Finn und ich haben seine Sachen durchgesehen. Wir sind keine Experten, aber ...«

Das Klingeln ihres Handys unterbrach sie. Das Display zeigte Finns Nummer. »Das ist Finn. Ich sollte hören, was er will. Und ihm von unserem neuesten Fund erzählen.« Sie griff nach dem Telefon und nahm das Gespräch an. »Hallo?«

»Hi, Joey. Störe ich gerade?« In Finns Stimme lag eine Energie, die sie so noch nie gehört hatte.

Joey sah zu Walt hinüber. »Ich sitze hier mit deinem Großvater. Renee hat eine Logbuchseite in einem versteckten Fach des Schreibtischs entdeckt, der im Haus stand. Darin schreibt Cathleen über den geistigen Zustand ihres Vaters. Ich wollte ihm gerade von unserer Vermutung erzählen, was Callum betrifft.«

»Oh … okay.« Finn zögerte. »Ruf mich zurück, wenn er geht. Ich habe Neuigkeiten und ich würde dieses Gespräch lieber führen, wenn er nicht mithört.«

Joeys Puls beschleunigte sich. »Okay, mach ich.« Walt sah sie neugierig an, während sie das Handy wieder auf den Couchtisch legte.

»Er wollte nicht stören. Ich rufe ihn später zurück.«

»Ging es denn um das Leuchtturmprojekt?«, fragte Walt.

»Ich glaube schon«, erwiderte Joey, obwohl sie keine Ahnung hatte. Warum wollte Finn nicht, dass Walt das Gespräch mitanhörte? Sie musste sich sehr beherrschen, um den armen Mann nicht zur Tür hinauszudrängen. Es juckte sie in den Fingern herauszufinden, warum Finn so gut gelaunt war.

»Es hätte mir nichts ausgemacht. Schließlich ist es ja mein Projekt. Ich habe schließlich ein berechtigtes Interesse.« Bildete sie sich das ein, oder war sein Grinsen ein bisschen hinterhältig? So, als hätte er den Verdacht, dass der Anruf eher … persönlicher Natur war. *Ach, du lieber Himmel.*

»Da bin ich ganz deiner Meinung. Aber ich war doch gerade dabei, dir zu erzählen, was wir über Callum herausgefunden haben bzw. was wir vermuten.«

Walt zog die buschigen grauen Augenbrauen hoch. »Und?«

»Nachdem wir seine Tagebücher durchgesehen haben, glauben Finn und ich, dass Callum irgendeine Krankheit gehabt hat, die dazu führte, dass seine geistigen Fähigkeiten nachgelassen haben. Vielleicht eine Form von früher Demenz.«

Walt schluckte. Joey griff nach seiner Hand. Ein Anker, um ihn festzuhalten. Er blickte auf, Tränen in den Augen. »Warum dachte sie nur, dass sie damit allein fertigwerden muss?«

Kapitel 23

Als Walt zum Jachthafen zurückgegangen war, schenkte Joey sich ein Glas Wasser ein und ging auf die Veranda hinterm Haus, um sich unter einen Baldachin aus Sternen zu setzen. Der Schmerz, den Walt mit sich herumtrug, machte ihr immer noch zu schaffen. Wenn sie ihm doch nur helfen könnte, inneren Frieden zu finden – aber sie konnte die Geschichte ebenso wenig neu schreiben wie er selbst.

Sie griff zum Handy. So wie Walt ihr beigebracht hatte, dass man einen Sturm vorhersagen konnte, wenn der Wind drehte, spürte sie, dass hinter Finns Anruf mehr steckte. Aber was?

Sie presste die Lippen zusammen und wählte seine Nummer.

»Joey?« Er wirkte außer Atem.

»Genau die. Ist alles in Ordnung?«

»Ja, ja. Tut mir leid, ich bin gerade vom Joggen zurückgekommen.«

Joggen? Das würde Joey nur dann tun, wenn die sagenhaften Geister von Bleakpoint Island hinter ihr her wären. »Soll ich später anrufen?«

»Nein, nein. Alles gut. Mir geht's bestens. Ist Pops okay?«

»Ja. Es war ein ziemlich aufwühlender Tag für ihn. Wie gesagt, Renee hat noch eine von Cathleens Notizen gefunden. Nach dem, was Cathleen über ihren Vater schreibt, klingt es so, als hätten wir beide recht und er litt an Demenz. Bei dem Blatt Papier war ein Foto von ihrer Mutter, also vermute ich, dass sie Mae gewissermaßen als Künstlernamen für ihre Rettungsaktionen angenommen hat.« Joey stand auf und ging langsam auf der Veranda hin und her. »Es ist Walt nicht leichtgefallen, von Cathleens Erfahrungen mit ihrem Vater zu lesen. Zu wissen, dass sie diese Last nicht nur allein getragen, sondern die Situation auch vor ihm geheim gehalten hat, wo er doch alles getan hätte, um zu helfen ...«

»Ich habe meinen Job gekündigt«, platzte Finn heraus.

Joey blieb abrupt stehen und sank dann auf einen Liegestuhl. »Was?«

»Ich habe bei der Fluggesellschaft gekündigt und ziehe um, damit ich in der Nähe von Pops sein kann. Das hätte ich schon vor Wochen tun sollen. Allmählich begreife ich, dass es hier um viel mehr geht als um eine verrückte Laune mit einem alten Leuchtturm.« Finn verstummte.

Joey fühlte, wie ihr Puls stieg. Das war's jetzt. Gleich würde er ihr sagen, dass ihre Dienste nicht mehr gebraucht wurden. »Und was willst du stattdessen tun?«

»Private Charterflüge. Sie bieten nicht die gleiche Sicherheit, wie bei einem großen Unternehmen angestellt zu sein, aber jetzt kann ich für Pops da sein, während sein Leuchtturm restauriert wird. Und bei allem, was danach kommt.«

»Ich ... ich weiß, dass er froh sein wird, dich in der Nähe zu haben.«

Ein leises Lachen ertönte am anderen Ende der Leitung. »Das hoffe ich jedenfalls. Er war wirklich stolz auf den Job, den ich hatte. Und wie ich ihn kenne, wird er denken, ich wollte ihn beaufsichtigen.«

Joey kniff die Augen fest zusammen und wappnete sich innerlich. Eigentlich war sie es ja gewohnt zu hören, dass ihre Dienste nicht mehr benötigt wurden. Aber das hier tat weh. Sehr weh.

»Kannst du mir einen Gefallen tun?«

»Hm ...« Ihre Stimme klang heiser. Sie blinzelte und räusperte sich. »Ja. Klar.«

»Könntest du vielleicht die Augen offen halten, was eine Wohnung betrifft? Ich will meinen Umzug nicht an die große Glocke hängen, bis ich die Sache mit der Unterkunft und dem neuen Job geregelt habe.«

Joey blickte durch das Terrassenfenster in ihr Wohnzimmer. Es war nicht direkt ein Zuhause, aber sie hatte nicht erwartet, dass sie schon so bald wieder ausziehen würde. »Es gibt natürlich das Haus, in dem ich gerade wohne. Zumindest als vorübergehende Lösung. Ich kann aber die Vermieter fragen, ob sie sich auch was Dauerhaftes vorstellen können.

Mehrere lange Sekunden verstrichen, dann hustete Finn. »Ich glaube nicht, dass es eine gute Idee ist, wenn wir zusammen …«

»Nein!« Sie spuckte das Wort aus, als hätte sie sich daran die Zunge verbrannt. »Ich mache natürlich Platz. Ich meinte nicht, dass wir …«

»Was dann? Wirfst du das Handtuch? Ist meine Anwesenheit für dich so unerträglich?« In seiner Stimme schwangen sowohl Humor als auch Gekränktheit mit. »Ich dachte …«

»Das Handtuch werfen?« Joey blinzelte und überlegte krampfhaft, an welcher Stelle ihres Gesprächs sie falsch abgebogen war. »Nein. Aber du hast mich doch angestellt, weil du wolltest, dass jemand nach Walt guckt und dafür sorgt, dass er nicht über den Tisch gezogen wird. Wenn du dann hier bist …«

»Ich brauche dich auch weiter dort.«

Ich brauche dich … Wie lange war es her, dass jemand diese Worte zu ihr gesagt hatte? Joey schluckte, während sie sich wünschte, sie könnte das Gespräch zurückspulen, um die Worte noch einmal aus seinem Mund zu hören.

»Pops würde es mir niemals verzeihen, wenn ich dir deinen Job streitig machen würde. Außerdem soll er auf keinen Fall den Eindruck bekommen, dass ich nur deswegen hier bin, um meine Nase in seine Angelegenheiten zu stecken. Was das betrifft, habe ich schon viel zu viel falsch gemacht. Ich will ihn nur als sein Enkel unterstützen. Dich brauche ich als Projektleiterin.«

»Alles klar. Natürlich«, brachte Joey mühsam heraus. Derweil beruhigte sich ihr Puls wieder etwas. Also verlor sie doch nicht ihren Job, sondern nur den Verstand. Oder vielleicht ihr Herz. Was auch immer es war, sie sollte sich schnell zusammenreißen, bevor Finn etwas merkte. Zum Glück hatten sie dieses Gespräch nicht von Angesicht zu Angesicht geführt. »Ich halte die Augen offen. Wann hast du denn vor umzuziehen?«

»In ein paar Wochen, wenn es geht. Ich muss noch meinen Vertrag bei der Fluglinie zu Ende erfüllen, und ich versuche, einen Käufer für meine Eigentumswohnung zu finden. Das dürfte aber nicht allzu schwierig sein. Die Nachfrage in Charlotte ist gerade sehr hoch.«

»Schade, dass du nicht Weihnachten schon hier sein kannst. Walt würde sich bestimmt sehr freuen.«

»Ich weiß. Ich habe ja versucht, meinen Dienstplan zu ändern …«

Joey seufzte und stellte sich vor, wie Walt die Feiertage allein verbrachte. »Vielleicht sollte ich den Besuch bei meinen Eltern absagen. Ich bin ziemlich lange unterwegs, nur um dann gleich wieder umzudrehen und zurückzufahren.«

»Pops wird schon ein paar Tage allein zurechtkommen und ich werde ausgiebig mit ihm telefonieren. Die Chance, deine Eltern zu besuchen, solltest du dir nicht entgehen lassen.« Daran, wie eindringlich seine Worte klangen, merkte Joey, wie schwer es Finn fiel, die Feiertage nicht mit seinem Großvater verbringen zu können.«

»Wenn du dir sicher bist, was die Wohnungssuche betrifft, gibt es dann irgendwas Bestimmtes, worauf ich achten soll? Lage? Größe? Zur Miete? Oder Kaufen?«

Er nannte seine Präferenzen und Joey machte sich auf einem Zettel entsprechende Notizen.

»Das ist doch eine gute Idee, oder? Dass ich in die Nähe ziehe?«, fragte er und zum ersten Mal seit dem Beginn ihres Gesprächs hörte Joey so etwas wie Unsicherheit in seiner Stimme. »Ich werde Pops nicht drängen, aus seinem Boot auszuziehen oder sein Projekt aufzugeben, aber ich kann selbst Wurzeln schlagen, damit ich vor Ort bin, wenn sich bei ihm etwas ändern sollte.«

Sie musste an Sophies Vorwurf denken, Joey würde ihr Leben damit verbringen, den Träumen anderer Menschen zuzusehen, und sie dachte an all die Zeit und das Geld, das Finn in seine Ausbildung zum Piloten und in seine Karriere gesteckt hatte. Aber er gab das alles für jemand anderen auf. Träume waren flüchtig. »Walt wird es nicht gefallen, dass du dein Leben aufgibst. Vor allem, weil er vermutet, dass du es aus Sorge um ihn tust.«

Einige Augenblicke war es still in der Leitung. »Ich liebe das Fliegen. Eigentlich gebe ich gar nichts auf, abgesehen von der betrieblichen Krankenversicherung und einem festen Gehalt.« Er lachte leise. »Du weißt schon … die Vorteile einer Festanstellung.«

»Die Vorteile einer selbstständigen Tätigkeit, zum Beispiel die Flexibilität, sind aber auch nicht zu verachten.«

Finn räusperte sich. »Mein Leben war eine Weile ziemlich durcheinander. Ehrlich gesagt war es regelrecht außer Kontrolle geraten nach … na ja, nach ein paar einschneidenden Ereignissen. Meine Arbeit hat mir die Struktur gegeben, die ich brauchte. Und daran habe ich mich gewöhnt. Es ist schon ein bisschen beängstigend, das aufzugeben.«

Joey versuchte sich die Version von Finn vorzustellen, die er beschrieb. Was bedeutete »außer Kontrolle« für jemanden, der so perfekt wirkte wie er? Dass ein paar Haare falsch lagen?

Finn seufzte. »Pops so zu sehen, mit dem, was er im Rückblick bereut … ich weiß nicht. Ich will am Ende nichts bereuen müssen, was ihn betrifft. Dass wir eine gute Beziehung haben, ist mir wichtiger als alles andere. Und ich freue mich tatsächlich auf den Umzug. Wahrscheinlich brauche ich diese Veränderung dringender, als mir bewusst ist.«

Auch für Joey war wieder einmal Veränderung angesagt – ob sie dafür bereit war oder nicht.

Obwohl sie keine Lust auf eine Begegnung mit Ida hatte, ging Joey am nächsten Morgen zu *Murphy's*, bevor sie sich auf den

Weg zum Flughafen in Tampa machte. Das Schwarze Brett dort war die inoffizielle Plattform für Lokalanzeigen.

»Komme gleich«, rief Ida aus der Küche, als die Glocke über der Tür Joeys Ankunft verkündete. Hatte die Frau denn nie einen freien Tag?

Joey überflog die verschiedenen Veröffentlichungen, die an der Pinnwand hingen: vermisste Haustiere. Zugelaufene Haustiere. Dienstleistungen, die gesucht und angeboten wurden. Sie riss einige Zettel mit Telefonnummern von Anzeigen privater Immobilienverkäufer ab und noch zwei von Mietangeboten. Und jetzt schnell weg.

Sie bog um die Ecke und stieß genau mit der Frau zusammen, der sie eigentlich aus dem Weg gehen wollte.

»Du liebe Güte. Wo brennt es denn?« Ida blinzelte und erkannte dann, mit wem sie da kollidiert war. »Ach, Sie sind's. Bei Ihnen brennt's wahrscheinlich wirklich.« Sie grinste frech.

So nervig Joey die Frau auch fand – wenn jemand wusste, wer ein solches Interesse an der Insel haben könnte, dass er geheime Unterlagen stahl, dann war es Ida. »Sie kennen doch jeden hier, oder? Viel besser jedenfalls als eine Fremde, wie ich es bin.« Sie klimperte mit den Wimpern. »Wissen Sie vielleicht zufällig von jemandem hier, der ein besonderes Interesse an der Insel haben könnte?«

Ida presste sich eine Hand auf die Brust. »Ach, Schätzchen. Alle – und ich meine wirklich *alle* – sind neugierig, was diesen Ort betrifft. Sie wollen alle wissen, was wirklich mit Callum und Cathleen McCorvey passiert ist.« Sie senkte die Stimme zu einem verschwörerischen Flüstern. »Und ob Cathleen etwas mit dem Tod ihres Vaters zu tun hatte. Manche behaupten, er hätte sie gefangen gehalten und sie hätte getan, was sie tun musste, um sich zu befreien.« Ida wackelte mit den buschigen Augenbrauen. »Seine Leiche haben sie gefunden. Ihre nicht.«

Joey atmete aus und zwang sich, nicht ungeduldig zu werden. »Ich meinte etwas anderes als Gerüchteküche und Märchen. Vielleicht jemanden, der eine persönliche Beziehung hat?«

Ida sah sie nachdenklich an. »Da fällt mir nichts ein. Warum fragen Sie? Was haben Sie denn gefunden?« Ida rückte näher wie ein hungriger Hund, der Steaks auf einem Grill beäugt.

Joey trat einen Schritt zurück. »Nichts.«

Wenn die Kunde von den fehlenden Blättern aus den Leuchtturmwänden noch nicht die Runde gemacht hatte, umso besser. »Ich versuche nur, mehr über die Geschichte der Insel zu erfahren. Die *wahre* Geschichte.« Sie hob abwehrend die Hände. »Nur die langweiligen Fakten«, fügte sie hinzu, bevor Ida zu einer neuerlichen dramatischen Nacherzählung der Insellegenden ansetzen konnte. »Sagen Sie mir Bescheid, wenn Ihnen jemand einfällt, der die McCorveys kannte oder etwas über sie weiß.«

Idas Blick fiel auf die Zettel von den Immobilienangeboten, die Joey in der Hand hielt.

Joey schob sie in ihre Hosentasche.

»Ziehen Sie dauerhaft hierher?«

Joey sah auf ihre Armbanduhr. »Ich mache mich besser auf den Weg, sonst verpasse ich noch meinen Flug. Frohe Weihnachten«, sagte sie eilig und ging zur Tür, bevor Ida die Gelegenheit hatte, weiter nachzufragen. Wenn Finn nicht wollte, dass jemand von seinem Umzug erfuhr, durfte Ida keinen Wind davon bekommen. Denn sonst erfuhr Walt es, noch bevor Joey beim Anleger war, um ihm seine Weihnachtskarte zu übergeben.

Kapitel 24

Drei Wochen später war Finn wieder da. Joey konnte es kaum erwarten, ihm die Fortschritte zu zeigen, die sie seit seinem letzten Besuch gemacht hatten. Das Treppenhaus war restauriert und neu gestrichen. Die Wände des Leuchtturms waren gereinigt und warteten auf einen neuen Putz. Wenn das Innere erst einmal fertig war – das dunkelblaue Geländer vor den weißen Wänden mit Messingbeschlägen –, würde es traumhaft aussehen.

Walt und sein neuer Freund Karl ließen sie auf der Insel zurück, um angeln zu gehen. Karl war etwas jünger als Walt und hatte sich vor Kurzem auf Ocracoke zur Ruhe gesetzt. Die beiden älteren Männer winkten ihnen zum Abschied, während sie in Karls Motorboot davonfuhren.

Kaum waren die beiden nicht mehr zu sehen, drehte Joey sich zu Finn um. »Der Kaufvertrag für dein neues Zuhause steht also bald an.«

Finn lächelte verlegen. »Ja. Ist eine ziemliche Bruchbude, so viel steht fest. Aber ich glaube, das Haus hat Potenzial.« Der Seitenwind fuhr ihm durch die Haare, und Joey fiel auf, dass sie heute heller und wilder aussahen. Er hatte sie nicht gestylt. Insgesamt wirkte Finn viel entspannter als sonst. Eine Veränderung, die es ihr schwer machte, sich auf ihr Gespräch zu konzentrieren. Am liebsten hätte sie jetzt das Foto von ihm gemacht, das Sophie so vehement eingefordert hatte.

Ihre eigenen vom Wind zerzausten Locken band sie mit einem Gummi zu einem Knoten zusammen und versuchte, ihre Gedanken wieder in eine produktivere Richtung zu lenken. »Dein Haus könnte ganz gut ein wenig Kosmetik gebrauchen, aber allein der Blick ist den Kaufpreis wert, finde ich.«

Finn lachte und schob die Hände in die Hosentaschen. »Pops

wird mich genüsslich damit aufziehen, wenn er es sieht. Aber das habe ich wohl verdient, so wie ich immer über sein altes Segelboot geredet habe.«

»Wie man in den Wald hineinruft ...«, sagte Joey grinsend. »Wenn du jemanden für die Renovierung brauchst, sag Bescheid, dann kann ich dir ein paar Firmen empfehlen. Inzwischen habe ich eine Menge Leute hier kennengelernt. Ich weiß, wer am zuverlässigsten ist, die besten Preise macht und so.«

Finn sah sie an, während sie weiter zum Leuchtturm liefen. »Danach wollte ich dich sowieso fragen. Könntest du vielleicht die Renovierung koordinieren? Oder würde das mit deiner Arbeit hier kollidieren.«

Joey musste zugeben, dass sein Angebot verlockend war. Wenn Walt ihr nicht langsam verriet, was er mit der Insel vorhatte, würde es nicht mehr viel Arbeit an dem Leuchtturm geben. Wenn sie Finns Angebot annahm, konnte sie länger bleiben, sodass sie hoffentlich mit ihren Nachforschungen über Cathleens Geschichte weiterkam. »Hast du Walt schon erzählt, dass du hierherziehst?«

Finn starrte auf seine Füße, während sie weitergingen. »Ich warte noch auf den richtigen Moment. Ich bin mir nicht sicher, wie er es aufnehmen wird.«

Sie nickte und zeigte auf den Leuchtturm. »Ich bin hier mit meiner Arbeit bald durch. Renee hat die Artefakte aus dem Haus gereinigt, sortiert und katalogisiert. Eine Firma kommt noch, um ein paar kleinere Reparaturen am Schieferdach vorzunehmen und neue Dachrinnen anzubringen. Und in zwei Wochen müsste auch das Innere des Leuchtturms fertig sein.« Sie zuckte mit den Schultern. »Dann sind nur noch Kleinigkeiten zu machen. Wenn dein Großvater will, dass man in dem Haus wohnen kann, könnte ich dafür sorgen, dass ein Bad eingebaut wird. Ich würde eine Komposttoilette vorschlagen. Es gibt da inzwischen originelle Möglichkeiten, ein von der Außenwelt abgeschnittenes Haus bewohnbar zu machen. Aber wenn er eher ein Denkmal an die Vergangenheit haben möchte, braucht es solche Maßnahmen nicht.«

Finn verlangsamte seine Schritte und Joey tat es ihm gleich. »Ich habe versucht, ihn zu fragen, was er sich für diesen Ort vorstellt, aber er sagt immer nur, dass er etwas aus der Vergangenheit wiedergutmachen will. Und wenn ich ihn frage, wie das aussieht, sagt er: ›Das weiß ich erst, wenn ich es weiß.‹«

»Also, klar wie …«

»Kloßbrühe.« Finn lachte, während er ihren Satz beendete.

Joey deutete auf den Leuchtturm. »Er hat erwähnt, dass er die Aussichtsplattform ersetzen will, damit man rausgehen kann.«

Finn runzelte die Stirn. »Will er etwa selbst da rauf? Schafft er die vielen Stufen mit seinen Knien überhaupt noch?«

»Ich weiß nicht. Bis jetzt hat er kaum mal einen Fuß in das Cottage oder in den Leuchtturm gesetzt.«

»Dieser Mann ist wirklich ein Fall für sich.« Finn verschränkte die Arme vor der Brust. »Hast du eine Firma, die das mit der Galerie machen könnte?«

»Es gibt ein Unternehmen auf dem Festland, das sich auf Schmiedeeisen spezialisiert hat. Mit denen war ich wegen der Treppe in Kontakt. Sie haben angeboten herzukommen und mir ein unverbindliches Angebot zu machen.«

Finn nickte. »Also gut. Ich sehe das so: Da Pops uns keine klare Antwort gibt, solltest du Vorschläge mache, wie das Ganze in Zukunft aussehen könnte. Du machst eine grobe Kostenaufstellung für die verschiedenen Optionen, also für die Modernisierung des Hauses, für neue Gebäude oder einfach für einen Erhalt des alten Gebäudes ohne eine Nutzung. Dann präsentieren wir ihm alles und er kann entscheiden, was er will.«

»Kein Problem.« Es würde ein bisschen Arbeit sein, verschiedene Pläne zu skizzieren, die Walt vielleicht gar nicht gefielen, aber es klang auf jeden Fall besser, als nur herumzusitzen, während ihr Vertragsende unaufhaltsam näher rückte. »Willst du mal hoch in den Leuchtturm? Die neuen Fenster sind eingebaut und der Ausblick ist spektakulär.«

»Klar.«

Sie schlugen einen Bogen zum Leuchtturm und kletterten die Treppe hinauf, bis sie beide leicht außer Atem oben ankamen.

Finn drückte sich eine Hand auf den Brustkorb. »Puh. Diese Leuchtturmwächter müssen echt fit gewesen sein. Ich jogge jeden Tag, aber meine Beine brennen trotzdem wie Feuer.«

»Wem sagst du das. Aber du musst zugeben, dass der Blick es wert ist.«

Sie standen nebeneinander und drehten sich langsam um die eigene Achse. Ein 360-Grad-Ausblick auf Sund und Meer mit einem schmalen Streifen Sand dazwischen. Dünen auf der Meeresseite, maritimer Wald und Marschland auf der anderen. Dieses Land war wild und frei. Ein unberührtes Paradies.

»Das ist, glaube ich, das Schönste, was ich jemals gesehen …« Als er sich zu Joey umdrehte, verstummte er und schluckte. »Habe.«

Sie trat einen kleinen Schritt zurück, unsicher, wie sie seinen Blick interpretieren sollte. War da mehr an Emotion als nur die Freude über die Schönheit der Natur?

Joey hatte diesen Blick schon ein paarmal gesehen – wenn sie etwas Neues über das Leben von Cathleen herausgefunden oder etwas von der geheimnisvollen Geschichte der McCorveys erfahren hatten. Aber es waren so flüchtige Momente gewesen, dass Joey sie leicht hatte abtun können als etwas, das Sophie ihr in den Kopf gesetzt hatte.

Jetzt wandte sie sich von Finn ab und zeigte auf das Meer und die Wellen. »Es ist, als wäre man in einer anderen Welt.« Es war ganz normal, dass zwei ungebundene Menschen wie sie eine gewisse Anziehungskraft verspürten, aber das bedeutete noch lange nicht, dass man deswegen etwas unternehmen musste. Sie war hier, um einen Auftrag zu erfüllen, und nach dem geheimnisvollen Ring zu urteilen, den Finn mit sich herumtrug – und einigen Andeutungen, die Walt gemacht hatte –, gab es bei Finn Altlasten, mit denen er sich noch nicht so recht auseinandergesetzt hatte.

Er berührte Joey an der Schulter und riss sie damit aus ihren Gedanken. »Da kommt ein rotes Boot auf uns zu.«

Joey drehte sich in die Richtung, in die Finn zeigte, und sog scharf die Luft ein. »Dasselbe Boot war schon mal hier.« Sie spähten durch das Fenster und sahen, wie das Boot näher kam. Anstatt zu der Bucht zu fahren, in der der Eindringling sich wohl beim letzten Mal versteckt hatte, steuerte das Boot direkt auf die Stelle zu, an der Walt normalerweise anlegte.

Joey wandte sich Finn zu. »Was glaubst du, was unser Besuch will?«

Sein Unterkiefer war angespannt, sodass ein Muskel in seiner Wange zuckte. »Am besten hindern wir ihn daran anzulegen, bevor wir das wissen.« Er eilte die Treppe hinunter und Joey folgte ihm. Am Fuß des Leuchtturms schnappte sie sich die batteriebetriebene Nagelpistole, die oben auf der Werkzeugkiste lag.

Sie erreichten den Anleger kurz vor dem Fremden. Joey versuchte, die Person in dem Boot zu erkennen. Die Gestalt saß vornübergebeugt und eine Kapuze verbarg ihr Gesicht. »Mal sehen, ob unser Neuankömmling was zu sagen hast.«

Finn sah sie an und riss die Augen auf. »Was hast du denn mit der Nagelpistole vor? Willst du ihn zum Reden zwingen?«

Joey fühlte, dass ihre Wangen warm wurden. »Ich weiß nicht. Ich habe Panik gekriegt. Ich dachte, wir brauchen vielleicht Verstärkung oder so was …«

Finn unterdrückte ein Kichern. »Na ja, die Batterie fehlt, da wird uns das Ding nicht viel nützen.«

Jap. Joey brachte ein Lächeln zustande, obwohl ihre Nerven zum Zerreißen gespannt waren. »Ich hätte doch den Hammer nehmen sollen.«

Er schüttelte den Kopf und lachte leise. Aber gleich darauf war die Leichtigkeit aus Finns Gesicht gewichen, als das Boot am Holzsteg anlegte. Er richtete sich auf und verschränkte die Arme vor der Brust. »Können wir helfen?«, fragte er über das Knattern des Motors hinweg.

Entweder der Bootsmann konnte ihn nicht hören, oder er hatte beschlossen, Finns warnenden Tonfall zu ignorieren.

Denn jetzt stand die Person auf, und als die schlaksige Gestalt sich zu ihrer vollen Größe aufrichtete und ihr die Kapuze vom Kopf rutschte, erschien darunter ein junger Mann, der aussah, als wäre er noch keine zwanzig. Er trat einen Schritt vor, ein Seil in der Hand. »Können Sie mir vielleicht beim Anlegen helfen?« Seine Stimme war tief und leise. Er warf die Leine an Land und Finn fing sie auf.

»Erst möchten wir wissen, was du hier willst. Das hier ist Privatbesitz. Wir hatten in letzter Zeit Ärger, weil *jemand* sich unbefugt Zutritt verschafft hat, musst du wissen.«

Der Junge schaltete den Motor aus und sah Joey und Finn an. Seine Haltung war defensiv, aber seine Augen erinnerten Joey an ein Tier auf der Flucht.

Sie versteckte die nutzlose Nagelpistole hinter ihrem Rücken und wünschte, sie könnte sie fallen lassen und der Erdboden würde sie verschlingen.

Der Blick des Jungen huschte von Joey zu Finn und wieder zurück. »Es tut mir leid. Das … deshalb bin ich ja hier. Um zu sagen, dass es mir leidtut.« Er machte noch einen zögerlichen Schritt nach vorn, wobei ein Gehgips an seinem Fuß ihn behinderte. »Ich habe was, was ich zurückgeben muss.« Er hob einen Rucksack hoch. »Darf ich an Land kommen? Bitte?«

Kapitel 25

»Das war eine ganz schlechte Tageszeit zum Angeln«, sagte Walts Freund Karl, nachdem sie den Anker zu Wasser gelassen hatten. Er nahm zwei Cola-Dosen aus der Kühlbox und gab eine davon Walt.

Walt lachte, während das Boot auf den sanften Wellen schaukelte. »Gut. Ich gebe es zu. Ich habe eigentlich gar keine Fische geangelt.«

Karl öffnete sein Getränk und nahm einen langen Schluck. »Wenn du Menschenfischer bist, solltest du wissen, dass diese Seele schon gefangen wurde und bei Jesus gut aufgehoben ist.«

»Gut zu wissen, aber ich war auch nicht auf Seelen aus. Ich brauchte eine Ausrede, um meinen Enkel und Joey allein zu lassen, damit sie ein bisschen Zeit für sich haben, ohne dass ich ihnen im Weg bin.«

Karl stellte seine Dose in einen Becherhalter und lehnte sich auf seinem Platz zurück, die Arme hinterm Kopf verschränkt, während er die Beine ausstreckte. »Ah. Jetzt verstehe ich. Du hast mich als Ausrede benutzt, um Amor zu spielen. Leute zu verkuppeln ist aber ein gefährliches Spiel, mein Freund.«

Walt grinste. »Ich verkupple sie ja nicht direkt. Ich gebe ihnen nur ein bisschen Zeit, damit sie sich ungestört kennenlernen können. Was passiert, passiert.«

»Okay«, nickte Karl.

»Du hast doch auch gesehen, wie einer dem anderen immer wieder verstohlene Blicke zugeworfen hat, wenn er sich unbeobachtet gefühlt hat.«

Karl setzte sich auf und griff nach seinem Getränk. »Ist mir nicht aufgefallen. Hast du nicht gesagt, dass die Beziehung zwischen dir und deinem Enkel in letzter Zeit ein bisschen angespannt war? Ich bin mir nicht sicher, ob er so begeistert ist, wenn du dich in sein Privatleben einmischst. Da ist er doch sicher gut unterwegs, so wie er aussieht.«

Walt schnaubte verächtlich. »Da wäre ich mir nicht so sicher. Nach fast zehn Jahren ist er immer noch nicht über seine Ex-Frau hinweg. Sie haben aus den falschen Gründen heraus geheiratet und hatten dadurch schon mal keinen guten Start. Und dann waren sie noch zu jung und unreif, um mit dem fertigzuwerden, was das Schicksal ihnen zugemutet hat.« Bei dem Gedanken brach es ihm immer noch das Herz. »Nicht dass irgendein Ehepaar wüsste, wie man mit dem Verlust eines Kindes umgeht. Aber die beiden waren erst achtzehn.«

Karl riss die Augen auf. »Achtzehn? Das ist wirklich ein schweres Schicksal.«

Walt stand auf und streckte sich ein wenig, während er zum Leuchtturm hinübersah. »Auch wenn aus Joey und ihm nichts wird, tut sie ihm doch gut. Ich sehe wieder etwas von dem alten Finn in ihm. Und wenn ein bisschen gemeinsame Zeit auf der alten Insel ihn daran erinnert, dass immer noch ein Leben auf ihn wartet, dann hat sich mein verrückter Plan, den Leuchtturm zu sanieren, schon gelohnt. Ich kann die Uhr nicht zurückdrehen und verpasste Gelegenheiten kommen nicht wieder. Aber wenn ich Finn Mut machen kann, eine neue Herausforderung anzunehmen …« Er zuckte mit den Schultern.

»Und was ist mit dir?«, wollte Karl wissen. »Du hast doch auch noch ein Leben vor dir. Vor welchen Herausforderungen stehst du?«

Walt zog verärgert die Augenbrauen hoch. »Ich habe alles verkauft, was ich hatte, und mir ein baufälliges Boot und eine Insel gekauft. Das ist doch wohl herausfordernd genug.«

Karl hob den Zeigefinger. »Ja, aber hast du das getan, weil du in der Gegenwart lebst oder weil du die Vergangenheit nicht loslassen kannst? Das ist ein großer Unterschied.«

»Du hast doch keine Ahnung.« Walt knurrte gutmütig, während er den wahren Kern in Karls Worten ignorierte. »Warte, bis du so alt bist wie ich. Die Vergangenheit ist alles, was ich habe. Die Zukunft ist schließlich im Nu vorbei.«

Karl brach in schallendes Gelächter aus. »Ich bin fast siebzig.«

Walt setzte sich wieder und verschränkte die Arme vor der Brust. »Du bist gerade mal alt genug, um zu *denken*, du wärst alt. Warte ab, bis du achtzig bist.« Dasselbe hatte jemand an seinem siebzigsten Geburtstag zu ihm gesagt, und jetzt bedachte er Karl mit diesen weisen Worten.

Sein Freund lachte noch immer und schüttelte den Kopf. »Du bist unverbesserlich, Walt. Und vielleicht hast du recht. Aber wie ich das sehe, hat der liebe Gott auf der Erde noch was vor mit dir, solange du genug Luft in der Lunge hast, um die Mücken von North Carolina wegzupusten.«

»Ach ja? Was hat er denn mit dir vor?«

»Na, heute wollte er offensichtlich, dass ich den Tag mit diesem alten Knochen verbringe, den ich auf dem Markt kennengelernt habe, und ihn daran erinnere, dass ein vernünftiger Angler zu dieser Tageszeit nicht rausfährt, wenn er was fangen will.«

Walt blickte zu Bleakpoint hinüber. Das Sonnenlicht glitzerte auf dem Wasser. »Ich weiß nicht. Vielleicht ist es ja genau der richtige Zeitpunkt für meine Angelei.« Er blinzelte und rieb sich die Augen. War das da ein Boot, das am Anleger festgemacht hatte? Walt hob sein Fernglas hoch. Ein kleines, leeres Boot schaukelte auf dem Wasser. Drei Personen standen ein paar Meter weiter, vom Laub der Bäume verdeckt. »Wir müssen zurück. Es kann sein, dass sie in Schwierigkeiten sind.«

»Walt, lass Finn sein Liebesleben allei…«

»Da ist ein fremdes Boot am Anleger und ich habe ein mulmiges Gefühl dabei.«

Als er festen Boden unter den Füßen hatte, öffnete der Jugendliche den Rucksack und hielt Joey ein Ringbuch hin.

Sie gab Finn die nutzlose Nagelpistole. Der warf ihr einen ungläubigen Blick zu und zuckte mit den Achseln, bevor er das Werkzeug auf den Boden legte.

Der Junge machte mit seinem Gehgips einen kleinen Schritt vorwärts. Wieder rutschte seine Kapuze nach hinten und er zog sie sich sofort wieder ins Gesicht. Er war sicher nicht älter als sechzehn oder siebzehn. »Das ist für Sie.«

Joey warf Finn einen Blick zu. Seine Miene erinnerte sie an einen verärgerten Dachs. *Dann bin ich wohl der nette Cop.* »Entschuldige, dass wir uns noch nicht vorgestellt haben, aber deine Ankunft hat uns überrascht. Ich bin Joey Harris, die Projektleiterin hier auf Bleakpoint. Wie mein Freund Finn gerade gesagt hat, gab es Ärger hier auf der Insel, also sind wir ein bisschen nervös.« Sie zögerte. »Und wie heißt du?«

Der Blick des Jungen huschte hin und her, als suchte er nach einem Fluchtweg. »Ich … hier. Nehmen Sie das. Bitte.« Er schlurfte wieder ein Stück vor und drückte Joey den Ordner in die Hand. »Tut mir leid, was ich getan habe. Ich dachte, es wäre richtig, aber dann habe ich die Geschichten gelesen, und so was sollte nicht vergessen werden. Auch wenn es bedeutet, dass ich alles verliere.«

Joey nahm den Ordner aus den Händen des Jungen entgegen und schlug ihn auf. Seite um Seite mit Cathleen McCorveys Berichten, sorgfältig in Klarsichthüllen gesteckt. »Du hast sie genommen? Aber warum?«

Der Junge wich zurück zu seinem Boot. »Das ist egal. Sie haben sie ja jetzt wieder.« Er beschleunigte seine Schritte.

»Einen Moment mal.« Die Autorität in Finns Stimme ließ Joey zusammenzucken, obwohl sie nicht diejenige war, der dieser strenge Ton galt.

Der Jugendliche erstarrte. Er sah zu seinem Boot hinüber, dann wieder zu Finn und erneut zum Boot. Seine Miene war kummervoll. Dieser drahtige Junge wäre im Nu verschwunden, wenn er nicht den Gips am Fuß hätte.

»Du hast unbefugt die Insel betreten, du hast etwas gestohlen und vermutlich auch ein Feuer gelegt, das dem Haus oder einem Menschen Schaden hätte zufügen können«, fuhr Finn fort. »Und du erwartest von uns, dass wir dich ohne weitere Erklärung laufen lassen? Wie heißt du?«

Die Miene des Jungen verzog sich. »P-Peter.«

Finn verschränkte die Arme vor der Brust. »Peter. Und wie weiter?«

Joey versuchte, Finn ein Zeichen zu geben, damit er einen Gang runterschaltete. Der Junge hatte offensichtlich schreckliche Angst, und er hatte die gestohlenen Logbucheinträge ja zurückgebracht. Es war also kein schlimmer Schaden entstanden. Aber andererseits wollte Joey auch Antworten haben und Finns Tonfall genügte offenbar, damit der Junge sich nicht vom Fleck rührte.

Peter senkte den Kopf und ließ die Schultern noch etwas mehr hängen. »H-Hall.« Er schlang die Arme um seinen Oberkörper und Joey hatte das Bedürfnis, ihn in die Arme zu nehmen, was er so offensichtlich nötig hatte. »B-bitte rufen Sie nicht die Polizei. Ich weiß, dass ich das alles nicht hätte tun dürfen. Und ich habe die Sachen zurückgebracht. Alles. Ich verspreche …« Er schluckte, als säße eine stachelige Kastanie in seiner Kehle fest. »Ich verspreche, dass ich die Insel nie wieder betreten werden. Nur … bitte zeigen Sie mich nicht an.«

Joey warf Finn einen Blick zu und sah, dass sein strenger Gesichtsausdruck einer eher sorgenvollen Miene gewichen war. Sie trat zwischen die beiden. »Ich würde gerne verstehen, warum du das getan hast, Peter. Kannst du es mir erklären? Und auch, warum du jetzt zurückgekommen bist?«

Er hob das Kinn und sein Blick suchte ihren. War da ein winziger Funke Hoffnung in seinen Augen? Sein krampfhafter Griff um seine Taille lockerte sich ein wenig. »Ich liebe diese Insel. Ich weiß, dass sie mir nicht gehört, aber sie war so lange verlassen, und deshalb hat es niemandem was ausgemacht, wenn ich hierhergekommen bin. Als ich gesehen habe, dass jemand hier arbeitet, habe ich Angst gekriegt. Ich wusste, dass dieser Ort in Stücke gerissen wird so wie früher. Eigentumswohnungen, ich weiß nicht, irgendeine Touristenattraktion.«

»Früher?« Joey zeigte auf den Bootssteg. »Warum setzen wir uns nicht, dann kannst du uns mehr erzählen.«

Peter entfernte sich ein Stück von ihnen. In den Emotionen, die in seinen Zügen sichtbar waren, konnte Joey spüren, dass etwas ihn belastete.

Sie blätterte vorsichtig in den mit Plastik geschützten Seiten. »Du hast sehr gut darauf aufgepasst, Peter. Danke.« Jetzt hatten sie mehrere Dutzend zusätzliche Einträge, die sie nach Anhaltspunkten für die Wahrheit durchsuchen konnten. »Wir glauben, dass die Verfasserin dieser Berichte eine Jugendfreundin des Mannes war, der das Land hier gekauft hat. Und wir sind sehr dankbar, dass wir sie jetzt wiederhaben.«

Das Geräusch eines Motors zerriss den dünnen Faden, der den Jungen auf der Insel hielt, und Peter humpelte davon. Joey dachte, Finn würde ihn auch jetzt wieder aufhalten, aber stattdessen sah er zu, wie der Junge ging, die Stirn in Falten gelegt. In weniger als einer Minute hatte der Junge das Boot losgemacht und fuhr, so schnell er konnte, in die entgegengesetzte Richtung, wo er in wenigen Augenblicken in dem morastigen Wasser der Mündung verschwunden sein würde. Karls Fischerboot kam mit schnellem Tempo auf sie zu.

Joey wandte sich an Finn. »Du hast ihn gehen lassen.«

»Du doch auch.« Er zuckte mit den Achseln. »Er ist nur ein Kind, das einen Fehler gemacht hat. Und er hat das, was er gestohlen hat, zurückgebracht.«

Joey kaute auf ihrer Unterlippe. »Aber warum hat er das Material überhaupt gestohlen?«

Wieder zog Finn die Schultern hoch. »Er hat gesagt, er hätte Angst gehabt, dass die Insel zu einem Touristenort wird. Wahrscheinlich hat er gesehen, dass du dich für die Berichte interessierst, und ich bin sicher, er kennt all die alten Geschichten über diesen Ort. Vielleicht hat er sogar versucht, dich zu verjagen.«

Walt rief ihnen vom Boot aus zu: »Alles in Ordnung mit euch?« Finn hob die Nagelpistole vom Boden auf und Joey und er gingen auf den Steg zu.

Walt musterte sie eingehend, so als wollte er sehen, ob sie verletzt waren. Als er bei Finn die Nagelpistole und in Joeys Hand das Ringbuch sah, riss er die Augen auf.

Joey lächelte. »Wir haben Cathleens gestohlene Aufzeichnungen wieder.«

»Es war nur ein Jugendlicher«, fügte Finn hinzu.

»Ich glaube nicht, dass er uns noch mal behelligen wird«, fügte Joey hinzu, obwohl sie hoffte, dass sie sich irrte.

Karl lachte. »Also nicht der romantische Nachmittag, den du dir ausgemalt hast. Von wegen Amor?«

Wenn Blicke töten könnten, hätte Walts Miene seinen Kumpel Karl auf der Stelle in den Boden gestampft.

Oh, oh.

Kapitel 26

An diesem Abend waren Finn und Walt bei Joey im Wohnzimmer. Zu dritt saßen sie auf ihrem Sofa, in der Mitte Joey mit Peters Ordner auf dem Schoß. Sie schlug ihn auf und blätterte die folierten Seiten um. »Er hat wirklich gut darauf aufgepasst. Ich bin beeindruckt.« Sie überflog einige der Berichte. »Wie es aussieht, sind sie auch chronologisch geordnet.« Sie blätterte zu dem ersten Eintrag zurück. »Seid ihr bereit?«

Finn nickte und Walt gab einen undefinierbaren Laut von sich, den Joey als Zustimmung wertete.

In der nächsten Stunde wechselten Finn und sie sich beim Vorlesen ab und versuchten, etwas zu finden, was Walts Aussage bestätigte, dass Cathleen diese Berichte geschrieben hatte. Ihn mussten sie nicht überzeugen.

Während sie über die Rettung von Booten lasen, die in den Untiefen auf Grund gelaufen waren, und von den Unwettern an der Küste, leuchteten Walts Augen vor Stolz. Und als sie die anderen Einträge lasen, geschrieben von einem einsamen Mädchen, das von dem Gefühl geplagt wurde, Stück für Stück aus dem Gedächtnis seines Vaters ausgelöscht zu werden, glänzten ungeweinte Tränen in seinen Augen.

Finn klappte den Ordner zu und rieb sich die müden Augen. »Wir machen besser Feierabend.«

Walt setzte sich auf und blinzelte, als würde er aus einer Trance erwachen. Er sah auf seine Armbanduhr. »Wir haben doch noch ein bisschen Zeit, oder, Finn? Warum lesen wir nicht noch ein bisschen?«

Finn reckte sich. »Ich bin todmüde, Pops. Und ich weiß, dass du selbst auch kaum die Augen offen halten kannst. Vielleicht ist es besser, wenn wir uns die letzten Eintragungen nach einer guten Mütze Schlaf ansehen.«

»Glaubst du, ich kann auch nur ein Auge zutun, wenn ich weiß, dass Cays letzte Worte noch auf mich warten?«, argumentierte Walt. »Geh du ruhig, wenn du willst. Joey und ich ziehen das durch.«

Finn sah noch einmal auf die Uhr, warf Joey dann einen vielsagenden Blick zu und setzte sich wieder auf seinen Platz auf dem Sofa.

Joey öffnete den Ordner.

19. Januar

Von der Galerie aus habe ich die Explosion auf dem Atlantik gesehen. Bei der Schiffsgröße muss es ein Frachter gewesen sein, der Vorräte zu den alliierten Streitkräften bringen sollte. Aber was ist da passiert? Doch bestimmt nicht der Feind. Nicht so nah an amerikanischem Grund und Boden. Ich weiß, Pearl Harbor letzten Monat war auch amerikanischer Boden, aber das schien mir unendlich weit entfernt. Das hier ist bei uns zu Hause. Es muss irgendein Unfall gewesen sein. Hoffe ich.

Walt stützte die Hände auf seine Knie und starrte auf die Stelle zwischen seinen Füßen. »Ich erinnere mich an die Nacht. Die Sachen meiner Mutter sind regelrecht vom Kaminsims gehüpft. Später haben wir erfahren, dass es *The City of Atlanta* war, gerade mal zehn Kilometer entfernt. Von einem U-Boot versenkt. Wenn ihr es bis jetzt nicht geglaubt habt – diese Notiz beweist, dass Cay sie geschrieben hat.«

Joey nickte und wandte sich dem nächsten Eintrag zu.

21. März

Im Radio reden sie über Ereignisse, die einen Ozean weit entfernt sind, aber kein Wort über die Schiffe, die ich brennen gesehen habe, direkt vor dem Ufer von Bleakpoint. Hat das restliche Amerika irgendeine Ahnung, was hier los ist? Wie lange können sie die Gefahr denn noch leugnen? Bis deutsche Stiefel ihre Abdrücke in unserem goldenen Sand hinterlassen? Oder, besser gesagt, in dem, was früher mal golden war. Jetzt ist alles mit Öl verdreckt und Trümmerteile liegen überall herum. Leichen. Können sie keine Soldaten aussenden, um die Schiffe zu beschützen? Oder wenigstens die unschuldigen Zivilisten, die zu passieren versuchen?
Ich tue, was ich kann, und suche im Schutz der Dunkelheit nach den wenigen Überlebenden. Aber das ist nicht mehr als ein Tropfen auf den heißen Stein. In dem Durcheinander und der Verwirrung bemerkt man mich kaum. Wenn jemand die offiziellen Logbücher liest, steht dort, dass mein Vater rausgefahren ist, nicht ich. Es gibt zu viel Panik, Angst, Feuer und Qualm, als dass jemand wirklich seine Anwesenheit bestätigen oder leugnen könnte. Vater geht es unverändert. Merkwürdigerweise haben diese schrecklichen Zeiten ihn beruhigt und ich sehe so viel von dem Mann, der mich großgezogen hat, wie schon lange nicht mehr. Gestern hat uns der Besuch seines Vorgesetzten überrascht. Der Mann hat nicht durchblicken lassen, ob ihm irgendetwas aufgefallen ist, als er meinem Vater die neue Funkausstattung gegeben hat, die wir benutzen sollen, wenn wir irgendwelche verdächtigen Aktivitäten feststellen.
Ich habe Gott für seine Barmherzigkeit gedankt, was den Vorgesetzten betrifft. Aber ist es falsch, dankbar dafür zu sein, dass dieser Betrug wieder einen Tag lang funktioniert hat? Dabei habe ich doch bestimmt nicht Gottes Hilfe erhalten. Aber dann denke ich an die Geschichte von Rahab und bin mir nicht sicher, was ich davon halten soll. Ist Betrug erlaubt, wenn es für eine gute Sache ist? Und was gilt als angemessen genug, dass es eine Lüge rechtfertigt?

Walt knurrte. »Dummes Mädchen. Sie hat versucht, alles selbst unter Kontrolle zu behalten. Ihren Vater zu beschützen. Wache zu halten, als wäre sie die Einzige, die zwischen den Deutschen und Amerika stand.«

Joey starrte die Worte auf dem Blatt an und spürte ihre ganze Last. »Ich frage mich, ob sie nicht vielmehr versucht hat, an dem Leben festzuhalten, das sie geliebt hat.« War das nicht auch der Grund gewesen, warum Joey sich geweigert hatte, die Firma ihres Vaters zu übernehmen? Und warum sie in Copper Creek geblieben war, selbst nachdem all die Menschen, die sie liebte, gegangen waren? Denn wenn sie selbst auch gegangen wäre, hätte sie damit den letzten Sargnagel in das Familienleben gehämmert, nach dem sie sich gesehnt hatte. »Leuchtturmwächter zu sein, war Teil der Identität ihres Vaters. Und ihrer eigenen. Ich glaube, sie hat getan, was sie konnte, um ihn nicht ganz zu verlieren.«

Walt ballte seine Hände zu Fäusten. »Aber sie hat ihn verloren. Und ich … ich habe sie verloren. Hätte ich es doch nur gewusst.«

Joey legte ihre Hände auf seine. »Aber es war auch nicht deine Aufgabe, sie zu retten.«

Walt wandte den Blick ab. »Wenn nicht meine, wessen denn dann? Wer sonst auf der Welt sollte denn auf sie aufpassen? Ich habe in Gedanken unser Leben in tausend verschiedenen Fassungen durchgespielt und mich gefragt, was gewesen wäre, hätte ich dieses oder jenes getan.« Seine Worte waren so voller Emotionen, dass Joey ihn kaum verstehen konnte. Er nahm ein Taschentuch und putzte sich lautstark die Nase. »Ich dachte, ich hätte etwas Mutiges getan, als ich zur See gefahren bin, aber es wäre mutiger gewesen hierzubleiben. Als das Mädchen, das ich geliebt habe, mich gebraucht hätte.«

Finn war so still gewesen, dass Joey fast vergessen hatte, dass er immer noch da war. Jetzt sagte er: »Würdest du wirklich alles ungeschehen machen, wenn du könntest? Wenn du, um sie zu retten, alles andere auslöschen müsstest? Dein Leben mit Grandma, Dad und mir?«

Walt lockerte die verkrampften Fäuste und starrte sie an, als hielten sie ein Geheimnis fest. Er schüttelte den Kopf. »Reue ist ein merkwürdiges Ding, mein Junge. Sie bringt dich dazu, rückblickend alternative Realitäten in deinem Kopf zu erfinden. Dann sehnst du dich nach diesen imaginären Welten, bis es dich krank macht. Aber es gibt noch eine andere Seite des Bereuens. Mich an den Schmerz zu erinnern, hat dazu geführt, dass ich deine Grandma noch mehr geliebt habe und jeden Augenblick mit deinem Dad und dir bewusst erlebt habe. Ich habe nichts für selbstverständlich gehalten. Denn ich wusste, wie viel es kostet, wenn man einen Fehler macht.«

Langsam fuhr er mit dem Daumen über die Narbe an seiner Hand. »Ich wäre damals, als mein Schiff von einem Torpedo getroffen wurde, beinahe gestorben. Manchmal habe ich diesen Traum, dass sie es war, die mich gerettet hat. Als ich eine Woche später im Krankenhaus wieder zu mir kam und nach ihr fragte, hat meine Mutter mir erzählt, dass Cathleen und Callum McCorvey in der Nacht umgekommen sind, als mein Schiff versenkt wurde.« Ein zärtliches Lächeln machte Walts Züge ganz weich. »Ich stelle mir gerne vor, dass ihr Geist meinen getröstet hat, als mein Leben in der Schwebe hing. Ein Zeichen dafür, dass sie mir vergeben hat.« Er zuckte mit den Schultern. »Ich glaube nicht, dass es theologisch Hand und Fuß hat, aber der Traum hat mich trotzdem immer getröstet.« Er zeigte auf den Ordner. »Was schreibt sie denn sonst noch?«

Joey blätterte um und fing an zu lesen.

20. Juni

Ich habe auf stürmischer See gegen Wind und Wellen gekämpft und dabei mehr als einmal beinahe mein Leben verloren. Alles, um das Geheimnis meines Vaters zu bewahren und seine Stellung auf Bleakpoint zu retten. Aber nichts hat mein Herz mit so viel Angst erfüllt wie die Order, die wir gerade erhalten

*haben. Nicht wegen der feindlichen Bedrohung vor der Küste meiner geliebten Heimat, sondern weil mein Vater unwissentlich ein Komplize der Deutschen sein könnte, die unter der Meeresoberfläche lauern. Ich verstehe einfach nicht, warum dieser Befehl jetzt gekommen ist. Weil die Handelsrouten sich geändert haben? Die Bombenangriffe haben doch sowieso fast aufgehört. Ist dies einfach nur der erste Schritt, weil sie den Leuchtturm schließen wollen? Ich wusste, dass es irgendwann dazu kommen würde, dachte aber nicht, dass es so bald geschehen könnte.
Sie sagten, das Licht, das früher Menschenleben vor den Untiefen gerettet hat, erleuchtet jetzt die Silhouette der Handelsschiffe, die von deutschen U-Booten angegriffen werden. In unserer wenig besiedelten Gegend sind wir fast die einzige Lichtquelle, und es ist einfach, diese Lichtquelle abzuschalten, damit die Schiffe sicherer durch unsere Gewässer fahren können. Das verstehe ich. Wirklich. Aber ob mein Vater es versteht? Das helle Licht war immer etwas, auf das ich zeigen konnte, um ihm zu beweisen, dass alles in Ordnung ist. Selbst in seinen schlimmsten Phasen.
Ich sitze in der Klemme zwischen zwei elenden Optionen. Die Probleme beichten, die mein Vater hat, und ihnen sagen, dass ich Unterlagen gefälscht habe und die eigentliche Leuchtturmwächterin von Bleakpoint Light bin. Oder weitermachen. Zwei Jahre lang habe ich mein Leben diesen Gewässern gewidmet und unzählige Menschen gerettet. Dabei bin ich unbeabsichtigt so etwas wie eine Legende geworden. Tagsüber die hingebungsvolle Tochter. Nachts, wenn er schläft, Saint-Mae. Spielt es wirklich eine Rolle, wer die Aufgabe erledigt, solange sie erledigt wird?
Je mehr Zeit verstreicht, desto sicherer bin ich mir, dass es die richtige Entscheidung ist, mein Leben in diesem Leuchtturm zu beenden – und desto schwerer wird es mir, den Kurs aufzugeben, den ich eingeschlagen habe. Was wird mit mir geschehen, wenn die Behörden herausfinden, wie lange ich offizielle Dokumente gefälscht habe? Und was wird dann aus meinem Vater? Sie werden ihn für verrückt erklären.*

Mein Vater hat mir einmal erzählt, wenn er das Licht nicht mehr am Leuchten halten kann, würde er ins Meer gehen, damit es ihn verschlingt. Ich habe ihm damals geglaubt und ich glaube ihm auch jetzt. Und während ich ihm dabei zusehe, wie er immer mehr von sich selbst verliert, Stück für Stück, weiß ich, dass ich nicht bereit bin, meinen Vater, den Leuchtturmwächter, loszulassen. Genauso wenig bin ich bereit, Saint-Mae sterben zu lassen. Also halte ich noch ein bisschen länger durch in der Hoffnung, dass sich eine bessere Lösung findet.
Ich führe weiter dieses falsche Leben, das sich wahrer anfühlt als das, was ich leben sollte.

Walt erhob sich und schritt auf und ab. »Ich erinnere mich an den Lichtstrahl des Leuchtfeuers, bevor der Torpedo eingeschlagen ist.« Er presste die Lippen zusammen, bis sie beinahe gar nicht mehr zu sehen waren. »Und ich Narr dachte in dem Bruchteil einer Sekunde, bevor mir alles um die Ohren flog, das brennende Licht wäre ein Zeichen dafür, dass sie mir vergeben hatte. Mich sogar liebte.«

Joey faltete die Hände auf ihrem Schoß. »Ich glaube, wir werden nie wissen, wie sie sich in der Nacht damals gefühlt hat, aber ich glaube nicht, dass sie dich gehasst hat, weil du gegangen bist. Nicht wirklich.«

Finn lehnte sich auf dem Sofa zurück. »Sie hatte einfach Angst. Ihr Vater hat sie mit jedem Tag ein Stück mehr vergessen. Sie hat ihre wahre Identität geheim gehalten. Und sie hielt es für unmöglich, dass du, der Mensch, der sie am besten kannte, mit dem Leben davongekommen sein könntest.«

Walt blieb stehen. »Ich würde die vergangenen fünfundsechzig Jahre nicht ungeschehen machen, Finn. Aber wenn es etwas gibt, was ich ändern könnte, dann wäre das unsere letzte Begegnung.«

Kapitel 27

»Wie geht es Walt heute?«, fragte Joey Finn, als sie den Highway 12 entlangfuhr, eine Hand am Lenkrad. Für ihren freien Tag hatte sie sich eine Erlaubnis besorgt, am Strand entlangzufahren. Allerdings hatte sie nicht damit gerechnet, dass Finn zu dieser Fahrt mitkommen würde. Er hatte sich selbst eingeladen.

»Du weißt ja, wie er auf mich reagiert«, antwortete Finn. »Er hat gesagt, dass er an seinem Boot arbeiten muss. Allein.«

»Meinst du nicht doch, du hättest bei ihm bleiben sollen? Ihn dazu bewegen, ein bisschen zu reden? Es ist eine Woche her.« Mitanhören zu müssen, wie Cay den schwersten Augenblick ihres Lebens mit eigenen Worten beschrieben hatte, war für den Mann nicht leicht zu verkraften gewesen, aber irgendwann musste er doch darüber reden.

Finn nahm die Unterlagen an sich, die sie auf das Armaturenbrett gelegt hatte und die jetzt verrutschten, als sie eine Kurve fuhr. »Manchmal braucht man Zeit für sich allein, um Dinge zu verarbeiten.« Er ordnete den Stapel auf seinem Schoß und schob ihn dann in den Ritz zwischen Beifahrersitz und Mittelkonsole. »Wenigstens ist das bei Pops und mir so. Also habe ich gehorcht, als er sagte, ich solle mit dir fahren.«

»Er hat gesagt, du sollst mitkommen?« Joey war sich nicht sicher, wie sie das leichte Gefühl der Enttäuschung deuten sollte, weil Finn sie nicht aus eigenem Antrieb begleitete.

Er drehte sich auf dem Beifahrersitz zu ihr. »Er hatte Angst, dass du im Sand stecken bleibst. Das passiert Touristen häufiger und es ist ziemlich kostspielig, sich abschleppen zu lassen.«

Joey warf ihm einen Blick zu, der, wie sie hoffte, ihre Verärgerung angemessen zum Ausdruck brachte. »Ich habe mich schlaugemacht. Das Messgerät für den Reifendruck ist im Handschuhfach, und ich weiß, wie viel Luft ich rauslassen muss, damit ich keine Probleme kriege. Ich brauche deine Hilfe nicht.«

Finn zuckte verlegen mit den Schultern. »Das habe ich ihm auch gesagt.« Das Sonnenlicht spiegelte sich auf der glatten Oberfläche des Goldrings, den er in den Händen hielt und mit dem er spielte. Etwas, das er anscheinend immer dann tat, wenn die Atmosphäre angespannt war. »Ich wünschte, du hättest was gesagt, wenn du nicht wolltest, dass ich mitkomme.« War das ein Anflug von Kränkung in seiner Stimme. Dann war er ja vielleicht doch nicht nur gekommen, weil Walt es vorgeschlagen hatte.

Joey seufzte. »Das war gerade nur eine Reaktion auf unsere allererste Begegnung. Ich dachte, das hätten wir hinter uns, und als du gesagt hast, dass du dir Sorgen machst …«

»Pops hat sich Sorgen gemacht«, widersprach Finn. »Ich wusste nicht mal, dass man tatsächlich stecken bleiben kann. In Florida bin ich schon oft über den Strand gefahren, aber offenbar ist das hier was anderes. Doch bevor ich heute Morgen los bin, hat Pops mir erklärt, worauf man achten muss. Der Mann sollte Youtube-Videos aufnehmen.«

Sie lachten beide bei dem Gedanken, aber dann wurde Finn still. Er spielte immer noch mit dem Ring, aber als er sah, dass Joey ihn beobachtete, schloss er die Finger darum. Vielleicht ergab sich ja heute eine Gelegenheit, darüber etwas herauszufinden.

Er lächelte verlegen. »Ich glaube nicht, dass es bei Pops' Anschubser nur um deine Fahrkünste ging. Er hat sich in den Kopf gesetzt, dass du einen guten Einfluss auf mich hast, und er weiß, dass du nicht ewig hier sein wirst. Ich glaube, er will, dass du so oft wie möglich in meiner Nähe bist.«

Joey antwortete mit einem Lachen, auch wenn ihr nicht danach war. Was hatte sie eigentlich für ein Problem? Sie war schließlich nicht ernsthaft an Finn interessiert. Oder? Warum versetzte es ihr dann jedes Mal einen Stich, wenn er andeutete, dass er auf Walts Wunsch hin bei ihr war, und nicht weil er selbst es wollte. Sie schob den Gedanken beiseite. Sie wollte die Projektleiterin von Bleakpoint Light sein, nicht die von Finnegan O'Hares Leben. Aber das bedeutete nicht, dass sie nicht neugierig war. »Ich würde sagen, du kommst prima allein zurecht. Du brauchst mich doch gar nicht.«

Finn blickte zum Seitenfenster hinaus. »Gleich nach der Schule habe ich ein paar Dinge erlebt. Das hat mich eine Weile aus der Bahn geworfen.« Er warf ihr einen verlegenen Blick zu. »Eine ziemlich lange Weile. Eigentlich bis zu dem Zeitpunkt vor ein paar Wochen, als ich meinen Job gekündigt habe. Es ist komisch, aber es fühlt sich so an, als würde ich aus einem Nebel auftauchen. Das Leben in einem anderen Licht sehen.«

Sie nickte. »Gerade wenn man glaubt, man wüsste, was man vom Leben erwartet, wird alles auf den Kopf gestellt.«

Es dauerte eine Weile, bis Finn antwortete. Schließlich sagte er: »Pops hat aber recht. Du tust mir gut. Irgendwie hast du mir gezeigt, dass ich in den letzten Jahren eigentlich nur existiert und nicht gelebt habe.«

Joey umklammerte das Lenkrad fester. Wie konnte sie das bei einem anderen Menschen bewirken, während sie solche Mühe hatte, sich mit ihrem eigenen Leben auseinanderzusetzen? Und nur am Rand der Party stand, wie Sophie behauptet hatte.

Sie wollte gerade tiefer in Finns Vergangenheit eindringen, als sie jemanden sah, der ein Stück weiter auf einem der Parkplätze am Strand Müll aufsammelte. Jemanden mit einem Gehgips am linken Fuß.

Sie bremste und ließ den Wagen im Schritttempo weiterrollen, während ihr Herzschlag sich beschleunigte. »Da ist Peter.« Sie hatten den Jungen nicht mehr gesehen, seit er vor einer Woche von der Insel geflohen war, und es gab so viele Dinge, die Joey diesen Teenager fragen wollte, der so achtsam mit Cathleen McCorveys Eintragungen umgegangen war.

»Bist du sicher, dass er es ist?«, fragte Finn. In seinem weißen T-Shirt und der roten Baseballkappe sah er ganz anders aus als in dem übergroßen Kapuzenpullover. Jetzt war er vollkommen konzentriert auf seine Aufgabe und schlich nicht wie ein Gejagter herum.

»Das werden wir gleich wissen.« Sie parkte und kurbelte das Fenster herunter. »Peter?«

Der Junge erstarrte und drehte sich dann in die Richtung um, aus der Joeys Stimme kam. Sie winkte und lächelte, was hoffentlich freundlich wirkte und nicht wie ein Stalker, der gleich zuschlägt. »Ich bin's. Joey. Vom Leuchtturm.«

Peter starrte sie an, den Beutel in einer Hand, die Müllzange in der anderen.

Joey stieg aus und eilte zu ihm. Die Beifahrertür schloss sich und Schritte erklangen hinter ihr. »Wir haben die Geschichten gelesen«, sagte sie.

Peter wich einen kleinen Schritt zurück. »Wie gesagt, tut mir wirklich leid, dass ich Probleme gemacht habe.« Er warf einen Blick über die Schulter und senkte die Stimme. »Bitte. Bitte zeigen Sie mich nicht an. Ich weiß, dass ich es nicht verdient habe, ohne Strafe davonzukommen, nachdem ich eingebrochen und gestohlen habe.« Er schluckte. »Und das Feuer gelegt habe.« Er senkte den Kopf. »Aber ich darf nicht noch mal Ärger kriegen.«

»Noch mal?«, fragte Finn, der in diesem Augenblick neben Joey trat. Sie warf ihm einen warnenden Blick zu.

In Peters Miene war die Angst zu sehen, und er wandte sich ab. Dann seufzte er so laut, dass man es trotz Wind und Wellen hören konnte, bevor er näher trat und seine Stimme nur noch ein heiseres Flüstern war. »Beim letzten Mal habe ich aber nichts gemacht.« Er hob seinen eingegipsten Fuß. »Ich war nur zur falschen Zeit am falschen Ort mit den falschen Leuten. Ich hatte keine Ahnung, dass meine alten Kumpels von zu Hause so was vorhatten. Dass ich es ausbaden musste, war nicht gerecht. Und ich weiß, dass ich für das, was ich auf der Insel gemacht habe, Strafe verdient habe, aber wenn Sie mich anzeigen, kommt das auf mein Vorstrafenregister. Dann verliere ich alles. Und komme nie hier raus.« Er hob die Müllzange hoch. »Können Sie die Sozialstunden hier vielleicht als Strafe anrechnen für das, was ich wirklich verbrochen habe? Bitte?«

Joey tat es in der Seele weh, den Kummer in Peters Stimme zu hören. Es war nicht ihre Entscheidung, aber sie wünschte, es wäre so. Sie sah Finn an und stellte erleichtert fest, dass auch in seinen Zügen Mitgefühl lag. Sie fragte ganz sanft: »Wenn du wusstest, was es dich kosten könnte, warum hast du es dann getan?«

Peter stieß die Zange in den Sand. »Ich … ich habe in den letzten Jahren eine Menge verloren, und als ich dachte, ich würde jetzt auch noch die Insel verlieren … da habe ich Panik gekriegt. Ich war so blöd.« Sein Blick wanderte über ihre Schulter hinweg. »Ich muss weitermachen. Wie gesagt, ich kann mir keinen Ärger leisten.«

»Ich kann dir gar nicht genug dafür danken, dass du die Briefe zurückgebracht hast, obwohl du wusstest, dass für dich dann alles noch schlimmer werden könnte«, sagte Joey. »Der Mann, der das Land gekauft hat, will die Geschichte der Insel unbedingt bewahren, deshalb sammele ich für ihn alles auf, was ich finde. Die Notizen im Leuchtturm gehörten einer Freundin von ihm, die im Krieg gestorben ist. Bleakpoint war ihr Zuhause. Ich hatte gehofft, du könntest uns mehr über deine Verbindung mit der Insel erzählen, da sie dir offenbar so wichtig ist.«

Ein verwirrter Blick huschte über Peters Gesicht. »Vor zwei Jahren hat meine Urgroßmutter angefangen, über diese Insel zu reden. Mir Geschichten zu erzählen. Später, als ich nach Ocracoke ziehen musste, hat es mir geholfen, ihr nahe zu sein, wenn ich auf der Insel war. Und dann habe ich die Geschichten gelesen, die Sie gefunden haben, und sie klangen genau wie die von Nana Kit. Und ich habe mich gefragt, ob das, was sie mir erzählt hat, vielleicht wahr ist.« Er blickte wieder hinter sich. »Hören Sie, ich will nicht unhöflich sein, aber ich muss mich in fünf Minuten mit meinem Aufseher beim nächsten Parkplatz treffen und dann muss ich was in dem Beutel haben, was ich vorzeigen kann.«

»Warte noch eine Sekunde.« Joey lief zu ihrem Wagen und holte eine ihrer Visitenkarten, während Finn bei Peter wartete. Sie gab dem Jungen die Karte. »Wenn du heute mit der Arbeit fertig bist, kannst du mich dann anrufen?«

Kapitel 28

Walt saß in einer Ecke weiter hinten im Imbiss, die Unterlagen, die Joey ihm über die möglichen Pläne für die Insel gegeben hatte, vor ihm auf dem Tisch ausgebreitet. In seinem Kopf kreisten Gedanken an die Vergangenheit und nicht an die vorgeschlagene Zukunft und er legte die Projektskizzen in die Mappe zurück, bevor er einen großen Schluck von seinem inzwischen lauwarmen Kaffee trank.

So sehr er auch gehofft hatte, durch die Sanierung von Bleakpoint Light endlich mit der Vergangenheit abschließen zu können, zwang die ganze Sache ihn doch, sich mit jeder einzelnen Fehlentscheidung von damals auseinanderzusetzen. Selbst nach fünfundsechzig Jahren.

Seine schlaflosen Nächte an Bord seines Bootes waren endlose Wiederholungen der Vergangenheit geworden. Und wenn er dann endlich einschlief, träumte er davon, wie er wichtige Entscheidungen so traf, dass sich dadurch der Lauf der Geschichte für sich selbst und Cay änderte. Aber jedes Mal wachte er auf und war gefangen in dem Bewusstsein, die Vergangenheit nicht rückgängig machen zu können.

Fiel es ihm deshalb so schwer, sich eine Zukunft für den Leuchtturm vorzustellen? Denn wenn er eine solche Entscheidung traf, bedeutete es, dass er endlich das hässliche Ende ihrer Geschichte akzeptieren musste.

Jahrzehntelang hatte er sich selbst eingeredet, dass er Cay losgelassen hatte. Nach den langen Monaten der Genesung hatte er auf einem anderen Handelsschiff angeheuert und eine grauenvolle Fahrt nach der anderen unternommen und seinen Kummer in Arbeit und Gischt begraben. Und danach hatte er sich in Marthas großer Liebe und bereitwilliger Zuneigung vergraben.

Walt musste lächeln, als seine Gedanken zu seinem Enkel wanderten. Im Gegensatz zu ihm selbst war Finn anscheinend wirklich dabei, mit seiner Vergangenheit Frieden zu schließen. Walt hatte mitbekommen, wie Finn und Joey sich über seine Umzugspläne unterhalten hatten. So sehr Walt sich auch darüber freute, hoffte er doch, dass der Junge nicht seinetwegen einen großen Fehler machte.

Walt schlug mit seiner vernarbten Hand auf den Deckel des Ordners. Dieser Leuchtturm hatte auch noch Leben in sich. Er musste nur herausfinden, wie das aussehen könnte. Seufzend schlug er die Mappe wieder auf und blätterte darin. Joeys Idee, einen einzigartigen Erlebnisort zu erschaffen, hatte durchaus ihren Reiz. Cays Insel wäre auf jeden Fall eine atemberaubende Kulisse für Hochzeiten, die Verbindung zweier Herzen an diesem unberührten Strand. Ein Ort, an dem Menschen zusammenkamen, anstatt auseinandergerissen zu werden.

Aber es gab noch mehr Optionen, die Joey vorgeschlagen hatte. Die isolierte Welt von Callum und Cathleen könnte auch zu einem Zufluchtsort für Familien werden, die eine Auszeit von der Hektik des Alltags brauchten und sie an einem Ort fanden, der sich fernab vom Rest der Welt befand mit seiner Wildnis, in der die Kinder spielen konnten, wie er und Cay es früher getan hatten.

Walt starrte auf den letzten Vorschlag, einen kulturhistorischen Ort, der dem Leben von Callum und Cathleen gewidmet war. Würde Cathleen wollen, dass jeder ihr Leben sehen könnte? Nachdem sie alles dafür getan hatte, um die Probleme ihres Vaters geheim zu halten? Sie hatte im Schutz der Dunkelheit andere gerettet und nie die Lorbeeren für ihre Heldentaten eingeheimst.

Es wäre ihr wohl ein Graus.

Aber das änderte nichts an der Tatsache, dass sie Anerkennung verdiente für die Art, wie sie immer wieder ihr Leben für andere Menschen aufs Spiel gesetzt hatte.

Walt bezahlte seinen Kaffee und ging hinaus, während seine Gedanken zu Finn und seinen Umzugsplänen zurückwanderten.

Als er die Insel gekauft hatte, war Walt davon ausgegangen, dass er seine letzten Jahre allein verbringen würde mit gelegentlichen Besuchen seines arbeitssüchtigen Enkels. Als Martha noch gelebt hatte, war es für ihn in Ordnung gewesen, dass Finn nicht so oft zu Besuch kam. Aber er konnte nicht leugnen, dass die vergangenen Monate schrecklich einsam gewesen waren. Und als er wegen des Kaufs der Insel Streit mit Finn bekommen hatte, hatte er schon befürchtet, er würde die wenige Zeit, die sie gemeinsam hatten, auch noch verlieren. Ja, ihre Beziehung war auf die Probe gestellt worden, aber es gab sie noch. Und das hatte er Joey zu verdanken.

Mit ein bisschen Glück würde Finn irgendwann merken, dass Joey eine richtig gute Partie war. Walt hatte die kleinen Funken wahrgenommen, die zwischen ihnen gesprüht hatten, als sie gemeinsam versucht hatten, die Hinweise zu verstehen, die Cay hinterlassen hatte. Und es war eine Freude zu sehen, wie etwas Leichtigkeit in die Gemütsverfassung seines Enkels zurückkehrte. Aber Walt fragte sich, ob Finn Joey wohl von seiner Vergangenheit erzählt hatte. Das konnte er nur hoffen.

Joeys Pick-up bog auf den Parkplatz ein, gesprenkelt mit Salz und Sand. Sie winkte zum Fenster heraus. »Hallo, Walt! Am Hafen hat Chip mir gesagt, dass ich dich hier finden würde.« Sie parkte den Wagen und Finn und sie stiegen aus. Joeys Wangen waren gerötet und beide hatten von ihrem Ausflug zum Strand zerzauste Haare. »Wir haben Peter gesehen«, sagte Joey. »Er hat uns erzählt, dass die Geschichten aus der Leuchtturmmauer dieselben waren, die seine Urgroßmutter ihm erzählt hat. Es muss jemanden geben, dem Cathleen sich anvertraut hat. Morgen sprechen wir mit dem Jungen, dann will er uns erzählen, was er über das Leben seiner Urgroßmutter weiß. Vielleicht hat sie eine Ahnung davon, was in der Nacht, in der Cathleen verschwunden ist, wirklich geschehen ist.«

Walt nickte, weil er es nicht über sich brachte, die Begeisterung in ihren Augen zu dämpfen.

Er wusste vielleicht nicht genau, was mit Cathleen McCorvey geschehen war, aber das wusste auch sonst niemand. Die Geschichten, die Peters Verwandte erzählt hatte, hatten nichts mit Cay zu tun. Das war reiner Zufall. Legenden, die sich in Gutenachtgeschichten verwandelt hatten und gerade so viel Ähnlichkeit mit den Berichten hatten, dass der Junge sie für authentisch hielt.

Cathleen McCorvey war immer eine Insel für sich gewesen.

Später an diesem Abend gingen Walt und Finn zu Joey. Finn hatte eine Tüte mit Lebensmitteln dabei.

»Joey hat also gesagt, dass sie dir das Kochen beibringt?«

Finn nickte. »Ja. Ich … ich kann schließlich nicht ewig im Imbiss essen. Ich … ich werde hierherziehen, Pops. Ich habe ein Haus gekauft. Es macht im Moment noch nicht viel her, aber …«

Walt zog eine Augenbraue hoch. »Weißt du auch, was du da tust?«

Finn warf ihm ein nervöses Lächeln zu. »Deshalb hat Joey ja auch angeboten, mir das Kochen beizubringen.«

Walt stieß seinen Enkel an und zwinkerte. »Du könntest doch auch einfach weiter bei Joey essen.«

»Pops«, warnte Finn.

»Was denn?«

»Sag mal im Ernst – du bist doch nicht sauer, weil ich hierherziehe, oder?«

Walt würde niemals zugeben, dass ihm der Gedanke am Anfang gar nicht gefallen hatte. »Natürlich nicht. Nicht wenn du dir sicher bist, dass du es wirklich willst. Ich weiß, dass Joey sich freuen wird, wenn du in der Nähe bist. Sie scheint dich ins Herz geschlossen zu haben, obwohl du eine Nervensäge bist.«

Finn sah ihn mit gespielt finsterem Blick an. »Ich bin hier, weil ich in *deiner* Nähe sein will. Joey wird wahrscheinlich in ein paar Wochen abreisen, es sei denn, du hast dich für einen Plan entschieden, für dessen Umsetzung sie die vollen sechs Monate braucht.«

Walt zuckte mit den Achseln. »Vielleicht können wir sie ja überreden hierzubleiben. Man weiß nie. Ich spüre, dass du sie magst.«

Finn seufzte resigniert. »Klar. Sie ist lieb und hat ein gutes Herz. Großzügig. Wahrheitsliebend.«

»Hübsch?« Walt grinste.

»Pops!« Finn wurde rot und er lief ein bisschen schneller.

Walt bemühte sich mitzuhalten und legte ein, zwei Laufschritte ein. »Was? Ist sie das etwa nicht?«

Finn lachte. »Na ja, doch.«

Walt wurde ernst und legte Finn eine Hand auf die Schulter. »Hast du ihr von Cassie erzählt? Und von dem Baby?«

Finns Miene verdüsterte sich und er schüttelte den Kopf. »Kam noch nicht die Sprache drauf. Aber sie will die ganze üble Geschichte bestimmt gar nicht hören. Außerdem ist das alles Schnee von gestern.«

»Hat aber einen ziemlich großen Teil deines Lebens geprägt. Außerdem dachte ich nicht daran, dass sie es hören will, sondern dass du es loswerden musst. Du solltest das, was du in dich reingefressen hast, mal an die frische Luft lassen.«

Sie stiegen die Stufen zu dem Pfahlbau hinauf. Walt klopfte an die Tür.

»Und du kannst mir glauben«, fuhr er fort, »diese Joey kann richtig gut zuhören.«

Walt hatte den Satz noch nicht beendet, als schon die Tür aufging. »Danke, Walt. Jetzt weiß ich auch, warum mir die Ohren geklingelt haben. Schön, dass es ein Kompliment war und keine Kritik.« Ein überraschender Anflug von Bitterkeit schwang in Joeys letzten Worten mit.

»Ich kann mir nicht vorstellen, dass jemand etwas Böses über dich sagt, Mädchen. Und wenn, gibst du ihnen am besten meine Nummer, dann huste ich ihnen was.«

Joeys herrliches Lachen hallte in seinen Ohren wider. »Kann sein, dass ich auf das Angebot zurückkomme. Rein mit euch, Jungs. Finn, hast du alles bekommen, was auf der Liste stand?«

»Ja, Ma'am. Übrigens schöne Grüße von Ida.«

Walt trat ein, dicht gefolgt von Finn.

»Du warst wegen der Zutaten bei *Murphy's*?«, wollte Joey wissen.

»Ida war im Supermarkt und hat mit einer anderen Frau zusammen eingekauft.«

»Ach so.« Joey nahm Finn die Tüte ab und fing an, alles auf der Frühstückstheke auszubreiten.

Walt setzte sich gegenüber von den beiden auf einen Barhocker, während Finn und Joey sich an die Zubereitung des Essens machten. Irgendwas mit Krabben schien heute auf dem Speiseplan zu stehen.

Joey sah ihn an, während sie winzige Zwiebeln schnitt. »Hattest du schon Gelegenheit, dir die Vorschläge anzusehen?«

Walt nickte. »Hatte ich, aber … ich weiß nicht …«

»Kommt irgendwas davon gar nicht infrage oder neigst du zu einer bestimmten Idee?«

Walts Brustkorb zog sich zusammen. »Ich überlege noch.«

Joeys Blick war voller Freundlichkeit. »Keine Sorge. Ich war nur neugierig. Die letzte Phase des Projekts finde ich spannend.« Sie konzentrierte sich wieder auf das Essen. An Finn gerichtet sagte sie. »Oh, das reicht an Pfeffer, würde ich sagen. Wir wollen ja die Scampi nicht geschmacklich zudecken.«

Finn sah sie an, die Stirn in sorgenvolle Falten gelegt. »Habe ich es ruiniert?«

Joey grinste. »Nee. Ich mag es ein bisschen scharf.« Sie wandte ihre Aufmerksamkeit wieder Walt zu. »Wie war es hier, als du ein Junge warst? Ganz anders, könnte ich mir vorstellen. Vielleicht magst du uns ja ein paar Geschichten aus der Vergangenheit erzählen, während wir kochen.«

Walt stürzte die Hände auf seine Knie. »Irgendwas Bestimmtes, was du wissen willst?«

Joey überlegte. »Hm, wir haben ein bisschen von Cathleens Blick auf die Kriegsgeschehnisse vor der Küste gelesen. Wie war das für dich? Und für deine Eltern?«

Obwohl seitdem ein ganzes Leben vergangen war, staunte Walt darüber, wie schnell er diese Erinnerungen wieder hervorholen konnte. Wie Lesezeichen in einem Buch, das er mehrmals verschlungen hatte.

»Es waren wilde Zeiten. Nachts die Schiffe brennen zu sehen. Die Geräusche.« Walt schüttelte den Kopf. »Der Sand mit dem ganzen Öl drauf. Schiffsteile, die ans Ufer geschwemmt wurden. Kaputte Rettungsboote. Leichen.«

Joeys Kopf fuhr ruckartig hoch. »Leichen?«

Walt kniff die Augen zusammen und verbannte das grausige Bild, das ihm im Geist erschien, aus seinen Gedanken. »Ja.«

»Hatten die Leute denn keine Angst?«

»Doch, natürlich. Aber die Menschen von den Outer Banks sind ein zähes Völkchen. Sie lebten hier draußen an einem Ort, der sich in gewisser Weise wie ein eigenes Land anfühlte. Sie waren ein schweres Leben und raue Bedingungen gewöhnt. Fatale Schiffsunglücke vor diesen Küsten waren jedenfalls nichts Neues. Die meisten Menschen verhielten sich ruhig und lebten weiter wie bisher, auch wenn sie Angst hatten oder misstrauisch waren.« Walt legte den Kopf ein wenig schief. »Es ist seltsam, aber was einem die Kriegsrealität deutlich gemacht hat, waren nicht so sehr die Torpedos, sondern vor allem die Tatsache, dass bestimmte Gebiete für Zivilisten nicht mehr zugänglich waren und dass die ganzen Regierungsbeamten auftauchten. Wie gesagt, dieser Ort ist so vom Rest des Landes entfernt, da waren wir es nicht gewohnt, dass man uns vorschrieb, wohin wir gehen oder wo wir uns aufhalten durften.« Walt zuckte mit den Schultern. »Ja, einerseits war es beängstigend. Aber dann wurde es fast normal. Ich frage mich, ob die Kinder in Europa oder im Pazifik, bei denen der Krieg an die Tür geklopft hat, sich auch so gefühlt haben. Verängstigt und verunsichert, aber gleichzeitig darum bemüht, ganz normal weiterzuleben.«

»Wahnsinn, dass ich davon in der Schule nie etwas gehört habe. Abgesehen von Pearl Harbor klang es immer so, als hätte der Zweite Weltkrieg ganz weit weg stattgefunden.«

Finn hatte seine Essensvorbereitungen inzwischen ganz vernachlässigt. Walt wurde ganz warm ums Herz, als er sah, wie gebannt Finn ihm lauschte.

Er fuhr fort: »Den Leuten wurde eingeschärft, sie sollten es für sich behalten. Wenn sie etwas sagten, würde das die Schiffe in Gefahr bringen und so. Es gab berittene Patrouillen und schießwütige Wachen. Selbst die Einheimischen halfen dabei, Überlebende von Frachtern oder Öltankern zu finden.«

»Und nachdem du das alles gesehen hattest, wolltest du selbst an Bord eines solchen Schiffes gehen?«

Walt stand auf und trat an die großen Fenster, die zum Pamlico-Sund hinausgingen, während er sich daran erinnerte, als er sechzehn war. »Ich war es leid, immer nur zuzusehen, wenn etwas passierte, ohne irgendwas dagegen tun zu können.« Er schnaubte verächtlich. »Und ich war jung und dumm genug, in die wundervolle weite Welt zu schauen und zu glauben, solche Katastrophen könnten nur anderen passieren. Nicht furchtlosen *Männern* wie mir.« Er ging zu seinem Hocker zurück. Finn und Joey arbeiteten Seite an Seite zusammen. Wie zwei Puzzleteile, die zusammenpassten. Aber vielleicht bildete er sich diese Verbindung auch nur ein, weil Finn ihm so ähnlich sah und Joey ihn mit ihren dunklen Locken an Cay erinnerte. »Jedenfalls hat es nicht lange gedauert, bis die Wirklichkeit mich eingeholt hat. Ich war nicht furchtlos und ein richtiger Mann war ich auch noch nicht.«

Kapitel 29

Am nächsten Tag wanderte Peters Blick über die laminierte Speisekarte, wie wenn ein verhungerndes Tier auf ein Festmahl starrt, während er Joey und Finn im Imbiss gegenübersaß.

Als die Bedienung an den Tisch kam, bestellte er murmelnd einen doppelten Cheeseburger, Pommes und ein Schokomilchshake. Er sah entschuldigend zu Joey herüber und sie nickte aufmunternd und bestellte das Gleiche. Seine vornübergebeugte Haltung entspannte sich ein wenig.

Finn gab seine Karte zurück und bestellte eine Portion Pommes. »Ich weiß nicht, wie du das alles essen willst«, sagte er zu Joey. »Wir haben doch erst vor einer Stunde zu Mittag gegessen.«

Sie stieß ihn unterm Tisch an und warf ihm einen vielsagenden Blick zu. »Das wirst du schon noch sehen.« Sie würde niemals mit dem Appetit eines Jungen in Peters Alter mithalten können, aber sie wollte es wenigstens versuchen, damit der Junge sich wohler fühlte.

Jetzt wandte sie ihre Aufmerksamkeit Peter zu. »Ich fand es interessant, dass du gesagt hast, die Geschichten wären dir bekannt. Geschichten, die deine Urgroßmutter dir erzählt hat, richtig? Hat sie dir auch gesagt, woher sie diese Geschichten hatte? Woher sie stammten?«

Peter rutschte unruhig auf seinem Platz umher. »Als meine Mom noch gelebt hat, haben sie und meine Grandma mich immer zu Nana Kits Pflegeheim mitgenommen. Irgendwann fing sie an, mir Geschichten zu erzählen, aber nur wenn wir allein waren. Es war etwas Besonderes zwischen uns. Dann wurde sie richtig krank. Sie hat mir weiter ihre Geschichten erzählt, selbst wenn Mom und Grandma dabei waren, aber sie wirkte verwirrt und tat so, als wären es gar keine Geschichten. Als hätte sie das alles selbst erlebt. Meine Grandma Mae hat sich total aufgeregt.«

Der Name Mae traf Joey mitten ins Herz und ließ ihren Puls schneller schlagen.

»Grandma Mae hat dann gesagt, dass wir Nana Kitty nicht mehr besuchen können. Angeblich war es zu anstrengend für sie.« Peter errötete und räusperte sich dann, bevor er weitersprach, seine Stimme plötzlich eine halbe Oktave tiefer. »So hab ich sie genannt, als ich klein war. Alle haben sie Kit genannt und ich hab wohl Kitty draus gemacht, also …«

Joey senkte den Kopf, um ihr Grinsen zu verbergen. Die offensichtliche Liebe des Jungen zu seiner Urgroßmutter, verbunden mit seinem Versuch, erwachsen zu wirken, war wirklich süß.

Die Bedienung brachte die Milchshakes und Finns Cola. Nachdem die Frau wieder gegangen war, fuhr Peter mit seiner Erzählung fort: »Meine Mutter ist heimlich noch ein paarmal mit mir hingegangen, aber dann wurde Moms Krebs zu schlimm. Mom hat gesagt, sie wüsste nicht, ob Nanas Geschichten wahr sind oder nicht, aber dass meine Urgroßmutter sehr viel gelitten hat und es sie getröstet hat, diese Geschichten zu erzählen. Ich weiß nicht.« Er zuckte mit den Schultern und trank einen Schluck von seinem Milchshake, bevor er hoffnungsvoll in Joeys Richtung sah.

Oh. Er dachte, sie würde ihn nur dann nicht anzeigen, wenn er ihr die gewünschten Informationen geben könne. Sie beeilte sich, diesen Druck von seinen Schultern zu nehmen. »Danke, dass du uns erzählst, was du weißt, Peter. Du brauchst dir keine Sorgen zu machen. Solange du nicht wieder unerlaubt auf die Insel fährst und etwas an dich nimmst, das dir nicht gehört, zeigen wir dich nicht an.« Sie sah zu Finn hinüber, weil sie wusste, dass ihre Behauptung anmaßend war.

Peter nickte und man sah ihm an, dass eine tonnenschwere Last von seinen Schultern genommen war.

Finn stützte die Ellbogen auf den Tisch. »Du hast davon gesprochen, dass du schon mal in Schwierigkeiten warst. Worum ging es da?«

Mann, Finn, muss das sein? Vermutlich war es schon sinnvoll, sich zu vergewissern, dass der Junge kein Serientäter war, aber Peter machte auf sie den Eindruck eines Jungen, der ein gutes Herz hatte und seine Urgroßmutter geliebt hatte.

»Bevor meine Mom gestorben ist, haben wir auf Hatteras gelebt«, sagte Peter. »Ein schönes Grundstück, das meiner Familie schon lange gehört hatte, mit Blick auf den Sund. Nach Moms Tod hat mein Stiefvater es an einen Bauunternehmer verkauft. Unser Haus wurde abgerissen und an der Stelle wurden ganz viele Ferienwohnungen gebaut. Es hätte Mom das Herz gebrochen.« Die Augen des Jungen glänzten feucht. Er fuhr sich mit dem Unterarm übers Gesicht. »Ich hatte irgendwann die blöde Idee hinzufahren und mir die Baustelle anzusehen. Zusammen mit ein paar Jungs von meiner alten Schule, und denen habe ich erzählt, wie wütend ich war. Wahrscheinlich haben sie mich falsch verstanden. Jedenfalls haben sie Sprühfarbe mitgebracht.« Peter senkte den Kopf und starrte auf die beschichtete Tischplatte. »Die Bullen kamen und die anderen sind weggerannt. Ich bin hingefallen und hab mir den Knöchel richtig übel verletzt. Da haben sie mich gefasst. Ich hatte sogar noch Farbe an den Händen, weil ich versucht hatte, einem Kumpel die Dose wegzunehmen.« Er seufzte. »Sie haben mir jede Menge Sozialstunden aufgebrummt und gesagt, ich würde nicht vorbestraft, solange ich nicht noch was ausfresse. Aber ...« Er schluckte. »Ich weiß, dass ich mich auf Bleakpoint Island falsch verhalten habe. Das war viel schlimmer als das, was ich auf der Baustelle gemacht habe. Und ich weiß, ich habe nicht verdient, dass Sie mich laufen lassen, als wäre nichts passiert, aber wenn ich eine Vorstrafe bekomme, verliere ich bestimmt mein Stipendium. Und wenn sie mir das wegnehmen, komme ich hier nie weg.« Er kaute auf seiner Unterlippe. »Ich weiß, das ist keine Entschuldigung für das, was ich getan habe, aber ich dachte, ich würde diese Insel verlieren, so wie ich Moms

Haus verloren habe, und da habe ich Panik gekriegt. Ich bin es so leid, dass die wichtigen Dinge in meinem Leben einfach ausgelöscht werden, so als würden sie keine Rolle spielen.«

Der Kummer und Schmerz in Peters Stimme brach Joey das Herz. Sie sah Finn an und stellte erleichtert fest, dass auch aus seiner Miene Mitgefühl sprach.

»Ich werde mit meinem Großvater sprechen«, sagte Finn. »Aber ich kann mir nicht vorstellen, dass er etwas dagegen hat, wenn du ab zu auf der Insel bist. Vielleicht kannst du uns Bescheid sagen, wenn du hinfahren willst?«

Peter hob das Kinn und sah Finn mit hoffnungsvollen großen Augen an. »Klar, das mache ich. Sagt mir einfach, wen ich anrufen soll. Das ist … danke … also …« Er holte tief Luft und schloss die Augen und man konnte sehen, wie die Anspannung von ihm wich.

Finn presste die Lippen aufeinander. »Ich würde aber trotzdem gerne mit deinem Vater sprechen.«

»Nein!« Mehrere Leute im Imbiss drehten sich bei diesem Ausruf zu ihnen um. Er senkte die Stimme. »Er ist mein Stiefvater, nicht mein Dad, und das merkt man auch, wenn ihr versteht, was ich meine. Der würde mich glatt noch selbst anzeigen. In drei Monaten werde ich achtzehn – können wir ihn bitte da raushalten?« Seine Hände umklammerten seinen Milchshake.

Joey streckte den Arm über den Tisch und drückte den verkrampften Arm des Jungen.

Finn hob eine Hand. »Ich verstehe, was du meinst, aber du machst ganz offensichtlich gerade eine schwere Zeit durch und ich finde es nicht richtig, dass niemand in deinem Leben weiß, was auf Bleakpoint los war. Jemand, der ein Auge auf dich haben kann und dir helfen kann, nicht auf die schiefe Bahn zu geraten.« Der Schmerz in Finns Augen überraschte Joey. »Ich kann dir versprechen, dass die Entscheidungen, die du in den nächsten paar Jahren triffst, die Weichen für dein Leben stellen werden. Und du brauchst Leute, die auf deiner Seite sind. Glaub mir. Ich weiß, wovon ich rede.«

Was hätte Joey nicht dafür gegeben, jetzt allein mit Finn am Tisch zu sitzen. Zu entdecken, was hinter diesen entschlossenen Worten lag. Aber im Moment war Peter derjenige, dem sie helfen musste. »Deine Großmutter? Was ist, wenn Finn mit ihr spricht anstatt mit deinem Stiefvater?«

Peter sah sie an. »Besser sie als er. Aber wir haben uns nicht mehr gesehen, seit mein Stiefvater und sie bei Moms Beerdigung aneinandergeraten sind.« Er biss sich auf die Unterlippe und schüttelte langsam den Kopf. »Sie wird sicher nicht begeistert sein zu hören, was aus mir geworden ist. Und dass ich mich auf derselben Insel rumgetrieben habe, von der meine Urgroßmutter immer gesprochen hat.«

»Du sagtest, sie heißt Mae?«

»Ja.«

»Ist dir eigentlich aufgefallen, dass all die Berichte im Leuchtturm mit Mae unterschrieben waren?« Joey konnte ihre Neugier nicht länger zurückhalten. »Glaubst du, sie haben irgendwas mit deiner Grandma zu tun?«

Finn blinzelte nachdenklich. »Das kann nicht sein. Die Zettel stammen aus den frühen 40er-Jahren. Das muss zur Zeit meiner Urgroßmutter gewesen sein, nicht meiner Großmutter.«

Joey stützte die Ellbogen auf den Tisch und beugte sich vor. »Aber vielleicht hat deine Urgroßmutter Cathleen McCorvey gekannt und gewusst, dass sie etwas mit dem Namen ›Mae‹ zu tun hatte. Vielleicht hat sie ihre Tochter ja in Erinnerung an ihre Freundin von damals Mae genannt.«

Peter rutschte auf seinem Sitz herum. »Davon weiß ich nichts, aber ihr könnt sie natürlich fragen, wenn ihr erzählt, was ich gemacht habe. Aber ich warne euch: Es wird ihr vielleicht nicht gefallen, wenn ihr etwas wissen wollt, was mit der Insel zusammenhängt.«

Finn runzelte die Stirn. »Weißt du, warum?«

»Ich glaube, sie hatte einfach Angst, dass Nana an Demenz erkranken und Wahrheit und Legenden nicht mehr auseinanderhalten könnte. Die Leute hier glauben alle möglichen Geschichten. Manche sind wahr, andere ziemlich unwahrscheinlich. Aber was Nana Kit betrifft« – Peter sog scharf die Luft ein –, »Gerüchte und Tratsch gingen für sie gar nicht. Deshalb hat es Grandma vielleicht auch Angst gemacht, als ihre Mom anfing, über diese alten Geschichten und über Bleakpoint zu reden – so als würde sie sie verlieren. Ich nehme an, es ist einfach furchtbar, wenn man das Gefühl hat, dass man seine Mom verliert – egal, ob man fünfzehn oder fünfzig ist.«

Kapitel 30

Joey parkte vor Finns neuem Zuhause. Sie hatte versprochen vorbeizukommen und ihm bei einem Plan für den Umbau zu helfen, wenn sie auf Bleakpoint Feierabend gemacht hatte.

Sie beriet ihn gerne dabei, einen Ort zu erschaffen, an dem Walt und er irgendwann zusammenwohnen konnten. Obwohl das Haus auf der anderen Straßenseite und damit nicht direkt am Sund lag, würde man auch von dort aus einen herrlichen Blick haben.

Als sie gerade aussteigen wollte, erschien eine Nummer auf ihrem Handydisplay, die sie nicht kannte. »Hallo?«

»Hi. Spreche ich mit Josephina Harris von *Josephinas Eventschmiede*?« Die Stimme, die an Joeys Ohr drang, hatte diesen typischen Südstaatenakzent.

Wer war denn das? Joey richtete sich ein wenig auf. »Ja. Ja, das tun Sie.«

»Wunderbar. Ich heiße Lacey Nichole und meine Familie und ich haben gerade das Wochenende in einer ganz *reizenden* Pension verbracht. Als ich den Marktplatz betrat, wusste ich sofort, dass ich dort heiraten will. Mein Verlobter ist Musiker in Nashville und hat sich dort schon einen Namen gemacht. Aber ich will, dass meine Hochzeit schlicht und familiär wird, und Copper Creek hat alles, was ich mir wünsche.«

Nashville? Musiker? Hatte Sophie geheime Beziehungen, von denen sie bisher nichts gesagt hatte? Joey versuchte, ihre wirren Gedanken zu sammeln, während Lacey weiterplapperte. »Wissen Sie, nichts richtig Extravagantes. Nur so ungefähr achthundert Personen.«

Joey verschluckte sich. »Oh, okay.« Nicht das, was sie als schlicht bezeichnen würde, aber ein Event mit so vielen Gästen würde ihr Unternehmen eindeutig wiederbeleben.

Lacey kreischte und Joey zog schnell das Handy vom Ohr. »Dann machen Sie es? Cara hat gesagt, dass Sie die angesagteste Hochzeitsplanerin in der Gegend sind.«

Cara? Joey zermarterte sich das Hirn. Sie nahm das Telefon ans andere Ohr und rieb sich das andere, in das Lacey hineingequiekt hatte. »Entschuldigung, sagten Sie gerade, dass Cara mich empfohlen hat?«

»Ja, genau. Die Frau mit dem süßen Geschenkeladen. Sie hat gesagt, Sie seien die Einzige, die eine Veranstaltung dieser Größenordnung managen kann.«

Ach so. Das war die, die zugezogen war, die so ein schlechtes Gewissen gehabt hatte, weil sie Joey nicht für ihre Ladeneröffnung gebucht hatte, weil die Alteingesessenen ihr gedroht hatten, sie zu boykottieren. Joey lächelte, weil sie den Anflug eines Gefühls von Rache verspürte.

»Wir würden gerne im Oktober heiraten, aber ich weiß, dass das ziemlich kurzfristig ist«, fuhr Lacey fort.

Joey zog ihren Kalender aus der Tasche. Februar. »Acht Monate sind machbar.« In Gedanken ging sie schon die möglichen Ausstatter durch, die sie buchen musste.

»Können wir uns vielleicht treffen, bevor ich wieder abreise?«

Das bremste Joeys Gedanken, die sich gerade überschlugen, wieder aus. »Ich fühle mich geehrt, dass Sie mich anrufen, Lacey, aber im Moment arbeite ich auswärts an einem anderen Projekt.«

»Kein Problem, Schätzchen. Ich kann auch ein anderes Mal kommen.«

Eine merkwürdige Mischung aus Vorfreude und Angst breitete sich in Joeys Magengrube aus. Diese Hochzeit war genau das, was sie brauchte, um nach Copper Creek zurückzukehren. Sie warf einen Blick auf Finns Haus. Aber wollte sie das eigentlich? »Ich bin gerade auf dem Weg zu einer Besprechung. Kann ich Sie zurückrufen?«

»Sorry, klar. Keine Eile. Obwohl, ein bisschen eilig ist es ja doch bei unserem Zeitplan.« Lacey kicherte. »Boyd und ich können es gar nicht erwarten, den Bund fürs Leben zu schließen.«

Joey versprach, so bald wie möglich zurückzurufen, dann verabschiedete sie sich und stieg mit dem Notizblock in der Hand aus ihrem Wagen.

Sie überquerte die Straße und notierte sich Dinge, die ihr an Finns Haus auffielen. Die Veranda vor dem Haus, die in Richtung Sund zeigte, war an einer Stelle etwas abgesackt. Darum musste sich jemand früher oder später kümmern. Joey ging um das Haus herum und während ihr in dem kleinen Garten Probleme mit Staunässe auffielen, merkte sie, wie zugleich erste Ideen für eine herbstliche Hochzeitsdeko um ihre Aufmerksamkeit buhlten.

Finn kam die Treppe herunter. Er trug ein T-Shirt und eine Baseballkappe und sah entspannt aus. »Ich habe dich gar nicht vorfahren hören«, begrüßte er sie und hob die Hand. Er zeigte auf den Block in Joeys Hand. »Das Gutachten vom Sachverständigen liegt drinnen. Damit sparst du ein bisschen Zeit.«

Joey nickte. »Das gucke ich mir gleich an, aber ich verschaffe mir gerne selbst einen Überblick, bevor ich mir die Arbeit anderer Leute ansehe.« Sie blätterte zur nächsten Seite ihres Notizblocks. »Ich beeile mich, damit ich dir nicht zu lange im Weg bin.«

»Ich wollte dir nur Arbeit ersparen.« Finn zog eine Schulter hoch. »Von mir aus musst du nicht schnell wieder gehen.«

War das ein Anflug von Sehnsucht in seiner Stimme oder nur das Echo ihres eigenen Herzens? Joey schlug den abwegigen Gedanken zur Seite und spitzte die Lippen. »Ich wundere mich nur, dass du für einen solchen Job eine Frau engagieren willst.«

Finn wurde rot. »Das wirst du mir ewig nachtragen, oder? Ich hatte Sorge, dass das ganze Projekt eine Katastrophe wird, egal, wer die Arbeit übernimmt. Ich gebe zu, dass ich überrascht war, weil ich eben davon ausgegangen war, dass du ein Mann bist. Du warst einfach nicht die Person, die ich erwartet hatte, und dann kamen noch meine Sorgen um Pops dazu ...« Er rückte seine

Kappe zurecht. »Sagen wir, es war nicht einer meiner besten Momente.« Er zog eine Grimasse.

Joey hob eine Hand und lachte. »Ich zieh dich doch nur auf.« Und nach einem kurzen Zögern fuhr sie fort: »Und vielleicht bin ich auch ein bisschen stolz, weil ich dich für mich eingenommen habe. Da hab ich doch einen ziemlichen Karrieresprung hingelegt.«

Finn steckte die Hände in die Hosentaschen und starrte auf den Boden. »Für dich eingenommen ist eine Untertreibung.« Ein sanftes Lächeln umspielte seine Lippen, als er den Kopf hob und Joey in die Augen sah. »Und du beeindruckst mich noch mehr, wenn du Pops dazu bringst, eine Entscheidung zu treffen, wie er das Leuchtturmprojekt zu Ende bringen will.«

Joey schüttelte den Kopf. »Allmählich habe ich den Eindruck, dass er es einfach so lassen will. Aber ich bin mir sicher, dass ihr beide das auch ohne mich hinkriegt, falls er sich doch irgendwann entscheiden sollte.« In zwei Wochen würde ihr viermonatiger Vertrag ohnehin auslaufen. Dann konnte sie in ihre Heimatstadt zurückkehren und sich mit Laceys bombastischer Hochzeit in Copper Creek neu beweisen.

Finn stieß einen Schotterstein mit der Fußspitze an. »Meinst du, du könntest … ich meine, würdest du vielleicht in Erwägung ziehen, deinen Vertrag zu verlängern, wenn Pops wirklich eine Entscheidung trifft und das Projekt sich noch etwas hinauszögert? Aber vielleicht hast du es ja auch eilig, wieder nach Hause zu kommen …«

So sehr sie es in den letzten Wochen auch genossen hatte, sich in Walts Projekt zu stürzen und Cathleens Geheimnissen auf den Grund zu gehen, so konnte sie es sich nicht leisten, sich das neue Projekt mit der Riesenhochzeit entgehen zu lassen. Wenn Joey mit all den Hochzeitsgästen so viel Umsatz in die Stadt brachte, wie konnten die Einwohner sie dann noch als ihre Gegnerin betrachten? Und warum war sie nicht selbst auf die Idee gekommen, als Hochzeitsplanerin speziell für Copper Creek Werbung für sich zu machen? Es war eine geniale Idee. Sie sah Finn an. »Du bist doch jetzt hier. Solange ihr flexibel seid und eure Meinungsverschiedenheiten in Ruhe und ohne Angst ausdiskutiert, wozu braucht ihr mich dann hier?«

Finn trat näher und nahm Joeys Hand. Plötzlich stockte ihr der Atem. »Du machst gute, nein, hervorragende Arbeit. Es tut mir leid, dass ich deine Rolle dabei eingeschränkt habe. Und ich habe nicht nur dich unterschätzt, sondern auch die Bedeutung dieses Projekts. Das habe ich jetzt begriffen und es tut mir leid.« Die Verletzlichkeit in seinen Augen und sein ernster Tonfall versetzten Joey einen Stich. Copper Creek war so gut wie vergessen.

Sie drückte Finn die Hand, bevor sie losließ, aber die Wärme seiner Berührung blieb. »Äh, danke. Es bedeutet mir sehr viel, dass du das sagst.« Sie blickte zum Haus hinüber, weil sie ein bisschen Abstand brauchte, um zu verarbeiten, was sie für ihren Auftraggeber-Schrägstrich-Kunden-Schrägstrich-Vorgesetzten-Schrägstrich-Freund gerade empfand. »Ich mache mich besser daran, mir noch schnell, bevor es dunkel wird, die letzten Notizen für dein Projekt zu machen.«

Als sie ihren Rundgang beendet hatte, setzte sie sich auf einen Barhocker in der Küche, der aus den 1970er-Jahren stammte und unbedingt gerettet werden musste. Finn holte zwei Cola-Dosen aus dem Kühlschrank und nahm ihr gegenüber Platz.

»Am teuersten werden die Reparaturen an der Veranda sein«, erklärte Joey ihm. »Das würde ich auch schnell machen, denn noch kann die jetzige Konstruktion bleiben. Wenn du dich nicht bald darum kümmerst, wird das Problem schlimmer, und am Ende musst du das ganze Ding abreißen und neu machen.« Sie tippte mit dem Stift auf ihren Notizblock. »Ein anderer großer Kostenpunkt wird sein, das Haus barrierefrei zu machen. Die Rampe wird nicht billig. Aber das kann wahrscheinlich noch warten.« Sie zeigte auf die Wände und sog hörbar die Luft ein. »Diese Tapete in Rost und Olivgrün hingegen …«

»Ist auf jeden Fall ein Statement«, beendete er ihren Satz, bevor er seine Dose öffnete.

Joey lachte. »Das ist freundlicher als das, was ich sagen wollte. Ich würde sagen, wir fangen auf der Stelle an, das Zeug abzureißen.«

Finn grinste, aber dann wich plötzlich die Heiterkeit aus seinem Gesicht. »Pops würde einen Anfall kriegen, wenn er wüsste, dass ich eine Rampe für ihn bauen will. Damit signalisiere ich ihm ja, dass er nicht den Rest seiner Tage auf diesem Segelboot verbringen kann.« Er zuckte mit den Schultern. »Aber wer weiß. Vielleicht tut er das ja. Sollte es allerdings doch anders kommen, will ich vorbereitet sein.«

Die Sanftheit in seiner Stimme wärmte Joey das Herz. »Bestimmt weiß er – hoffe ich jedenfalls –, dass du ihn liebst. Er wird sehen, dass er dir wichtig ist, weil du ihm bei der Erfüllung einiger seiner Träume hilfst und in der Nähe bist. Und das ist doch schön.«

Finn drehte geistesabwesend die Getränkedose in der Hand. »Es ist nichts im Vergleich zu dem, was er für mich auf sich genommen hat. Er und meine Großmutter mussten, nachdem ihre Kinder gerade auf eigenen Füßen standen, ihre ganzen Ruhestandspläne über den Haufen werfen und noch mal Eltern sein, nachdem meine so plötzlich gestorben waren. Sie haben mich Sturkopf großgezogen und Gott weiß, dass ich es ihnen nicht gerade leicht gemacht habe. Vor allem als Teenager.« Er rieb sich das Kinn. »Ich habe mich wirklich nicht mit Ruhm bekleckert, aber trotzdem war Pops unglaublich verständnisvoll. Vermutlich verstand er etwas davon, wie es ist, Entscheidungen zu treffen, die man im Nachhinein bereut.« Finns Lachen klang angestrengt. »Ich bin genauso schlimm wie er und klammere mich an Dinge, die ich gerne ungeschehen oder anders machen würde. Aber dafür ist es zu spät, weil ich sie nicht ändern kann.«

Joey spielte mit dem Verschluss ihrer Cola-Dose, sodass sie ein metallisches Geräusch von sich gab. »Willst du darüber reden?«

Sie wollte ihm nicht das Gefühl geben, dass sie sich in seine Angelegenheiten einmischte, aber sie konnte nicht leugnen, dass der Mann, der ständig mit einem Ehering spielte, den er nicht am Finger trug, sie neugierig machte.

Finn warf ihr einen gequälten Blick zu. »Es fällt mir schwer. Aber wenn ich sehe, dass Pops mit über achtzig noch an den Entscheidungen knabbert, die er in der Vergangenheit getroffen hat« – er schluckte –, »sollte ich das mit dem Darüberreden vielleicht doch mal versuchen.«

Er umklammerte die Cola-Dose, bis sie knackte. Joey legte ihm eine Hand auf die verkrampften Finger. Er starrte einen Augenblick darauf und fing dann an zu sprechen: »Auf der Highschool habe ich mich Hals über Kopf in ein Mädchen verliebt. Ein Mädchen, das mich keines Blickes würdigen würde, da war ich mir sicher. Aber das hat sie doch getan. Und dann wurde sie mein Ein und Alles. Freunde, Sport, Familie – habe ich alles aufgegeben für Cass. Pops und Grandma haben versucht, mich zu warnen, ich solle vorsichtig sein. Du weißt schon, der Liebe Zeit geben. Es langsam angehen. Wie du dir vorstellen kannst, dachte ich mit meinen siebzehn Jahren, ich wüsste es besser, hätte mein Leben im Griff, ohne dass sie sich einmischen müssen.« Finn zog eine Grimasse. »Am Ende unseres letzten Highschool-Jahres war Cass schwanger. Ich hatte natürlich Angst, aber ich habe dieses Mädchen geliebt und ich war hundertprozentig sicher, dass alles gut werden würde, auch wenn ich mein Leben nach dem Schulabschluss schon etwas anders geplant hatte. Denn ich dachte ... ich dachte, Cass würde mich genauso lieben wie ich sie. Vielleicht hat sie das auch ... oder vielleicht wollte sie heiraten, um sich besser zu fühlen. Ich weiß nicht.

Ich habe ihr einen Antrag gemacht. Sie hat Ja gesagt, obwohl ihre Eltern dagegen waren. Als wir beide achtzehn waren, haben wir vor einem Richter geheiratet. Ich habe einen Job gefunden, bei dem ich ganz gut verdient habe. Es war zwar nicht die Pilotenschule, die ich eigentlich machen wollte, aber ich war mit dem

Mädchen meiner Träume verheiratet und wir würden ein Baby zusammen haben. Möglich, dass unser Leben nicht in der Reihenfolge ablief, wie es von mir erwartet wurde, aber wir würden es schon schaffen.«

Der Kummer in Finns Stimme machte Joey das Herz schwer. Dann blickte er auf und ungeweinte Tränen glänzten in seinen Augen. »Wir haben das Baby in der dreißigsten Woche verloren, einen kleinen Jungen. Die Ärzte wussten nicht, warum.«

Das Zittern in seiner Stimme brach Joey das Herz.

»Cass zog zu ihren Eltern zurück. Und ich saß allein in einer Wohnung, in der die eine Hälfte des Wohnzimmers als Kinderzimmer eingerichtet war, das für immer leer bleiben würde.« Er rieb sich mit den Händen übers Gesicht und seufzte.

»Es tut mir schrecklich leid«, sagte Joey. Sie wünschte, sie könnte etwas Bedeutenderes sagen, seinen Schmerz irgendwie lindern.

»Pops und Grandma waren für mich da, als mein Kartenhaus zusammenfiel, obwohl ich mich in den sechs Monaten davor wie ein Hornochse verhalten hatte. Ich hatte ihren Rat ignoriert und aggressiv reagiert, als sie versucht hatten, mir gewisse Grenzen zu setzen«, sagte Finn. »Danach war ich wieder frei, meinen ursprünglichen Plan zu verfolgen und zur Pilotenschule zu gehen. Aber ich fühlte mich gefangen. Ich ertrank in Emotionen, die für mich eine Nummer zu groß waren, also habe ich so viel gearbeitet, dass ich nichts mehr fühlen musste. Jedenfalls habe ich mir das eingeredet.«

»Und jetzt?«, fragte Joey.

Er zog eine Schulter hoch. »Ich glaube, jetzt bin ich endlich so weit, dass ich mich nicht mehr für die Fehler bestrafe, die ich als Teenager gemacht habe. Dass ich mir die Dinge vergebe, die Gott mir längst vergeben hat. Und ich will Pops etwas von dem zurückgeben, was er mir geschenkt hat. Geduld. Ein offenes Ohr. Güte. Ich will ihm helfen, den inneren Frieden zu finden, den er sucht. Auf seine Weise und zu seiner Zeit. Ich will ihn bei dem unterstützen, was gerade für ihn dran ist.

Ich weiß, dass ich es nicht richtig angegangen bin, aber du musst verstehen, dass ich plötzlich eine Seite meines Großvaters gesehen habe, die ich überhaupt nicht kannte. Ich dachte, ich würde ihn verlieren. Dabei habe ich eigentlich etwas gewonnen, etwas, das mir zuvor nicht bewusst war. Und du bist diejenige, die mir dabei geholfen hat, das zu erkennen.«

Bedeutete das, dass ihre Arbeit hier getan war? Eine wieder vereinte Familie. Vielleicht war es an der Zeit, nach Copper Creek zurückzukehren und etwas für den guten Ruf ihrer eigenen Familie zu tun.

Kapitel 31

Zwei Tage später fuhren Joey, Finn und Peter mit Finns Audi an Bord der Fähre nach Hatteras. Endlich hatten sie Peter dazu gebracht, einen Samstag festzumachen, an dem sie seine Großmutter besuchen wollten.

Joey drehte sich auf ihrem Sitz um und warf einen Blick auf den Jungen. Peter sah aus, als wäre er auf dem Weg zur Polizei. Er hatte seine Großmutter seit Monaten nicht mehr besucht und rutschte ein wenig hin und her, weil er auf der Rückbank für seine langen Beine wenig Platz fand.

»Es hätte mir nichts ausgemacht, hinten zu sitzen«, sagte sie zu ihm. »Ich bin viel kleiner als du. Außerdem kann das mit dem Gehgips wirklich nicht bequem sein.«

Peter zuckte mit den Achseln. »Ich kriege schon genug Ärger. Wenn rauskommt, dass ich eine Dame auf der Rückbank sitzen lasse ...« Er sog hörbar die Luft ein.

So wie der Junge über diesen Besuch sprach, schien ein Treffen mit Grandma Mae so ähnlich zu sein wie die Begegnung mit einem Hurrikan. Aber vielleicht hatte er auch nur Angst, sie zu enttäuschen. »Ihr habt euch also nahegestanden, du und deine Großmutter?«, fragte Joey. »Bevor du nach Ocracoke gezogen bist?«

»Ja. Sie hat in der Nähe gewohnt, und ich konnte mit dem Rad hinfahren. Und als Mom krank wurde, hat Grandma ihr immer geholfen. Mein Stiefvater kam nicht gut damit klar.«

»Sie kommt nicht nach Ocracoke?«

»Nee. Mein Stiefvater hat ihr bei Moms Beerdigung gesagt, dass sie bei uns zu Hause nicht willkommen ist, und Grandma dachte wahrscheinlich, dass sie das respektieren muss.« Peter schnaubte. »Meine Momma war ein guter Mensch, aber sie hatte nicht den besten Geschmack, was Männer betrifft.«

Joey wickelte sich eine Locke um den Finger. »Das muss schwer für dich gewesen sein. Dass sie sich ausgerechnet an dem Tag gestritten haben.«

Sie warf Peter einen Blick zu.

Der Junge knibbelte an der Nagelhaut eines Fingers, während er aus dem Fenster sah. »Grandma wollte, dass ich bei ihr wohne. Aber mein Stiefvater hat das abgelehnt. Er hat den Streit wohl gewonnen, denn im letzten Jahr musste ich bei ihm wohnen. Ihm ist nur wichtig, dass er an das Geld kommt, das meine Mom für mich auf die Seite gelegt hat. Nicht dass es besonders viel wäre.«

»Du sagtest doch, das Haus deiner Mom war Eigentum deiner Familie, oder? Es hat aber nicht deiner Großmutter gehört?«

»Nein. Meine Grandma ist die Mutter meines leiblichen Vaters. Er hat irgendwann beschlossen, dass es ihm zu viel ist, Ehemann und Vater zu sein, aber zum Glück wollte Grandma Mae trotzdem einen Enkel haben. Früher jedenfalls.«

Wie schmerzlich es für ihn sein musste zu wissen, dass jemand, den er so liebte, nicht mehr gekämpft hatte, um Teil seines Lebens zu sein. Wenigstens hätte Joey sich so gefühlt, wenn sie in den Schuhen des Jungen gesteckt hätte. »Das tut mir leid.«

Peter antwortete mit einem leisen undefinierbaren Laut.

Um die Stimmung aufzuhellen, wandte Joey sich an Finn. »Ich kann immer noch nicht fassen, dass du nicht mit meinem Wagen fahren wolltest.«

Er kicherte. »Wenn kein Allradantrieb nötig ist, kriegen mich keine zehn Pferde in dieses Scheusal von einem Auto. Ich wusste nicht mal, dass es die in so einer Farbe gibt.«

Joey lächelte. »Nur damit du es weißt: Meine Lieblingsfarbe ist das auch nicht, aber der Pick-up war ein Geschenk meines Vaters, als ich meine Firma gegründet habe. Und einem geschenkten Gaul schaut man nicht ins Maul.«

Finn warf ihr einen skeptischen Blick zu.

»Das war seine Art, mir seinen Segen zu geben. Schließlich

musste er verdauen, dass ich lieber mein eigenes Unternehmen wollte, anstatt das Familiengeschäft zu übernehmen.«

Finn sah wieder zu ihr herüber, während er auf die Fähre fuhr. »Warum hast du das eigentlich nicht gemacht? Dir liegt doch diese Art von Arbeit ganz offensichtlich.«

Sie zuckte mit den Schultern, aber die beiläufige Geste passte nicht zu dem Stich, den sie in der Brust verspürte. »Ich hatte kein Recht dazu. Die Firma sollte an meinen Bruder gehen. Er und Dad haben immer darüber gesprochen, seit ich klein war. Aber dann haben Dad und er sich gestritten. Ich hatte das Gefühl, wenn ich Dads Angebot annehme, hat Trey keinen Grund mehr zurückzukommen. Wahrscheinlich dachte ich auch, wenn ich Nein sage, gibt mein Vater sich vielleicht mehr Mühe, die Beziehung zu meinem Bruder zu kitten. Stattdessen hat er das Unternehmen verkauft.«

»Hat es dir was ausgemacht, dass dein Dad nicht vorhatte, euch beiden die Firma zu übergeben?«

Joey schüttelte den Kopf. »Könnte man meinen, aber nein. Ich war lieber der Schatten meines großen Bruders, während er das Sagen hatte. Wahrscheinlich würde ich immer noch für ihn arbeiten, wenn er geblieben wäre.« Sie starrte zum Fenster hinaus und hing ihren Gedanken nach. »Ich glaube ... ich glaube, *Josephinas Eventschmiede* war mein Versuch, mir selbst zu beweisen, dass ich auch ohne ihn etwas auf die Beine stellen kann. Etwas machen, das ganz und gar mein eigenes Ding ist.« Und trotzdem war sie mit ihrem Unternehmen irgendwie in die Probleme von *Harris Constructions* verwickelt worden. Aber dieses Riesenevent von Laceys Hochzeit würde das alles ändern können.

Sie hatte Finn noch immer nicht erzählt, was mit der Firma ihres Vaters geschehen war, nachdem er sie verkauft hatte. Ihr Blick huschte zu Peter nach hinten, der selbst eine schwierige Vergangenheit hatte. Vielleicht half es ihm ja ein wenig zu wissen, dass sie wusste, wie es war, wenn man unschuldig war, aber für schuldig gehalten wurde. »Als Dad die Firma verkauft hat, wurde sie von einem Typen übernommen, der neu in der Gegend war. Er sagte, er käme selbst aus einem Bauunternehmen. Wie sich herausstellte, gab es einen Grund, warum er umgezogen war. Er hatte Dads Firma mit gestohlenem Geld aus nicht ausgeführten Aufträgen in einem anderen Bundesstaat gekauft. Die Arbeiten, die er in Copper Creek übernahm, wurden schlecht gemacht, sodass Hauseigentümer und Unternehmer Tausende investieren mussten, um die Fehler ausbessern zu lassen. Und bei anderen wurden die Arbeiten gar nicht erst angefangen. Er hat einfach ihr Geld genommen und ist abgehauen, um sich neue Opfer zu suchen.«

Finn trommelte mit den Fingern aufs Lenkrad, seine Miene ernst.

Joey sprach weiter. »Obwohl Dad sich nichts hat zuschulden kommen lassen und nur weil er seine Firma an einen Verbrecher verkauft hat, war der Name Harris mit dem Unternehmen verbunden und die Leute haben ihm die Schuld gegeben. Vielleicht dachten sie auch, er wollte nur die schnelle Kohle machen, egal, wie der neue Eigentümer die Leute behandelte. Dadurch war der Name Harris verbrannt und die Leute haben auch ihre Aufträge bei mir storniert«, fuhr sie fort. »Sie sind meiner Mutter im Supermarkt aus dem Weg gegangen. Haben meinem Dad anonyme Briefe geschickt. Einige haben sogar versucht, ihn vor Gericht zu zerren, weil der andere Kerl untergetaucht war und mein Dad noch da war. Rechtlich hatten sie natürlich keine Chance. Aber all diese Dinge machen einen mürbe. Mein Vater war immer stolz gewesen auf seinen guten Ruf.« Joey warf noch einen verstohlenen Blick nach hinten zu Peter, der ihr gebannt lauschte. »Das ist ein Hauptgrund dafür, dass ich den Job hier machen wollte. Um eine Weile aus dieser üblen Situation rauszukommen.«

Jetzt waren alle Autos auf der Fähre und sie legten vom Hafen ab. Finn saß schweigend auf dem Fahrersitz und Joey wünschte, sie könnte seine Gedanken lesen. Sie hatte gehofft, er würde ihr inzwischen genügend vertrauen und ihre Integrität nicht anzweifeln.

Joey drehte sich ihm zu. »Vielleicht hätte ich das eher erwähnen sollen. Ich wollte …«

»Mir nicht noch einen Grund liefern, dir den Auftrag nicht zu geben?«, beendete er den Satz mit einem schiefen Lächeln.

»So was in der Art.«

»Jeder, der auch nur ein bisschen Zeit mit dir verbringt, weiß, dass du deine Arbeit viel zu ernst nimmst, um einen Job anzunehmen, den du nicht auch gut bewältigen kannst.«

Unerwartete Tränen traten Joey in die Augen, als sie diese freundlichen Worte hörte. Sie blickte zum Fenster hinaus, obwohl das Fahrerhaus der Fähre ihr die Sicht versperrte, und blinzelte die Tränen zurück. Schade, dass die Stadt, in der sie aufgewachsen war, das nicht erkannt hatte. »Danke.« Das Wort klang heiser.

»Wofür?«

Joey sah ihn an. »Dafür, dass du das gesagt hast. Und dass du mir das Projekt deines Großvaters anvertraut hast.«

Finn grinste. »Ich weiß nicht, ob ich dafür Dank verdient habe. Pops hat mich mehr oder weniger dazu genötigt und du hast das Vertrauen verdient.«

Sie zuckte mit den Schultern. »Die Leute in Copper Creek haben mir vertraut und ich habe nichts getan, um dieses Vertrauen zu verlieren, aber sie haben sich trotzdem gegen mich gewandt.«

»Sie sind einfach blöd«, sagte Peter von hinten.

Joey drehte sich zu ihm um. Peters Augen funkelten.

»Das denke ich auch manchmal«, gab sie zu. »Aber sie sind nicht blöd. Sie wurden verletzt. Der Typ hat den Menschen wirklich Schaden zugefügt. Eine Frau, Margaret, hätte beinahe ihre Pension verloren. Das Haus war seit dem 19. Jahrhundert im Besitz ihrer Familie. Andere wurden um mehrere Tausend Dollar geprellt. Ich war so frustriert, weil die Leute so ungerecht waren. Aber ich habe auch einen Fehler gemacht, denn wenn ich die Firma meines Vaters übernommen hätte, wäre nichts von all dem passiert. Wenn Menschen verletzt und verunsichert sind, denken sie nicht immer logisch. Dann sehen sie nur ihren Schmerz und ihre Angst.«

Peter verschränkte die Arme vor der Brust und lehnte sich auf seinem Sitz zurück. »Es ist trotzdem falsch.«

»Klar.« Und vielleicht war es an der Zeit, den sprichwörtlichen Staub von den Füßen zu schütteln und mit der Vergangenheit abzuschließen. Vielleicht sollte sie aber auch erhobenen Hauptes zurückgehen und die Leute daran erinnern, aus welchem Holz sie geschnitzt war.

Joey löste ihren Sicherheitsgurt. »Für dich ist dieser Anblick von der Fähre aus vielleicht normal, Peter, aber für mich ist er noch ganz neu, deshalb gehe ich jetzt an die Brüstung und lasse mich überraschen, was es zu sehen gibt.«

Finn folgte ihrem Beispiel. »Der Reiz des Neuen hat sich bei mir auch noch nicht gelegt.«

»Dieser Reiz wird nie nachlassen«, sagte Peter. »Im Leben nicht.«

Zu dritt stiegen sie aus dem Wagen und standen an der Reling, wo sie sich gegenseitig auf Sandbänke und watende Sumpfvögel aufmerksam machten. Finn zog einen goldenen Ring aus seiner Hosentasche, schloss einige Augenblicke lang die Faust darum und ließ ihn dann in das graugrüne Wasser des Pamlico-Sunds fallen.

Mit seinem Blick begegnete er Joey und sie lächelte ihn an. Ganz sicher war sie nicht, was diese Geste der Befreiung für Finn bedeutete oder welcher Teil ihres Gesprächs dazu geführt hatte, aber es war, als wäre eine Last von seinen Schultern abgefallen, als der Ring auf die Wasseroberfläche traf.

Es war ein Gefühl, das Joey sich auch für sich selbst wünschte, aber ihr war noch nicht ganz klar, welche Facette ihres Lebens sie loslassen und welche sie festhalten sollte.

Kapitel 32

Nachdem sie in Hatteras am Fähranleger an Land gefahren waren, lotste Peter sie zum Haus seiner Großmutter. Das rhythmische Tappen seiner Ferse auf der Gummimatte verriet, wie nervös er war.

Wie sollten sie das Gespräch mit Mae über Peters Aktivitäten auf der Insel so steuern, dass sie ihnen erzählte, was sie über diesen Ort wusste? Joey vermutete, dass das nicht leicht sein würde.

Finn parkte vor einem kleinen weißen Cottage, das einen neuen Anstrich gebrauchen konnte. Es stand mitten in einem kleinen Hain von Lebenseichen. Die Sonne fiel durch das Blätterdach und warf Schatten auf die Mauern. Das Haus stand etwas abseits, ein gutes Stück von der Hauptstraße mit den dicht gedrängten Mietwohnungen entfernt.

Joey wandte sich an Peter. »Bereit?«

Er gab einen vagen Laut von sich und zog sich die Kapuze über den Kopf.

Joey stieg gerade aus dem Wagen, als eine Frau von etwa Mitte sechzig auf die Veranda heraustrat. »Sie drehen besser wieder um. Die Ferienwohnungen sind bei der nächsten Einfahrt.«

Finn trat näher und winkte freundlich. »Hallo. Sind Sie Mae?«

»Wer will das wissen?«

Joey blickte über ihre Schulter zu Peter hinüber, der die Schultern hochzog.

»Du hast ihr gar nicht gesagt, dass wir kommen?«, zischte sie.

»Äh …«

Finn schob Peter nach vorne. »Falscher Schachzug. Regel das, Kumpel.«

Der Junge warf Joey einen »Hilfe!«-Blick zu und rief dann: »Hi, Grandma. Ich bin's, Peter.«

Die Frau starrte ihn an und ihre Augen wurden immer größer. »Du lieber Himmel. Du bist es wirklich. Wer sind denn diese Leute hier? Wen hast du da hergebracht, ohne mir Bescheid zu sagen?« Sie zog den Morgenmantel fester um sich.

»Es tut uns leid, Ma'am«, sagte Finn. »Uns war nicht klar, dass unser Besuch nicht angekündigt war. Wir kommen gerne ein anderes Mal wieder.«

Sie schnaubte verächtlich. »Ich habe meinen Enkel fast ein Jahr lang nicht zu Gesicht bekommen. Warten Sie mal hier, während ich mich ein bisschen frisch mache.« Sie nahm ein Streichholz und zündete damit eine Reihe Zitronellafackeln an der Veranda an, dann verschwand sie im Haus, kam aber gleich darauf mit einem feuchten Tuch in der Hand zurück. »Peter, wisch mal die Stühle ab. Wir wollen schließlich nicht, dass deine Gäste in Spinnweben und Staub sitzen.« Ihre Stimme klang streng, aber ihre feucht glänzenden Augen verrieten, wie sehr der Anblick des Jungen, den sie offensichtlich vergötterte, sie bewegte.

Sie sah Finn und Joey an, die jetzt am Fuß der Treppe standen und sich verunsicherte Blicke zuwarfen. »Wenn Peter mit den Stühlen fertig ist, können Sie sich setzen. Ich bin gleich wieder da.« Die Frau ging wieder hinein und Peter machte sich daran, die Schaukelstühle abzuwischen. Joey und Finn gesellten sich auf der Veranda zu ihm.

Finn verschränkte die Arme vor der Brust. »Du hast ihr wirklich nicht gesagt, dass wir kommen? Was, wenn wir den ganzen Weg hierhergefahren wären und sie nicht zu Hause gewesen wäre?«

Peter blickte nicht auf. »Ich habe einmal angerufen und sie ist nicht drangegangen«, murmelte er.

Joey starrte ihn mit offenem Mund an. »Mailbox?«

Die Kapuze des Jungen rutschte herunter und offenbarte rote Ohren. »Ich spreche grundsätzlich nicht auf Anrufbeantworter.«

Finn und Joey wechselten einen Blick. Was hatte es nur mit der jungen Generation und ihrer Aversion gegen Anrufbeantworter auf sich?

Finn zuckte mit den Schultern. »Vielleicht versüßen die Karamellbonbons ja ihre Laune.«

»Ach ja, die habe ich ganz vergessen.« Joey lief zum Wagen zurück und holte die Tüte mit den typischen Saltwater Taffys aus der Mittelkonsole. Ihre Eltern hatten ihr beigebracht, niemanden mit leeren Händen zu besuchen. Hoffentlich mochte Mae die Bonbons wirklich so gerne, wie Peter behauptet hatte, denn sie würden jede Unterstützung brauchen, die sie kriegen konnten.

Die Zeit verging. Peter, Finn und Joey saßen nebeneinander auf den Stühlen, die beim Schaukeln leise knarrten. Joey beobachtete die Spinne in der Ecke über ihr, die an ihrem Netz arbeitete.

»Glaubst du, sie hat uns vergessen?«, fragte Finn.

Genau in diesem Augenblick schwang die Tür auf und Mae stand mit einem voll beladenen Tablett vor ihnen. Sie hatte sich eine Hose und eine Bluse angezogen. Ihre Lederschlappen klackerten, als sie über die Veranda stapfte. »Tut mir leid, dass Sie warten mussten. Ich habe Kaffee für die Erwachsenen gemacht. Sahne und Zucker sind hier, dann können Sie ihn so trinken, wie Sie mögen.« Sie sah Peter an. »Kakao für dich, junger Mann. Ich habe ihn genau so gemacht, wie *du* ihn magst. Zusätzliche Schokolade und Schlagsahne obendrauf.«

Peter stöhnte. »Ich bin fast achtzehn, Grandma. Ich trinke ständig Kaffee.« Seine Mundwinkel zuckten.

Mae schnaubte verächtlich. »Ich habe dir das schon gesagt, als du noch ein kleiner Steppke warst: Bei mir gibt's keinen Kaffee, bevor du offiziell volljährig bist. Und dabei bleibe ich auch.«

Sie und Peter lachten leise – eine Geschichte aus ihrer gemeinsamen Vergangenheit, in der sie einen Augenblick lang schwelgten. Mae stellte das Tablett auf einen kleinen Tisch und richtete sich auf. »Jetzt erinnere dich mal an deine Manieren, Peter, und stell mir deine Freunde vor.«

Er fingerte an dem Ärmelbündchen seines Kapuzensweatshirts herum und sagte. »Das sind Finn und Joey. Sie … äh … sie arbeiten auf Bleakpoint Island.«

Joey warf Mae einen verstohlenen Blick zu. Bei der Erwähnung der Insel war sie erstarrt.

»Das ist der Ort ...«

»Von dem Nana Kit die ganze Zeit gesprochen hat«, vollendete Peter den Satz. »Genau. Finn und Joey, das ist meine Großmutter Mae.« Finn und Joey standen auf und reichten ihr die Hand, wobei sie beide sagten, wie nett es sei, sie kennenzulernen.

Joey gab ihr die Schachtel mit den Karamellbonbons. »Ein kleines Dankeschön dafür, dass Sie sich die Zeit nehmen, mit uns zu reden.«

Mae zog eine Augenbraue hoch. »Das ist ja freundlich.« Joey verstand ihre Verwirrung. Was waren das für Gäste, die vorher nicht anriefen, aber Geschenke mitbrachten?

Sie setzten sich wieder, während Mae dampfende Becher verteilte. Als alle etwas zu trinken hatten, setzte sie sich, stützte die Hände auf die Knie und sah Peter über ihre Brille hinweg an. »Es ist fast ein Jahr her, dass ich was von dir gehört habe, und jetzt tauchst du aus heiterem Himmel hier auf mit Leuten im Schlepptau, denen ich noch nie begegnet bin.« Sie zog ihre gemalten Augenbrauen hoch. »Wo ist denn überhaupt dein Stiefvater?«

Peter zuckte mit den Schultern. »Arbeiten.«

»Rick weiß nicht, dass du hier bist?«

Er schüttelte den Kopf.

»Steckst du in Schwierigkeiten?« Sie spitzte die Lippen. »Abgesehen von dem Unsinn, den du bei eurem alten Haus gemacht hast.« Mae warf einen vielsagenden Blick auf Peters Gehgips.

Peter zog eine Grimasse.

»Ja, davon habe ich gehört.« Sie schnaubte verächtlich. »Was glaubst du, wie groß diese Insel ist?«

»Ich habe nichts ...«

Mae hob eine Hand, um ihn zu unterbrechen. »Ich weiß, dass du nichts gemacht hast. Das wusste ich schon, bevor du es gesagt hast, weil ich dich kenne.«

Peter wurde ganz rot im Gesicht und riss den Blick von seiner

Großmutter los. Nach diesen Vorschusslorbeeren würde es ungleich schwieriger für ihn sein, seine Eskapaden auf Bleakpoint zu beichten.

Jetzt spielte der Junge wieder an den Bündchen seines Kapuzenpullis herum und dabei zitterten seine Finger. »Ich habe aber was anderes gemacht. Joey und Finn hier haben gesagt, ich muss jemandem in meinem Leben erzählen, was mit mir los ist, und ich wollte nicht, dass es Rick ist.«

Maes Blick huschte zu Joey und Finn, und Joey bemühte sich, ruhig und offen dreinzublicken. Als niemand etwas sagte, konzentrierte Mae sich wieder auf Peter. »Na los, raus mit der Sprache.«

Er seufzte. »Als Mom gestorben ist, habe ich nicht nur sie verloren. Ich habe auch dich und Nana Kit verloren. Ich ... ich war wirklich einsam. Du weißt ja, wie Rick ist – so hilfreich wie ein Zaunpfahl und das auch nur an guten Tagen. Ich hatte nichts Besseres zu tun, also bin ich los und hab mir Jobs am Hafen gesucht. Mit den Booten helfen und so. Ein Typ hat gesagt, ich kann eins seiner älteren Boote benutzen als Teil der Bezahlung.« Peters Blick huschte zu seiner Großmutter und richtete sich dann wieder auf den Boden. »Man schnappt da eine Menge auf, wenn Leute kommen und gehen. Geschichten, die sie den Touristen erzählen und so. Aber irgendwann habe ich den Namen Bleakpoint Island gehört und mich daran erinnert, dass Nana Kit mir Geschichten über die Insel erzählt hat.«

Joey sah unauffällig zu Mae hinüber, deren Miene sich verfinsterte.

Peter fuhr fort. »Also bin ich da hingefahren. Nach der Schule. An den Wochenenden habe ich zu Rick gesagt, dass ich bei einem Kumpel bin, aber da habe ich nachts auf der Insel gezeltet und bin da rumgelaufen und habe mir die Geschichten ausgemalt, die Nana Kit mir erzählt hat. Oder ich habe bei dem alten Leuchtturm gesessen und mir vorgestellt, wie es wohl wäre, wenn ich mein Leben riskieren müsste, um jemand anderen zu retten.

Obwohl ich nicht da gewohnt habe, wurde es meine Insel.« Er blickte zu Finn und Joey hinüber, einen entschuldigenden Blick in den traurigen braunen Augen. »Aber dann tauchten plötzlich Leute auf und fingen an, auf der Insel zu arbeiten. Da habe ich die Nerven verloren. Ich hatte Mom verloren. Und den einzigen Ort, an dem ich jemals zu Hause gewesen war. Und dann auch noch dich und Nana Kit. Ich durfte die Insel nicht auch noch verlieren. Sie war der Ort, an dem ich so tun konnte, als hätte sich nichts geändert. Als würden du und Mom zu Hause auf mich warten. Und ich habe mich Nana und ihren Geschichten so nahe gefühlt.

Ich habe mich versteckt und versucht herauszufinden, was die Leute mit der Insel vorhatten. Und dann hat Joey etwas im Leuchtturm gefunden und schien deswegen ganz aufgeregt. Ich wusste, wenn ihr Fund auch nur eine der Fragen beantwortet, die über diese alte Insel kursierten, würde nichts mehr die Touristen davon abhalten zu kommen.« Peter zögerte und er sah aus, als würde er gleich anfangen zu weinen. »Also ... habe ich ein Feuer gelegt, zur Ablenkung, um zu gucken, was Joey gefunden hatte.«

»Du hast was?«, unterbrach Mae ihn, aber Peter sprach weiter, offenbar entschlossen, seine ganze Geschichte zu erzählen.

»Es war eine von Nana Kits Geschichten. Als ich in den Leuchtturm bin, habe ich gesehen, wo Joey den Putz zwischen den Steinen weggekratzt hatte. Später bin ich dann zurück und habe gesucht, bis ich alle Notizen gefunden hatte. Und ich hab sie gestohlen.«

»Oh, Peter.« Mae schlug sich eine Hand vor den Mund.

Er ließ den Kopf hängen. »Ich weiß, dass es dumm war, aber ich dachte, selbst wenn ich die Insel verliere, würde ich trotzdem noch ein kleines Stück davon ganz für mich haben. Aber als ich die Geschichten dann gelesen habe, wusste ich, dass ich etwas Unrechtes getan hatte. Ich meine, ich weiß, dass man nicht stehlen darf. Aber ich hatte mir eingeredet, es wäre in Ordnung, solange es für einen guten Zweck ist – dass ich mir nur genommen habe, was Nana Kit gehört hat. Aber wenn diese Geschichten wahr sind, wenn jemand all diese mutigen Dinge getan hat, müssen sie gewürdigt werden, nicht versteckt. Also hab ich mir ein Herz gefasst und sie zurückgegeben.« Peter hob das Kinn und in seinen Augen lag Entschlossenheit. »Die Briefe und Tagebücher sind mit deinem Namen unterschrieben. Es waren die gleichen Geschichten, die Nana Kit mir erzählt hat. Weißt du, warum?«

Kapitel 33

Walt schlenderte über die Insel, die Cay und er damals gemeinsam für sich erobert hatten. Als ihm der Wind über das Gesicht fuhr, erstarrte er, weil es ihm war, als würde die Brise Cays Lachen herüberwehen, so wie es früher beim Versteckspielen gewesen war. Cay war meist sehr ernst gewesen, deshalb hatte Walt es sich zur Aufgabe gemacht, ihr so oft wie möglich ein Lachen zu entlocken.

Das gelang ihm unweigerlich, wenn er versuchte, auf der Maultrommel zu spielen, die er bei einem Pokerspiel nach der Schule gewonnen hatte.

Seine Zunge tastete nach der Stelle, an der ihm ein Stück vom Schneidezahn abgebrochen war. Er hatte im Sand gesessen, auf dieser Insel, an einem kleinen Lagerfeuer, das sie gemacht hatten, und versucht, auf dem Instrument zu spielen, das er gerade gewonnen hatte. Er hatte das Teil falsch herum in den Mund genommen, sodass die biegsame Metallzunge mit seinem Zahn kollidiert war. Es hatte wehgetan, aber er hatte den Schmerz kaum gefühlt, weil er nur das Lied ihres Lachens gehört hatte. »Das kommt davon«, hatte sie zu ihm gesagt. »Der Pastor hat euch Jungs schließlich gewarnt. Glücksspiel ist Sünde.«

An ihrem letzten gemeinsamen Tag auf der Insel hatte Walt ihr die Maultrommel gegeben. Er hatte sie ihr in die Hand gedrückt und gewünscht, es wäre ein Ring mit einem Versprechen. Aber er hatte sich nicht getraut, die Frage zu stellen, auf die er die Antwort schon kannte.

Walt kniff die Augen zusammen, aber die Erinnerung lief in seinem Kopf wie ein Kinofilm ab.

Cay zog ihre Hand zurück und runzelte verwirrt die Stirn. »Was ist das?«

Er schob die Hände in die Hosentaschen, damit sie nicht sah, wie sie zitterten, und versuchte zu lächeln. »Du weißt, was es ist.«

Sie blickte zu ihm auf und in ihren grünen Augen lag ein winziger Funken Humor, eine Freude, wie er sie schon viel zu lange nicht mehr gesehen hatte. »Das ist das alberne Instrument.« Cay hielt es ihm hin. »Dann spiel mir was vor.«

Walts Augen musterten sie und prägten sich alles ein. Himmel und Erde, wie schön sie war. Wild wie das Marschland. Treu wie die vorgelagerten Inseln zwischen der brüllenden See und dem ruhigen Sund. »Pass für mich auf sie auf, Cay. Behalte sie und erinnere dich an das Lachen, das sie uns gebracht hat, wenn ich nicht da bin, um dich daran zu erinnern.«

Jetzt war jeder Anflug von Heiterkeit aus ihrem Gesicht verschwunden. Ihr Kinn bebte. »Was willst du denn damit sagen, Wally?«

»Auf diesen Frachtern brauchen sie Männer und sie haben gesagt, dass sie mich nehmen. In zwei Wochen steche ich in See.«

Für den Bruchteil einer Sekunde weiteten sich ihre Augen angstvoll, bevor sie sich zu stahlharten Schlitzen verengten. Sie drückte ihm die Hand auf den Brustkorb. Er konnte das kalte Metall der Maultrommel zwischen ihnen spüren. Genauso hätte es ein Dolch sein können.

»Du lügst. Nimm das zurück.« Er war sich nicht sicher, ob sie seine Worte meinte oder die Maultrommel.

»Es ist entschieden, Cay. Ich muss dorthin gehen, wo ich gebraucht werde. Und so sehr ich mir auch wünschte, das wäre hier bei dir, hast du mir klargemacht, dass du mich nicht brauchst.« Er schluckte und seine Kehle war wie zugschnürt. »Ich komme zu dir zurück. Das verspreche ich. Und wenn die Dinge anders sind, können wir beide vielleicht …«

»Dann hau doch ab«, krächzte sie. »Lass doch zu, dass die Kanonen dich zu Fischfutter verarbeiten. Warum sollte ich mehr um dein billiges Leben geben, als du selbst es offensichtlich tust?« Sie ballte die Faust fest um die Maultrommel und stieß Walt dann so heftig, dass er zurückwankte. »Geh!«

»*Cay, bitte. Ich liebe dich.*«

Ihre Brust hob und senkte sich, während sie um Atem rang. Sie warf die Maultrommel, so weit sie konnte, von sich und das Instrument verschwand mit einem platschenden Geräusch im Sund. »*Aber ich dich nicht.*«

Walt hörte nichts mehr außer dem Widerhall ihrer Worte, die ihn ins Herz trafen und dort versanken wie die Maultrommel im Wasser.

»*Leb wohl, Cay*«*, brachte er noch flüsternd heraus, bevor er zurückwich, die Wut in ihrem schönen Gesicht für immer in sein Gedächtnis gebrannt.*

Walt holte zitternd Luft. Schon damals hatte er gewusst, dass sie diese Worte nicht ernst gemeint hatte. Dass es Kränkung und Angst waren, die da aus ihr sprachen. Angst, die er jetzt besser verstand. Mit jedem Tag verlor sie ihren Vater ein Stück mehr und damit auch ihre Heimatinsel. Und gleichzeitig verlor sie den Jungen, der sie trotz ihrer Probleme zum Lachen gebracht hatte. Den Jungen, der sich an sie erinnern sollte, selbst wenn die ganze Welt sie vergaß.

Walt ging weiter auf dem gewundenen Pfad, bis er den alten, knorrigen Baum erreichte. Er fuhr mit der Hand über die Rinde. »Da bist du ja, alter Freund. Schön, dass ich dich endlich gefunden habe.« Er hatte bei früheren Besuchen schon versucht, den Baum zu finden, aber die Zeit und all die Veränderungen hatten ihn verwirrt. Er hatte sich schon gefragt, ob der Baum überhaupt noch stand.

Jetzt entfernte er ein Stück tote Rinde, die das längliche Loch im Baumstamm bedeckte. Wie viele Zettel hatten sie wohl in diesem Hohlraum versteckt? Nachrichten, die in eine Blechdose geschoben worden waren. Ein kurzer Gruß oder ein Plan, sich zu treffen, oder ein schlecht geschriebenes, aber von Herzen kommendes Gedicht über den Sand, das Meer und den Himmel.

Walt trat näher und holte die kleine Taschenlampe, die er eingesteckt hatte, aus seiner Tasche. Was wäre wohl, wenn er aus irgendeinem Grund die alte Nachrichtendose bei seinem letzten Besuch übersehen hatte? Unwahrscheinlich, aber er musste einfach nachsehen.

Kurz nachdem er sich von seinen Verletzungen erholt hatte, war er zurückgekommen in der Hoffnung, dass es einen letzten Brief von ihr geben würde. Etwas, irgendetwas, woran er sich festhalten konnte. Aber das Loch war leer gewesen.

Walt nahm einen Stock, um in den faulenden Blättern und Zweigen zu stochern. Als ein metallenes Geräusch an sein Ohr drang, beschleunigte sich sein Puls. War das möglich?

Vorsichtig schob er den Arm in die Öffnung und griff nach der alten Kaffeedose. Als er sie ein wenig hin und her bewegte, um sie aus dem Loch zu holen, klapperte etwas. Also war nicht nur die Dose zurück, sondern etwas befand sich darin.

Walt machte einen Schritt zurück und schrie auf, als sein Fuß in einem Erdloch zwischen zwei Wurzeln versank. Weil er sich nirgends festhalten konnte, fiel Walt der Länge nach hin. Ein entsetzlich knirschendes Geräusch ertönte und er spürte einen stechenden Schmerz in seinem Fuß.

Eine Zeit lang, die sich wie ein halbes Jahrhundert anfühlte, blieb Walt still liegen und versuchte, wieder Luft zu bekommen.

Er stützte sich auf einen Ellbogen und richtete sich vorsichtig in eine sitzende Position auf. Er versuchte, seinen Knöchel zu befreien, aber die Schmerzen waren schier unerträglich. Als er drohte, das Bewusstsein zu verlieren, gab er diesen Versuch auf und betrachtete ganz nüchtern seine Lage.

Er saß ganz allein auf seinen vier Buchstaben in einem Naturschutzgebiet und in gut drei Stunden wurde es dunkel. Sein Knöchel war gebrochen oder zumindest ernsthaft verstaucht und eingeklemmt zwischen zwei Wurzeln. Außerdem schwoll er zusehends an. Eine Möglichkeit, Hilfe zu holen, hatte Walt nicht. Er hatte Joey und Finn oder Karl nicht einmal gesagt, wohin er gefahren war.

Sein einziger Hoffnungsschimmer war, dass Joey irgendwann

auf die Idee kam, ihn hier zu suchen. Aber wie lange würde es dauern, ihn zu finden. Und würde sie sich überhaupt daran erinnern, wie man zu dieser unauffälligen Insel kam?

Da er nur eine leichte Jacke trug, die ihm kaum Schutz vor dem kühlen Februarwind bot, würde es unangenehm kalt werden, sobald die Sonne unterging.

Walt schloss die Augen und atmete gegen den Schmerz an. Er dachte eine Weile über die missliche Lage nach, in der er sich gerade befand. Und dann fiel ihm wieder der Gegenstand ein, der das ganze Problem ausgelöst hatte. Er sah sich um und versuchte zu sehen, wo die Dose bei seinem Sturz gelandet war.

Schließlich entdeckte er sie zu seiner Linken, ein Stück hinter sich im Unkraut. Er streckte sich auf dem Rücken aus und reckte den Arm vor. Seine Fingerspitzen berührten das Blech, aber durch die Berührung rollte die Dose noch ein Stück weiter weg. Walt stöhnte, eine Mischung aus Schmerz und Kummer. Was war in dieser Dose?

Wer sonst konnte denn von dem Baum wissen, den sie als Briefkasten für ihre Nachrichten benutzt hatten?

So nah und doch unerreichbar schien das Ding ihn zu verspotten. Enthielt ihm noch ein Geheimnis vor, das er nicht ergründen konnte.

Walt stützte sich wieder auf die Ellbogen und suchte nach etwas, womit er seinen Arm verlängern konnte. Wenn er schon hier liegen musste, bis er zu Staub zerfiel, aus dem der liebe Gott ihn geschaffen hatte, dann wollte er wenigstens herausfinden, was in dieser vermaledeiten Dose war. Ein Stück weiter entdeckte er eine Astgabel, die vielleicht lang genug war, um die Dose wieder in seine Reichweite zu ziehen.

Stöhnend setzte er sich auf und rutschte so weit vor, wie seine schmerzenden Gelenke und sein verletzter Knöchel es zuließen. Ach, wenn er doch so beweglich wäre wie früher. Er streckte den Arm aus und seine Hand zitterte von der Anstrengung und den unerträglichen Schmerzen in seinem Fuß. Doch er ließ nicht nach, bis er den knorrigen Ast zu fassen bekam. »Ha!«, rief er, ein Hochgefühl erfüllte ihn und gab ihm neue Energie.

Walt legte sich wieder hin und zog die Blechdose vorsichtig näher, bis sie so nah war, dass er sie sicher fassen konnte. Es brauchte mehrere Anläufe, aber am Ende hielt er den rostigen Behälter in der Hand.

Keuchend drückte er den Schatz an seine Brust, bis die schwarzen Punkte, die ihm die Sicht trübten, verschwunden waren.

Als er den Deckel aufdrehte, bot das Gefäß nur geringen Widerstand. In der Dose lag genau die Maultrommel, an die er erst vorhin gedacht hatte. Und daneben lag ein Zettel.

Mit zitternden Händen breitete Walt die kleine Papierrolle auseinander, die in Cays ordentlicher, gedrungener Handschrift beschrieben war. Er blinzelte und hielt das Blatt Papier weit genug von sich, damit er es mit seinen Augen lesen konnte.

Wally,

ich bin dir in vielerlei Hinsicht nicht gerecht geworden, aber so schlimm war es noch nie. Ich wollte dich retten. Ich dachte, ich hätte genug getan, als ich dich ans Ufer gebracht habe, aber nachdem du so viel Blut verloren hattest, warst du leichenblass. Hätte ich damals gewusst, was ich jetzt weiß, nämlich dass es zu spät war, um meinen Vater zu retten, wäre ich bei dir geblieben. Aber ich hatte ihn allein gelassen, um dir zu helfen, und für dich war Hilfe unterwegs. Als ich den Bericht in der Zeitung sah, dass alle an Bord des Schiffes umgekommen waren, hätte ich beinahe den Verstand verloren. Eine Zeit lang habe ich das wohl wirklich.

Es grenzte an ein Wunder, dass ich dich in der Nacht überhaupt gefunden habe. Bei all den Trümmern, dem Chaos, den Toten. Ich dachte, Gott hätte mir eine Chance gegeben, alles wiedergutzumachen.

Immerhin war ich diejenige, die dich in diese Situation gebracht hatte. Ich habe dich auf Abstand gehalten, obwohl ich mir nichts sehnlicher wünschte, als von dir in den Arm genommen zu werden. Ich habe dir meine Geheimnisse nicht anvertraut, als ich es hätte tun sollen.

Du musst wissen, dass mein Vater dir damals nicht schaden wollte. Er dachte, er täte seine Pflicht, als er das Licht in der Dunkelheit leuchten ließ. Wenn du jemandem die Schuld geben willst, dann mir. Ich hatte eine zweite Chance und selbst die habe ich irgendwie vermasselt. Ich hätte dich nie verlassen dürfen.

Ich weiß nicht, warum ich mir das alles von der Seele schreibe. Meine Worte kommen viel zu spät, um dir etwas zu nutzen. Wahrscheinlich ist es nur ein armseliger Versuch, meine Gewissensbisse zu beruhigen. Aber du und mein Vater seid jetzt wenigstens zusammen im Himmel. Ich bin diejenige, die hier unten bleiben und für immer in meiner Schuld ertrinken muss.

Deine
Cay

Walt drehte den Brief um. Die andere Seite des Blattes war bedruckt. Es war eine Kopie desselben Artikels, den seine Mutter aufbewahrt hatte und der später in seinen Besitz übergegangen war. Der Lokalreporter hatte berichtet, alle Männer an Bord von Walts Schiff seien umgekommen. Sie hatten sich bei der Anzahl der Opfer um eins vertan.

Walt tat das Blatt Papier und die Maultrommel wieder in die Dose zurück und drückte sie fest an sich. War das eine Halluzination, die von Schmerzen ausgelöst wurde? Nichts von alledem ergab einen Sinn. Angefangen mit der Maultrommel, die in den Sund geworfen worden war, über die Nachricht, die gekommen war, nachdem Cathleen McCorvy angeblich im Meer ertrunken war, bis hin zu den Worten, die er gelesen hatte und die besagten, dass sie ihn in der Nacht damals gerettet hatte. Das alles konnte nicht wahr sein.

In jener schicksalhaften Nacht, als er Bleakpoint Light hell erleuchtet gesehen hatte, war in ihm einen Moment lang die idiotische Hoffnung aufgekeimt, dass sie ihm ihre unsterbliche Liebe zeigte und ihn zurückholen wollte. Und dann war alles explodiert und die Wucht des Torpedos hatte ihn ins Meer geschleudert.

Im Laufe der Jahre hatte Walt merkwürdige Träume gehabt, dass Cay ihn in den Trümmern gefunden und seiner halb bewusstlosen Gestalt auf ein Stück Treibholz geholfen hatte.

Aber er hatte das bloß für Hirngespinste gehalten, die sein gebrochenes Herz erfand.

Nach dem Debakel mit dem Leuchtturm hatten die Einheimischen Callum und Cathleen posthum als deutsche Spione bezeichnet. Und jetzt hielt er den Beweis in der Hand, dass diese Anschuldigungen nicht stimmten. Den Beweis dafür, dass Cathleen McCorvey diese schicksalhafte Nacht überlebt hatte. Aber wohin war sie verschwunden?

Walt kniff die Augen zusammen und betete, dass er früher oder später gerettet wurde. Dass er die Gelegenheit bekam, die Wahrheit hinter diesem neuen Stück aus Cays Puzzle zu ergründen, das er in diesem Augenblick umklammert hielt.

Kapitel 34

Mae saß da und starrte ihren Enkel an, während verschiedene Gefühle über ihr Gesicht huschten. Peter hatte seinen fordernden Blick nicht gesenkt und Joey sah eine Seite an ihm, die sie noch nicht kannte. Ein erster Eindruck, wie es schien, von dem zuverlässigen und mutigen Mann, zu dem Peter irgendwann heranreifen würde. Er wiederholte seine Frage. »Grandma? Weißt du, warum dein Name auf diesen Blättern aus dem Leuchtturm steht? Die stammen aus den 1940er-Jahren. Es geht um Rettungsaktionen auf hoher See und den Zweiten Weltkrieg.«

Mae machte den Mund auf, aber kein Ton kam heraus. Sie schüttelte den Kopf. »Peter, mein Schatz, das ist Zufall. Mae ist kein ungewöhnlicher Name. Du bist intelligent genug, um zu wissen, dass ich in den 40er-Jahren noch gar nicht geboren war.«

»Das weiß ich, aber was ist, wenn Nana dich nach jemandem benannt hat, den sie kannte oder so. Die Geschichten aus dem Leuchtturm – sie klangen genau wie die, die sie mir erzählt hat. Dir doch bestimmt auch.«

Mae stand auf und rückte die Gegenstände auf dem Tablett zurecht. »Meine Mutter war sehr krank, als sie anfing, all diese wirren Dinge zu erzählen. Sie hat dir Flausen in den Kopf gesetzt mit diesen Gerüchten und Legenden, die sie in ihrem geschwächten Zustand durcheinandergeworfen hat. Wenn sie wirklich irgendeine Verbindung zu dieser Insel hatte, hat sie jedenfalls ihr ganzes Leben lang kein Wort davon gesagt. Und jetzt verschaffst du dir unerlaubt Zutritt und legst Feuer, weil die Fantastereien einer verwirrten alten Frau dich dazu angestachelt haben.«

»Aber sie hat mir diese Geschichten doch schon erzählt, bevor sie krank wurde«, wandte Peter ein. »Sie hat gesagt, sie müsse sie an jemanden weitergeben, und derjenige war ich.«

Mae machte eine wegwerfende Handbewegung. »Entschuldige, wenn ich kein besonderes Interesse daran habe, über alte Legenden zu reden und darüber, dass ich den gleichen Namen habe wie jemand, der geheime Botschaften geschrieben hat, bevor meine Momma überhaupt von mir geträumt hat. Mich interessiert viel mehr, was diese netten Menschen hier jetzt mit dir vorhaben.«

Finn räusperte sich. »Alles ist verziehen, Ma'am. Wir haben ihn nur gebeten, uns vorher Bescheid zu sagen, wenn er der Insel einen Besuch abstatten will, und natürlich, dass er nichts an sich nimmt, ohne uns zu fragen.«

Joey sah Peter an, der den Kopf gesenkt und sich wieder unter seine Kapuze zurückgezogen hatte. Eine Rückverwandlung.

»Es ist offensichtlich, dass Peter es nicht leicht hat«, fuhr Finn fort. »Und es schien uns unverantwortlich, seine Probleme unter den Teppich zu kehren, ohne jemanden zu informieren, der ihn liebt. Wir alle haben in unserer Jugend solche Erfahrungen gemacht, während wir versucht haben, erwachsen zu werden. Ich weiß nicht, ob es richtig war, dass wir hergekommen sind und Ihnen davon erzählt haben, aber ich weiß, dass ich ihn nicht dort am Straßenrand stehen lassen konnte, wo er Müll gesammelt hat, verloren wie ein Schiff ohne Hafen.«

Mae setzte sich wieder und ihre Haltung wirkte entspannter. »Es tut mir leid, dass ich so schnippisch war. Offenbar passiert das öfter, wenn ich traurig oder aufgebracht bin.« Sie sah ihren Enkel mit liebevollem Blick an und jetzt klang ihre Stimme leidenschaftlicher. »Es macht mich wütend, dass Peters Vater ihn von mir ferngehalten hat. Ich bin traurig darüber, weil Peter sich in eine Situation gebracht hat, auf die keiner von uns beiden stolz ist. Es betrübt mich, dass der Junge das Gefühl hatte, die Hirngespinste meiner Mutter wären alles, woran er sich festhalten konnte, obwohl ich doch nur eine Fährenüberfahrt entfernt war.« Sie blinzelte schnell und schniefte. »Es tut mir leid, dass ich nicht mehr um dich gekämpft habe, Peter, als Rick sagte, du wolltest nichts mehr mit mir zu tun haben. Er hat gesagt, du seist mir böse, weil ich an dem Tag, als deine Mutter gestorben ist, nicht für dich da war. Und vielleicht warst du das ja auch. Aber das hätte mich nicht davon abhalten dürfen, den Kontakt zu dir zu suchen.« Sie drückte die Hände auf ihre Wangen, schloss die Augen und versuchte, die Tränen zurückzuhalten.

Die Arme – innerhalb einer Minute war aus der wilden Löwin ein Häuflein Elend geworden! Joey legte der Frau behutsam eine Hand auf das Knie und hoffte, dass sie sich nicht zurückverwandelte.

Mae nahm eine Hand von ihrem Gesicht und drückte Joeys Hand. »Ich kann die Zeit, die wir verpasst haben, nicht zurückholen«, fuhr Mae fort und sah ihren Enkel an. »Können wir noch mal von vorne anfangen, Peter? Ich möchte an deinem Leben teilhaben, ob es Rick passt oder nicht. Ich habe versucht, den Wunsch deiner Mutter zu respektieren, aber du bist kein Kind mehr. Und daher solltest du selbst entscheiden.«

Peters Kopf fuhr hoch. »Moms Wunsch? Wovon redest du?«

»Der Streit bei der Beerdigung fing an, als ich sagte, du könntest doch bei mir wohnen. Rick meinte, deine Mutter hätte auf ihrem Totenbett darauf bestanden, dass ich in deinem Leben keine Rolle spiele. Dass er dich großziehen sollte. Es widersprach allem, was sie und ich besprochen hatten, nachdem deine Mom erfahren hatte, dass ihr Krebs nicht mehr zu behandeln war. Aber dann haben wir uns gestritten, kurz bevor es ihr richtig schlecht ging ...«

Peter sah aus, als hätte er etwas Bitteres heruntergeschluckt. »Du hast ihm geglaubt? Er wollte doch nur das Geld in die Finger kriegen, das Mom für mich gespart und festgelegt hatte. Das solltest du bekommen, um damit die zusätzlichen Kosten zu decken. Schließlich musstest du eine Person mehr durchfüttern.« Peter war sichtlich wütend. »Sobald die Uhr an meinem achtzehnten Geburtstag Mitternacht schlägt und ich ›ihm nicht mehr nützlich bin‹, wie er so gerne sagt, setzt er mich vor die Tür, da bin ich mir sicher. Und Geld wird auch keins mehr da sein. Dafür sorgt er schon.«

Joeys Herz zog sich zusammen, als sie die traurige Resignation in Peters Stimme hörte. Verloren. Im Stich gelassen. Missverstanden. Plötzlich war es nicht mehr Peter, der dort saß, sondern ihr Bruder Trey nach dem Streit mit ihrem Vater.

Mae knurrte: »Soll er das Geld doch behalten. Das ist mir völlig schnurz. Ich habe, was ich brauche. Komm zu mir nach Hause, Peter.«

Der Teenager seufzte. »Das würde ich ja gerne, aber ich muss erst dieses Schulhalbjahr zu Ende bringen und außerdem muss ich noch meine Sozialstunden absolvieren. Aber danach … wenn du mich dann noch nimmst …«

Mae stand auf und nahm Peter in die Arme. »Natürlich nehme ich dich. Ich war schrecklich einsam ohne dich.«

Joey versuchte an den beiden vorbei Finns Aufmerksamkeit zu erlangen und nickte ihm zu. Er hatte recht gehabt, als er Peter gedrängt hatte, mit seiner Großmutter zu reden. Das Gefühl des Friedens, das diese zwei Menschen überkommen hatte, war förmlich zu spüren wie eine warme Brise, die von einem ruhigen Meer heraufweht.

Joey stand auf und gab Finn ein Zeichen, ihr zum Auto zu folgen. »Geben wir ihnen ein paar ungestörte Minuten.« Irgendwie waren sie gerade Eindringlinge auf dieser privaten Insel geworden.

»Mission erfüllt«, flüsterte Finn, als sie beim Wagen ankamen.

»Abgesehen davon, dass wir ihr nicht entlocken konnten, woher ihr Name kommt.«

»Wahrscheinlich ist es wirklich nur Zufall. Das hat sie ja behauptet.«

Joey rümpfte die Nase und lehnte sich an die Beifahrertür. »An Zufälle glaube ich nicht. Es gibt einen Grund, warum sie versucht hat, Peters Fragen über die Insel abzublocken.«

Finn riss die Augen auf. »Einen Grund? Ja, klar. Das ist wirklich rätselhaft. Er hätte beinahe ein historisches Gebäude abgefackelt und außerdem hat er gestohlen. Aber Mae interessiert nur, dass der Junge keinen Unsinn macht.«

In diesem Moment rief Mae, der offenbar wieder eingefallen war, dass zwei Fremde bei dieser längst überfälligen Wiedervereinigung anwesend waren, von der Veranda herüber. »Danke, dass Sie Peter zu mir nach Hause gebracht haben. Wenn ich mich irgendwie revanchieren kann …«

Finn legte eine Hand auf sein Herz. »Glauben Sie mir, es ist uns eine große Freude, bei diesem Wiedersehen dabei zu sein.« Seine Stimme klang so belegt, dass Joey ihn neugierig ansah. Waren das Tränen in seinen Augen? Wenn, dann waren sie gleich darauf wieder verschwunden. Peter umarmte seine Großmutter und ging die Treppe hinunter zu dem wartenden Auto.

»Wir wollten dich nicht hetzen«, sagte Joey.

Peter zuckte mit den Achseln. »Sie kommt nächste Woche mit der Fähre rüber. Dann haben wir mehr Zeit zum Erzählen.«

Mae stand auf der Veranda, eine Hand um den Stützbalken gelegt, und lächelte wehmütig.

»Grandma?« Mit der Hand schirmte Peter seine Augen vor der Sonne ab und sah zu seiner Großmutter hinüber. »Weißt du wirklich nicht, woher dein Name kommt?«

Joey erwartete, dass die Frau dem Thema erneut ausweichen würde, aber stattdessen sagte sie: »Ich kann nicht behaupten, dass ich dem Namen alle Ehre gemacht habe, aber meine Mutter hat mir einmal erzählt, dass ich nach der mutigsten Frau benannt bin, die sie kannte.«

Kapitel 35

Er lag flach auf dem Rücken und trieb im Meer. Eiskalt, aber zugleich siedend heiß. Als hätte jemand ein Feuer in ihm angezündet, das sein Inneres verbrannte, aber sich weigerte, seine Haut zu wärmen. Eine kleine, aber schwielige Hand drückte seine.

Er drehte den Kopf und suchte nach ihr. Sie bewegte sich neben ihm im Wasser und hielt ihn ganz fest.

»Ich wusste, dass du es bist.«

Nasse Locken klebten in ihrem ernsten Gesicht.

»Die Insellegenden waren mehr als Legenden, nicht wahr? Du bist die Frau, die sie Saint-Mae nennen.«

Sie drückte seine Hand fester.

»Ich hätte niemals gehen dürfen. Ich hätte mehr um dich kämpfen müssen.«

Sie schüttelte den Kopf.

»Alle sagten, du wärest gestorben. Aber das bist du nicht, oder?«

Ihr Griff lockerte sich ein wenig und er versuchte, ihre Hand fester zu umklammern, aber sie glitt ihm immer wieder durch die Finger, als wäre sie aus Sand.

»Wohin bist du gegangen? Warum hast du zugelassen, dass ich eine Lüge glaube?«

Cay ließ ihn los.

»Geh nicht. Bitte lass mich hier nicht allein.«

Sie lächelte traurig und tauchte unter die Wasseroberfläche.

Walt blinzelte, die Lider wurden ihm schwer. Er lag auf dem schonungslos harten Boden. Die Steifheit in seinen alten Gliedern kehrte zurück, ebenso der pochende Schmerz. Er fröstelte im kalten Wind trotz der fiebrigen Hitze in seinen Knochen. Walt starrte in den Nachthimmel hinauf, noch immer erschüttert von diesem merkwürdig tröstlichen Traum.

Er versuchte, die Millionen stecknadelkopfgroßen Lichtpunkte zu zählen, um sich die Zeit zu vertreiben und seine Gedanken zu beruhigen. Er suchte nach dem Nordstern. Irgendwas, Hauptsache, es hielt ihn im Hier und Jetzt, anstatt ihn in die Vergangenheit zu ziehen, egal, was für Schmerzen er im Moment hatte.

Er streckte den Arm aus und seine Hand stieß gegen die Blechdose, die ihm von der Brust gerollt war. Er war kein Sechzehnjähriger, der Liebeskummer hatte und von einem sinkenden Handelsschiff geschleudert und von dem Mädchen, das er liebte, gerettet worden war. Er war ein gebrochener und verletzter einundachtzigjähriger Mann.

Und er würde hier draußen sterben. Allein.

Kapitel 36

»Du hast gar nichts von ihm gehört?« Joey knetete nervös ihre Finger, während Finn auf dem Bootssteg am Hafen auf und ab tigerte.

»Nein. Karl hat gesagt, dass Pops gestern allein rausgefahren ist. Seitdem hat er ihn nicht mehr gesehen.«

Joey stöhnte. Sie waren gestern erst spät von Hatteras zurückgekehrt und wollten Walt dann am nächsten Morgen Bericht erstatten.

Aber am nächsten Morgen hatten sie einen leeren Liegeplatz vorgefunden.

»Was sollen wir jetzt machen?«, fragte Joey. »Die Polizei rufen? Die Küstenwache?«

In diesem Augenblick klingelte Finns Handy. »Hallo? … Hi, Peter … ich kann gerade nicht reden … Oh. Okay. Nein, kein Problem. Würdest du vielleicht zwei Passagiere mitnehmen? … Gut. Bis gleich … Ja, genau. Ocracoke Hafen.« Er schob das Telefon in seine Hosentasche. »Peter hat gefragt, ob er zu Bleakpoint rausfahren kann. Er bringt uns hin.«

Joey nickte. »Walt ist gestern wahrscheinlich dort hingefahren und hat vielleicht nicht auf die Zeit geachtet, sodass er sich überlegt hat, die Nacht auf der Insel zu verbringen, weil er es nicht mehr bei Tageslicht geschafft hätte. Wäre nicht das erste Mal.«

Finn rieb sich die Stirn. »Ich habe ihm gesagt, dass es zu gefährlich ist – einfach loszufahren, ohne dass jemand weiß, was er vorhat. Mir ist egal, was er sagt, das hat nichts mit seinem Alter zu tun. Es ist eine ganz normale Sicherheitsvorkehrung. Warum ist er nur so dickköpfig …« Finns Stimme brach und er verstummte. Joey trat zu ihm, schlang die Arme um ihn und drückte ihn ganz fest.

Trotz der Angst, die auch ihr zu schaffen machte, bemühte sie sich um ihre beste »Wir müssen die nervöse Braut beruhigen« Stimme. »Wir finden ihn und dann grunzt er wieder so unwirsch, wie er es immer tut, wenn ihm bewusst wird, dass wir uns Sorgen gemacht haben. Aber im tiefsten Innern weiß er, dass er besser kommunizieren muss, denn das macht man, wenn man einen Menschen liebt. Auch wenn es lästig ist. Und wenn er sieht, wie besorgt du bist, wird er es verstehen. Auch wenn er es vielleicht nicht zugibt.«

Finn schmiegte sich an Joey. »Danke«, brachte er gepresst hervor. Er holte mehrmals tief Luft und löste sich dann von ihr. »Ich habe die dumme Angewohnheit, mir immer das absolut Schlimmste auszumalen, und dann sehe ich nichts anderes mehr.« Er fuhr sich mit einer Hand durch das Haar. Dann drehten sie sich beide um, als sie das Geräusch eines näher kommenden Motors vernahmen. Peter stand am Steuer eines Bootes, das deutlich größer war als das, was er sonst benutzt hatte. Er winkte und legte dann fachmännisch am Dock an, damit sie an Bord gehen konnten.

Finn lächelte schief. »Du hast das nicht geklaut oder gekapert … oder wie das bei Booten heißt?«

»Piraterie?«, schlug Joey vor.

»Nein, Sir. Ich war gerade bei meinem Boss, als ihr angerufen habt. Er hat mir das größere Boot geliehen, weil ich euch mitnehmen will. Wo ist Mister Walt?«

Finn erklärte die Situation und Peter runzelte besorgt die Stirn. Als sie die Küstenzone hinter sich gelassen hatten, beschleunigte er. Zum Glück war es windstill und der Pamlico-Sund glatt wie ein Spiegel. Peter gab Finn und Joey je ein Fernglas und sie suchten in der Umgebung nach irgendwelchen Hinweisen auf *Cays Song*.

Aber als sie Bleakpoint erreichten, lag dort an der gewohnten Stelle kein Boot. Also fuhren sie weiter und suchten die Küste ab, aber nirgends war etwas von Walt oder seinem Boot zu sehen. Schließlich legte Peter an und sie gingen alle von Bord nur für den Fall, dass Walt irgendwo ohne Transportmöglichkeit festsaß.

Joey warf einen Blick in das Cottage des Leuchtturmwächters, während Finn den Leuchtturm selbst durchsuchte. Peter ging mit seinem Gipsfuß die Wege in der Nähe ab. Alle drei riefen sie Walts Namen, aber vergeblich. Schließlich trafen Joey und Finn sich zwischen dem Leuchtturm und dem Haus. Finn war blass. »Wo könnte er denn sonst noch sein? Warum ist er nicht hier?«

Joey kaute auf ihrer Unterlippe, jetzt auch nicht mehr in der Lage, Zuversicht zu verbreiten. »Vielleicht haben wir ihn irgendwie verpasst und er ist schon wieder zurück«, sagte sie wenig überzeugend.

»Ich finde, es wird Zeit, dass wir die Behörden alarmieren. Lasst uns zurückfahren, bis wir wieder Handyempfang haben, damit ich die Polizei anrufen kann.«

Peter trat zu ihnen. »Fällt euch denn noch irgendwas anderes ein, wo er sein könnte?«, fragte er.

Joey kramte in ihren Erinnerungen und ging ihre Gespräche mit Walt durch. Dann beruhigte ihr rasendes Herz sich mit einem Mal wieder. »Ich glaube, ich weiß, wo er auch sein könnte.«

Finn und Peter sahen sie hoffnungsvoll an.

»Ich … ich meine, es ist nur eine Vermutung.«

»Was heißt das?« Finns Worte waren knapp.

Joey blickte zum Sund hinaus. »Einmal hat er mich zu dieser Insel mitgenommen. Er sagte, das sei ein Ort, an dem Cathleen und er als Kinder immer waren. Und er hat mir erzählt, dass er oft dort ist. Da war er auch, als es gebrannt hat und Jerry vom Dach gefallen ist. Bestimmt ist er jetzt auch wieder da.«

Finn starrte über die Meerenge. Eine Meerenge voller kleiner Inseln, die sich in beiden Richtungen endlos erstreckte. »Aber welche? In welcher Richtung?«

»Also … hm … ich weiß noch, dass wir damals den Hafen in der entgegengesetzten Richtung verlassen haben, als wenn wir hierherkommen.«

»Okay …« Finn wandte sich ihr wieder zu. »Sonst noch was?«

Joey schlang die Arme um ihre Taille. »Die Insel gehört zum

Naturschutzgebiet. Wir haben ungefähr eine halbe Stunde vom Hafen bis dorthin gebraucht.«

Finn presste die Finger an seine Schläfen. »Das ist ein riesiges Gebiet.«

Peter trat zwischen sie. »Ich weiß, welches Gebiet sie meint. Ich bringe euch hin.«

༺༻

Nachdem sie kurz am Jachthafen haltgemacht hatten, um Hilfe zu holen, waren Finn, Joey und Peter wieder auf dem Wasser. Andere Bewohner des Ortes, die von Walts Verschwinden gehört hatten, schwärmten hinter ihnen aus.

»Das ist etwas, das Pops immer geliebt hat, als er hier aufgewachsen ist«, sagte Finn. »Wenn in einem Garten das Unkraut wucherte, weil die Familie krank war, sind sie morgens aufgewacht und das Gemüsebeet war ordentlich gejätet und ein Korb mit der Ernte stand auf der Veranda. Oder wenn jemand einen Hund gesehen hat, der irgendwo herumlief, und er wusste, wem das Tier gehört, hat er es nach Hause gebracht und in seinen Zwinger gesetzt.« Finn nickte. »Ich weiß, dass sich seit seiner Kindheit viel verändert hat, aber wenn er sehen könnte, wie die Leute immer noch aufeinander achtgeben, würde ihm das gefallen.«

Joey blickte weiter durch das geliehene Fernglas, während Peter langsam durch das flache Gewässer fuhr. »Wenn das so ist, warum dachte Cathleen dann, sie könnte nicht auf die Hilfe der anderen zählen, als es ihrem Vater nicht gut ging? Warum hat man die beiden so schnell als Spione verdächtigt?«

Finn zuckte mit den Schultern. »Damals hat man noch nicht so viel über Demenz gewusst wie heute. Wahrscheinlich hätten sie ihn für wahnsinnig gehalten. Außerdem kann ich mir vorstellen, dass die Gemüter durch den Krieg vor der Haustür erhitzt waren und alles verdächtig erschien. Und Cathleen selbst war auch misstrauisch.« Er ließ sein Fernglas sinken und das leichte Zittern seiner Hände verriet, wie angespannt er war.

Joey tat alles, um die wachsende Sorge um Walt niederzuringen. Alles würde gut werden. Sie würden ihn finden. Er würde damit aufhören, allein durch die Gegend zu fahren. Und Joey würde ihm helfen, sein Projekt fertigzustellen und den inneren Frieden zu finden, nach dem er sich sehnte, sodass er die Erinnerung an Cathleen und ihren Vater endlich zur Ruhe bringen konnte. Sie würden die Gerüchte, die noch im Umlauf waren, mit Fakten widerlegen.

Peter bog um eine Ecke und zeigte dann mit dem Finger. »Da! Da drüben liegt ein Boot.«

Finn trat näher an den Bug. »Das ist seins.«

Peter fuhr langsamer und lenkte sein Boot neben das von Walt, das sicher an einem provisorischen Steg vor Anker lag. Finn sprang auf der gegenüberliegenden Seite über den Bootsrand und lief durch das seichte Wasser. »Pops! Wo bist du?« Gleich darauf war er zwischen den Lebenseichen verschwunden.

Joey sah Peter an und ihr Blick fiel auf seinen eingegipsten Fuß. »Du bleibst besser hier. Ich sehe kurz im Boot nach und helfe dann Finn bei der Suche.«

Er nickte, seine Miene wie versteinert. Dann richtete er eine Flagge in Orange und Schwarz auf, die vorbeifahrenden Booten vermutlich signalisierte, dass jemand hier in Not war.

Vorsichtig stieg sie von Peters Boot auf *Cays Song* um. Alles wirkte normal. Selbst Walts Handy, das hier draußen nutzlos war, lag auf dem Tisch. Das Boot schaukelte fröhlich auf den sanften Wellen, als wäre alles in Ordnung.

Bitte. Mach, dass alles in Ordnung ist, betete sie.

Sie ging an Land und eilte den Weg vom Anleger entlang, blieb aber dann stehen, als der Weg sich gabelte. In der Ferne konnte sie Finn rufen hören. Sollte sie seiner Stimme folgen oder einen anderen Weg wählen? Was hatte Walt über diese Insel gesagt? Dass er und Cathleen hier immer gespielt hatten. Dass er hier jeden Flecken wie die eigene Westentasche kannte.

Wohin? Es war kein wortreiches Gebet, sondern ein Hilferuf aus tiefster Seele. Etwas bewog sie dazu, den linken Weg einzuschlagen. Göttliches Eingreifen? Vielleicht. Vielleicht auch nicht. Aber etwas anderes hatte sie nicht. Sie verfiel in einen leichten Laufschritt, während sie dem Pfad folgte. *Führe mich. Führe mich.* Mit jedem Atemzug betete sie diese Worte. Wieder kam sie an eine Weggabelung. Eine merkwürdige Gewissheit überkam sie, dass sie rechts gehen sollte und nicht links. Normalerweise hätte sie sich solche Eingebungen ausgeredet. Sich gesagt, dass sie sich das nur einbildete. Aber dafür hatte sie jetzt keine Zeit.

Sie erreichte die Kuppe eines kleinen Hügels. Unterhalb von ihr lag eine Gestalt auf dem Boden neben einem knorrigen Baum. »Walt!« Der Aufschrei entwich ihr, als sie zu dem Mann rannte. Er rührte sich nicht. Ihr rasender Herzschlag verlangsamte sich zu einem gleichmäßigen Hämmern. »Finn! Finn, ich habe ihn gefunden!«, schrie sie so laut sie nur konnte. Dann schob sie Finger und Daumen zwischen ihre Lippen und stieß einen ohrenbetäubenden Pfiff aus, den ihr Vater ihr beigebracht hatte, um sich trotz des Lärms schwerer Baufahrzeuge Gehör zu verschaffen.

Walt hatte sich noch immer nicht bewegt. Sie ging näher und stolperte dabei über eine alte Kaffeedose aus Metall. Mit dem Fuß stieß sie den Behälter zur Seite und kniete sich neben Walt auf den Boden. Dann berührte sie ihn sanft an der Schulter. Ein kaum hörbares Stöhnen entwich ihm. Er lebte. Joey tastete nach seinem Puls. Schwach und ungleichmäßig. Seine Haut fühlte sich heiß an. Erst jetzt bemerkte sie den Schweißfilm auf seiner Stirn. Sie richtete sich auf und rief noch einmal nach Finn, während sie wünschte, sie hätte das Nebelhorn vom Boot mitgenommen.

Sie wandte sich wieder Walt zu und sah, dass sein Fuß in einem Loch festsaß, eingeklemmt zwischen zwei Wurzeln. Dann hörte sie das Geräusch von Schritten und gleich darauf erschien Finn auf der Lichtung, die Augen groß vor Angst, die Hände in die Seite gestemmt.

»Er lebt«, sagte Joey, »aber er braucht einen Arzt. Schnell.«

Kapitel 37

Joey klopfte leise an die Tür zu Walts Krankenzimmer.

»Herein.« Finns Stimme klang hohl und heiser.

Obwohl er erschöpft war und dringend Schlaf und wahrscheinlich eine Dusche brauchte, erhellte sich seine Miene, als er Joey sah. »Ich dachte, du wärst die Krankenschwester.«

»Wie geht es ihm?«

Finn erhob sich und seine Miene wurde ernster. »In den letzten anderthalb Tagen haben sie ihm eine Menge Flüssigkeit und starke Antibiotika verabreicht. Sie sagen, dass die Medikamente jetzt allmählich anschlagen. Und er wird ein bisschen Metall brauchen, um den Knöchel zu reparieren, aber sie warten erst mal, bis er stabil ist, bevor sie operieren.« Finn ließ die Schultern kreisen. »Er war die ganze Zeit über nur so halb bei Bewusstsein. Zwischendurch wacht er auf, schlägt um sich und erzählt was von einer Kaffeedose. Das meiste verstehe ich aber nicht. Sein Puls schnellt immer wieder in die Höhe, deshalb haben sie ihm ein Beruhigungsmittel gegeben. Ich weiß nicht …«

Joey hielt eine Tasche hoch. »Ich habe dir ein paar Sachen mitgebracht. Zahnbürste, Zahnpasta. Shampoo. Deo. Auch ein paar Klamotten. Modisch nicht gerade der letzte Schrei, und ich habe deine Größe geraten, aber …«

»Du bist eine Lebensretterin.« Die Ernsthaftigkeit in seiner Stimme ließ Joeys Wangen glühen.

Sie schüttelte den Kopf. »Das sind doch nur ein paar Kleinigkeiten.«

Finn trat zu ihr und legte ihr die Hände auf die Schultern. »Das meine ich nicht. Du hast Pops gefunden. Und vorher hast du … du …« Er verstummte und sah Joey auf eine Weise in die Augen, dass es Gefühle in ihr weckte, die sie in den vergangenen Wochen zu ignorieren versucht hatte.

Und vielleicht empfand er ja genauso, was sie betraf. Aber jetzt war für sie beide nicht der richtige Zeitpunkt und Ort, irgendwelche Erklärungen abzugeben.

Joey trat einen Schritt zurück und senkte den Blick. »Ich bin froh, dass ich hier war, dass ich eine Rolle in deiner und Walts Geschichte spielen durfte, aber ich glaube nicht, dass das mein Verdienst ist. Ich hätte nie im Alleingang arrangieren können, wie die Dinge bei diesem Projekt zusammengekommen sind. Dass Walt und du eure Beziehung gerettet habt.« Sie hatte gedacht, sie wäre vor einer frustrierenden Situation weggelaufen, als sie Copper Creek hinter sich gelassen hatte. Aber was war, wenn Gott sie einen Weg geführt und eine nicht so tolle Situation dazu gebraucht hatte, ihrem Leben eine neue Richtung zu geben, genau zu diesem Zeitpunkt? Das konnte doch sein, oder?

Finn lächelte. »Dann danke dafür, dass du bist, wie du bist. Für deine Freundlichkeit und dein Mitgefühl. Und deine Expertise.«

Sie senkte den Kopf, während ihre Wangen brannten. »Ich kann bei ihm bleiben, wenn du dich frisch machen willst. Oder ich kann verschwinden.« Sie hob den Blick, um Finn in die Augen zu sehen. »Ich bin hergekommen, damit du mal Pause machen kannst, nicht um dir ein Ohr abzukauen.«

Er sah sie immer noch an, als wäre sie die heraufziehende Morgenröte nach einer dunklen Nacht, aber er trat einen Schritt zurück. »Okay. Ich verstehe den Wink mit dem Zaunpfahl. Ich gehe duschen und Zähne putzen.«

»Das war kein Wink ...«

»Und wenn ich ein Nickerchen gemacht habe, hole ich uns einen vernünftigen Kaffee und du kannst mir das Ohr abkauen, so viel du willst. Solange Pops nicht wach ist, denn ich bin sicher, ich werde eine Menge zu hören bekommen, wenn er wieder richtig bei Bewusstsein ist. Während er ausgeknockt ist, hebt er sich alle Wörter für später auf.«

Joey deutete seinen Humor so, dass Walt wirklich auf dem Weg der Besserung war, oder der arme Finn war vor Erschöpfung nicht ganz zurechnungsfähig.

Auf dem Weg hinaus drehte er sich ein letztes Mal um. »Falls ich das noch nicht oft genug gesagt habe: Pops hatte recht und ich total unrecht, als ich dir den Auftrag nicht geben wollte.«

Sie scheuchte ihn zur Tür hinaus, bevor sie sich auf dem Platz niederließ, auf dem Finn zuvor gesessen hatte. Sie betete, dass Walt wieder gesund wurde. Und dann saß sie da in der aufwühlenden Stille, die nur durch gelegentliche Pieptöne von den Monitoren und undeutliche Ansagen über die Sprechanlage unterbrochen wurde. Sie blickte zur Decke hinauf. Nichts, was ihre Gedanken beschäftigen konnte, außer der Analyse ihrer Gefühle für Finn.

Sie sah zu dem Schild hinüber, das ein durchgestrichenes Handy zeigte, und warf dann einen Blick auf ihr Telefon. Kein Empfang. Selbst wenn sie rebellisch sein und Sophie anrufen wollte, um sie um Rat zu fragen, würde es nicht funktionieren.

Um nicht an Finn denken zu müssen, wandte Joey sich dem Mann im Bett zu. »Hallo, Walt. Du wirst bald wieder gesund.« Die einzige Antwort war das Piepen der Monitore. »Ich wusste immer, dass es mehr braucht als ein kleines Missgeschick, um einen Typen wie dich auszuschalten.« Sie drehte den Stuhl so, dass sie parallel zur Bettkante saß, und legte die Füße auf das kleine Vinylsofa.

»Ich wollte dir unbedingt von Peters Großmutter Mae erzählen. Sie sagt, sie hat keine Ahnung, was ihre Mutter mit Bleakpoint verbunden hat, aber das kann nicht stimmen. Überleg doch mal«, fuhr sie fort. »Peter sagt, seine Urgroßmutter hätte ihm Geschichten über die Insel erzählt. Und dann hat sie ihre Tochter Mae genannt. Es passt einfach zu gut. Was ist, wenn Mae die Tochter von Cathleen ist und nach Cathleens Mutter benannt wurde? Dann wäre Peter ihr Urenkel. Das würde doch hinkommen, abgesehen von der Tatsache, dass Cathleen gestorben ist, als sie sechzehn war.« Joey seufzte und pflückte einen Fussel von ihrem T-Shirt. »Ich wünschte, ich könnte dieses Rätsel für dich lösen. Wenn wir doch nur mit Peters Urgroßmutter reden könnten. Ich weiß, dass sie irgendetwas mit der Insel zu tun hat. Dass Sie Cathleen zumindest kannte.«

Walt stöhnte und Joey wandte sich ihm zu. Seine Augenlider flatterten und seine wettergegerbten Hände krallten sich in die Decke, die über ihm lag. »Die D-d-d-d … die D-dose.« Seine Hände bewegten sich, als suchte er etwas. »Fallen gelassen.« Er schlug die Augen für einen Moment auf und dann schlossen sie sich wieder. Die Anspannung in seinem Gesicht ließ nach und er lag wieder ganz still da.

Joey starrte auf seine reglose Gestalt und versuchte zu verstehen, was er hatte sagen wollen. Dann sog sie scharf die Luft ein. Die Dose.

Sie zog ein kleines Notizbuch und einen Stift aus ihrer Handtasche und schrieb eine Nachricht für Finn auf.

Finn,

tut mir leid, dass ich weg musste, aber ich weiß jetzt, was Walt so zu schaffen macht, wenn er wach wird. Ich hole es und bringe es ihm. Komme morgen wieder. Bis bald.

Joey

Hoffentlich war Finn nicht allzu wütend darüber, dass sie Walt allein ließ. Immerhin gab es Krankenschwestern, die besser für ihn sorgten, als Joey es konnte. Und so konnte sie Walt helfen, wie nur sie es konnte. Sie faltete den Zettel, schrieb Finns Namen in großen Druckbuchstaben darauf und stellte ihn dann wie ein kleines Zelt neben das Krankenhausbett.

Sie drückte Walt einen Kuss auf die Stirn und eilte dann aus dem Zimmer.

Nachdem sie in ihr Auto gestiegen war, wählte sie Peters Handynummer. Als sie schon dachte, er würde nicht drangehen, nahm er das Gespräch an. »Hallo? Joey? Ist Mister Walt okay?«

»Er hält sich tapfer. Kannst du mir einen Gefallen tun?«

»Klar.«

»Glaubst du, du findest den Weg zu der Insel wieder, auf der wir Walt gefunden haben?«

»Ja, kein Problem.«

»Bringst du mich bitte hin?«

»Natürlich. Ruf mich an, wenn du in Ocracoke bist, dann treffen wir uns bei Walts Liegeplatz.«

Joey legte auf und fuhr, so schnell sie es wagte, nach Hatteras, um noch die Fähre zu erwischen.

✿

Peter holte sie am Jachthafen ab und dann legten sie über zu Walts und Cathleens Insel. Es fiel Peter nicht schwer, den Ort zu finden. Sein kleines Boot war schnell am Steg vertäut, von dem Karl und ein anderer Fischer aus dem Ort Walts Boot zum Hafen zurückgebracht hatten. Joey ging an Land, dicht gefolgt von dem humpelnden Jungen. An einer Gabelung in dem gewundenen Weg blieb sie stehen. Welche Richtung hatte sie beim letzten Mal eingeschlagen?

»Nach links«, sagte Peter hinter ihr.

Sie zögerte.

»Wenn wir holen wollen, was ich glaube, dann musst du nach links.«

»Aber du bist doch im Boot geblieben, als wir Walt gefunden haben.«

»Wir sind auf der Suche nach einer alten Kaffeedose, oder?«
Joey schlug den linken Weg ein. »Ja, aber ...«
»Vertrau mir.« Er schob sich an ihr vorbei und übernahm die Führung.

Während Joey weiterging, sagte Peter: »Ich bin nicht sicher, was ich davon halten soll, aber vor sechs Monaten war ich schon einmal auf dieser Insel und habe eine alte Kaffeedose in einen ausgehöhlten Baum gesteckt.«

Joey blieb wie angewurzelt stehen. »Moment mal. Was?«

Als er merkte, dass sie ihm nicht mehr folgte, blieb Peter stehen und humpelte zu ihr zurück. »Als ich sie das letzte Mal gesehen habe, hat meine Urgroßmutter mir eine Karte von den Flüssen hier gegeben und eine Karte von der Insel. Beide waren auf diesem alten, vergilbten Papier gezeichnet. Sie hat mich gebeten, diese Dose zu nehmen und sie in dem Baum zu verstecken, der auf der Karte markiert war. Ich sollte unter keinen Umständen irgendjemandem davon erzählen oder die Dose aufmachen.«

Joey starrte ihn mit großen Augen an. »Und was war drin?«

Peter sah sie ungläubig an. »Woher soll ich das wissen? Du hast doch Grandma Mae kennengelernt. Die hat Haare auf den Zähnen, aber gegen Nana Kit ist das noch gar nichts. Ich habe in letzter Zeit einige Dummheiten gemacht, aber ich war immer so schlau, mich nicht mit meiner Nana anzulegen.«

Joey sah ihn mit einem Blick an, von dem sie hoffte, dass er dem Teenager die Wahrheit entlockte.

»Ehrlich, ich habe nicht reingeguckt. Und ich weiß auch nicht so recht, wie ich es finden soll, dass ich dich jetzt dahin bringe, aber wenn es für Mister Walt so schrecklich ist, die Dose zu verlieren, dann muss sie für ihn bestimmt gewesen sein.«

»Und du weißt noch, wo der Baum ist?«

»Klar.«

Joey deutete auf den Weg. »Dann geh du vor, Peter.«

Der Junge bewegte sich selbst mit seinem Gehgips ziemlich

schnell vorwärts. Kein Wunder, dass er sich auf Bleakpoint so erfolgreich vor ihnen versteckt hatte.

Es dauerte nicht lange, bis sie vor dem knorrigen Baum standen, bei dem Walt gestürzt war. Dann suchten sie den Boden ab, der von den Rettungssanitätern, die Walt versorgt hatten, platt getrampelt worden war.

Schließlich entdeckte Joey eine rostige rote Dose im gelben Gras. »Ich habe sie.«

Peter trat neben sie. Als sie den Deckel abnahm, wollte er protestieren.

»Was ist?«, sagte sie. »Ich habe niemandem etwas versprochen. Das hier hängt alles mit Cathleen McCorvey zusammen. Irgendwie.« Als Peter keine Anstalten machte, sie aufzuhalten, griff sie in die Dose und fand einen kleinen metallenen Gegenstand und einen Zettel darin.

»Das ist eine Maultrommel«, erklärte Peter ihr, als er ihren fragenden Blick sah. »Genau die hat immer auf Nana Kits Bücherregal gelegen.«

Joey entrollte die kleine Papierrolle. Ihr Puls raste, als sie die Worte las, die darauf standen. Sie sah Peter an. »Cathleen McCorvey hat überlebt. Die ganze Zeit dachten alle, sie wäre umgekommen, aber wenn dieser Brief stimmt, ist sie in der Nacht damals nicht gestorben.« Sie schüttelte staunend den Kopf. »Die ganze Zeit hat Walt sich die Schuld an ihrem Tod gegeben, weil er nicht da gewesen war, als sie ihn am meisten gebraucht hätte, dabei war sie am Leben.«

Sie rollte die Nachricht vorsichtig wieder zusammen und legte sie mit der Maultrommel in die Dose zurück. »Ich würde wer weiß was geben, wenn ich mit deiner Urgroßmutter hätte sprechen können, bevor sie gestorben ist. Dann hätte ich sie fragen können, ob sie Cathleen McCorvey kannte.«

Peter legte den Kopf schief. »Du kannst mit ihr reden, wenn du willst. Ich meine, du musst dazu vielleicht erst an Grandma Mae vorbei, aber Nana Kit lebt noch. Sie wohnt in einem Altenheim in Swan Quarter.«

Kapitel 38

Um kurz vor 20 Uhr stellte Joey den Wagen vor dem Krankenhaus ab. Ihr war immer noch ganz schwindelig von Peters Enthüllung. Sie dachte an all ihre Gespräche zurück, bei denen der Junge immer in der Vergangenheitsform von seiner Urgroßmutter gesprochen hatte. Wie er davon erzählt hatte, dass sie so schrecklich krank geworden sei und dass die Umstände sie voneinander getrennt hatten, aber dabei hatte er nie erwähnt, dass sie wieder gesund geworden war. Konnte sie die vermisste und für tot erklärte Cathleen McCorvey sein?

All das würden sie später herausfinden. Oberste Priorität war jetzt, Walt die Dose mit Cathleens merkwürdigem Brief zurückzugeben. Kein Wunder, dass er sich solche Sorgen darum gemacht hatte. Joey betrat den Aufzug, um zu Walt zu gehen.

»Die Besuchszeit ist vorbei, Ma'am«, rief eine Krankenschwester. Die gebieterische Stimme der Frau ließ Joey wie angewurzelt stehen bleiben. Einen Moment lang überlegte sie, was für Folgen es wohl haben würde, wenn sie sich der Anordnung widersetzte. Doch dann kam Finn aus Walts Zimmer.

»Ich hab sie! Ich habe gefunden, was er die ganze Zeit gesucht hat.«

Finn lächelte und schüttelte den Kopf. »Du bist wirklich einmalig, Joey Harris.« Er kam auf sie zu und nahm ihr die Dose ab, während er sie staunend betrachtete. »Das ist der Grund für seine Unruhe?«

Joey nickte. »Warte, bis du siehst, was da drin ist.«

Finn ging auf die gestrenge Schwester zu, die vermutlich eine zu lange Schicht hinter sich hatte. Er sah die Frau mit seinen entwaffnenden blauen Augen an und warf einen kurzen Blick auf ihr

Namensschild. »Miss Lively«, sagte er leise, »ich weiß, dass die Besuchszeit vorbei ist, aber meine Freundin hier hat einen sehr langen Weg hinter sich, um meinem Großvater das hier zu bringen. Kann sie es ihm bitte geben?«

Die Krankenschwester riss die Augen auf. »Ist das der Gegenstand, nach dem er ständig fragt?«

Finn nickte. »Ja, davon gehen wir aus.«

Sie presste die Lippen aufeinander und winkte sie durch. »Aber beeilen Sie sich. Und wenn jemand Sie aufhält, vergessen Sie bitte, wer Ihnen die Erlaubnis gegeben hat. Ich habe gleich Feierabend und meine Ablösung ist schon unterwegs.« Sie zwinkerte. In Finns Richtung. Nicht Joeys.

Als die Schwester außer Hörweite war, musste Joey laut kichern. Es klang mehr wie ein wenig schmeichelhaftes Grunzen. »Ich glaube, du hast eine Verehrerin.«

Finn schüttelte grinsend den Kopf. »Kann sein. Nett zu anderen zu sein, bringt viel mehr, als man ahnt. Jedenfalls lerne ich das gerade.« Er hielt Joey die Tür auf und sie ging zu Walt ans Bett. Dann nahm sie eine Hand von ihm und drückte sie leicht. »Ich habe deinen verlorenen Schatz gefunden. Er ist hier, in Sicherheit.« Sie legte ihm die Blechdose auf die Brust und seine Hand oben darauf. Seine Finger zuckten und ertasteten das Metall. Die Anspannung um seine Augen ließ nach.

Joey drehte sich zu Finn um, der schnell blinzelte und sich mit dem Ärmel übers Gesicht fuhr. »Danke«, sagte er.

Sie setzten sich auf das kleine Sofa und Joey berichtete Finn von dem Inhalt der Dose und von dem, was sie über Peters Rolle erfahren hatte, der den Behälter auf Bitten seiner Urgroßmutter in dem Baum versteckt hatte. Und von der Tatsache, dass die Frau noch am Leben war. Als sie alle Neuigkeiten losgeworden war, lehnte sie sich auf der Couch zurück, und zum ersten Mal an diesem Tag wurde ihr bewusst, wie erschöpft sie war.

Finn zog seine Brieftasche heraus und gab ihr eine Plastikkarte. »Nimm du mein Hotelzimmer. Eine Person darf über Nacht bei

Pops sein, also kann ich hierbleiben. Es ist zu spät für dich, den ganzen Weg nach Hause zu fahren.«

Joey rückte sich auf dem unbequemen Sitzmöbel zurecht und das Kunstleder quietschte bei der Bewegung. »Auf diesem Ding kannst du unmöglich schlafen. Ich kann mir selbst ein Zimmer nehmen.«

Er weigerte sich, die Schlüsselkarte zurückzunehmen. »Unwahrscheinlich. Bestimmt ist alles ausgebucht, deshalb habe ich mir ja gleich ein Zimmer genommen, als ich hier ankam, obwohl ich bisher nur zum Duschen und zu dem kleinen Nickerchen heute Nachmittag dort war.«

Joey zog eine Grimasse. »Tut mir leid, dass ich einfach so abgehauen bin. Ich hoffe, es war die richtige Entscheidung.«

Finn sah zu seinem Großvater hinüber, der friedlich schlief, und stieß erleichtert einen Seufzer aus. »Daran habe ich keinen Zweifel. Bitte nimm das Zimmer. Ich möchte sowieso lieber hierbleiben.«

»Wenn du meinst«, sagte Joey und stand auf. »Wann hast du eigentlich das letzte Mal was Vernünftiges gegessen?«

»Ich habe mir vor zwei Stunden in der Cafeteria ein Sandwich geholt.«

Sie stemmte die Hände in die Hüften. »Und das bezeichnest du als was Vernünftiges?«

Finn zog eine Augenbraue hoch. »Vernünftig ist vielleicht ein bisschen übertrieben.«

»Vermutlich wird es uns beiden besser gehen, wenn wir wenigstens etwas im Bauch haben, bevor wir schlafen gehen. Was hältst du davon, wenn ich uns in einem Imbiss was zu essen hole? Wir können im Foyer essen, denn ein zweites Mal werden sie mich außerhalb der Besuchszeiten nicht reinlassen.«

Anderthalb Stunden später kehrte Joey mit einem thailändischen Take-away zurück. Finn kam ihr im Empfangsbereich entgegen und sie suchten sich einen freien Tisch in dem riesigen Foyer.

»Wie geht es Walt?«, fragte sie.

»Eigentlich unverändert, aber er ist viel ruhiger.« Finn öffnete seine Schachtel und schloss zufrieden die Augen, als er den süßherzhaften Duft von Pad Thai einatmete.

»Siehst du, besser als ein Sandwich. Habe ich recht?«

Er grinste.

Joey zeigte auf ihr rotes Curry. »Wir können gerne tauschen, wenn du lieber meins haben willst. Ich war nicht sicher, was du magst, aber Pad Thai schien mir eine ziemlich ungefährliche Wahl zu sein.«

»Nein, das ist super. Danke.«

Sie aßen in kameradschaftlichem Schweigen, weil keiner von beiden genügend Energie zum Reden hatte.

Als sie fertig waren, sagte Finn: »Danke. Das hat gutgetan.«

Joey nickte. »Gern geschehen. Aber jetzt lasse ich dich besser wieder zu dem winzigen Sofa zurückgehen, auf dem du unbedingt die Nacht verbringen willst. Du solltest schlafen, so viel du kannst.« Sie machte Anstalten, die leeren Kartons zusammenzupacken, aber Finn legte eine Hand auf ihre, sodass sie erstarrte.

»Geh noch nicht. Ich meine, wenn du gehen musst, ist das okay. Aber du brauchst nicht meinetwegen abzuhauen. Ich ... ich könnte die Gesellschaft gebrauchen.«

Joey sah auf ihre Armbanduhr, aber mehr, um etwas zu tun, als nach der Uhrzeit zu sehen. Viertel nach zehn. *Er will meine Gesellschaft*. Nicht weil Walt ihn dazu ermuntert hatte. Und auch nicht weil Cathleens Geheimnis gelöst werden wollte. »Klar. Okay. Gerne.« Sie lächelte und mit dem Lächeln kam ein Energieschub aus einer verborgenen Kraftreserve.

Als sie den Müll entsorgt hatten, drehten sie eine Runde durch die Eingangshalle und gingen dann nach draußen, wo sie den Schildern zu einem Naturpfad folgten, der kaum mehr war als ein Gehweg zwischen ein paar Blumenbeeten. Die Lichterketten über ihnen und das Froschkonzert verliehen ihm den Charme, der ihm sonst gefehlt hätte.

Finns Hand stieß immer wieder an ihre, als sie durch den Garten schlenderten. *Er kann genauso gut meine Hand nehmen, bevor wir beide blaue Flecke haben.* In dem Augenblick, in dem ihr dieser Gedanke durch den Kopf schoss, spürte sie, wie Finns Finger sich um ihre schlossen. Er warf ihr einen fragenden Blick zu.

Joey verschränkte ihre Finger mit seinen, obwohl sie sich nicht sicher war, ob das eine gute Idee war. Hatte er mittlerweile für sie ähnliche Gefühle entwickelt wie sie für ihn? Und was war mit ihren Plänen, nach Copper Creek zurückzugehen? Ihre Hände passten zusammen, aber was war mit ihrem Leben? Passte das auch zueinander? *Hör auf. Tu, was Sophie sagen würde, und halte mit dem attraktiven Typen Händchen.* Trotzdem hätte sie zu gerne gewusst, was ihn dazu bewogen hatte, ausgerechnet jetzt diesen Schritt zu tun.

Sie blickte zu Finn auf. »Und, meinst du, wir sollten Peters Urgroßmutter einen Besuch abstatten?«

»Ich glaube, das müssen wir«, antwortete er. »Es ist wie das letzte Puzzleteil, das noch fehlt, damit alles einen Sinn ergibt. Aber wir müssen es irgendwie schaffen, die Erlaubnis von Mae dafür zu kriegen.«

Joey grinste. »Ob wir damit durchkommen, wenn wir sagen, dass das Leben eines Mannes auf dem Spiel steht und nur ein Gespräch mit Nana Kit ihn retten kann?«

Finn lachte leise. »Na ja, das ist schon etwas übertrieben, aber ...«

»Unter den gegebenen Umständen ...« Joey zuckte mit den Schultern.

»Genau.« Er blieb stehen und wandte sich ihr zu. »Unter den gegebenen Umständen.«

In seinem Blick lag ein Feuer, das Joeys Magen Purzelbäume schlagen ließ. Er trat näher und beugte sich vor. Wie gern sie ihn doch einfach küssen würde. Aber die Realität war wie ein Tritt gegen ihr Schienbein. Sie ließ seine Hand los und machte einen Schritt zurück. »Es tut mir leid. Ich kann das nicht.« Dann wandte sie sich ab.

»Warte, Joey.« Der Schmerz in seiner Stimme ließ sie wie angewurzelt stehen bleiben.

Sie sah ihn an. »Du bist erschöpft und mit den Nerven am Ende. Und ich kann gerade auch keinen klaren Gedanken fassen.« Trotz ihrer Worte machte sie wieder einen Schritt auf ihn zu.

»Ehrlich gesagt habe ich noch nie so klar gedacht wie ...«

»Und ... und ... ich habe eine Hochzeit.« Die letzten Worte platzten nur so aus ihr heraus, ohne dass sie nachgedacht hätte.

Finn blinzelte zweimal. »Du ... du heiratest?« Verwirrung und Verletzung trübten seinen Blick.

Joey zog eine Grimasse und schüttelte den Kopf. »Nein.« Du liebe Güte. Sie klang vollkommen lächerlich. »Ich habe eine Hochzeit zu planen. Ein Traumjob in Copper Creek, wenn der Leuchtturm fertig ist. Vielleicht. Ich weiß nicht. Und du ... du knabberst immer noch an deiner Vergangenheit. Und dein Leben ist hier. Bei Walt.«

Die Verwirrung in seinen Zügen legte sich. »Ich bin ein großer Fan von Plänen. Aber manchmal glaube ich, dass wir – oder ich zumindest – Pläne als eine Barrikade benutzen, um uns selbst zu schützen.«

Joey faltete nervös die Hände. »Ja, da hast du wohl recht. Davon kann ich auch ein Lied singen.«

Finn trat näher und nahm ihre beiden Hände, und sein Griff war sanft und fest zugleich.

Sie sah ihm in die Augen. Wer hätte gedacht, dass die Farbe Blau so viel Wärme ausstrahlen konnte? Ihr Blick wanderte zu seinen Lippen. Sie lehnte sich kaum merklich vor.

»Und der Ring, den ich hatte?«

Joey machte eine Vollbremsung mit ihrem Herzen. »Ja?«

»Den habe ich immer bei mir getragen, um den Schmerz frisch zu halten und nicht zuzulassen, dass ich noch mal verletzt werde. Aber ich habe über alles nachgedacht und gebetet, und obwohl ich viele Fehler gemacht habe, bereue ich vor allem, dass ich mein Herz nicht verschenkt habe.« Der Wind zog an einer seiner Locken und er schob sie sich hinters Ohr. »Der Schmerz ist ein schrecklicher Schutzschild. Also lasse ich ihn los.«

Die Gedanken überschlugen sich. Fragen tauchten auf, die sie stellen wollte. Facetten ihres jeweiligen Lebens, die sie zusammensetzen wollte, bevor sie den nächsten Schritt tat. »Was hat die Veränderung verursacht?«

»Du.« Das Wort klang wie ein Seufzer der Erleichterung, während er Joey über die Wange strich.

Und dann warf Joey alle theoretischen Pläne über das Für und Wider von Fernbeziehungen über Bord, krallte die Finger in Finns billiges T-Shirt aus dem Supermarkt und drückte ihre Lippen auf seine.

Als Joey Finns Hotelzimmer betrat, presste sie die kühlen Fingerspitzen auf ihre erhitzten Wangen. Sie lehnte sich an die geschlossene Tür, weil ihre Beine sich anfühlten, als hätten die Knochen sich in Wackelpudding verwandelt. Sie holte ihr Handy heraus.

> Soph, bist du wach?

> Natürlich. Liam schläft doch nie ein und es ist erst halb zwölf.

Richtig. Es fühlte sich an, als hätte Joey innerhalb eines Tages zwei Wochen erlebt. Sie biss die Zähne zusammen und tippte.

> Ruf mich an, wenn er eingeschlafen ist.

Sie stellte die Plastiktüte von der Drogerie auf den Nachttisch und holte Zahnbürste, Waschgel, Shampoo und Deo, das sie sich auf dem Weg zum Hotel gekauft hatte, heraus. Die Toilettenartikel, die sie am Nachmittag für Finn mitgebracht hatte, standen auf der Kommode, der Größe nach aufgereiht. Joey kicherte. Selbst wenn er völlig erschöpft war, konnte der Mann nicht aus seiner Haut.

Joey drückte auf die Tube, die ihrer Meinung nach Zahnpasta enthielt, stockte aber, als eine braunrote Masse herausquoll anstatt der üblichen weiß-grün gestreiften. Sie erkannte ihren Fehler gerade noch rechtzeitig, bevor die Paste auf den Borsten landete.

Sie blinzelte und betrachtete die Tube genauer. Eine gelbe Tube. *Wundsalbe? Im Ernst?* Joey zog eine Grimasse. Vielleicht war sie bei ihrem Besuch in der Drogerie doch mehr abgelenkt gewesen, als sie zugeben mochte. Ihre Lippen hatten noch von dem Kuss gekribbelt. Joeys Mundwinkel wanderten gegen ihren Willen nach oben. Sie lehnte sich an die Wand und stöhnte. Warum war sie innerlich so erfreut. Sollte sie nicht lieber beunruhigt sein, weil sie ihrem Herzen gefolgt war? Auf jeden Fall. Aber stattdessen erfüllte ihre Brust dieses Gefühl von Heiterkeit.

Nachdem sie sich mit geliehener Zahnpasta die Zähne geputzt hatte, sah Joey auf ihr Handy, um sich zu vergewissern, dass Sophie noch nicht angerufen hatte. Dann sprang sie unter die Dusche.

Unter dem dampfenden Wasserstrahl presste sich Joey beide Handballen auf die Augen. Das war nicht gut. Trotz der Gefühle, die sie für Finn entwickelt hatte, war sie doch entschlossen gewesen, ihnen nicht nachzugeben. Sein Leben war hier bei seinem Großvater. Und sie hatte eine Chance, die sie sich nicht entgehen lassen konnte – nämlich in der Stadt, die sie immer geliebt hatte, den guten Ruf ihrer Familie wiederherzustellen.

Joey rieb sich die Haare mit dem Handtuch trocken und zog das übergroße North-Carolina-T-Shirt an, das sie im Ausverkauf des Drogeriemarktes gefunden hatte und das ihr jetzt als Nachthemd dienen sollte.

Sie stöpselte ihr Telefon ein und zog die Decke auf dem Bett zurück. Sie war etwas zerknittert, weil Finn vorhin darauf gelegen hatte. Als Joey sich auf das Kopfkissen legte, bemerkte sie den Duft seines Shampoos. Sie schlug die Hände vors Gesicht und dachte daran, wie lange sie an den Shampoos gerochen hatte, um einen männlichen Duft zu finden, den er mögen würde. *Mannomann.*

Wachsende Gefühle? Was für ein Witz. Sie war kurz davor, sich Hals über Kopf zu verlieben. Nach Paul hatte sie sich geschworen, nur dann eine Beziehung in Erwägung zu ziehen, wenn der betreffende Mann jemand war, mit dem sie sich vorstellen konnte, ein Leben lang zusammen zu sein.

Der Kuss war ein Fehler gewesen. Aber warum fühlte sich das Falsche dann so richtig an? Joeys Lider wurden schwer, als das Adrenalin, das sie in den letzten paar Stunden dieses Tages angetrieben hatte, sich in ihrem Körper abbaute.

Das schrille Klingeln ihres Telefons riss Joey aus dem Schlaf und sie nahm das Gespräch mit einem schläfrigen »Hallo« an.

»Ups. Ich habe dich geweckt, oder? Tut mir leid, dass es so lange gedauert hat. Liam hat sich gegen den Schlaf gewehrt wie ein Profi. Mark macht Überstunden, also …«

Joey rieb sich das Gesicht, um richtig wach zu werden. »Kein Problem. Die letzten zwei Tage waren heftig, da bin ich eingepennt.« Dann brachte sie ihre Freundin auf den neuesten Stand. Erzählte von der potenziellen Hochzeitsplanung in Copper Creek. Davon, wie sie Mae gefunden hatten. Von Walts Verschwinden und der anschließenden Rettungsaktion. Und von der Kaffeedose mit Cathleens Brief.

»Kein Wunder, dass du eingeschlafen bist, während du auf meinen Rückruf gewartet hast.«

Joey stöhnte. »Und das alles ist nicht mal der Grund, warum ich dich angerufen habe.«

»Es gibt noch was Wichtigeres als all das?«

»Ich habe Finn geküsst. Wobei ich nicht sicher bin, wer wen zuerst geküsst hat, aber …«

Ein Laut, der irgendwo zwischen Quieken und Kichern anzusiedeln war, drang durch die Leitung und zwang Joey, das Telefon von ihrem Ohr wegzuhalten. »Das ist ja toll.«

»Ist es gar nicht.«

Sophie hörte auf zu feixen. »Oh nein. Ist er wirklich verheiratet? Ist das der Grund, warum er immer diesen Ring in der Hand hatte? Joey ...« Sophies Tonfall nahm eine missbilligende Färbung an.

»Nein, nein. Er ist Single. Schon lange.«

»Also, dann!« Der plötzliche Umschwung von Trübsal zu Sonnenschein ließ sie wie eine Cartoon-Figur im Zuckerrausch klingen. »Ihr müsst also über ein paar Dinge reden, aber dazu ist ja noch genug Zeit. Warum klingst du dann so fertig? Kann er nicht gut küssen?«

»Nein.« Joeys Gesicht brannte. Das war *nicht* das Problem. Überhaupt nicht.

Sophie lachte. »Na, dann ist es ja gut. Also ...«

Joey atmete zitternd aus. »Ich ... ich glaube, was ich für ihn empfinde, ist echt, Sophie. Er ist liebevoll und beständig und neugierig. Die Familie ist ihm genauso wichtig wie mir. Und ... na ja ... schlecht aussehen tut er auch nicht. Aber was ist, wenn er mich nur geküsst hat, weil er völlig übermüdet ist und Angst um seinen Großvater hat? Bei Stress macht man die merkwürdigsten Dinge. Dinge, die man sonst nicht tun würde. Und sein Leben ist hier. Während ich von einem Job in Copper Creek träume.«

»Hey, jetzt mach mal langsam. Du brauchst doch keinen Zehnjahresplan auszuarbeiten, nur weil ihr zwei euch geküsst habt.«

»Nein, aber ich hätte ihn nicht küssen dürfen, bis ich nicht wenigstens meine Zukunftspläne etwas genauer skizziert habe.«

Sophie kicherte. »Na, wenn du es so formulierst, klingt es viel romantischer als ein verstohlener Kuss im Mondschein.«

»Sophie ...«

»Ich sage ja nicht, dass du einfach tun sollst, was dir in den Sinn kommt, aber ich kenne dich. Und ich weiß, dass diese Gefahr gegen null geht. Ich glaube nicht, dass dieser Kuss mit Finn so spontan war, wie du denkst. Ich vermute, ihr wart beide emotional genug, um euch verletzlich zu machen und ein Risiko einzugehen. Vielleicht solltest du dir nicht ständig einen Kopf wegen allem machen. Verpass nicht etwas, das toll sein könnte, nur weil du nicht alles in deinem mentalen Ordner katalogisiert und abgeheftet hast. Hör endlich auf, dich mit der Zuschauerrolle zu begnügen.«

Kapitel 39

Walt fuhr mit der Hand über das raue Metall der alten Kaffeedose. Mit müden Augen blinzelte er, während das Piepsen eines Monitors an sein Ohr drang.

Er drehte den Kopf zur Seite und sah Finn, der auf dem schmalen Sofa zusammengerollt lag, eine Krankenhausdecke bis zum Kinn hochgezogen, und schnarchte. Seine Haare standen in alle Richtungen ab.

Walt lächelte und dachte an Finn, wie er als Kind morgens die Treppe hinuntergerannt war und gebettelt hatte, bis Martha für ihn Blaubeerpfannkuchen gebacken hatte.

Die Schmerzen in seinem Bein spürte er nicht mehr, vermutlich hatte man ihm starke Schmerzmittel gegeben. Aber der Druck auf seiner Brust fühlte sich furchtbar schwer an. Er hustete und versuchte, das Gewicht loszuwerden. Neben ihm regte sich Finn. Mist. Er hatte den Jungen nicht wecken wollen.

»Pops?« Finn setzte sich auf.

»Bin noch da«, krächzte Walt wie ein kranker Ochsenfrosch.

Finn stand auf und trat ans Bett. »Wie gut, dass du die Augen wieder aufgeschlagen hast.«

Walt hustete erneut und Finn hielt einen großen Becher mit Wasser hoch, in den er einen Strohhalm steckte, damit Walt seinen ausgetrockneten Mund erfrischen konnte.

Nach einem Schluck sagte Walt: »Ihr habt meinen Schatz gefunden.«

Finn zog eine Augenbraue hoch. »Diese alte Blechdose? Das hast du Joey zu verdanken. Und dem Jungen, Peter.«

Der Anflug eines Lächelns zuckte um Walts Mundwinkel. »Unserem Brandstifter-Eindringling?«

»Genau.«

Walt lachte, was sofort wieder einen Hustenanfall auslöste. Mannomann, das tat weh in der Brust.

»Du hast eine ziemlich heftige Lungenentzündung, aber die Medikamente schlagen an«, erklärte Finn ihm. »In ein, zwei Tagen müsstest du dich wieder besser fühlen und dann müssen wir das Bein operieren lassen. Das hast du ganz schön zugerichtet.«

»Dachte ich mir schon.« Walt versuchte, Luft zu holen. »Hör zu, es tut mir leid. Ich hätte dir – oder irgendjemandem – sagen sollen, wohin ich fahre.«

Finn seufzte. »Ich weiß, dass ich dich mit meinen Sorgen ohne Ende nerve, aber ich hab dich eben einfach sehr lieb und würde dich gerne noch ein bisschen länger um mich haben.«

Walt unterdrückte das Lachen, das in seiner Brust aufstieg, weil er wusste, dass er sonst wieder husten musste. »Ich bin ziemlich sicher, dass ich genau das an dem Tag gesagt habe, als du deine Führerscheinprüfung bestanden hast. Jetzt drehst du den Spieß um.«

Finn zuckte mit den Achseln. »In den letzten sechzig Jahren hattest du Grandma, die auf dich aufgepasst hat. Ihr habt euch gegenseitig unterstützt und dem anderen immer gesagt, wo ihr wart und wann ihr nach Hause kommt. Jetzt, wo sie nicht mehr da ist, fühlt es sich bestimmt komisch an, dass der Junge, den ihr großgezogen habt, auf einmal diese Rolle übernehmen will. Ich wollte dich nicht bevormunden, aber ich weiß, dass ich es manchmal getan habe. Trotzdem glaube ich, dass wir alle jemanden brauchen, der sich um uns sorgt.« Der Junge grinste verlegen. »Das gilt jedenfalls für mich.«

Walt zog seine Decke höher. »Ich rufe dich manchmal an, klar, aber das ist nicht das, wovon du redest, Finn. Wer hat sich denn um dich gekümmert?«

Finn lachte freudlos. »Glaub mir, wenn ich nicht erwartungsgemäß zur Arbeit erschienen bin, hat jemand überlegt, wann er mich zuletzt lebend gesehen hat.«

»Das ist nicht dasselbe. Bei der Arbeit interessiert die Leute nur, was du für sie tun kannst. Ich meinte jemanden, dem du wirklich am Herzen liegst.«

»Jetzt, wo wir nah beieinander wohnen, können wir das doch gegenseitig für uns sein, Pops«, sagte Finn.

Walt schnaubte verächtlich. »Meiner Meinung nach solltest du Joey diese Rolle übertragen. Sie hat mehr Energie als ich.« Er hatte erwartet, dass Finn seinen romantischen Wink mit dem Zaunpfahl zurückweisen würde, aber stattdessen erschien ein entspanntes Grinsen im Gesicht seines Enkels.

»Oh, oh«, sagte Walt, während ihm ganz warm ums Herz wurde. »Was ist los? Raus mit der Sprache.«

Finn senkte den Kopf und lächelte wie ein kleiner Junge. »Nichts. Und außerdem geht sie nach Copper Creek zurück, sobald sie mit dem Leuchtturmprojekt fertig ist. Sie ist für eine große Hochzeit gebucht worden.«

»Was glaubst du denn, warum ich mir so viel Zeit mit meiner Entscheidung lasse, was die Insel betrifft?« Walt zwinkerte. »Ich versuche, euch zwei jungen Dummköpfen genug Zeit zu geben, damit ihr seht, was direkt vor eurer Nase ist. Wenn ihr nicht aufpasst, verpasst ihr vielleicht die Chance auf die Liebe eures Lebens.« Es überraschte ihn, dass ihm bei diesem Gedanken die Tränen kamen, und er wischte sie fort.

»Pops?«

Er legte den Kopf wieder aufs Kissen und sein Atem klang ein wenig pfeifend.

»Kann ich dich was fragen?«

Walt nickte.

»Ich hoffe, es klingt nicht unfreundlich, wenn ich das sage, aber es gibt Dinge, die ich nicht verstehe. Du und Grandma wart sechzig Jahre lang verheiratet. Und ihr habt immer einen glücklichen Eindruck gemacht.«

Erinnerungen an Martha stiegen vor seinem geistigen Auge auf. Der damit verbundene stechende Schmerz in seiner Brust hatte nichts mit irgendeiner Krankheit zu tun. »Wir waren auch glücklich. Ich vermisse sie jeden Tag.«

Finn runzelte verwirrt die Stirn. »Aber ... aber jetzt bist du hier und gibst alles, um Cathleens alten Leuchtturm zu sanieren, dabei war dieses Mädchen doch nur einen kurzen Augenblick Teil deines Lebens, verglichen mit deinem Alter. Du versuchst nicht, etwas zu Grandmas Andenken zu tun, sondern für dieses andere Mädchen. Die ganze Zeit hast du kaum über Grandma gesprochen.«

Walt hatte sich schon gefragt, ob das, was er tat, seinen Enkel vielleicht verletzte. »Zuerst bin ich hierhergekommen, weil mein Herz es nicht ertragen konnte, ohne Martha in dem Haus zu wohnen. Und was diese alberne Mission betrifft, auf der ich mich jetzt befinde ... es gibt einen Unterschied zwischen meinem Leben mit Martha und diesem Augenblick, wie du es nennst. Ich kann ehrlich behaupten, dass ich in der Beziehung mit deiner Großmutter nichts bereut habe, auch wenn diese Beziehung nicht immer perfekt war. Ich werde sie bis zu meinem letzten Tag vermissen, aber unsere Vergangenheit verfolgt mich nicht, wie die von Cay es tut. Von meiner Freundin von früher bleibt mir nur die Reue. Ich weiß, ich brauche eigentlich keinen renovierten Leuchtturm, sondern ich muss mir selbst verzeihen. Aber das will ich nicht. Ich tue lieber etwas. Repariere etwas, das ich reparieren kann.«

Finn sah ihn mit einem Blick an, der Walt verriet, dass sein Enkel überlegte, ob er sagen sollte, was er dachte, oder lieber nicht.

»Ich habe den Brief in der Dose gelesen«, sagte Finn schließlich. »Cathleen hat überlebt?«

Walt knetete seine Hände in dem Versuch, die Fingerspitzen zu wärmen. »Ich verstehe das nicht. Nachdem ich aus dem Krankenhaus entlassen wurde, bin ich zur Insel zurückgefahren. Ich habe in unserem Baum nachgesehen und er war leer. Und diese Maultrommel, die hat sie in den Sund geworfen, als ich sie das letzte Mal gesehen habe. Sie dürfte gar nicht mehr hier sein.« Er streckte die Hand nach seinem Glas Wasser aus und Finn drehte den Strohhalm in Walts Richtung.

»Wir wissen, wie die Dose in den Baum gekommen ist.«

Walt verschluckte sich an dem Wasser.

Finn beugte ihn nach vorn und schlug ihm leicht auf den Rücken, als würde das irgendetwas bringen.

Walt sank wieder auf sein Kissen zurück, während seine Lunge brannte. »Was hast du gesagt?«, krächzte er.

»Peters Urgroßmutter hat ihn gebeten, die Dose in dem Baum zu verstecken. Er ist derjenige, der Joey dabei geholfen hat, den Baum wiederzufinden. So wie Peter über seine Urgroßmutter gesprochen hat, dachten wir immer, sie wäre gestorben, aber sie lebt, Pops.«

Walt versuchte zu begreifen, was Finn da gerade sagte, aber seine Gedanken weigerten sich, die Verbindung herzustellen. War das ein Produkt seiner Krankheit? »Peter, der Junge, der auf Bleakpoint herumgeschlichen ist? Er hat die Blechdose in den Baum getan mit der Maultrommel und dem Brief von Cay, den sie geschrieben hat, als sie angeblich tot war?«

»Das hat Joey jedenfalls gesagt.«

Walt blinzelte, um seine trübe Sicht zu klären. »Wer ist denn seine Urgroßmutter? Wie heißt sie?«

»Mae und Peter nennen sie Kit.«

Er betrachtete das Gesicht seines Enkels. »Sie kann es nicht sein. Oder?« Er kniff die Augen zusammen und blinzelte dann, während er versuchte, seine Gedanken zu ordnen. »Das ergibt keinen Sinn, oder?«

Finn zuckte mit den Achseln. »Im Moment erscheint mir alles möglich.«

Wieder schloss Walt die Augen. »Die ganze Zeit.« Die Jahre zogen vor seinem geistigen Auge vorbei – Jahre, in denen er um ein Mädchen getrauert hatte, das gar nicht gestorben war, niedergedrückt von der Last seiner Schuld. Aber wie konnte er wütend sein auf den Menschen, der ihm das Leben gerettet hatte? »Ihr geht doch zu ihr, nicht wahr? Zu Peters Urgroßmutter. Und sagt ihr mir dann auch, ob sie es ist?«

»Sollen wir nicht warten, bis du wieder gesund bist?«

»Das Leben ist kurz, Finn. Wir haben jetzt eine Chance und die sollten wir uns nicht entgehen lassen.« Er warf Finn einen vielsagenden Blick zu in der Hoffnung, dass der Junge verstand, dass er nicht nur die Chance meinte, mit Peters Urgroßmutter zu sprechen.

Finn senkte den Kopf und seine Wangen wurden etwas rot. »Ich habe sie geküsst.«

Der Junge hatte also *doch* begriffen, was er meinte. »Wen? Nana Kit?«, witzelte er.

Finn prustete los. »Joey. Ich habe Joey geküsst.«

Walt grinste. »Wurde aber auch Zeit. Und jetzt?«

Die Miene seines Enkels verfinsterte sich. »Ich ... ich weiß nicht. Es war nur ein Kuss.«

Walt schnaubte verächtlich. »Ich hoffe, es war nicht nur ein Kuss. Ich hoffe doch sehr, dass er dir etwas bedeutet hat. Wenn du mit dem Herz dieses Mädchens spielst, zieh ich dir das Fell über die Ohren. Du bist nicht zu groß für eine ordentliche Abreibung.«

Finn zog eine Augenbraue hoch. »Vielleicht nicht. Aber du bist jedenfalls nicht in der Lage, sie mir zu verabreichen.« Das süffisante Grinsen verschwand aus seinem Gesicht. »Ich weiß nicht, wie sich das mit Joey entwickeln wird. Ob sie hierbleibt. Ob sie weggeht. Aber wenn ich die Augen zumache, kann ich mir ein Leben mit ihr gut vorstellen, und dieses Gefühl hatte ich schon sehr lange nicht mehr. Und ich versuche, den Mut aufzubringen, mich darauf einzulassen und nicht davor zu fliehen.«

»Du machst das schon, hoffe ich jedenfalls.« Walt zwinkerte ihm zu. »Aber du hast wirklich lange gebraucht. Wo ist sie jetzt eigentlich?«

»In meinem Hotelzimmer.«

Walt starrte Finn an. »Wie bitte?« Die Zahl auf seinem Pulsmonitor sprang nach oben.

Finn riss erschrocken die Augen auf. »Nein. Pops, nein. Ich war die ganze Zeit hier. Es war nur so spät, da wollte ich nicht, dass sie noch nach Hause fährt. Ich hab nichts gemacht. Das würde ich nie tun. Also …«

Walt entspannte sich. »Dann bin ich ja beruhigt. Ich will schon, dass du im Hier und Jetzt lebst, aber eine Sekunde dachte ich, du hättest mich ein bisschen zu ernst genommen.« Er hustete und presste sich eine Hand auf die schmerzende Brust. »All das Gerede hat mich ganz ausgelaugt. Ich glaube, ich schlafe besser ein bisschen, bevor die Schwestern wiederkommen und an mir rumdrücken.«

Walt hielt die alte Kaffeedose fest in den Fingern und schloss die Augen. »Und ich brauche nicht rund um die Uhr einen Babysitter. Geh mit Joey frühstücken und redet miteinander.«

»Ja, Sir.« Finn lachte leise.

Walt merkte, wie seine Glieder schwer wurden, während er betete. *Danke, Herr, dass ich noch unter den Lebenden bin. Dass ich miterleben darf, wie Finn seine dunkle Zeit überwindet. Danke, Herr, für Joey, die so dickköpfig und lieb ist, dass sie uns alle auf die richtige Fährte setzt.*

Er schloss sein stilles Gebet mit einem geflüsterten *Amen* und ließ dann zu, dass der Schlaf ihn in die Welt der Träume entführte.

Kapitel 40

Joey wurde wach und starrte die ungewohnte Lampenfassung über dem Bett an. Sie setzte sich auf und sah sich in dem typischen Mobiliar eines Küstenhotels um. Dann fiel ihr auf einen Schlag wieder der vergangene Abend ein und sie schlug die Hände vors Gesicht. Dieser Kuss. Sie rollte sich auf die Seite und griff nach ihrem Telefon. Ein verpasster Anruf von Finn. Joey wählte die Mailbox.

»Hi. Ich hoffe, ich habe dich nicht geweckt. Pops ist wach und redet und hat mich rausgeschmissen, damit er mal seine Ruhe hat, wie er es netterweise formuliert hat. Kann ich dich zum Frühstück einladen? Ruf zurück und sag mir Bescheid. Nur wenn du willst.«

Joey ließ das Handy auf den Schoß fallen. Ob er sie zum Frühstück einladen konnte? Im Sinne von Verabredung oder als zwei erschöpfte Erwachsene, die was Substanzielleres als Krankenhausessen brauchten? Hoffentlich Letzteres, denn sie konnte unmöglich in denselben Klamotten, die sie schon gestern getragen hatte, zu einem ersten Rendezvous mit Finn erscheinen.

Sie rief ihn zurück und vereinbarte, sich in zwanzig Minuten im Foyer mit ihm zu treffen. Sie schlüpfte in die Jeans von gestern und band das Oversize-Shirt an der Hüfte zu einem Knoten zusammen, sodass sie sich in die Neunzigerjahre zurückversetzt fühlte. Dann steckte sie ihr Haar zu einem lockeren Knoten hoch und kniff sich in die Wangen, um ein bisschen Farbe zu bekommen. Mehr war nicht drin.

Finn betrat das Foyer und sah ziemlich genau so aus, wie Joey sich fühlte. Ihm standen die Haare zu Berge und er sah irgendwie zerknittert aus.

»Es ist nicht weit. Sollen wir laufen?«

Joey nickte und sie gingen zur Tür und dann den Gehweg entlang. Die laue Luft hob Joeys Laune noch weiter.

Irgendetwas daran, dass sie beide wenig stylisch zu diesem Quasi-Date gingen, entlockte ihr ein Lächeln. Normalerweise waren erste Verabredungen immer davon geprägt, dass man viel Mühe auf sein Äußeres verwendete, um einen möglichst guten Eindruck zu machen. All das traf hier nicht zu. Vermutlich betrachtete Finn dieses gemeinsame Frühstück gar nicht als Date. Doch sie hatte diesen Gedanken kaum zu Ende gedacht, als er ihre Hand nahm.

»Hast du gut geschlafen?«

»Ja, danke, dass ich dein Hotelzimmer haben durfte. Ich hätte es gar nicht heil bis nach Hause geschafft.«

»Gern geschehen. Es war gut, dass ich da war, als Pops wach geworden ist. Je streitsüchtiger er wird, desto mehr geht es mit ihm bergauf. Das ist ein besserer Indikator als die Monitore, an denen er hängt.«

Joey warf ihm einen Blick zu, die Augenbrauen hochgezogen. »Das heißt, er weiß jetzt, dass Cathleen überlebt hat?«

Finn nickte. »Ja. Er hat darum gebeten, dass wir zwei uns mit Peters Urgroßmutter treffen, sobald wir können. Er will nicht, dass wir warten.«

»Ich rufe Peter nachher an«, nickte Joey.

Finn führte sie zu einem kleinen Imbiss. »Ein paar von den Krankenschwestern haben dieses Bistro empfohlen. Sie meinten, die Waffeln seien himmlisch.«

Die Bedienung führte sie zu einer Sitzecke mitten in dem gut gefüllten Lokal. Sie nahmen Platz und studierten die umfangreiche Karte. Als die Bedienung zurückkam, bestellten sie beide Kaffee und Wasser. Joey entschied sich außerdem für die Waffeln mit Bacon und Finn bestellte ein Omelette. Als das Essen ausgesucht war, konnte Joey sich nicht länger hinter der Speisekarte verstecken. Sie mussten über den gestrigen Abend sprechen. Sie griff nach ihrem Wasserglas und trank einen Schluck.

»Also, das mit dem Kuss.«

Joey verschluckte sich.

»Tut mir leid.« Finn lächelte schwach. »Ein schlechter Zeitpunkt.«

»Der Kuss?«, krächzte sie.

Er zog eine Grimasse. »Für mich nicht und ich hoffe, für dich auch nicht. Ich meinte das mit dem Wasser. Ich bin in letzter Zeit nicht besonders gut mit meinem Timing. Pops wäre beinahe erstickt, weil ich im falschen Moment was gesagt habe.«

»Oh.« Joey presste die Lippen zusammen. »Nicht im wörtlichen Sinne, hoffe ich.«

»Zum Glück nicht.« Finn schwieg einen Moment und starrte auf den Tisch. »Jedenfalls wollte ich sagen, dass es echt lange her ist, dass ich jemanden so dicht an mich herangelassen habe. Eine Frau so geküsst habe.«

Hat man nicht gemerkt. Joey fächelte sich mit der Speisekarte Luft zu und sah zu dem Lüftungsschacht der Klimaanlage hinauf. Jemand sollte das Ding mal anstellen.

»Ich weiß nicht, was gestern Abend für dich bedeutet hat, aber ich will ehrlich sein, was es mir bedeutet.« Er senkte das Kinn einen Moment lang und blickte dann wieder zu ihr auf. »Das mit dem Kuss gestern Abend hatte ich nicht geplant, aber ich würde lügen, wenn ich leugnen wollte, dass ich schon eine ganze Weile darüber nachdenke und es mir gewünscht habe.«

Joey schluckte den Kloß in ihrer Kehle hinunter. Meinte er mit »eine ganze Weile« die letzten paar Tage oder noch länger?

Finn trank einen Schluck von seinem Kaffee und seine Miene wurde ernst. »Ich weiß auch nicht, was ich damit sagen will, nur dass ich immer noch an ein paar Dingen aus meiner Vergangenheit knabbere, wie du weißt, und das wird mir immer klarer, wenn ich mit dir zusammen bin.«

»Äh, tut mir leid.« Vielleicht wäre ihr der schöne Schein einer typischen ersten Verabredung doch lieber gewesen. Das hier tat regelrecht weh.

Finn fuhr sich mit der Hand übers Gesicht. »Nein. Ich … ich versuche, dir dafür zu danken, dass du der Mensch bist, der du bist. Und ich stelle mich ausgesprochen blöd dabei an. Ich wollte sagen, dass ich mich in dich verliebt habe und es mir anfangs tierische Angst gemacht hat. Diese Angst hat dazu geführt, dass ich ein bisschen in mich gegangen bin. Du hast mir klargemacht, dass ich nicht so über die Vergangenheit hinweg war, wie ich dachte. Ich hatte einfach Teile von mir ausgeblendet und weggesperrt. Ich will nicht so tun, als würde ich keine Altlasten mehr mit mir herumtragen, aber ich wünsche es mir. Und es tut mir leid, wenn dir das alles zu viel ist. Ich meine, ich weiß, dass es für das typische erste Date zu viel ist. Aber wir haben ja immerhin schon ein bisschen gemeinsame Vergangenheit.«

Joey lächelte. Alles, was sie hatten, war Vergangenheit. Das Wühlen in alten Problemen anderer Leute und der Versuch, eine zerbrochene Geschichte zu kitten.

»Jedenfalls wollte ich die Karten auf den Tisch legen«, fuhr Finn fort. »Ich weiß, dass du dein eigenes Leben hast, zu dem du zurückwillst. Und ich bin hier bei Pops. Ich weiß nicht, ob unsere Lebensentwürfe zusammenpassen.« Er streckte den Arm über den Tisch und Joey legte ihre Hand in seine. »Aber ich weiß, dass ich mich zu Hause fühle, wenn ich mit dir zusammen bin, Joey.«

Die Bedienung kam mit ihrem Essen und Joey stieß die Luft aus, die sie angehalten hatte, froh über die Störung, damit sie ihre Gedanken ordnen konnte. Sie gab automatische Antworten auf die Fragen der Bedienung, ob alles in Ordnung war und ob sie noch etwas brauchten. *Was sage ich? Was sage ich?* Finn hatte ihr sein Herz ausgeschüttet. Konnte sie das auch riskieren?

Die Bedienung ging wieder und Finns Blick suchte ihren.

»Ich … ich …« Joey schluckte. »Ich habe nicht die Geschichte, die du hast, Finn. Aber ich habe diese merkwürdige Angewohnheit, anderen Leuten bei der Verwirklichung ihrer Träume zu helfen, ohne mich um meine eigenen zu kümmern. Ich rede mir ein, dass ich lebe, aber eigentlich hänge ich nur in Gewohnheiten fest. Nach dem Motto, wenn ich an einem Ort bleibe und mich an den Plan halte, kommen die Dinge, die ich in meinem Leben vermisse, schon irgendwie zu mir zurück. Und deinetwegen will ich das alles vergessen. Das macht mir Angst.«

Er grinste und stocherte mit der Gabel in seinem Essen herum. »Dann sind wir uns ja einig. Wir haben eine Heidenangst voreinander.«

Joey musste lauthals lachen und steckte Finn damit an. Die Leute an den Nachbartischen drehten sich schon zu ihnen um.

Beide versuchten, leiser zu sein. »Tut mir leid. Ich weiß nicht mal, warum ich überhaupt lache«, sagte Joey.

»Ich auch nicht«, keuchte Finn atemlos. »Vermutlich eine hübsche Mischung aus Stress, Erschöpfung und Unsicherheit?«

»Wahrscheinlich.«

»Was hältst du davon, wenn wir abwarten, wohin die Sache führt? Bist du dabei?«

Joey schnitt eine Ecke von ihrer Waffel ab und spießte das Stück mit der Gabel auf. Dann hielt sie es hoch wie zu einem Toast. »Auf das Hier und Jetzt.«

Finn nickte. »Keine Reue.«

Oder vielleicht würden sie auch etwas bereuen, aber inzwischen war ihnen beiden bewusst, dass auch Schwierigkeiten eine Gelegenheit waren zu wachsen.

Kapitel 41

Zwei Tage später überquerten Finn, Peter und Joey den Pamlico-Sund mit der Fähre nach Swan Quarter. Obwohl Mae dem Treffen mit Nana Kit nur widerwillig zugestimmt hatte, war es ihr doch wichtig gewesen, Walt zu helfen, damit er inneren Frieden finden konnte, solange es nicht der Gesundheit ihrer Mutter abträglich war.

Joey sah in den Spiegel an ihrer Sonnenblende und warf einen Blick zu Peter nach hinten. Er schaute aus dem Fenster, seinen Kopfhörer auf den Ohren. Joey wandte sich Finn zu, der entspannt auf dem Fahrersitz saß, während die Fähre sie übers Wasser beförderte.

»Walt kommt in ein paar Tagen aus dem Krankenhaus. Er kann aber nicht auf dem Boot wohnen.« Sein Mundwinkel zuckte. »Bis jetzt habe ich es geschafft, kein einziges Mal ›Siehste‹ zu dem Mann zu sagen.«

»Wow!«, sagte Joey in gespielter Bewunderung.

»Ich wünschte, ich hätte die Rampe, von der wir gesprochen haben, schon installiert.« Finn seufzte. »Ich hätte mir nie träumen lassen, dass ich sie so schnell brauchen würde.«

»Meine Mietwohnung hat eine Rampe am Hintereingang. Walt könnte vorübergehend auch bei mir wohnen.«

Finn drehte sich in Joeys Richtung. »Ich weiß nicht, ob er damit einverstanden wäre, dass du für ihn sorgst. Bei mir wird er vermutlich sagen, dass es nur gerecht ist.«

Unwahrscheinlich. Walt würde gar nicht wollen, dass er von irgendjemandem abhängig war. »Wir könnten ja die Häuser tauschen.«

Finn runzelte die Stirn. »Du würdest dein hübsch eingerichtetes Ferienhaus opfern, um in meinen Renovierungsalbtraum zu ziehen?«

»Albtraum?« Joey lächelte. »Wahrscheinlich werde ich einfach davon träumen, dass ich in einer Disco aus den Siebzigerjahren festsitze. Ich glaube, ich könnte mir diese Qual antun, aber nur Walt zuliebe.«

Finn schlug sich mit der Hand auf die Brust, als hätte sie ihm einen tödlichen Stich ins Herz versetzt. »Nur für Walt? Und was ist mit mir?«

Sie zuckte mit den Schultern. »Er ist meine große Liebe. Aber da der Altersunterschied ein bisschen groß ist, gebe ich mich auch mit dem Enkel zufrieden.«

Finn kicherte und nahm Joeys Hand.

»Was macht ihr denn da vorne?«, ertönte Peters Stimme vom Rücksitz. »Ihr habt nicht vergessen, dass ich hier hinten sitze, oder? Das wird nämlich langsam peinlich.«

Joeys Gesicht glühte. Sie hatte zwar nicht direkt *vergessen*, dass ein Teenager mit ihnen im Auto saß, aber sie hatte gedacht, er wäre unter seinem Kopfhörer in seiner eigenen Welt. Sie versuchte, ihre Hand wegzuziehen, aber Finn hielt sie fest und zwinkerte ihr verschwörerisch zu.

Während Finn sich auf die Anweisungen zum Verlassen der Fähre konzentrierte, drehte Joey sich zu Peter um. »Was für Musik hörst du eigentlich?«

Er zuckte mit den Schultern. »Casting Crowns. Eine CD, die Grandma mir gegeben hat. Sie erinnert mich daran, wie Mom und ich zusammen in die Kirche gegangen sind. Ist lange her, dass ich da war.« Als sie das Zittern in seiner Stimme hörte, ließ Joey Finns Hand los und drehte sich ganz zu dem Jungen um. Er kaute auf seiner Unterlippe und seine Augen waren gerötet.

»Was ist denn, Peter?«, fragte sie.

Er zog eine Schulter hoch, nahm den Kopfhörer ab und ließ ihn um seinen Hals hängen. »Ich habe nur gerade daran gedacht, wie ich mich damals gefühlt habe. Bevor alles den Bach runtergegangen ist. Und jetzt fühle ich mich nicht mehr wie derselbe Junge und ich weiß nicht, wie ich da wieder hinkomme.«

Der Kummer in seinen Worten traf auf den Schmerz, den Joey in sich trug. Diese Sehnsucht nach dem Leben, wie es früher einmal gewesen war. Nach der Familie, bevor sie zerbrochen war, nach einer Zeit, als ihre Stadt ihr noch wie ein Märchen vorgekommen war. Ein kindisches Verlangen, das sie überwinden musste. Es war höchste Zeit, die Sehnsucht nach früher hinter sich zu lassen.

»Ich bin mir nicht sicher, ob es überhaupt jemals die Lösung ist zurückzugehen. Wir lernen aus den schweren Zeiten, was wir können, und blicken dann erwartungsvoll nach vorne.«

Peter, der an einem losen Faden seines Kapuzensweatshirts gezogen hatte, blickte auf. »Ja. Aber in letzter Zeit fühlt es sich so an, als würde ich im Dunkeln laufen. Allein.«

Joey nickte. »Das Gefühl kenne ich.«

Neben ihr ergriff Finn das Wort. »Für dich ist auch das Dunkel nicht finster; die Nacht scheint so hell wie der Tag und die Finsternis so strahlend wie das Licht.«

Peter biss sich wieder auf die Lippe. »Hä?«

»Das ist aus den Psalmen«[1], erklärte Finn. »Meine Grandma hat das immer zitiert, wenn ich Angst im Dunkeln hatte.«

Joey lächelte ihn an, bevor sie sich wieder Peter zuwandte. »Ich glaube, es bedeutet, dass die Dinge, die uns so dunkel und verwirrend vorkommen, für Gott gar nicht dunkel sind. Also selbst wenn uns alles zu viel wird und wir glauben, dass wir vom Weg abgekommen sind, können wir uns darauf verlassen, dass Gott bei uns ist. Uns leitet.«

Sie rieb sich die Augen, während sie ihre Gedanken sortierte. »Du musst nicht der alte Peter werden, um deinen Weg zu finden, weil ...« Joey gefiel das Bild von Walts Leuchtturm, das vor ihrem geistigen Auge erschien. Plötzlich spürte sie die Freude, die es ihr bereitet hatte, die Vergangenheit zu bewahren und den zer-

---
1 Psalm 139,12 (Hfa).

fallenen Gemäuern neues Leben einzuhauchen. »Weil Gott uns genau da begegnet, wo wir sind. Und vielleicht zerbrechen Dinge in unserem Leben auf dem Weg. Die gute Nachricht ist, dass Gott gewissermaßen Sanierungsprofi ist.«

Warum war es ihr selbst dann so schwergefallen, dieser Wahrheit zu vertrauen? Vielleicht, weil Dad nach dem Streit mit Trey versucht hatte, seinen Sohn auf den Weg zurück zu zwingen, den er verlassen hatte, anstatt darauf zu vertrauen, dass Gott Trey zurückbringen würde. Weil er Angst hatte.

Und seit Trey und Dad getrennte Wege gingen, hatte auch Joey sich von der Angst bestimmen lassen.

Von der Angst, Fehler zu machen.

Der Angst, sich so zu verlaufen, dass sie nicht mehr den Weg zurückfand.

Dabei brauchte sie doch gar nicht die Fäden zu ziehen und dafür zu sorgen, dass alles perfekt lief.

Sie warf Peter einen Blick zu. Er saß locker da, die Anspannung war aus seinem Gesicht verschwunden und der Kopfhörer saß wieder auf seinen Ohren. Hoffentlich war die Erinnerung, die Joey gebraucht hatte, auch für ihn tröstlich gewesen.

Eine halbe Stunde später parkte Finn den Wagen auf dem Parkplatz der Seniorenwohnanlage von Swan Quarter. Gleich hinter ihnen folgte Mae in ihrer dunkelblauen Limousine.

Joeys Handy klingelte. Sie sah aufs Display. Lacey Nichole. Joey zog eine Grimasse und drückte das längst überfällige Telefonat weg. Dies war nicht der richtige Zeitpunkt.

Hinter ihr schnallte Peter sich ab. »Dann mal Augen zu und durch.«

Joey bildete das Schlusslicht in der Schlange der Besucher, die den Flur zu Nana Kits Zimmer entlanggingen – eine Schlange, die von einer grimmig dreinblickenden Mae angeführt wurde.

Vor Zimmer 43 blieb Mae stehen. »Wenn ich auch nur die geringsten Anzeichen dafür sehe, dass meiner Mutter das Ganze zu viel wird, werde ich dieses kleine Rendezvous schneller beenden, als eine Mausefalle zuschnappt. Sie hat im letzten Jahr genug gesundheitliche Probleme gehabt und ich kann nicht zulassen, dass sie sich überanstrengt.«

Joey, Finn und Peter antworteten wie aus einem Mund: »Ja, Ma'am.«

Mae nickte kurz. »Ich werde ihr sagen, dass ihr alle hier seid, dann komme ich raus und überlasse euch das Feld. Aber ich warte gleich hier hinter der Tür.«

Dann verschwand Mae im Zimmer. Joey war gespannt wie ein Fallschirmspringer, der sich bereit macht, das Flugzeug zu verlassen. Die Berichte aus dem Leuchtturm, die in ihrem Rucksack steckten, würden gleich vielleicht in die Hand derjenigen zurückgelangen, die sie vor mehr als einem halben Jahrhundert aufgeschrieben hatte. Geschichten voller Mut und Durchhaltevermögen. Voller Opferbereitschaft und Liebe. Voller Verlust.

Joey wischte sich die schweißnassen Handflächen an ihrer Jeans ab.

Mae kam aus dem Zimmer. »Sie ist bereit. Ich habe ihr erzählt, dass Peter zu Besuch ist und zwei Freunde mitgebracht hat, die sich mit der Geschichte von Bleakpoint Light befassen.« Mae schnaubte. »Hat gestrahlt wie ein Weihnachtsbaum, als ich den Ort erwähnt habe.«

Sie traten ein, angeführt von Peter. Er beugte sich über die weißhaarige Frau in dem Schaukelstuhl und umarmte sie. Eine Patchworkdecke lag auf ihrem Schoß trotz der drückenden Wärme im Zimmer.

»Nana Kitty, schön, dich wiederzusehen.«

Sie tätschelte seinen Arm mit ihren arthritischen Fingern. »Es ist auch viel zu lange her, mein Junge.« Ihre Stimme war so dünn wie Nebel über dem Wasser.

Joey wurde das Herz schwer. Im Vergleich zu Walt wirkte diese Frau viel älter. Aber vielleicht war er einfach mit besserer Gesundheit gesegnet.

»Ich weiß. Mein Stiefvater hat mich nicht hierhergebracht. Und Grandma Mae …«

»Fand, dass ich zu krank bin für Besuche«, klagte sie.

»Genau. Und ich weiß, dass du dich aufgeregt hast, als ich damals per Anhalter gefahren bin.« Peter trat zurück. »Das hier sind meine Freunde, Joey Harris und Finn O'Hare. Sie haben auf der Insel gearbeitet, von der du mir Geschichten erzählt hast. Sie haben in den Mauern des Leuchtturms Zettel gefunden, Berichte über Rettungsaktionen auf See. Ich habe gesagt, dass sie genau wie die Geschichten klingen, die du mir erzählt hast. Sogar bis in die Einzelheiten. Sie haben versucht herauszufinden, wer sie geschrieben hat und warum sie dort versteckt waren, und ich dachte, du könntest ihnen vielleicht dabei helfen.«

Ein mädchenhaftes Lächeln erhellte das Gesicht der alten Frau und sie presste eine Hand auf ihr Herz. »Sie haben sie gefunden.«

Joey holte ihr Notizbuch aus dem Rucksack und gab es Peter, der es Kit auf den Schoß legte. Sie schlug die erste Seite auf und hatte Schwierigkeiten mit den Sichthüllen aus Plastik, aber die Freude war klar in ihren Zügen zu erkennen.

Joey trat näher. »Gehören die Ihnen? Sind Sie Saint-Mae? Oder besser gesagt: Cathleen McCorvey?«

Die Frau blickte zu ihr auf und ihre blaugrauen Augen glänzten feucht. »Ich wünschte, ich wäre es.«

Enttäuschung stieg in Joey auf.

»Ich bin keine dieser Personen. Aber Sie haben offenbar erkannt, dass die beiden identisch sind. Dass Cathleen McCorvey die legendäre Saint-Mae war. Die Geschichten von ihren Erlebnissen sind manchmal wilder als die Legenden.«

Finn ging vor der alten Frau in die Hocke. »Können Sie uns sagen, woher Sie Cathleen kannten? Und wie Sie in den Besitz der Kaffeedose gekommen sind, die Peter für Sie in den hohlen Baum getan hat?«

Kit sah ihren Enkel an und ihr Blick war hart wie Stahl. »Du hast ihnen nichts erzählt von …«

»Nein! Überhaupt nicht. Ich habe mein Versprechen gehalten. Ein Mann namens Walt hat sie gefunden und sagt, die Maultrommel darin gehöre ihm.«

Finn legte eine Hand auf das Notizbuch. »Cathleen McCorvey war mit meinem Großvater befreundet. Sie haben früher als Kinder auf der Insel gespielt und sich Nachrichten geschrieben.«

Kit faltete die Hände. »Du liebe Güte, das ist ja noch besser gelaufen, als ich gehofft hatte. Es ist wie Aschenputtel, nur umgekehrt und dass es kein Schuh ist, sondern eine Maultrommel in einer alten Dose.« Sie stieß ein heiseres Lachen aus.

Mann, diese Kit war wirklich ein Unikum.

»Würde es Ihnen etwas ausmachen, ein bisschen weiter auszuholen und uns mehr Einzelheiten zu erzählen?«, fragte Joey. »Wir wissen, dass Walt und Cathleen gute Freunde waren. Wir vermuten, dass ihr Vater Probleme hatte, vielleicht Demenz, und dass sie es vertuscht hat. Wir wissen, dass es ein Missverständnis zwischen Cathleen und Walt gab, das sie voneinander getrennt hat, als er auf einem Handelsschiff angeheuert hat. Dann gab es ein Unglück wegen des Leuchtturms und Walts Schiff wurde getroffen. Und irgendwie ist bei all dem Durcheinander Cathleens Vater im Meer ertrunken. Und wir dachten, wie die meisten Menschen, dass auch Cathleen in der Nacht umgekommen ist, bis Walt diese Dose gefunden hat. Und dann hat Peter uns erzählt, dass Sie es waren, die ihm gesagt hat, er solle sie in dem alten Baum verstecken.«

Kit deutete mit ihrer arthritischen Hand auf ein kleines Sofa vor dem Fenster. »Setzt euch einen Moment, dann erzähle ich euch eine Geschichte, die ihr niemals glauben werdet.«

Zu dritt quetschten sie sich auf das kleine Möbel.

»Eines Morgens im späten Frühjahr, vielleicht auch im Frühsommer 1942«, begann Kit, »war ich draußen, um die Tiere auf meiner Farm in New Bern zu füttern. Ich hätte fast einen

Herzinfarkt bekommen, als ich ein junges Mädchen in der Ecke unserer Scheune liegen sah. Sie schlief so tief und fest, dass ich sie mit meinem Herumgeklapper gar nicht geweckt habe. Erst dachte ich, sie wäre tot.

Obwohl ich ein bisschen Angst hatte, weil ein Eindringling in meiner Scheune und ich allein war, mein Mann war im Krieg, sah sie so abgerissen und unschuldig aus, dass ich in die Küche ging und einen Teller mit Eiern und Brötchen zubereitete. Das arme Ding. Ich wusste, dass sie kein leichtes Leben gehabt hatte, was auch immer sie zu mir geführt hatte.

Als ich zurückkam, schlief sie immer noch, also legte ich eine Nachricht neben ihr Essen und sagte, sie könne gerne ins Haus kommen, wenn sie wach wurde. Ich erwartete, dass sie sich davonschleichen würde, aber eine Stunde später, als ich gerade dabei war, die Wäsche zum Trocknen aufzuhängen, kam sie zögernd auf mich zu, scheu wie eine Hofkatze, das leere Geschirr in der Hand. Sie stellte sich als Cathy vor und entschuldigte sich dafür, dass sie ohne Erlaubnis meine Scheune betreten hatte. Sie fragte, ob ich Hilfe auf dem Hof gebrauchen könnte, als wäre es bei dem heruntergekommenen Zustand der Gebäude nicht offensichtlich, dass ich die brauchte. Aber ich hatte keinerlei Geld übrig.

Sie sagte, sie sei anstrengende Arbeit gewohnt und wenn sie auf dem Heuboden schlafen dürfte und etwas von dem Essen abbekäme, das wir anbauten, wäre sie dankbar. Stattdessen zeigte ich ihr mein Gästezimmer und bat sie zu bleiben und mir zu helfen, bis mein Mann aus dem Krieg nach Hause kam.« Kit verstummte und ihre Augen schlossen sich einen Moment lang, während sie seufzte.

»Am Ende hat er es nicht nach Hause geschafft und Cathy ist etwa fünfzehn Jahre bei mir geblieben. Sie hat kein Wort davon gesagt, wer sie wirklich war oder wie sie an jenem Morgen in meiner Scheune gelandet war. Aber nach ungefähr zwei Jahren, als ich die Nachricht erhielt, dass mein Mann im Kampf gefallen war, fing

Cathy an, mir diese fantastischen Geschichten zu erzählen, wie sie Menschen auf See gerettet hat, und von ihrer geheimen Identität und den Legenden, die die Leute über sie verbreiteten.

Zuerst dachte ich, sie hätte sich das alles nur ausgedacht, um mir die Zeit an den langen Abenden zu vertreiben, wenn die Arbeit getan war und meine Trauer mich fast verschlungen hätte. Aber als sie mir von Walt erzählte und wie sie ihn verloren hatte, wusste ich es. Die Sehnsucht und das Bedauern in ihrer Stimme – es war wie eine neue Version von *Romeo und Julia*.«

Kit räusperte sich und zeigte auf ein Wasserglas auf dem Nachttisch. »Peter, mein Lieber, ich muss meine Kehle mal ein bisschen anfeuchten.«

Peter sprang sofort auf und der Bann, in den Kit sie mit ihren Worten gezogen hatte, war gebrochen.

»Was ist mit ihr geschehen? Ist sie noch am Leben?« Joey war ganz vorne auf die Sofakante gerutscht und wäre beinahe heruntergefallen.

Kit hob eine Hand, während sie trank, und fuhr dann fort: »Ungefähr fünfzehn Jahre, nachdem ich meinen ersten Mann verloren hatte, habe ich in meiner Kirchengemeinde einen Mann kennengelernt und wir sind zusammen ausgegangen. Ich vermute, Cathy hat gemerkt, dass es etwas Ernstes war, und da ist sie eines Tages verschwunden.

Ich glaube, sie hatte Angst, dass ich sie bitten würde zu gehen, und ist von sich aus gegangen, bevor es dazu kam. Sie hat ein paar Dinge zurückgelassen, auch diesen Brief und die Maultrommel in der alten Blechdose. Ich habe sie viele Jahre lang aufbewahrt, weil ich dachte, sie würde irgendwann zurückkommen und sie holen, aber das tat sie nicht.

Kurz bevor ich diese schlimme Lungenentzündung und die Herzprobleme bekam, habe ich einen Artikel über Bleakpoint Light gesehen. Dass ein Mann namens Finnegan W. O'Hare die Insel gekauft hatte und den Leuchtturm restaurieren wollte. Ich traute meinen Augen kaum. Ich wusste einfach, dass es Cathys

Walt oder einer seiner Nachkommen sein musste. Offenbar hatte sie sich geirrt und er war gar nicht gestorben.«

Kits Augen tanzten schelmisch. »Hatte ich erwähnt, wie sehr ich das Ende von *Romeo und Julia* hasse? Also habe ich Peter losgeschickt. Ich wusste einfach, wenn es Cathys Freund war, würde er die alte Dose finden und die Wahrheit erfahren, was aus ihr geworden war.«

Joey legte den Kopf ein wenig schief. »Hätte Peter es Walt nicht einfach geben können?«

Kit warf ihr einen Blick zu, als wäre Joey verrückt. »Und wenn es doch ein anderer Finnegan gewesen wäre, dessen zweiter Vorname mit W anfing? Ich konnte nicht riskieren, dass irgendein Fremder es bekommt, der mit Saint-Mae's Insel Geld verdienen will.«

Dagegen konnte Joey nichts einwenden. Sie war inzwischen lange genug hier, um zu wissen, wie sehr die Einheimischen sich an Legenden und volkstümliche Erzählungen klammerten. Und dazu noch die touristischen Möglichkeiten? »Und Sie haben die ganze Zeit nichts von ihr gehört?«

Kit warf ihnen einen listigen Blick zu. »Jedes Jahr zu Weihnachten bekomme ich eine Karte von derselben Adresse. Und jedes Jahr dasselbe Foto. Nur mit C. unterschrieben. Ich habe versucht, ihr zu schreiben, aber sie antwortet nie. Doch ich weiß, dass sie es ist und dass sie mir sagen will, dass es ihr gut geht. Sie hat nie das Wesen einer streunenden Katze verloren.« Kit machte eine Handbewegung. »Da drüben in der obersten Schublade, Peter. Du kannst die oberste Karte vom Stapel nehmen.«

Peter gehorchte und brachte Kit die Postkarte.

»Ich glaube, dass sie in vielerlei Hinsicht immer noch auf der Flucht ist«, sagte Kit. »Ich habe mich vor einigen Jahren mit der Geschichte und alledem beschäftigt. Cathleen McCorvey wird in dem alten Register immer noch als vermisst geführt. Damals waren diese Dinge nicht so gut organisiert wie heute, schon gar nicht in den Outer Banks. Weil sie kaum mehr war als eine vergessene Akte, musste sie nur in die Stadt zurückgehen, in der sie geboren war, also irgendwo in New England, wenn ich mich recht entsinne, und ihre Geburtsurkunde holen, um unter ihrem alten Namen noch einmal neu anzufangen.

Niemand außerhalb von Ocracoke wäre jemals auf die Idee gekommen, die einunddreißigjährige Frau mit dem vermissten Mädchen in Verbindung zu bringen, das Jahrzehnte zuvor für tot erklärt worden war. Selbst die Einheimischen hatten kein Interesse mehr daran, das Geheimnis zu lüften. Sie waren zufrieden mit den Geistergeschichten.«

Kit reichte Joey den Umschlag. Ich glaube, sie ist immer noch dort. Jedenfalls war sie es im Dezember. Wenn Sie hinfahren, werden Sie sicher verstehen, wie es dazu kam, dass sie auf Knotts Island gelandet ist.«

Kapitel 42

Eine Woche später war Walt in Joeys Ferienhaus untergebracht. Er hatte ein schlechtes Gewissen, weil er sie aus ihrem Zuhause vertrieben hatte, aber sie und Finn hatten sich gegen ihn verschworen.

Finn kam ins Wohnzimmer und reichte ihm einen Becher Kaffee.

»Ich muss zum Boot raus«, sagte Walt zu seinem Enkel, »und gucken, ob damit alles in Ordnung ist. Hier im Haus fühle ich mich eingeengt.«

Finn lachte lauthals los. »In diesem Haus fühlst du dich eingeengt, aber in deiner winzigen Kajüte auf dem Boot nicht?«

Walt zuckte mit den Schultern. Der Junge hatte nicht ganz unrecht. Vielleicht war es nicht das Haus. Vielleicht war es eher das Gefühl, dass er versorgt wurde wie ein gebrechlicher alter Mann, das diese schlechte Laune bei ihm auslöste.

Kurz darauf brach Finn auf, um einen kurzen Charterflug zu absolvieren. Zum Glück. Walt machte es sich vor dem Fernseher bequem und schaltete einen Western ein.

Es waren noch keine zehn Minuten vergangen, als es an der Tür klingelte. Walt erhob sich mühsam und humpelte mit seinem Rollator und dem Gehgips zur Haustür. Es war Joey mit einem weißen Karton in der Hand, in dem sich vermutlich eine Limettentarte verbarg. Peter stand neben ihr.

Walt zeigte auf den Fuß des Jungen. »Jetzt passen wir zusammen.«

Peter lächelte. »Wir hinken wie die Piraten.«

»Aye, Bootsmann. Ist das etwa Kuchen, was ich da sehe, Joey?«

Sie grinste. »Zeig mir, wo die Kombüse ist, dann serviere ich euch zwei Lausbuben ein Stück.«

Er stapfte mithilfe seines Rollators in die Küche und Joey und Peter folgten ihm.

»Was macht Finn denn heute?«, fragte Joey.

»Den bin ich endlich los. Hat er dich geschickt, damit du mich betüddelst? Um zu gucken, ob ich hingefallen bin und nicht wieder aufstehen kann?«

Joey wollte schon etwas sagen, überlegte es sich dann aber anders und antwortete nur mit einem Achselzucken.

Walt schnaubte und ließ sich dann auf einen Küchenstuhl fallen. Peter nahm ihm gegenüber Platz. »Fühl dich ganz wie zu Hause«, sagte Walt zu Joey.

Sie lachte. »Merkwürdig, aber ich kenne mich in dieser Küche ganz gut aus.« Sie tat die Kuchenstücke auf die Teller und gesellte sich dann zu den beiden am Küchentisch.

Walt holte tief Luft. »Ich habe jetzt übrigens entschieden, was ich mit dem Leuchtturmprojekt anfangen will. Es ist gewissermaßen eine Kombination aus zwei von den Plänen, die du mir vorgeschlagen hast. Ich weiß, dass es ein Risiko ist und vielleicht Zeit- und Geldverschwendung, aber ich würde es gerne versuchen und sehen, was daraus wird.« Er zeigte auf den Ordner auf der Mal, Peter?«

Der Junge stand auf und gab ihm den Ordner. Walt breitete zwei der Pläne aus und zeigte Joey die markierten Elemente aus beiden, die er in das fertige Objekt integrieren wollte.

Sie lächelte, aber ihre Miene wirkte etwas unsicher. »Mir gefällt, was du da zusammengestellt hast, aber es ist ein ziemlich großes Projekt. Das dauert eine Weile.« Wieso sah sie so besorgt aus? Sie hatte doch bewiesen, was sie konnte.

Er zuckte mit den Schultern. »Ich weiß. Aber für mich fühlt es sich richtig an.«

Joey nickte und schob die Blätter dann wieder in die Mappe. »Wie du willst. Du bist der Boss.« Sie sah ihn fragend an. »Meinst du, du solltest mit ihr Kontakt aufnehmen, bevor du dieses große Vorhaben in Angriff nimmst?«

Der Umschlag mit Cathleen McCorveys Anschrift lag auf seinem Nachttisch und verspottete ihn in jedem wachen Augenblick. Es schien ihm so unwirklich, dass Cay am Leben sein sollte. Dass er zu ihrem Haus gehen, an der Tür klingeln und die Frau sehen könnte, um die er mehr als sechzig Jahre lang getrauert hatte. »Ich will sie sehen. Aber erst, wenn ich aus eigener Kraft bis zu ihrer Tür gehen kann, selbst wenn ich den Gips dann noch habe. Vielleicht ist es albern, aber ein Mann hat schließlich seinen Stolz. Als sie mich das letzte Mal gesehen hat, war ich ein starker junger Kerl.«

Joey tätschelte seinen Unterarm. »Sie ist genauso gealtert wie du, Walt.«

»Vielleicht.« Offenbar war er nie dem Wunsch entwachsen, Cathleen McCorvey zu beeindrucken. Er wandte sich an Peter. »Falls ich das noch nicht gesagt habe: Danke, dass du die Blechdose zur Insel zurückgebracht hast. Und dass du Joey geholfen hast, sie zu finden, nachdem ich sie da verloren hatte.«

Peter zog die Schultern hoch. »Wenn ich gewusst hätte, dass sie für dich bestimmt war, hätte ich sie dir einfach gegeben. Nana hat mir nur gesagt, ich soll sie in den Baum stecken, sonst nichts.«

Walt wischte die Worte weg. »Ach was. Du brauchst dich nicht zu entschuldigen. Es war eines meiner aufregendsten Erlebnisse, das Ding in unserem alten Baum zu finden. Bis ich umgeknickt bin und mir den Fuß verletzt habe. Das war nicht so aufregend.«

Der Junge lächelte.

»Sag mal, hast du noch die alten Landkarten, die sie dir gegeben hat?«

Peter nickte. »Ich habe sie gut aufbewahrt. Man konnte sehen, dass sie was Besonderes waren.«

Walt rieb sich das Kinn und spürte die Bartstoppeln an seiner Hand. »Cay und ich haben sie gezeichnet.«

Peter beugte sich vor. »Wirklich? Sie sind wahnsinnig detailliert. Und wirklich auch sehr genau. Ihr hättet euch als Kartografen einen Namen machen können.«

Cay und er waren sich damals vorgekommen wie Superhelden. »Es war unsere kleine Welt. Manches davon imaginär, aber für uns war es alles Wirklichkeit.« Walt schloss die Augen und sah im Geiste ihre dunklen Locken vor sich, als sie vor ihm den Weg zu ihrem Ruderboot hinunterlief. Was gäbe er nicht dafür, die Uhr zurückzudrehen. Noch einmal einen Tag mit ihr zu verbringen. Aber die Strömung und die Gezeiten hatten ihn weitergezogen. Und Cay auch. Strandgut und Treibgut.

Aber jetzt hatte er wider Erwarten die Chance, Cay all das zu sagen, was er sich damals nicht zu sagen getraut hatte. Es konnte gut sein, dass er sie und ihren Mann und eine ganze Schar Kinder und Enkel traf. Urenkel vielleicht sogar. Er hoffte es für Cay. »Joey, meine Liebe, was glaubst du, wie schnell du diese Pläne mit dem Leuchtturm umsetzen kannst?«

Sie blinzelte und starrte konzentriert die Seiten an, die er ihr gegeben hatte. »Ehrlich gesagt fehlen beim Leuchtturm nur noch ein paar kleine Details. Das neue Gebäude, das du haben willst, scheint mir unkompliziert, solange es keine Probleme mit der Baugenehmigung gibt. Die Umbauten an dem alten Haus sind vermutlich die größte Herausforderung, denn jedes Mal, wenn man mit einem Bestandsgebäude arbeitet, muss man mit dem vorliebnehmen, was schon da ist. Aber das Haus hat eine gute Substanz und ich mag Renovierungen.« Ihre Miene hellte sich auf. »Ich habe eine Idee. Aber ich muss erst ein paar Telefonate führen und ein paar Dinge eintüten. Macht es euch was aus, wenn ich gehe? Peter, du kannst hier bei Walt bleiben oder mitkommen. Was immer dir lieber ist.«

Peter stand auf. »Ich hole die Karten und bringe sie her. Die gehören einfach in deine Hände, Walt.«

Kapitel 43

Später an diesem Tag zitterten Joeys Hände, als sie Laceys Nummer wählte. Wie lautete das alte Sprichwort noch mal? Lieber einen Spatz in der Hand als eine Taube auf dem Dach? Und Finn hatte gesagt, dass man es in der Regel bereue, eine Chance nicht ergriffen zu haben. Aber was war, wenn man die Wahl zwischen zwei Chancen hatte?

»Lacey hier.«

»Hi, Lacey. Hier ist Joey, äh, Josephina von *Josephinas Eventschmiede*. Ich wollte mich ja noch melden.« Joey umklammerte das Handy fester. Sie musste ein Risiko eingehen bei der Entscheidung, die für sie den größten Verlust bedeuten würde.

»Sie sind wirklich nicht leicht zu erreichen, Joey.« Obwohl Joey sie seit ihrem ersten Gespräch immer wieder hingehalten hatte, klang Laceys Stimme noch immer honigsüß – sie schien wirklich die perfekte Kundin zu sein.

»Es tut mir wirklich leid, dass Sie so lange warten mussten. Ich musste mich um einen Notfall kümmern, aber ich hätte trotzdem eher anrufen sollen.«

»Keine Sorge, Schätzchen. Wir stürzen uns jetzt einfach in die Planung, dann wird das schon.«

Joey presste die Lippen aufeinander und zwang sich dann, die nächsten Worte auszusprechen. »Ich tue das nur sehr ungern, aber auch wenn Ihr Auftrag für mich ein Traum wäre, hat sich hier in North Carolina eine Chance ergeben, die ich mir nicht entgehen lassen kann.«

Lacey schwieg einen Augenblick und Joey wappnete sich schon innerlich für den Zorn, den sie verdient hatte. »Das meiste könnten Sie doch sicher von dort aus machen, oder? Und dann für den großen Tag nach Copper Creek kommen?« Ihre Stimme klang nicht fordernd, es war einfach nur eine Frage.

»Normalerweise könnte ich das, Lacey. Aber der Job hier erfordert meine ganze Aufmerksamkeit. Und das wäre Ihnen gegenüber nicht fair. Nicht wenn es um Ihre Hochzeit geht.« Joey gab ihr die Kontaktdaten einiger Hochzeitsplanerinnen in der Nähe von Copper Creek, von denen sie wusste, dass sie Lacey glücklich machen würden, und beendete das Telefonat mit guten Wünschen für Braut und Bräutigam. Dann stieß sie einen langen Seufzer aus. Sie hatte es getan. Sie hatte die offene Tür zugeschlagen.

Joey wusste nicht, was kommen würde, wenn sie mit dem Leuchtturmprojekt fertig war, aber ausnahmsweise fühlte sich das befreiend an und nicht beängstigend. Die ganze Zeit über hatte sie sich darauf konzentriert, den Namen und den guten Ruf ihrer Familie in Copper Creek reinzuwaschen. Nicht dass sie etwas dagegen hätte, wenn es dazu käme. Aber was bedeutete schon der Name ohne die Familie, die ihn trug?

Ihr nächster Anruf galt ihrem Vater. »Hi, Dad. Was hältst du davon, wenn du eine Pause vom Ruhestand machst und mir bei einem kleinen Restaurierungs-Schrägstrich-Neubauprojekt an einem Leuchtturmwächterhaus aus den 1940er-Jahren hilfst?«

Das Lachen, das durch die Leitung an ihr Ohr drang, wärmte Joey das Herz. »Woher wusstest du das?«

»Was denn?«

»Dass ich mich gerade heute Morgen darüber beklagt habe, wie sehr ich das Nichtstun leid bin.«

Mom hatte offenbar mitgehört, denn sie sagte: »Bitte gib dem Mann eine Woche lang was zu tun. Sich an das Rentnerleben zu gewöhnen, ist nichts für schwache Nerven.« Joey lachte über den liebevollen Scherz ihrer Mutter. Ihr Vater war es gewohnt, von morgens früh bis abends spät zu arbeiten, und das an sechs Tagen die Woche. Ohne Zweifel hatte sein Ruhestand die Ehedynamik der beiden verändert. »Du kannst mitkommen, Mom. Ich habe Platz für euch beide.«

Ihr Vater lachte. »Ich glaube, sie will mit ein paar von ihren neuen Freundinnen einen Mädelsurlaub machen. Ich tue mich vielleicht schwer als Rentner, aber deine Mom blüht förmlich auf.«

Sie verabredeten, dass er in zwei Wochen zu Joey kommen würde. Es klang so, als freute er sich richtig darauf, ihr zu helfen. Joey hoffte nur, dass die Begeisterung anhielt, wenn ihm bewusst wurde, wie umfangreich die Pläne waren. Dann wählte sie die nächste Nummer und hoffte, dass ihr Bruder ans Telefon ging.

Am nächsten Abend fuhr Joey zu ihrer alten Bleibe, um für Walt und Finn ein Abendessen vorzubereiten. Sie war angenehm überrascht, als sie sah, dass auch Peter gekommen war. Während sie die Zutaten für die Lasagne, die sie am Vorabend vorbereitet hatte, in die Auflaufform schichtete, spielten der Junge und Walt eine Partie Schach. Die Karten, die Peter zurückgegeben hatte, waren auf dem Couchtisch ausgebreitet und an den Ecken beschwert. Als die Lasagne im Ofen war, gesellte Joey sich zu den beiden und studierte die akribisch gezeichneten Karten der Marschinseln, darunter auch Bleakpoint, wo ein winziger Leuchtturm den Standort des Gebäudes markierte. Dann gab es noch eine andere Karte – eine detaillierte Wiedergabe von Walts und Cays Insel mit besonderen Bezeichnungen für Plätze, die ihnen etwas bedeutet hatten. Joeys Blick fiel auf eine Stelle, die als »Blackbeards Schatz« beschriftet und mit einem roten X gekennzeichnet war. Sie wandte sich an Walt, der sich auf das Schachbrett konzentrierte. »Da geht es um einen imaginären Schatz, oder? Ihr habt nicht wirklich Blackbeards Versteck gefunden?«

Walt zog geheimnisvoll die Augenbrauen hoch. »Das verrate ich doch nicht.«

Peter grinste. »Falls der Schatz irgendwann mal da war, ist er es jetzt jedenfalls nicht mehr. Ich habe nachgesehen, nur für den Fall.« Seine Wangen röteten sich.

Walt lachte und machte einen Zug mit einem Bauern.

Joey beobachtete die beiden bei ihrem Spiel. Walt gewann die erste Partie, also baute Peter die Figuren für eine Revanche auf. Aus der Küche strömte der würzige Duft von Tomatensoße, Oregano und geschmolzenem Käse herein. »Ich sehe mal nach dem Essen«, sagte Joey. »Peter, du musst aufpassen, wenn du gegen diesen alten Piraten spielst. Ich habe gehört, er hat sich mit Blackbeard angelegt.«

Als sie in die Küche ging, kam gerade Finn zur Haustür herein. Er schob einen Arm um ihre Taille, zog sie an sich und drückte Joey einen kurzen, zärtlichen Kuss auf die Lippen. Als er sie ansah, lag ein großes Verlangen in seinem Blick. »Ich wusste gar nicht, dass du heute Abend hier bist.«

Walt, der sie von seinem Platz im Wohnzimmer aus sehen konnte, rief: »Willkommen zu Hause, Finn. Wir haben *Besuch*.« Das Lächeln in seinen Augen strafte seinen tadelnden Tonfall Lügen.«

Finn ließ Joey los und lachte verlegen. »Hi, Peter, Pops.«

Peter hob eine Hand zum Gruß, aber sein Blick war unverwandt auf das Schachbrett gerichtet, um seinen Gegner zu überlisten.

Finn stellte seine Umhängetasche an der Tür ab. »Ich gehe und helfe Joey in der Küche.«

Sie nahm seine Hand und zog ihn hinter sich her.

»Da können wir auch genauso gut Take-away bestellen. Das Essen verbrennt bestimmt«, knurrte Walt.

Joey lachte über seine gespielte Klage, während sie einen Topflappen nahm und die Lasagne aus dem Ofen nahm. Sie stellte die Auflaufform auf einen Untersetzer und machte mit den Fingerspitzen eine Kussgeste. »*Perfetto*.«

»Und da wir uns jetzt keine Sorgen um das Essen machen müssen, …« Finn nahm sie in seine Arme und gab ihr einen langen innigen Kuss.

Ein Teil von ihr hatte immer noch den Drang zu fliehen, weil sie befürchtete, sich zu schnell und zu heftig zu verlieben. Aber vor diesem Mann konnte eine Frau doch wahrlich nicht weglaufen. Sie machte nur einen kleinen Schritt zurück. »Ich kümmere mich mal um den Salat.«

»Ich helfe dir.«

Joey holte die Schüssel mit grünem Salat aus dem Kühlschrank und Gemüse, das gewürfelt werden musste. Finn nahm ein Messer und ein Schneidebrett. Während er die Ärmel bis zu den Ellbogen hochkrempelte, sich die Hände wusch und dann anfing, die Karotten zu würfeln, setzte Joey sich auf einen Barhocker. »Hattest du einen guten Tag?«

»Ja. Heute hatte ich ein paar private Charterflüge. Glückliche Menschen, die in den Urlaub geflogen sind. Und einen Geschäftsmann, der schnell nach Hause musste, um irgendwelche Probleme bei einem Millionen-Deal auszubügeln, an dem er gerade arbeitet. Diese kurzfristigen Aufträge sind immer sehr lukrativ.« Er blickte auf. »Und wie läuft es bei dir?«

»Dad und Trey kommen beide in zwei Wochen her, um an Walts Plänen zu arbeiten. Das Baumaterial ist bestellt und unterwegs. Es gibt für alles Liefertermine. Walts Angelfreund hilft beim Transport. Renee und Jerry werden am Leuchtturm weiterarbeiten. Ich glaube, Peter kann ein paar von den Texten für die Tafeln schreiben. Er hat mir ein paar Sachen gezeigt, die er verfasst hat, und ich glaube, er wird seine Sache gut machen. Und dann warte ich noch auf die Baugenehmigung für das neue Gebäude.«

Finn hielt beim Schnippeln inne. »Also ... dein Dad und dein Bruder? Wissen die beiden voneinander?«

Joey lächelte gequält und zuckte mit den Schultern.

»Bist du dir sicher, dass das eine gute Idee ist?«

»Nein. Aber sonst wäre keiner von beiden gekommen ... also ...«

»Das heißt, du lässt sie ins offene Messer laufen?«

Wieder zuckte sie mit den Achseln. »Keine der üblichen Methoden wie ›Meint ihr nicht, es wäre an der Zeit, das Kriegsbeil zu gegraben?‹ hat bis jetzt funktioniert, also sind sie mir jetzt hilflos ausgeliefert.«

Finn nahm eine Zange und klapperte damit wie ein Krebs mit seinen Scheren, bevor er sich daranmachte, den Salat zu mischen. »Oh-oh. Dann werden sie wohl ihr blaues Wunder erleben.«

»Vielleicht ist es wirklich keine gute Idee, sie zusammen für mein Projekt herzuholen«, gab Joey zu. »Sogar manipulativ, weil ich weiß, dass sie zwar beide sauer sein werden, aber keiner von beiden dem Nesthäkchen der Familie schaden will, das sie beide vergöttern.« Sie stützte in einer unschuldigen Shirley-Temple-Pose das Kinn auf die Hände. Aber dann wurde sie ernst. »Die Geschichte von Walt und Cathleen hat mich verändert, Finn. Ich gehe ein großes Risiko ein, das mir unter Umständen um die Ohren fliegen wird, aber ich habe lange genug gewartet, ohne etwas zu unternehmen. Jetzt muss ich mich wenigstens nicht sechzig Jahre später fragen, ob ich eine Chance verpasst habe, meiner Familie zu helfen.«

Finn sah sie mit einem schelmischen Funkeln an. »Ich hoffe, das gilt auch für … ich weiß nicht … andere Bereiche deines Lebens?«

Joey ging das Herz auf. Die Gefühle, die Finn in ihr auslösten, waren unbekanntes Terrain. Sie zog eine Schulter hoch. »Ich würde sagen, dafür gilt ein starkes Vielleicht.«

Bleakpoint Island hatte ihr die Verheißungen der Wildnis schmackhaft gemacht, als sie die Geheimnisse der Insel untersucht hatte. Jetzt war es an der Zeit, in ihre eigenen unbekannten Regionen vorzudringen – mit Vorfreude und ohne Angst.

An diesem Abend, als sie mit Walt, Finn und Peter am Tisch saß, musste Joey zugeben, dass dieses ganze Abenteuer sich erheblich von dem Plan entfernt hatte, mit dem sie Copper Creek verlassen hatte. Auf dem Weg war sie mit verstecktem Herzeleid und verpassten Chancen konfrontiert worden. Verlorene Zeit, die nicht zurückkommen würde. Gebrochenheit. Reue. Aber sie hatte auch Hoffnung erlebt, zweite Chancen und sogar Versöhnung. Sie musste einfach glauben, dass Bleakpoint Island auch für ihre Familie noch eine Heilungschance bereithielt.

Kapitel 44

Joey sah auf die Uhr. Als ihr Dad das letzte Mal angerufen hatte, war er noch eine halbe Stunde entfernt gewesen. Das bedeutete, dass er in fünfzehn Minuten in Finns Auffahrt einbiegen müsste. Trey stand ein Stückchen abseits und machte sich Notizen auf den Stapeln von Papier, die sie für ihn ausgedruckt hatte, um sich mit der Arbeit vertraut machen zu können, die auf Bleakpoint zu erledigen war. Joey hatte ihn damit beauftragt, sich um den Neubau und den Ausbau des Anlegers für die potenziellen Gäste zu kümmern.

Während Trey daran arbeitete, würden Joey und ihr Dad sich mit der Restaurierung und dem Umbau des Bestandsgebäudes befassen. So würden ihr Vater und ihr Bruder Seite an Seite arbeiten, aber keiner dem anderen Anweisungen geben.

Trey blickte von seinem Papierstapel auf. »Von mir aus können wir uns die Baustelle ansehen. Du hast gesagt, dass du noch auf jemanden wartest?«

Joey schluckte den Kloß in ihrer Kehle hinunter. »Ja, äh ... auf Dad.«

Trey starrte sie mit offenem Mund an, als hätte sie ihm eine Ohrfeige verpasst. Dann wurde seine Miene hart. Er machte Anstalten, etwas zu sagen, schien dann aber doch nicht gewillt, seine kleine Schwester mit wütenden Anschuldigungen zu überhäufen. Er machte einen Schritt auf sein Auto zu.

»Warte, Trey«, sagte Joey und folgte ihm. »Es tut mir leid. Ich hätte dir sagen sollen, dass Dad kommt, aber ich wusste, dass du dann nicht gekommen wärst, und dieser Streit ist lange genug gegangen. Jemand muss die Initiative ergreifen und euch beiden mal sagen, dass ihr von eurem hohen Ross runterkommen und über die Dinge reden müsst, über die ihr euch die ganze Zeit streitet. Ich vermisse euch. Ich vermisse unsere Familie.«

Trey fuhr sich mit einer Hand durchs Haar, sodass es auf einer Seite wild abstand. »Weiß Dad, dass ich ...«

Sie presste die Lippen zusammen und schüttelte den Kopf.

»Er wird nicht mit mir zusammenarbeiten.«

»Das kannst du nicht wissen. Versuch es doch wenigstens.«

Trey holte zitternd Luft und Joey sah, dass seine versteinerte Miene erste Risse zeigte. Sie trat näher. »Du bist nicht mehr der einundzwanzigjährige Junge, der nach einem Streit, an dessen Einzelheiten ihr euch vermutlich nicht einmal mehr erinnern könnt, wütend weggelaufen ist. Und er ... er ist immer noch unser Dad. Er leidet unter dem, was zwischen euch vorgefallen ist. Das weiß ich. Und er wünscht sich, er könnte zurücknehmen, was er zu dir gesagt hat.«

Trey wandte den Blick ab. »Wenn er mich ständig für alles, was ich tue, kritisiert, dann kann ich damit nicht umgehen.«

Joey verschränkte die Arme vor der Brust. »Ich weiß, dass Dad in der Sache nicht gerade geschickt vorgegangen ist. Aber dass er dich zur Rede gestellt hat, als du nicht zur Arbeit erschienen bist, weil du die ganze Nacht mit deinen Freunden durch die Kneipen gezogen bist und ein Mädchen nach dem andern abgeschleppt hast, war angemessen und hat mit dem Vorwurf, er würde dich ständig kritisieren, nichts zu tun.«

Trey sah sie wieder an und in seinem Blick lag Kummer. »Heute ist es mir peinlich, wie ich mich damals aus dem Staub gemacht habe, Roo. Das ist die Wahrheit. Ich dachte, ich wäre ein Mann, dabei war ich nur ein rebellisches Kind, das sich vor allen beweisen wollte. Ich wollte allen zeigen, dass ich es besser wusste als mein Vater, der versuchte, mein Leben zu kontrollieren.«

Joey trat zu ihrem großen Bruder und schlang die Arme um ihn, um ihn fest zu drücken. »Sag ihm das. Ich glaube, ihr haltet beide an diesem alten Streit fest, weil ihr nicht sicher seid, was übrig bleibt, wenn ihr es nicht tut.« Aus dem gleichen Grund hatte sie an Copper Creek festgehalten. Denn wenn sie ihre Heimatstadt verlor, könnte das ja bedeuten, dass sie diese Traumwelt verlor, in der alles auf magische Weise wieder so wurde, wie es früher einmal gewesen war.

Trey löste sich aus ihren Armen. »Ich habe etwas aus mir gemacht und bin stolz auf den Mann, der ich geworden bin. Wenn er anfängt, mich wie das unreife Kind zu behandeln, das ich damals war ...«

Genau in diesem Augenblick bog der Pick-up ihres Vaters in die Straße ein und kam näher. Joey trat zwischen ihren Bruder und sein Auto. »Bitte, Trey.« Er sah immer noch aus, als wollte er verschwinden. Zur Not auch zu Fuß.

Aber dann löste sich die Anspannung in seinen Schultern, und Hoffnung stieg in Joey auf.

Ihr Vater bog in die Auffahrt ein, stellte den Motor aus und stieg aus dem Wagen. Dann starrte er Trey mit großen Augen an.

Joey eilte auf ihn zu, nahm seine Hand und drückte sie fest, und sein Blick wanderte von Trey zu ihr.

»Ich habe Trey gebeten, mir zu helfen, und er ist gekommen. Das ist doch fantastisch, oder? Das tolle Trio, wieder vereint. Ohne euch beide könnte ich diesen Auftrag nicht bewältigen.« Sie betete, dass sie keinen Fehler gemacht hatte.

Dad starrte seinen Sohn an, als fürchtete er, wenn er blinzelte, würde Trey verschwunden sein. Seine Augen waren gerötet und glänzten. »Trey, mein Junge, es ist wirklich schön, dich zu sehen.« Die Worte waren kaum mehr als ein heiseres Flüstern, das Joey fast das Herz zerriss.

Trey nickte kaum merklich. »Finde ich auch, Dad.«

»Es tut mir leid.« Ein erstickter Schluchzer entwich ihrem Vater, während er auf seinen Sohn zustolperte. Die Papiere fielen Trey aus der Hand, als Vater und Sohn aufeinander zugingen. Gerade waren sie noch versteinerte Säulen gewesen und jetzt verwandelten sie sich in lebendige Wesen, viel stärker als Stein, die sich gegenseitig stützten.

Tränen liefen Joey über das Gesicht. Sie war überzeugt davon, dass eine handfeste Prügelei wahrscheinlicher gewesen war als diese Versöhnung, und konnte es kaum erwarten, Walt zu erzählen, wie sehr er sie inspiriert hatte.

※

Fünf Wochen später war das Ende des Bleakpoint-Island-Projekts in Sicht. So wundervoll es auch war zu beobachten, wie alles Gestalt annahm, wusste Joey doch, dass damit auch etwas enden würde, von dem sie jahrelang geträumt hatte.

Nachdem Mom die frohe Kunde gehört hatte, dass Trey und Dad sich versöhnt hatten und über ihre Differenzen sprachen, hatte sie beschlossen, nach ihrer Urlaubsreise ebenfalls herzukommen. Es fühlte sich wie früher an, als ihre Mom Butterbrote für alle gestrichen und Joey viele Stunden an der Seite ihres Bruders und ihres Vaters gearbeitet hatte. Alle unter einem Dach, auch wenn es Finns Haus war. Es hatte mehr als eine Handvoll angespannter Momente gegeben, aber sie hatten die Konflikte überstanden.

So viel Spaß hatte sie schon lange nicht mehr gehabt. Eine Arbeit zu machen, die sie liebte, und das ohne den Schatten der kaputten Beziehung zwischen ihrem Bruder und ihrem Vater. Und auch wenn diese Zusammenarbeit nur vorübergehend war, fühlte es sich so an, als hätten sie die Chance erhalten, das Ende der Firma *Harris Constructions* neu zu schreiben.

Joey ging durch das Haus des Leuchtturmwächters, in dem die Arbeiten fast beendet waren. Das Cottage war jetzt ein autarkes Gebäude mit fließend Wasser und elektrischem Strom. Anschließend ging Joey zu dem Neubau, der ein Stück entfernt an einem gewundenen Weg errichtet wurde. Dieses zweite Gebäude war ein Holzhaus, das klein und schlicht war, aber ebenfalls über alles verfügte, was man brauchte.

Trey hatte das Projekt wirklich gut vorangebracht. Joey hatte gar nicht erwartet, dass er so lange bleiben würde, aber er hatte gesagt, er habe gute Leute, die sich um sein Unternehmen kümmerten, während er nicht da war, und ein längerer Urlaub sei eh längst fällig gewesen.

Sie würde ihn sehr vermissen, wenn er schließlich wieder abreiste. Aber jetzt gab es die Vorfreude auf Thanksgiving und Weihnachten. Diese Feste würden sie als wiedervereinte Familie zusammen verbringen.

Nach der Besichtigung des Holzhauses kehrte Joey zum Leuchtturm zurück, in dem Peter, Renee und Jerry alles geschrubbt und auf Hochglanz gebracht hatten. Joey ging die Wendeltreppe hinauf und sah sich die Schautafeln an, als sähe sie sie zum ersten Mal. Alle Seiten aus dem Logbuch waren gerahmt und in chronologischer Reihenfolge aufgehängt worden. Alle paar Schritte wurde eine weitere Heldentat beschrieben.

Ganz oben umrundete Joey die Laterne, die in der Mitte des Raumes stand. Nicht die Art Lampe, die Schiffe nach Hause lotste, sondern eine, die ein sanftes, warmes Licht verbreitete und an die Geschichte des Leuchtturms erinnerte.

Dann betrat Joey die frisch installierte Galerie im Freien. Die Seeluft zerzauste ihre Locken. Ein Stückchen entfernt schaukelte Walts Boot auf dem Wasser. Joey winkte und stellte sich vor, dass er zurückwinkte, wie er es damals bei Cathleen getan hatte.

Nicht mehr lange und sie würden nach Knotts Island fahren. Walts Physiotherapeutin hatte ihm gesagt, dass er den Rollator bald gegen einen Gehstock eintauschen konnte. Eine Form der Unterstützung, die Walt für würdevoll genug hielt, um damit bei seiner lang verschollenen Jugendfreundin zu erscheinen. Joey konnte sich nicht vorstellen, dass man sich mit über achtzig um solche Dinge scherte, aber dies war Walts Geschichte und sie würde sich nicht anmaßen, über ihn zu urteilen.

In der Zwischenzeit hatte Joey ein paar Nachforschungen angestellt und herausgefunden, dass es auf Knotts Island tatsächlich eine Frau namens Cathleen McCorvey gab. Sie hatte sogar einen kurzen Artikel über die Frau gefunden, der anlässlich ihres Ruhestandes über ihre vielen Jahre als Lebensretterin und danach als Ausbilderin bei der Küstenwache berichtet hatte. Joey konnte es kaum erwarten, diese Frau kennenzulernen, mit oder ohne Walt.

»Joey?« Peters Stimme rief sie von drinnen herein.

Sie schloss die Tür fest hinter sich und ging wieder die Treppe hinunter, wo Peter ihr entgegenkam. Seit er den Gehgips los war, bewegte er sich viel unbeschwerter. »Was gibt's?«

»Das hier wollte ich dir geben.« Er reichte ihr einen Umschlag. »Das ist eine Einladung zu meiner Schulabschlussfeier. Es würde mir viel bedeuten, wenn ihr kommen würdet, du und Finn und Mister Walt. Grandma Mae kommt auch. Bei Rick weiß man nie.«

Joey schlang die Arme um den Jungen und drückte ihn ganz fest. »Das lassen wir uns auf keinen Fall entgehen.« Sie steckte die Einladung in die Tasche. »Hast du schon überlegt, was du als Nächstes machen willst?«

Peter lächelte verlegen und zuckte mit den Schultern. »Ich habe ein Stipendium von der Uni in Charlotte.«

»Im Ernst? Das ist echt eine Leistung.«

Eine zarte Röte stieg in Peters Wangen. »Ich will Geschichte studieren. Vielleicht irgendwann unterrichten. Oder schreiben. Ich finde es spannend, unbekannte Teile der Geschichte aufzudecken, also die Sachen, von denen die meisten Leute nichts wissen, und dafür zu sorgen, dass sie nicht vergessen werden. Keine Ahnung, ob das ein realistischer Plan ist, aber das würde mich interessieren.«

»Ich glaube, du wirst sehr erfolgreich sein, solange du dich nicht auf Hausfriedensbruch, Piraterie und Brandstiftung verlegst«, sagte Joey mit einem Augenzwinkern.

Peter senkte den Kopf und lachte. »Auf keinen Fall. Ich hab meine Lektion gelernt. Das kann ich dir versprechen.«

Joey legte ihm eine Hand auf die Schulter. »Ich bin wirklich stolz auf dich, Peter. Du hast deinen Weg gefunden und ich bin gespannt, wohin er dich führt.«

Kapitel 45

Walt stand vor dem Spiegel und rückte seine Krawatte zurecht. Für einen alten Kerl, der vor zwei Monaten fast das Zeitliche gesegnet hätte, sah er nicht schlecht aus, fand er jedenfalls.

»Bist du so weit, Pops?«, rief Finn vom Wohnzimmer aus. »Oder brauchst du bei irgendwas Hilfe?«

»Ich komm ja schon.« Es sollte nicht schroff klingen. Aber er war längst so weit, dass er keine Hilfe mehr brauchte, um sich zurechtzumachen. Nach der Physiotherapie ging es ihm sogar so gut wie lange nicht mehr. Er betrachtete den Rollator und den Stock, die nebeneinander an der Schlafzimmertür standen. Und entschied sich für den Rollator.

Finn sah überrascht aus, als er das leise Quietschen der Räder auf dem Linoleumfußboden hörte, das Walts Ankunft ankündigte. »Hat deine Krankengymnastin nicht schon vor einer Woche gesagt, dass du das Ding stehen lassen kannst?«

Walt zuckte mit den Schultern. »Es hat geregnet und Peters Abschlussfeier ist auf einem Football-Feld. Außerdem ist der Gehweg nass.«

Finn hob resigniert die Hände. »Wie du meinst. Ich will natürlich nicht, dass du noch mal mit dem Fuß umknickst, aber du hast doch ständig gesagt, dass der Rollator dir das Gefühl gibt, alt und klapprig zu sein, und dass du ihn eigentlich gar nicht brauchst, aber der Arzt nicht mit sich reden lässt. Und du hast dich bei der Therapie so angestrengt, um das Ding loszuwerden.«

»Es regnet«, knurrte er.

»Das hast du schon gesagt. Aber gestern hat es nicht …«

»Können wir jetzt los? Wenn wir noch länger hier rumpalavern, kommen wir noch zu spät.«

Finn stand auf und strich die Falten aus seiner Anzughose. »Ich bin so weit. Joey müsste jeden Augenblick hier sein. Wir dachten, wir fahren zusammen.«

Walt ergriff die Gelegenheit beim Schopfe, Finns Aufmerksamkeit von seiner Genesung abzulenken. »Und wie läuft es so zwischen euch?«

Ein Lächeln erschien auf Finns Gesicht, das er offensichtlich nicht zurückhalten konnte. Walt musste einfach mitlächeln. Es war viel zu lange her, dass er den Jungen so glücklich gesehen hatte.

»Gut. Wir verstehen uns gut. Aber wir lassen es langsam angehen.«

Walt schnaubte verächtlich. »Lass es nicht *zu* langsam angehen. Sonst fährt sie wieder nach Tennessee, bevor du es dich versiehst. Du solltest der Frau klarmachen, dass du es ernst mit ihr meinst.«

Finn verschränkte die Arme vor der Brust. »Mein Leben ist hier, und ich weiß nicht, ob sie das auch für sich so sieht.«

»Wenn du es ihr nicht sagst, kann sie nicht wissen, was du willst. Selbst wenn sie Nein sagt ...«

Finn hielt eine Hand hoch. »Ich bemühe mich, okay? Du weißt sehr gut, dass ich einmal dachte, ein Mädchen, das ich geliebt habe, würde dasselbe wollen wie ich. Den Schmerz, eine Frau mehr zu lieben, als sie mich geliebt hat, werde ich nie vergessen. Und ich gebe es offen zu. Ich habe eine Heidenangst vor meinen Gefühlen für Joey. Und noch mehr Angst davor, dass sie trotzdem geht. Soweit ich weiß, hat sie einen Auftrag für eine Hochzeit angenommen, wenn sie hier fertig ist. Aber wie gesagt, wir haben bislang nicht über die Zukunft geredet, sondern einfach nur die Gegenwart genossen.«

»Manchmal muss man in den sauren Apfel beißen und tun, was einem Angst macht. Bitte sie darum hierzubleiben.«

Finn verschränkte wieder die Arme. »Aha. Ich würde ja gerne wissen, ob du auch selbst deinen eigenen Rat befolgst.«

Walt hustete. »Wovon redest du?«

»Glaub nicht, ich hätte vergessen, was du zu mir gesagt hast, als wir erfahren haben, dass Cathleen McCorvey noch lebt. Du wolltest warten, bis du nicht mehr auf den Rollator angewiesen bist. Und dann hast du dich verausgabt, um dieses Ziel zu erreichen, aber jetzt, wo es so weit ist, zögerst du.«

»Das ist nicht …« Walt hasste die Unwahrheit, aber er wusste nicht, wie er antworten sollte, ohne zu lügen. Er schnaubte und sah auf seine Uhr. »Wo bleibt sie denn nur? Wir kommen noch zu spät.«

»Wir haben jede Menge Zeit. Du versuchst nur, dich aus diesem Gespräch rauszuwinden.« Finn trat zu ihm. »Du weißt jetzt, dass dir noch die Zeit bleibt, mit etwas abzuschließen, das dich seit Jahren verfolgt. Nicht jeder bekommt eine solche Chance. Verbau sie dir nicht.«

»Ich werde der Frau keinerlei Liebeserklärungen machen, Finn. Ja, früher hat ihr mein Herz gehört. Aber diese Rolle hat deine Großmutter ausgefüllt und wir hatten ein wunderbares gemeinsames Leben. Es tut mir leid, wenn du daran gezweifelt hast, weil ich mich mit der Vergangenheit so schwertue.«

Finn nickte. »Das verstehe ich. Du hast darunter gelitten, wie du dich von Cathleen getrennt hast. Hast dich verantwortlich gefühlt. Was für ein Segen, dass du nicht erst im Himmel Antworten bekommst. Das geschieht nicht immer. Also schließ den Kreis, solange noch Zeit ist, Pops.«

Es klingelte an der Tür. Finn ging hin und begrüßte Joey mit einem schnellen Kuss. Walt schlurfte in die Küche, um sich ein Glas Wasser zu holen, damit die beiden einen ungestörten Augenblick hatten. Junge Liebe war etwas Flüchtiges, das man genießen musste.

Er zögerte einen Augenblick und ging dann in sein Zimmer zurück, um den Rollator gegen den Gehstock einzutauschen.

Als er wieder im Flur erschien, fragte Joey: »Bist du bereit?«

»So bereit wie möglich.«

Finn nickte ihm zu und in seinem Blick lag Stolz. Der Junge machte ihn noch ganz verlegen. Walt nahm den Umschlag auf dem Tisch im Flur und drückte ihn Finn in die Hand. »Hier. Du hättest glatt Peters Geschenk vergessen.«

※

Joey hatte sich ein paar Schritte von den anderen entfernt, um einen Anruf ihrer Eltern entgegenzunehmen, die ihr sagen wollten, dass sie gut zu Hause angekommen waren. Sie würde die Zeit vermissen, in der sie kurz alle unter einem Dach gelebt hatten. Eine zerfledderte Familie, die sich wieder zusammengerauft hatte. Sie wohnten zwar nicht alle in derselben Stadt, aber jetzt hatten sie die Aussicht, Festtage gemeinsam zu verbringen.

Ein paar Schritte entfernt hatten Walt, Finn und Mae sich um Peter versammelt und machten Fotos von ihm, während er unter seinem schief sitzenden Akademikerhut hervorgrinste.

Wie es wohl gewesen wäre, wenn er diesen besonderen Tag allein hätte verbringen müssen? Joey presste eine Hand auf ihr Herz. *Es ist gut, zu Hause zu sein.* Der Gedanke ließ sie erstarren. Das machte ein Zuhause aus, oder nicht? Die Menschen. Sie lächelte. Bleakpoint Island hatte nur ein kurzer Halt sein sollen auf dem Weg dazu, ihr Leben wieder auf die Reihe zu bringen. Aber dieser Ort war viel mehr als das geworden.

So viele Dinge waren geschehen, die nicht zu ihrem ursprünglichen Plan gehörten, als sie diesen Auftrag angenommen hatte. Dass sie Walt und Finn geholfen hatte, ihre Missverständnisse zu klären. Und dazu beigetragen hatte, dass Peter und seine Großmutter wieder vereint waren. Und dann war da noch Cathleens Geschichte. Und Joeys eigene.

Nach der Feier luden sie Peter zu einem Steak in seinem Lieblingsrestaurant ein und anschließend holten sie sich noch ein Eis. Von dort aus stieg er in das Auto seiner Großmutter und verabschiedete sich von ihnen. Jetzt, wo er offiziell achtzehn und mit der Schule fertig war, wollte er den Sommer bei seiner Grandma verbringen. Joey lächelte, während sie den beiden zum Abschied winkte. Wie schön, dass sie diese kostbare Zeit miteinander verbringen konnten, bevor Peter den nächsten Schritt in die Welt hinaus tat.

Als die beiden aus ihrem Blickfeld verschwunden waren, nahm Finn sie in die Arme. »Ich will sicher sein, dass Pops gut ins Haus kommt, aber würdest du vielleicht auf mich warten?«, flüsterte er. »Es gibt etwas, worüber ich mit dir reden möchte.«

Joey nickte, aber als sie seinen nervösen Blick sah, hätte sie es sich am liebsten anders überlegt. Sie lief auf dem geschotterten Parkplatz auf und ab und betrachtete sich im Seitenspiegel ihres Wagens. Der Schriftzug *Josephinas Eventschmiede* fing an, sich zu lösen. Sie knibbelte an der losen Ecke und widerstand der Versuchung, die Folie abzuziehen. Stattdessen drückte sie die Schrift wieder an.

»Was machst du da?«

Sie fuhr herum. Finn sah sie fragend an.

»Die Folie hat sich gelöst. Das macht mich wahnsinnig.«

Finn nickte und trat näher. Er hatte Schlips und Jackett abgelegt. Die Ärmel seines blauen Hemdes waren hochgekrempelt und die obersten zwei Knöpfe hatte er aufgemacht. In seinen Augen lag eine Mischung aus Hoffnung und Angst. Zärtlichkeit und Verlangen. Ein Blick, der zu ihrem eigenen Herzschlag passte.

Sie zeigte die Straße hinunter. »Sollen wir ein Stück gehen? Da vorne ist ein Weg. Mit einem tollen Ausblick auf den Sonnenuntergang.«

Er nickte.

Sie gingen ein Stück und Joey ergriff seine Hand. »Du bist sehr still«, sagte sie. »Was hast du auf dem Herzen?«

Er lachte leise. »Mehreres.«

»Gute Dinge?«

Finn nickte nachdenklich, sagte aber sonst nichts. Joeys hämmerndes Herz füllte die Stille auch zur Genüge. War dies der Moment, in dem er ihr sagte, dass er doch noch nicht bereit war für eine neue Beziehung?

Sie verließen die Straße und schlenderten den hölzernen Weg entlang, der sich zwischen den Feuchtwiesen erstreckte. Finn sagte immer noch nichts und so blieb Joey stehen und sah ihn an.

»Finn, bitte, was ist los?«

Er wandte sich ihr zu und nahm auch ihre andere Hand. Seine Hände zitterten ein wenig, und Joey glaubte, sein Herz schlagen zu hören, aber wahrscheinlich war das nur ihr eigener Puls in ihren Ohren.

»Ich möchte dich etwas fragen.« Er zog eine Grimasse. »Oder eigentlich dir etwas sagen. Wir haben ja beschlossen, dass wir es langsam angehen lassen wollen, mal sehen, wie es läuft. Aber vergiss diesen Unsinn.« Er holte zitternd Luft. »Obwohl ich mir wirklich Mühe gegeben habe, kann ich einfach nicht aufhören, an dich zu denken. Zugegeben, am Anfang waren das vor allem Gedanken daran, was alles schiefgehen könnte.« Er zog einen Mundwinkel hoch. »Aber jetzt sehe ich nur noch das, was alles gut laufen könnte.« Er ließ ihre Hände los und drehte sich ein wenig zur Seite, während er sich mit den Händen durchs Haar fuhr. Er drehte sich wieder zu ihr um und in seinem Blick lag eine neue Entschlossenheit. »Okay. Hier sind die Fakten. Ich weiß, dass ich nicht das Recht habe, das von dir zu verlangen, aber ehrlich gesagt will ich nicht, dass du nach Tennessee zurückgehst, wenn du mit dem Projekt hier fertig bist. Ich finde diese Vorstellung schrecklich. Wirklich richtig schrecklich. Wenn du zurückgehen und diese Hochzeit planen musst und jede andere Feierlichkeit, die Copper Creek zu bieten hat, dann werde ich das respektieren und kein Wort mehr darüber verlieren. Aber ich kann dich nicht gehen lassen, ohne dir zu sagen, wie ich empfinde. Was ich mir wünsche.«

Joey kniff die Lippen zusammen. Bei all der Aufregung um die Versöhnung zwischen ihrem Bruder und ihrem Vater und der Arbeit an Walts Plänen hatte sie gar nicht richtig erklärt, dass sie die Rückkehr nach Copper Creek gestrichen hatte – und nicht nur vertagt.

Jetzt nahm sie Finns Hände und zog daran, bis er sie ansah. Sie hatte den Mann noch nie so emotional gesehen, außer damals, als Walt verschwunden war. Joey drückte seine Hände. »Ich glaube, ich muss dir besser erklären, was in Copper Creek auf mich wartet. Damit du verstehst.«

Es kam ihr so vor, als hätte er aufgehört zu atmen.

Sie drückte seine Hände erneut und lächelte. »Nichts.«

»Nichts?« Seine Stimme brach und Hoffnung leuchtete in seinen blauen Augen auf.

»Copper Creek ist nur ein Ort. Und meine Firma war etwas, womit ich mir die Zeit vertrieben habe. Einfach eine Möglichkeit, die Begabungen, die Gott mir geschenkt hat, einzusetzen. Und ich dachte, ich müsste die Anerkennung der Stadt zurückgewinnen, bevor ich mit meinem Leben weitermachen konnte, weil außer diesem Ort nichts mehr von dem Leben übrig war, das ich verloren hatte. Aber du …« Ihre Kehle war auf einmal wie zugeschnürt und es verschlug ihr beinahe die Sprache. »Du bist mehr als ein Ort und eine Zeit. Du bist die Chance, die ich ergreifen will, Finnegan O'Hare.«

Er schlang die Arme um sie, hob Joey hoch und wirbelte sie im Kreis. Joey stieß einen kleinen lachenden Schrei aus, überrascht von der Geste.

Dann stellte Finn sie wieder auf den Boden und zog sie an sich, seine Miene feierlich. »Im Ernst?«

Sie lachte. »Im Ernst«, flüsterte sie, während sich ihre Lippen suchten.

Kapitel 46

Walt rutschte auf seinem Sitz hin und her und überlegte, was er zu Cay sagen sollte, während Finn eine lange Einfahrt entlangfuhr und vor einem hellblauen Cottage mit weißen Fensterläden hielt. Walt konnte verstehen, warum Cathleen McCorvey sich auf Knotts Island niedergelassen hatte. Es war Ocracoke in gewisser Hinsicht sehr ähnlich. Nicht gerade einfach, die nötigen Fähren zu erreichen, aber man hatte ein ähnliches Gefühl: Man war in einer ganz eigenen Welt.

Walt wischte sich die verschwitzten Handflächen an seiner Hose ab.

»Soll ich mitkommen?« Finn legte Walt eine Hand auf die Schulter.

Walt schloss die Augen und schüttelte den Kopf. »Das hier muss ich allein machen.« Er öffnete die Wagentür, während Finn ihm seinen Gehstock vom Rücksitz reichte.

Dann ging er den Weg entlang, so aufrecht, wie die von der Fahrt steifen Gelenke es ihm erlaubten. Ein Wiedersehen nach mehr als sechzig Jahren. Würde sie ihm überhaupt glauben, wenn er ihr sagte, wer er war?

Walt klopfte an die Tür und machte dann ein paar vorsichtige Schritte zurück, um nicht zu stolpern. Auf keinen Fall sollte sie die Tür öffnen und ihn auf dem Boden liegen sehen wie einen hilflosen Käfer.

Eine Frau öffnete die Tür. Sportlicher, drahtiger Typ. Sie hatte graues Haar und trug eine Hemdbluse und Bermudashorts. Walt lächelte und sein Mund wurde ganz trocken. Das war seine Cay. Schön wie immer auf ihre wilde Art, ein Mädchen der Küste.

»Kann ich Ihnen helfen?« Ihr Tonfall war schroff und ihre Miene misstrauisch.

Walt nickte kurz und blinzelte die Tränen fort, die ihm in die Augen getreten waren, und versuchte, nicht an die vielen Jahre und die Erinnerungen und die verlorene Zeit zu denken. »Ich … ich hoffe es. Cathleen McCorvey?«

Die Frau machte einen Schritt zurück, um jeden Augenblick die Tür schließen zu können. »Wer will das wissen?«

Walt schluckte und versuchte, mit seinem trockenen Mund Wörter zu bilden. »Ich heiße Finnegan Walter O'Hare. Aber meine beste Freundin Cay hat mich immer Wally genannt.«

Ihre Augen weiteten sich erschrocken, verengten sich dann aber wieder. Sie schüttelte den Kopf. »Er ist gestorben.«

»Ist er nicht.« Walt zog die Maultrommel aus der Hosentasche und betätigte die Metallzunge.

Wie gegen ihren Willen erschien ein Lächeln auf ihren vom Leben gegerbten Wangen. Sie legte eine Hand auf ihre Brust. »Wie?«

»Der Artikel, den du gesehen hast, war falsch. Sie haben den Fehler zwar korrigiert, aber …«

»Es war zu spät.«

Er nickte. »Das mit deinem Vater tut mir leid.«

Jetzt kehrte der gequälte, verschlossene Ausdruck in ihre Züge zurück.

»Er war krank, nicht wahr? Vielleicht Demenz?«

Sie sah aus wie eine Kriegerin, die bereit ist, ihren Posten bis aufs Blut zu verteidigen. »Woher weißt du von meinem Vater? Niemand …«

Walt zeigte auf die beiden Schaukelstühle auf der Veranda, von der aus man auf ein Feld sehen konnte. »Ich will nicht anmaßend sein, aber könnten wir uns vielleicht setzen? Ich hatte neulich einen kleinen Unfall, und wenn ich zu lange stehe, macht der Knöchel mir Schwierigkeiten.«

Cay nickte und sie nahmen beide Platz. Immer wieder warf sie ihm einen verstohlenen Blick zu, als erwartete sie, dass er sich in Luft auflöste, während sie nicht hinsah.

Walt umklammerte die Armlehne und überlegte, wie er vorgehen sollte. Er fragte sich, was sie von dem, was er getan hatte, halten würde. »Ich … äh … als meine Frau Martha gestorben ist, war ich wie ein Schiff ohne Ruder und ich habe gemerkt, dass ich zu unseren alten Gefilden getrieben wurde, mitgerissen von einer Strömung, von der ich gedacht hatte, ich hätte sie im Griff. Aber die Wahrheit ist, dass ich immer noch nicht verwunden hatte, wie ich dich damals verlassen habe, und es hat mir keine Ruhe gelassen. Ich … ich habe Bleakpoint Island gekauft und deinen Leuchtturm restauriert, Cay. Wir haben ein paar von den alten Sachen deines Vaters gefunden, die er versteckt hatte … daher unsere Vermutung, was seinen Zustand betrifft.«

In Cays Augen lag ein Ausdruck der Sehnsucht. Nicht nach ihm, das wusste Walt, sondern nach den Überresten ihres alten Lebens. Er schluckte. »Ich wünschte, ich könnte die Uhr zurückdrehen und all die Dinge ändern, die schiefgelaufen sind. Es tut mir so leid.«

Sie blinzelte und ihre Lippen bebten, als sie sprach. »Dir muss doch nichts leidtun. Du, Wally, warst immer meine ruhige Meerenge. Mein Vater war der aufgewühlte Ozean.«

Walt lächelte sanft. »Und du warst eine vorgelagerte Insel zwischen beiden. Unerschütterlich.«

Cay lachte freudlos. »Unerschütterlich? Nein, ich wurde Stück für Stück weggespült, bis ich nicht mehr wusste, wer ich war. Nichts hat ein so kurzes Gedächtnis wie der Sand am Meer. Jedes Mal, wenn das Wasser darübergespült wird, wird er neu geformt.«

Walt beugte sich ein wenig vor. »Wir haben noch etwas gefunden, Cay. Zwischen den Steinen des alten Leuchtturms.«

Sie sog scharf die Luft ein. Walt hätte ihr so gerne Trost angeboten, um die nackte Angst in ihren Augen zu lindern. »Davon sollte nie jemand etwas erfahren. Aber … aber ich hatte das Gefühl, wenn ich es nicht aufschreibe, verliere ich mich ganz. Ich hätte doch ein Feuerchen damit machen sollen.« Sie packte die Armlehnen ihres Schaukelstuhls so fest, dass ihre Knöchel weiß hervortraten, als müsste sie sich festhalten.

Walt legte eine Hand auf ihre. »Ich wünschte, ich hätte mir mehr Mühe gegeben, dich zu erreichen. Zu verstehen. Wie du deinen Vater geliebt hast, ist unglaublich beeindruckend. Du hast ganz allein versucht, die Strömungen seiner Krankheit aufzuhalten. Eine Krankheit, die weder du noch andere damals verstanden haben. Mir ist klar, dass die Welt nicht weiß, was du getan hast, aber ich weiß es. Und dein Mut erstaunt mich, Cay. Selbst wenn mir nicht klar war, womit du zu kämpfen hattest, warst du nie vergessen. Ich habe dich nie vergessen. Und Gott auch nicht. Er hat jede Träne registriert. All deine Ängste.«

Cay sah ihn an und ihre graugrünen Augen glänzten feucht. »Ich war nicht tapfer. Ich war ein Feigling, der den Tod von Menschen verursacht hat, weil ich dachte, ich könnte damit fertigwerden. Das wenige, was von ihm noch übrig war, bewahren. Aber das war unrecht von mir.« Sie zog ihre Hand weg und ließ die Schultern hängen, sodass sie aussah wie ein zutiefst unglückliches Kind.

»Also hast du den Rest deines Lebens damit verbracht, dich für die Entscheidungen zu bestrafen, die ein sechzehnjähriges Mädchen getroffen hat, um seinen Vater zu schützen. Wir können das Leben nicht im Rückblick leben, Cay. Wenn du so lebst, wirst du dich zu Tode quälen. Ich dachte, wenn ich deine Insel kaufe und wieder herrichte, würde das die Lücke in meinem Herzen füllen, die entstanden ist, als ich dich verlassen habe. Aber das ist nicht passiert. Ich musste mir selbst die Dinge verzeihen, die ich getan habe, als ich es nicht besser wusste. Und ich bin Gott sehr dankbar, dass ich die Chance bekommen habe, dir zu sagen, wie leid es mir tut.«

Sie schlang die Arme um ihre Taille. »Ich weiß nicht, warum ich so darum gekämpft habe, Dads Posten zu behalten. So oder so hätte ich ihn nie übernehmen können.«

Walt verlagerte sein Gewicht und zog den dicken Umschlag aus seiner Tasche. »Ich kann nicht fassen, was für ein Segen es ist, dass ich die Gelegenheit habe, dir das hier zu geben.«

Cay starrte auf den Umschlag in seinen Händen. »Was ist das?«

»Die Besitzurkunde für Bleakpoint Island. Allerdings wirst du feststellen, dass die Insel einen neuen Namen bekommen hat.« Er schob ihr den Umschlag zu. »Komm schon. Nimm ihn. Saint-Mae Island gehört dir.«

Sie starrte ihn mit offenem Mund an. Dann schüttelte sie den Kopf.

Walt lächelte. »Auch wenn in den offiziellen Karten immer der alte Name stehen wird, werde ich dieses Fleckchen Erde nicht so nennen.«

Sie schob die Unterlagen zurück. »Das kann ich nicht annehmen.«

»Ich gebe nur zurück, was die ganze Zeit dir zugestanden hat. Ich möchte dich nur bitten, noch eine Woche zu warten, bevor du kommst und dir die Insel ansiehst. Meine Freunde und ich haben eine kleine Überraschung für dich vorbereitet.«

Cay runzelte besorgt die Stirn.

»Keine Angst, meine Freunde sind wunderbare Menschen. Einfühlsam. Verschwiegen. Dein Geheimnis ist bei uns gut aufgehoben, Cay. Solange du willst, dass wir es für uns behalten.«

Sie suchte seinen Blick. »Zuerst muss ich etwas wissen, Wally. Kannst du mir vergeben, dass ich nicht die Wahrheit gesagt habe? Dir. Den anderen. Ich ... ich habe ...« Ihr Blick fiel auf die Narbe an Walts Hand.

»Ich habe dir schon vor langer Zeit verziehen. Kannst du mir verzeihen, dass ich weggelaufen bin, weil meine Gefühle verletzt wurden?«

Sie nickte.

»Gut. Wir sind viel zu alt und haben viel zu viele Jahre verpasst, um noch irgendeinen Groll gegeneinander zu hegen.«

Cay lachte leise und zeigte dann zum Wagen hinüber. »Wartet da jemand auf dich?«

»Mein Enkel. Er möchte dich gerne kennenlernen.«

Ihr Kinn zitterte ein wenig. »Okay.«

Cathleen lebte allein. Existierte allein. Sie ging jeden Sonntag in die Kirche. Aber ihre Beziehungen gingen nie über ein höfliches Hallo und Auf Wiedersehen hinaus, wenn sie für eine Gemeindeveranstaltung einen selbst gemachten Auflauf ablieferte und dann wieder ging. Bleiben wollte sie nie. Und jetzt saßen ein Mann und sein Enkel auf dem Sofa, das zwar zwanzig Jahre alt war, aber immer noch so neu aussah, als wäre es gerade erst aus dem Möbelgeschäft gekommen.

Ein Mann, der in ihrer Kindheit ihr bester Freund gewesen war. Und sein Enkel. Enkel? Wie konnte es sein, dass Wally O'Hare einen Enkel hatte? Erst gestern waren sie doch noch zwei Kinder gewesen, die beim Pamlico-Sund gespielt hatten, als gehörte er ihnen.

Sie hatte so lange an der Erinnerung an ihn festgehalten und jetzt fiel es ihr schwer zu glauben, dass der Mann, der auf ihrem Sofa saß, derselbe Mensch war.

Sie blickte zur anderen Seite des Zimmers hinüber. Walt nippte an dem ungesüßten Pfefferminztee, den sie hinten in der Speisekammer noch gefunden hatte. Er versuchte, die Grimasse, die er angesichts des Geschmacks zog, hinter seinem Becher zu verbergen, während sein Enkel ihn gutmütig aufzog, weil er mit der Beschreibung seines »herrlichen« Segelboots offenbar übertrieben hatte. Das Funkeln in Walts Augen, als er sein Boot verteidigte, war dasselbe, das sie von dem Wally kannte, an den sie sich erinnerte.

Er hatte schon immer Schönheit und Bedeutung in Dingen gesehen, wo andere Menschen es nicht taten. So wie er seine Erinnerung an das Mädchen, das sie einmal gewesen war, verklärt hatte.

Cathleen hatte versucht, sich auf das Gespräch zu konzentrieren, aber ihre Gedanken wollten nur in der Vergangenheit nach Erinnerungen suchen – sie wollte diese letzten Tage noch einmal durchleben. Die Missverständnisse. Die Fehlinformationen, die sie hatten glauben lassen, sie hätten einander für immer verloren.

»Cathleen?« Daran, wie Finn ihren Namen sagte, mit einem Anflug von Besorgnis, erkannte sie, dass es nicht sein erster Versuch war, ihre Aufmerksamkeit zu erlangen.

Sie spürte, wie die Hitze in ihre Wangen stieg. »Ja?«

»Darf ich dich etwas fragen? Wir haben viele Puzzleteile zusammengefügt, was die Tage vor deinem Verschwinden betrifft, aber einige Dinge sind mir immer noch unklar. Wärest du bereit, davon zu erzählen, damit wir die Lücken füllen können?«

»Finn.« Der warnende Unterton in Walts Stimme entging selbst ihr nicht.

Cathleen hob eine Hand. »Schon gut. Ich habe nichts dagegen.«

»Wir sind nicht hergekommen, um dich zur Rechenschaft zu ziehen. Du schuldest uns gar nichts«, sagte Walt.

»Es macht mir wirklich nichts aus.« Sie sah Finn an. »Was möchtest du denn gern wissen?«

»Eine Menge.« Er lachte leise. »Aber vor allem: Wie ist es zu dem Missverständnis gekommen? Was ist in der Nacht wirklich geschehen?«

Cathleen presste sich eine Hand auf den Bauch und versuchte, den Knoten in ihrem Magen zu beruhigen. Sie hatte so vieles für sich behalten. Selbst Kit hatte sie nicht alles erzählt – der Frau, der sie ihre Geschichte anvertraut hatte. Vielleicht war es an der Zeit zu offenbaren, was wirklich passiert war. Cathleen schloss die Augen und spulte die Jahre zurück. Und dann lief die Szene vor ihrem geistigen Auge ab, als wäre sie eine Zuschauerin und nicht die Person, die sie erlebt hatte.

Der Wind pfiff und die Tür knallte zu, sodass Cathleen aus dem Schlaf gerissen wurde. Sie blinzelte und richtete sich in dem Schaukelstuhl am Feuer auf, wo sie jetzt immer schlief, nachdem ihr Vater angefangen hatte, nachts herumzulaufen. Sie hatte nicht einschlafen wollen, aber in letzter Zeit gab es Tage, an denen ihr Körper sich weigerte, beständig Wache zu halten. Sie war sich nicht sicher, womit sie mehr Zeit verbracht hatte – nach U-Booten Ausschau zu halten oder die wechselnden Launen ihres Vaters zu beobachten.

Sie hievte ihren erschöpften Körper aus dem Stuhl und blickte zum Fenster hinaus. Sah aus, als würde es regnen und die Sicht schäbig sein. Obwohl das Wetter schlecht war, würden die Schiffe in einer solchen Nacht wahrscheinlich sicherer ihr Ziel erreichen. Cathleen hatte viel früher aufstehen und von Bleakpoints verdunkeltem Turm aus die Küste absuchen wollen. Sie zog ihr Ölzeug und ihre Stiefel an, um die vielen Stufen hinaufzuklettern, obwohl sie wusste, dass es wenig brachte, in einer solchen Nacht Ausguck zu halten. Sie lief in die Dunkelheit, den Regen hinaus, den Weg entlang, der ihr in Fleisch und Blut übergegangen war. Licht zur Orientierung brauchte sie keins. Als sie den Leuchtturm erreichte, sah sie, dass die Tür einen Spaltbreit offen stand.

Mit hämmerndem Herzen trat Cathleen ein. Sofort dämpften die massiven Steinmauern das Geräusch von Wind und Regen. Aber dafür drang ein anderer Laut an ihr Ohr. Eine unverständliche Stimme oben aus dem Leuchtturm. Cathleen versuchte, selbstbewusst zu klingen, aber das Zittern in ihrer Stimme verriet sie. »H-hallo? Wer ist da?« Das Murmeln verstummte. Sollte sie zurückgehen und ihren Vater holen – einen Vater, der sie genauso wenig gegen eine deutsche Invasion zu schützen vermochte, wie er Cathleen bei ihrem Namen nennen konnte?

Sie griff nach dem Besen, den sie hinter der Treppe aufbewahrte, und schlich – den Stiel fest in der Hand – lautlos wie eine Katze die Treppe hinauf. Da sie sich bereits zu erkennen gegeben hatte, schien es kaum sinnvoll, leise zu sein, aber vielleicht konnte sie doch noch einen Überraschungsmoment nutzen. Der Eindringling hatte die Stimme eines Mädchens gehört. Eines Mädchens, von dem er erwartete, dass es wieder schlafen ging, wenn keine Antwort kam. Cathleen achtete darauf, flach zu atmen, obwohl ihr das Herz aus dem Leibe zu springen drohte und für sein hektisches Schlagen nach Sauerstoff verlangte.

Als sie näher kam, hörte sie wieder das Murmeln. Eine Stimme, die sie kannte.

Sie umklammerte den Besenstiel fester. Wenn sie sich irrte, würde sie jetzt ihren Standort verraten. Aber wenn sie recht hatte, durfte sie keine Zeit verlieren. »Dad? Bist du da oben?«

Sein missmutiges Gesicht erschien über dem Treppengeländer. Seine Augen, trüb und misstrauisch, gehörten einem Fremden. »Wer bist du?«

Cathleen versuchte zu lächeln und lehnte den Besen an die Wand. »Nur eine Kollegin, die helfen will. Du hast doch heute Nacht frei und solltest wieder schlafen gehen.«

»Warum hast du das Licht ausgehen lassen? Deinetwegen könnten Menschen umkommen.« *Schuldgefühle stiegen in Cathleen auf. Vor lauter Erschöpfung hatte sie ihre Pflichten vernachlässigt, wenn auch nicht so, wie er es meinte.*

Mit langsamen, gleichmäßigen Schritten stieg sie weiter hinauf. »Wir warten darauf, dass ein paar Sachen repariert werden, dann können wir den Leuchtturm wieder in Betrieb nehmen.«

Er verschwand von der Brüstung und sie hörte seine schweren Schritte über sich. »Abgesehen von den Kabeln, die nicht angeschlossen sind, sehe ich keine Probleme. Warum hast du das gemacht?«

Cathleen rannte die letzten Stufen hinauf. Sie hörte Klappern und Rattern. Dann war plötzlich der ganze Raum von Licht durchflutet.

»Nein!«, *hauchte sie, als sie den Treppenabsatz erreichte.* »Da draußen sind U-Boote, die Schiffe jagen. Wir müssen das Licht löschen.«

Misstrauen und Wut verzerrten seine Miene. »Lügen.« *Er trat vor, um ihr den Zugang zu den Instrumenten zu versperren.*

»Wir müssen es ausschalten. Sofort.« *Sie versuchte, ihn zur Seite zu schieben, aber obwohl er im Vergleich zu früher regelrecht ausgemergelt war, hatte Cathleen gegen ihn keine Chance.* »Hör mir zu.« *Sie flehte Gott an, ihm seinen Verstand zurückzugeben und sei es nur so lange, bis sie ihrem Vater die Realität klargemacht hatte, in der er lebte.*

Sie warf einen schnellen Blick aus dem Fenster. Ein Schiff glitt lautlos in den Lichtkegel. Im nächsten Augenblick zerriss eine Explosion den Nachthimmel und ließ das Eisengestänge unter ihren Füßen erbeben. Die stille Silhouette war von einer Feuerwand verschluckt worden.

Cathleens Blick huschte zu ihrem Vater zurück. Er starrte vor sich hin, während sein Brustkorb sich hob und senkte, die Augen verstörte Lichter in seinem Schädel. Cathleen nutzte den Augenblick und tat, was sie tun musste, um das Licht zu löschen.

Aber es war zu spät.

Das Unglück war geschehen.

Ein Schiff brannte vor der Küste von Bleakpoint, verraten von genau den Menschen, deren Aufgabe es war, es vor Gefahren zu schützen.

Cathleen nahm ihren Vater an der Hand und führte ihn die Treppe hinunter. Er folgte ihr wie ein Kind, das beim Schlafwandeln ertappt worden war. Als sie wieder im Haus waren, schenkte sie ihm einen Becher Tee ein und bewegte sich dabei ganz ruhig, obwohl jeder Nerv in ihrem Körper vor Dringlichkeit kribbelte. »Hier ist ein Tee. Setz dich ans Feuer. Ich bin gleich wieder zurück.« Sie führte ihn zu einem Sessel und er setzte sich, den Becher in der Hand und einen merkwürdigen Ausdruck in den Augen. Sie lächelte und nickte und wandte sich dann der Tür zu.

»Zurück von woher, Cathy?«

Sie sog scharf die Luft ein und drehte sich um. Seine Augen waren klar und ernst. Voller Angst.

Wie lange war es her, dass sie ihren Namen von seinen Lippen gehört hatte? Alles in ihr wollte zu ihm laufen und den Kopf auf seinen Schoß legen. Obwohl gerade ein Schiff auf den Meeresboden sank. Denn dieser Zustand würde nicht anhalten. Einen kurzen Augenblick lang wollte sie sich daran erinnern, wie es war, die Tochter dieses Mannes zu sein. Nicht seine Hüterin.

»Nur ... nur etwas erledigen.« Sie trat zur Tür und betete, dass er ihr nicht folgte.

Er presste die Lippen aufeinander und Tränen sammelten sich in seinen Augenwinkeln. Er stellte den Becher auf den Tisch, wobei seine Hände so heftig zitterten, dass der Tee über den Rand schwappte und sich auf das Holz ergoss. »Ich habe das Schiff gesehen. Ich ... ich bin schuld.«

Cathleen schüttelte den Kopf und eilte zu ihm. Sie ergriff seine Hände. »Nein, nein, das bist du nicht.« Wenn jemand Schuld hatte, dann war das nicht er. »Es war nur ein Unfall.«

»Ich kann dich nicht da rausgehen lassen, Cathy.«

»Ich muss aber.«

»Ich gehe«, krächzte er.

»Dir geht es nicht gut. Lass mich das machen.«

Er starrte sie an, als würde er sich ihr Gesicht einprägen. Dann nickte er.

»Wirst du hier sein, wenn ich zurückkomme?« Sie sehnte sich nach so viel mehr als nur seiner körperlichen Anwesenheit.

Wieder nickte er. Cathleen machte auf dem Absatz kehrt und rannte zu seinem Boot, während sie unaufhörlich betete, dass Gott ihm irgendwie diese Klarheit bewahren möge, bis sie wiederkam. Sie machte das Boot los und fuhr zu dem getroffenen Schiff hinaus. Sobald sie damit fertig war, mögliche Überlebende zu retten, mussten ihr Vater und sie weggehen. Niemand durfte erfahren, was hier geschehen war und warum. Er sollte den Menschen hier nicht als derjenige in Erinnerung bleiben, der für diese Zerstörung verantwortlich war. Sie konnte nicht zulassen, dass er als verrückt abgestempelt wurde. Als Verräter.

Sie blickte noch einmal zu Bleakpoint Light hinüber. Ihr Ruderboot schaukelte auf den Wellen und das Geräusch des Außenbordmotors wurde vom Wind verschluckt.

Ihr Herz sank auf den Meeresgrund.

Cathleen hob das Kinn und sah Walt und Finn an, die ihr gebannt lauschten. »Ich konnte entweder zurückfahren und versuchen, meinen Vater zur Flucht zu bewegen. Oder ich konnte hinausfahren und nachsehen, ob ich irgendwie den armen Menschen helfen konnte, an deren Untergang ich schuld war, und währenddessen beten, dass meinem Vater nichts passierte, bis ich wieder bei ihm war. Als ich Walt fand und ihn ans Ufer von Ocracoke brachte, hatte ich das kleine Boot längst aus den Augen verloren. Nachdem ich ein neugieriges Kind losgeschickt hatte, um Hilfe zu holen, machte ich mich auf die Suche nach meinem Vater. In den frühen Morgenstunden fand ich mein Ruderboot auf dem Kopf, aber fast unbeschädigt auf einer Sandbank, doch von meinem Vater war weit und breit nichts zu sehen. Ich versenkte sein Boot und nahm meine kleine Nussschale.«

Walt sah aus, als wollte er aus seinem Sessel springen, aber er blieb sitzen. »Es tut mir schrecklich leid.«

Sie senkte den Kopf und flüsterte ein Dankeschön. Tausendmal hatte sie versucht, noch einmal darüber nachzudenken. Die Geschichte umzuschreiben, sodass sie nicht vaterlos zurückblieb. In diesen Fantasien hatte sie übermenschliche Kräfte gehabt, die nicht nachließen. Oder sie hatte es geschafft, nachdem sie ihn ins Haus zurückgebracht hatte, ihn davon zu überzeugen, dass er dableiben musste und nicht weggehen durfte. Sie seufzte. »Ich wünschte, ich wäre in seinen letzten Augenblicken für ihn da gewesen. Ich wünschte, ich wäre klüger gewesen, hätte mehr Kraft gehabt.«

Walt lächelte sanft. »Am Ende hat er sich an dich erinnert. Das ist doch etwas.«

»Mein Name auf seinen Lippen – das ist etwas, das mich noch heute im Traum verfolgt.«

Finn rutschte auf die Sofakante vor. »Und nach dieser Nacht?«

Cathleen faltete die Hände. »Tagsüber habe ich mich versteckt und auf Nachrichten über Walt gewartet, nachts habe ich meinen Vater gesucht. Als ich sah, wie Walts Mutter weinend aus dem improvisierten Krankenhaus lief, wusste ich Bescheid.« Sie schluckte. »Und dann habe ich diese Zeitung gesehen. Über einen Monat lang lebte ich wie ein wildes Tier auf unserer Insel und ernährte mich von Fisch und anderen Dingen, die ich fand. Die ganze Zeit über habe ich auf den Feuchtwiesen nach meinem Vater gesucht. Wie eine leere, zerbrochene Hülle von etwas, das einmal lebendig gewesen war, schlief und aß ich gerade genug, um nicht zu sterben.«

Walt rührte sich. »Als ich wieder gesund war, bin ich zurückgekommen. Die Dose in unserem Baum war leer.«

Cathleen zog die Augenbrauen hoch. »Das muss gewesen sein, als ich noch da war. Ich weiß noch, dass ich einmal dachte, ich hätte jemanden gehört, aber ich dachte, ich hätte geträumt. Denn bevor ich gegangen bin, nachdem ich deine Maultrommel gefunden hatte, habe ich dir einen Abschiedsbrief geschrieben. Ich hätte ihn beinahe in den Baum getan, aber dann konnte ich mich doch nicht davon trennen. Als ich die Hoffnung aufgegeben hatte, dass mein Vater überlebt haben könnte, habe ich mein eigenes Ruderboot versenkt und mich dann auf dem Postschiff versteckt.«

Finn zog etwas aus seiner Umhängetasche und brachte es ihr. Die alte Kaffeedose. Cathleen nahm sie mit zitternden Händen. »Kit?«

Finn nickte. »Sie hat uns auch erzählt, wo wir dich finden können.«

»Ich habe die Dose bei ihr gelassen. Vermutlich, weil sie der einzige Mensch war, dem ich meine Geschichte jemals anvertraut habe«, sagte Cathleen. »Das war vielleicht das Einzige, was ich im Leben richtig gemacht habe.«

»Es war gut, aber es war nicht das Einzige«, erwiderte Walt. »Ich hoffe, ich kann dich davon überzeugen.«

Kapitel 47

Joey atmete langsam aus, um ihre Nerven zu beruhigen. Heute war der Tag, an dem Cathleen McCorvey nach Bleakpoint Island zurückkehren würde – oder besser gesagt, nach Saint-Mae Island, wie es insgeheim von den Menschen genannt wurde, die die wahre Geschichte hinter den Legenden kannten.

Joey drehte sich langsam um die eigene Achse und betrachtete das Werk, das sie vollbracht hatten. Sie hoffte, dass Cathleen, wenn sie all die Sanierungsmaßnahmen wahrnahm, dahinter ihr geliebtes Zuhause wiedererkannte und an die schönen Erlebnisse aus ihrer Kindheit erinnert wurde.

Jerry und Renee kamen aus dem Haus des Leuchtturmwächters, nachdem sie einen letzten Rundgang getätigt hatten, um sich zu vergewissern, dass alles gerichtet und auf Hochglanz poliert war. Sie umarmten Joey und sagten, sie würden sich melden.

»Ihr bleibt nicht?«, fragte Joey.

»Wir würden gerne später wieder herkommen, mit Cathleens Erlaubnis, aber wir wollen sie nicht überfordern. Wir fahren mit dem ganzen Putzzeug auf dem Versorgungsboot zurück.«

»Klingt gut. Die anderen müssten gleich kommen.« Finn und Peter waren auf dem Weg, um ihren geheimen Ehrengast mit einem geliehenen Boot abzuholen. Walt sollte in wenigen Minuten mit Cathleen ankommen, und zwar mit seinem Segelboot, das er in Vorbereitung auf diesen Tag eine ganze Woche lang geputzt und gewienert hatte.

Joey sah zu, wie das Versorgungsboot ablegte. Diese Insel war der Katalysator für ihre Reise zu sich selbst gewesen und hatte sie daran erinnert, was ihr im Leben eigentlich wichtig war. Von Menschen umgeben zu sein, die sie liebte und die ihre Liebe erwiderten, ihr eigenes Abenteuer zu leben und nur im Nebenjob die Feiern anderer zu organisieren. Und diese Feier war eine, auf die sie sich von ganzem Herzen einlassen konnte.

Sie sah Walts Segelboot näher kommen und ging zum Anleger hinunter, um die beiden zu begrüßen. Sie blieb ein Stück entfernt stehen, damit Cathleen sich nicht bedrängt fühlte und ihr altes Zuhause ungehindert auf sich wirken lassen konnte.

Walt stieg mit wackligen Beinen aus seinem Boot und streckte dann eine Hand aus, um seinem Gast zu helfen. Cathleens Augen sogen die Insel in sich auf wie ein Mensch, der jahrzehntelang durch die Wüste gewandert war und gerade auf die lang ersehnte Oase gestoßen war.

Joey winkte und trat näher. »Hi. Ich bin Joey Harris. Ich hatte das Vergnügen, Ihr Eigentum zu sanieren. Es ist mir eine große Ehre, Sie kennenzulernen.«

Walt grinste. »Joey hier war wie ein Hund, der seinen Knochen nicht loslassen will. Sie wollte unbedingt herausfinden, was aus dir geworden ist. Ich bin ihr auf ewig zu Dank verpflichtet, weil sie dich zu mir zurückgebracht und meine Träume für diese Insel in die Tat umgesetzt hat.« Er sah Cathleen mit flehendem Blick an. »Ich hoffe, dir gefällt, was wir hier gemacht haben.«

Joey trat zurück. »Geht ihr schon mal vor. Peter und Finn kommen auch gleich.«

Sie hatten alles sorgfältig geplant, damit Cathleen etwas ungestörte Zeit mit ihrer Insel hatte, bevor ihr Überraschungsgast kam. Joey folgte den beiden in einiger Entfernung und versuchte, sich vorzustellen, wie es wohl wäre, diesen Ort aus Cathleens Perspektive zu sehen. Angefangen mit den Familienbildern, die sie in Callums Versteck gefunden und gerahmt hatten, bis zu dem sanierten und neu möblierten Leuchtturmwächterhaus. Dank Renees sorgfältiger Arbeit passte jeder Gegenstand zu der Zeit, in der Cathleen hier gelebt hatte.

Joey stellte sich vor, wie Cathleen die frisch gespülten Becher aus dem Küchenschrank nahm und in der Hand hielt – dieselben Becher, aus denen sie und ihr Vater damals getrunken hatten. Die beiden verließen das Haus und wanderten zum Leuchtturm hinüber, der auf Hochglanz poliert war und wo Cathleen ihre Logbuchberichte an der Wand ausgestellt sehen würde, während sie die Treppe hochging. Eine Geschichte, die nicht mehr verborgen war, sondern gefeiert wurde. Auch wenn Cathleen eine unvollkommene Heldin gewesen war, verdiente sie es, von den Menschen, die sie liebten, gesehen und anerkannt zu werden, nicht mehr versteckt.

Joey sah auf die Uhr. In genau drei Minuten würde die Zeitschaltuhr die Laterne mit ihrem sanften Licht einschalten, die sich jetzt oben in Saint-Maes Leuchtturm befand. Kein Seefeuer mehr, das vor gefährlichen Untiefen warnte, sondern ein warmes Symbol dafür, wie Menschen zusammenkamen und einen Ort fanden, an dem sie zu Hause waren.

Das Licht ging an. Wenige Augenblicke später sah Joey Cathleen auf der Galerie stehen, wo sie auf die Wellen hinausblickte, während der Wind die kinnlangen Locken aus ihrem Gesicht wehte. Es war nicht schwer, sie sich wieder als sechzehnjähriges Mädchen vorzustellen, das aussah, als könnte es Flügel bekommen und zu Walts Boot hinunterfliegen, wo er wartete und sich danach sehnte, ihr nah zu sein.

Joeys Funkgerät knisterte und dann ertönte Finns Stimme. »Wir sind da.«

»Ich komme«, funkte sie zurück. Sie sah noch ein letztes Mal zu Cathleen hinüber, die die Neuankömmlinge offenbar von ihrem Ausguck auf dem Leuchtturm entdeckt hatte. Joey eilte zum Anleger, um ihrem zweiten Gast zu helfen, der über den jetzt rollstuhlgerechten Steg fuhr.

Als Joey den Steg erreichte, winkte Kit ihr von ihrem Rollstuhl aus zu. »Hallo, Joey. Sie haben mich aus dem Heim geholt und mir einen neuen fahrbaren Untersatz besorgt, der auf Sand fahren kann. Meinst du, Cathleen weiß schon, dass ich es bin?«

»Sie weiß, dass jemand angekommen ist. Vom Leuchtturm aus hat sie dich gesehen.«

Als sie bei dem Gebäude ankamen, war Cathleen schon wieder die Treppen hinuntergestiegen. Ihre Augen leuchteten lebhaft und ein mädchenhaftes Rosa färbte ihre Wangen. Langsam ging sie auf die Gruppe der Neuankömmlinge zu, dicht gefolgt von Walt. Dann machte sie erstaunt den Mund auf und starrte Kit an.

»Na, willst du mich nicht in den Arm nehmen, du abtrünniges Mädchen?«, fragte Kit.

Cathleen ging zu ihr. »Ich kann nicht fassen, dass du es wirklich bist.«

Nachdem sie ihre Freundin lange umarmt hatte, richtete Cathleen sich auf und presste sich die Hände auf die Wangen. »Ich kann das alles gar nicht glauben.« Sie sah alle der Reihe nach an. »Danke euch allen dafür, dass ihr mir so viele Dinge zurückgegeben habt, die ich verloren hatte. Vieles durch meine eigenen dummen Entscheidungen. Das habe ich wirklich nicht verdient.«

Walt legte ihr den Arm um die Schultern und drückte sie sanft. »In diesem Punkt sind wir unterschiedlicher Meinung. Aber das ist das Schöne an wahrer Liebe und wahrer Gnade, Cay. Wir müssen sie uns nicht verdienen.«

Epilog

Sieben Jahre später

Joey und Finn schlenderten zum Strand von Bleakpoint. Finnegan Walter O'Hare IV. lief zwischen ihnen, die kleinen Hände in ihre gelegt. Aber wie sein Urgroßvater fand der Vierjährige seinen Namen ein bisschen hochtrabend, deshalb wurde er lieber Wally genannt.

Jedes Jahr kamen sie an diesem besonderen Tag her – in Erinnerung daran, als Walt die Insel wieder an Cathleen McCorvey übergeben hatte.

Der Junge wand sich aus dem Griff seiner Eltern und lief voraus. Es war ein so großes Geschenk, dass Walt die Gelegenheit gehabt hatte, seinen Urenkel kennenzulernen, aber es brach Joey das Herz, dass Wally sich nicht an ihn erinnern würde. Doch sie würden ihrem Sohn immer von den Abenteuern erzählen, die Walt und Cay auf diesen Marschwiesen erlebt hatten, als gehörten sie ihnen.

Wie sich herausgestellt hatte, war Cathleen nie verheiratet gewesen, also hatte sie keine Verwandten, die das Gästehaus benutzen konnten, wie Walt es geplant hatte. Irgendwann war Walt in das Holzhaus gezogen. Die beiden Freunde hatten sich auf der ruhigen Insel Gesellschaft geleistet, solange ihre Gesundheit es zugelassen hatte.

Dann waren sie zu Joey und Finn gezogen.

Cathleen war zuerst gestorben und Walt noch im selben Jahr. Es war herzzerreißend gewesen und doch auch ein Zeichen der Hoffnung, den beiden dabei zuzusehen, wie sie sich gegenseitig in den letzten Prüfungen dieses irdischen Lebens beigestanden hatten.

Joey würde es immer als einen Segen empfinden, dass sie Zeugin sein durfte, wie Cathleen und Walt wieder zu der Freundschaft zurückgefunden hatten, die für sie beide so kostbar gewesen war.

Finns Charterflüge hatten sich als lukrativer erwiesen, als er erwartet hatte, sodass Joey es sich leisten konnte, nur einzelne Sanierungsprojekte anzunehmen, die sie besonders begeisterten. Vor allem diejenigen mit einer interessanten Geschichte dahinter. Dann rief sie immer ihren Lieblingshistoriker an, damit er ihr half, die Rätsel zu lösen, auf die sie stieß.

Finn legte den Arm um sie und zog sie an sich, während sie weitergingen.

Joey lächelte ihn an. »Peter kommt mit seiner Frau her. Morgen, glaube ich.«

»Und nächste Woche deine Familie? Sind beide Häuser fertig?«

»Natürlich«, erwiderte sie und verstummte dann, während sie dem Geräusch der Wellen lauschte, die ans Ufer schlugen. »Vermisst du ihn heute?«

Finn nickte. »Jeden Tag.«

»Ich auch.«

Er blieb stehen und hielt sie zurück. Aus dem Augenwinkel sah Joey, wie ihr kleiner Sohn Sand durch die Gegend wirbelte und in Krabbenhöhlen blickte. Finn drehte ihr Kinn zu sich. »Danke. Ich weiß, dass ich dir das schon tausendmal gesagt habe, aber du bist der Grund dafür, dass ich diese letzten Jahre mit ihm verbringen konnte. Der Gedanke, dass ich beinahe all diese Augenblicke verpasst hätte, raubt mir immer noch den Atem.« Er drückte Joey einen Kuss auf die Stirn.

Sie löste sich von ihm und sah ihm in die Augen. »Ich bin froh darüber, dass ich helfen durfte, aber die Planung dieses Ereignisses lag nicht in meinen Händen. Dafür war jemand zuständig, der viel geschickter ist als ich und der uns sanft lenkt, wenn wir uns sonst garantiert verlaufen würden.«

Du hast mich gesehen, bevor ich geboren war.
Jeder Tag meines Lebens war in deinem Buch geschrieben.
Jeder Augenblick stand fest, noch bevor der erste Tag begann.

Psalm 139,16 (Neues Leben. Die Bibel)

Weitere Titel von Amanda Cox

Der Laden der unerfüllten Träume
ISBN 978-3-96362-350-9
352 Seiten, Paperback
auch als E-Book erhältlich

Sarah möchte den Laden übernehmen, der seit zwei Generationen von den Frauen ihrer Familie geführt wird. Dabei stellen sich ihr unerwartete Hindernisse in den Weg und der alte Laden enthüllt Geheimnisse, die die Beziehung von Großmutter, Mutter und Enkelin auf die Probe stellen …

Zusammen sind wir Zuhause
ISBN 978-3-96362-379-0
367 Seiten, Paperback
auch als E-Book erhältlich

1990er-Jahre: Der menschenscheue Harvey findet ein ausgesetztes Neugeborenes. Er will dafür sorgen, dass es eine glücklichere Kindheit hat als er. Und ahnt nicht, wie sehr das sein eigenes und das Leben von drei weiteren Menschen verändern wird …

Gegenwart: Während die Sozialarbeiterin Ivy den Nachlass ihrer Großmutter sichtet, öffnet sich für sie eine Tür zu ihrer Geschichte, die bisher verschlossen war …